DIE ZEIT DER HAWKLORDS
Roman

Michael Butterworth

Impressum

Text:	© Copyright by Michael Butterworth/ Apex-Verlag.
Lektorat:	Dr. Birgit Rehberg.
Übersetzung:	Aus dem Englischen übersetzt von Alfons Winkelmann.
Original-Titel:	*The Time Of The Hawklords.*
Umschlag:	© Copyright by Christian Dörge.
Verlag:	Apex-Verlag Winthirstraße 11 80639 München www.apex-verlag.de webmaster@apex-verlag.de
Druck:	epubli, ein Service der neopubli GmbH, Berlin

Printed in Germany

Inhaltsverzeichnis

Das Buch (Seite 4)

DIE ZEIT DER HAWKLORDS (Seite 6)

Vorbemerkung (Seite 7)

Hawkcraft-Inventar (Seite 8)

BUCH EINS: Rocken am Rand der Zeit (Seite 9)
BUCH ZWEI: Die Zeit der Hawklords (Seite 115)
BUCH DREI: Die Schlacht um die Erde (Seite 268)

Abspann (Seite 387)

Das Buch

Tief im Zentrum der Erde liegt der Todesgenerator, vergraben vor Urzeiten von einer längst ausgestorbenen Rasse von Außerirdischen – nun wird er aktiviert...
Denn inmitten der Ruinen Londons, umgeben von den Überlebenden des jüngsten Holocausts, rocken *Hawkwind*, deren Musik die angreifenden Todesstrahlen katalysiert: Ein tödliches High-Energy-Gebräu, das sich in den Verstand einnistet und alle Sinne mit dämonisch-psychischen Visionen quält...
Mit dem Zusammenbruch der Barrieren zwischen Alptraum und Realität finden sich *Hawkwind* in der Rolle der Hawklords wieder, den einzigen potenziellen Rettern der menschlichen Rasse, die ansonsten in einem apokalypti-

schen Kampf zwischen den Mächten des Guten und des Bösen zur Ausrottung verdammt wäre...

Die Zeit der Hawklords von Michael Butterworth (geboren am 24. April 1947 in Manchester) – basierend auf einer Idee von Michael Moorcock – erschien erstmals im Jahr 1976: ein Echo der literarischen New-Wave-SF, eine unvergleichliche psychedelische Rock-Fantasy – und ein definitiver Kult-Roman!
Die Zeit der Hawklords erscheint als deutsche Erstveröffentlichung im Apex-Verlag.

Die Zeit der Hawklords

Für Dik Mik, Terry, Del und für Bob Calvert

Vorbemerkung

Während die Charaktere in dieser Geschichte auf tatsächlichen Personen beruhen, sind die Beschreibungen dieser Charaktere völlig fiktiv und basieren auf Rollen, welche die Mitglieder von *Hawkwind* auf der Bühne und in Live-Aufnahmen angenommen hatten.

»Und in der zukünftigen Zeit werden die Hawklords zurückkehren, um das Land zu zerschmettern. Und die Dunkelkräfte sollen gegeißelt und die Städte und Dörfer geschleift und zu Parks werden. Frieden soll zu jedem kommen. Denn es steht nicht geschrieben, dass das Schwert der Schlüssel zum Himmel und zur Hölle ist!«

Hawkcraft-Inventar

Zur Zeit der Ereignisse, die in diesem Buch präsentiert werden, besteht die stets wechselnde Mannschaft des HAWKWIND-Raumschiffs aus:

Baron Brock - (David Brock, Leadguitar, 12-String-Guitar, Synthesizer, Organ und Vocals)
The Thunder Rider – (Nik Turner, Sax, Oboe, Flöte und Vocals)
Count Motorhead – (Lemmy, Bass und Vocals)
Lord Rudolph the Black – (Paul Rudolph, Bass und Guitars)
The Hound Master – (Simon King, Drums und Percussion)
The Sonic Prince – (Simon House, Keyboards, Mellotron und Violine)
Stacia... Die Erdmutter – (Stacia, Tanz)
Astral Al – (Alan Powell, Drums und Percussion)
Liquid Len – (Jonathan Smeeton, Licht)
Captain Calvert – (Bob Calvert, mit Lucky Leif und The Longships)
Moorlock... Der Acid-Magier – (Mike Moorcock, mit The Deep Fix)
Actonium Doug – (Doug Smith, Manager)

BUCH EINS:
Rocken am Rand der Zeit

Der letzte Außenposten der Menschheit

Auf dem scharlachrot glänzenden Bühnenboden kauerten wie breitmäulige Methedrin-Monster die massigen Lautsprechertürme. Gelegentlich drangen ein kleines Geflüster und winzige Schreie heraus, als ob sie sich über die Stille beschwerten, die ihnen aufgezwungen worden war. Sobald ihre Macht losgelassen wäre, würden sie losbrüllen. Über ihnen auf einer Plattform, getragen von einem bonbonfarben gestreiften Gerüst, standen die vier Schlagzeuge. Sämtliches Equipment, darunter die acht AU516-Synthesizer und der neuerfundene Delatron-Prozessor, war mit farbigen, wirbelnden Mustern bemalt: atemberaubend.

Mit verklebten Augen sah das Katzenmädchen zu, wie an das glänzende, knallbunte Podest gerade letzte Hand angelegt wurde. Der Designer, Barnie Bubbles, und *Hawkwind*s Roadies waren bisher fast eine Woche am Werk gewesen, denn sie hatten, weil der Sommer ungewöhnlich heiß war und wegen der schieren Größe des Unternehmens, nur langsam gearbeitet. Jetzt war alles fertig. Jetzt konnte das letzte große Rockkonzert – das längste, was je auf Erden veranstaltet wurde – anfangen.

Das Katzenmädchen schloss die Augen und döste weiter auf dem sonnenbeschienenen Metalldach des Lastwagens. Dann war es also real, dachte sie. Fast sogleich verspürte sie eine leichte Panik. Vielleicht war es keine Panik, sondern schlicht Aufregung, die durch ihren gebräunten Körper strömte? Die Aussicht, nach den wüsten, entsetzlichen Monaten zwischen den Gigs wieder auf der Bühne zu erscheinen, verursachte plötzlich eine Anspannung in ihr.

Rings um sie her vernahm sie das unterdrückte Gemurmel der verbliebenen Bevölkerung Großbritanniens, etwa fünftausend Menschen. Wie alle anderen waren sie sich nach wie vor nicht sicher, ob ein zivilisiertes Großereignis möglich wäre. Viele von ihnen hatten seit Wochen auf diesen Moment gewartet. Sie waren halb verhungert aus dem äußersten Norden des wüsten Schottlands angereist und kampierten draußen auf dem Platz in zusammengezimmerten Schuppen und verfallenen Gebäuden in der Nähe. Sie waren vorsichtig hergekommen, um die Musik zu hören, aber auch wegen des Versprechens einer darauffolgenden Gemeinschaft mit ihren Bundesgenossen. Sie bewunderte die Leute wegen des Vertrauens, das sie tatsächlich hatten aufbringen können.

Endlich hatten die Roadies ihre Aufgabe erledigt. Und jetzt sprangen sie herab, woraufhin ein erwartungsvolles Raunen den weiten Kreis der Children durchlief.

Als wären das Nachlassen des Geräuschpegels rund um die Bühne und das Gebrüll der zusätzlichen Dieselgeneratoren, die irgendwo in der Ferne ansprangen, ein Stichwort gewesen, setzte sich Stacia auf und rieb sich die Augen mit schwarzen Pfoten, die vielleicht poliert waren, denn sie glänzten so hell in der Sonne.

Simon House, der legendäre Sonic Prince, war der erste der Musiker, der die Bühne bestieg und sich in einem blitzenden blauen Seidengewand zu seinen Synthesizern begab, die Verbindungen überprüfte und die Hauptkonsole testete.

Zuletzt hielt der Sonic Prince bei dem ebenholzschwarz glänzenden Kubus des Delatrons inne. Die komplizierte Maschine strotzte nur so von Kabeln und Steckern. Mit einer schlichten, angedeuteten Bewegung vollführte der Prince seine Geste der Ehrerbietung vor dem Delatron, dann stand er inmitten aufsteigender Pfiffe und Rufe auf und zeigte mit der Hand auf den Kubus, was anschwellende Jubelrufe seitens der Children zur Folge hatte.

Noch während die Rufe erstarben, war der Prince hinter seinen Keyboards verschwunden, und alles, was Stacia von ihm erkennen konnte, war das Blitzen blauer Seide und eine Strähne oder zwei seines dicken schwarzen Haars.

Sie streifte sich ihren Netz-Bodystocking über ihr schwarzes Trikot. Sie war stolz auf Prince. Es hatte ihn Jahre der Forschung gekostet, das Delatron zu vervollkommnen, basierend auf den kryptischen und verzwickten Plänen, die Detmar hinterlassen hatte, ein Zwerg, der sowohl großzügig als auch gewitzt gewesen war und vor langer Zeit weggegangen war, um weitere Studien in mystischer Weisheit zu betreiben.

Als Nächster kam Lord Rudolph the Black, der letzte Champion, der auf die Reihen der Gesellschaft der Hawks, der Falken, eingeschworen worden war. Um seine Lippen spielte ein ewiges, mysteriöses Lächeln, während er die Riemen seiner großartigen Bassgitarre richtete, die er *Bone-*

shiverer – *Knochenrüttler* – nannte und die sämtliche Männer fürchteten und sämtliche Frauen liebten.

Dann, Lord Rudolph dicht auf den Fersen, erschien Simon King, bekannt als der Hound Master, berühmt dafür, wilde, unbezähmbare Tiere zu halten, die niemandem außer ihm gehorchten, und bei ihm war derjenige, der sich Astral Al nannte, jedoch als Powell the Power bekannt war. Diese beiden stiegen über lange Leitern hoch, um ihre Positionen oberhalb der Bühne einzunehmen: Der eine mit einem Stickköcher, der auf seinem tätowierten Rücken baumelte, der andere mit einem weißen Baumwollanzug, dunklem Hut und Sonnenbrille. Bald ertönten in der klaren Morgenluft die scharfen Explosionen von testweisen Rolls und Riffs sowie Geheul und Gekreisch von den Synthesizern.

Die vertrauten Klänge befeuerten Stacias Blut. Sie erhob sich anmutig, bog den Rücken durch und hob die schlanken Arme über den Kopf. Sie nahm eine kühne, majestätische Pose ein. Sie trug ihre schwarze Augenmaske, und das glatte, rabenschwarze Haar fiel ihr bis auf die Schultern. Die Menge applaudierte wild.

Aus der Seitentür des Mercedes-Lasters unter ihr ertönten plötzlich wirre, jaulende Saxophonklänge. Und jetzt kam Thunder Rider hervor, der ein Verhängnis und eine Freude mit sich trug, die ihm allein gehörten. Gekleidet war er in einen silberfarbenen Raumanzug, der die Sonnenhitze zurückwarf, und er war geschmückt mit klappernden silbernen Medaillons und Ketten. Reife aus Kupfer, Messing und Gold trug er an den blitzenden Armen, und der rote Bart glänzte ebenso wie sein rotes Haar. Inmitten des wahnsinnigen Beifalls sprang Thunder Rider auf die Bühne und schritt mit langsamen, schwerelosen Bewegungen aufs Mikrofon zu, wobei er aus voller Lunge blies.

Gleichzeitig trat hinter dem großen Mischpult die mächtige Gestalt jenes tapferen und scharfsinnigen Champions hervor, der, zusammen mit Thunder Rider, als Erster mit edlen Ideen die Gesellschaft der Hawks konzipiert hatte, Baron Brock, Herr von Westland. Er hielt in der einen Hand einen Stecker, hinter dem Meter aufgerolltes schwarzes Kabel her schleiften. Er ging, ohne etwas über seine Absichten zu verraten, in einem verblassten T-Shirt und Jeans mit leuchtenden Flecken zu seinem Verstärker, die schlanke, lohfarbene Gitarre *Godblaster* an seiner Seite. Als er ihn erreicht hatte, schwang er sich *Godblaster* träge über die mächtigen Schultern, wobei das Licht auf seinen muskulösen, tätowierten Armen und in seinem blassgoldenen Haar blitzte. Er schob den Stecker hinein und begann instinktiv eine kurze a-Moll-Sequenz.

Dann kam Lemmy, Count Motorhead, der vor der hohen Bühne beinahe ausrutschte, sich jedoch im letzten Augenblick wieder fing und sich hochzog. Er richtete sich auf und schaute sich um, offensichtlich benommen vom Spektakel der schreienden, jubelnden Biomasse, die vor die Skyline geklebt war. Mit einem spöttischen Grinsen, das ihm selbst galt, schlug er lautlos die Hacken zusammen und hob grüßend den Arm, wodurch das Gekreisch zu einem freundlichen Jubel wurde, den er anscheinend erträglicher fand. Aber das begeisterte Gebrüll kehrte zurück, als er sich bückte und seinen vertrauten Rickenbacker-Bass, *Gutsplitter,* vom blutroten Boden aufhob.

Eines nach dem anderen verfielen die Mitglieder der *Hawkwind*s in Schweigen, und nur das Willkommensgebrüll der Children, die jetzt wieder ihr übliches begeistertes Selbst zeigten, war zu hören. Bald jedoch verblasste auch dieses Gebrüll zu einem Geprassel ohrenbetäubend scharfer Riffs, die Astral Al hochjagte, um Aufmerksamkeit zu fordern.

In das darauffolgende, elektrisierende Schweigen platzte erneut Thunder Riders Saxophon, anfangs fast unhörbar, aber nach und nach an Lautstärke gewinnend, auf und nieder steigend. Als das Quietschen eine unerträgliche Höhe erreichte, ließ er es verblassen. Bevor es völlig verschwinden konnte, erzeugte der Rest der Gruppe einen jähen, erschreckenden Lärm, bestehend aus verschwommenen Tönen und Trommelwirbeln, aus dem sich leise, vibrierende Synthesizerklänge schlängelten, die den Wirbel und die ätherischen hohen Töne des Mellotrons fortführten. Ebenso jäh verblassten diese Klänge ebenfalls – diesmal zur hallenden, schneidigen Stimme von Lemmy, der die alte Nummer von Calvert intonierte: *Welcome To The Future*.

»Willkommen in der Zukunft!« Seine Stimme dröhnte, schmetterte gegen eine Million unsichtbarer Cañons im klaren blauen Himmel über ihm.

»Welcome to the dehydrated land,
Welcome to the south police parade,
Welcome to the neo-golden age,
Welcome to the days you've made you
Welcome
You are welcome
You are welcome
Wel come

Wel come
You are welcome
Welcome to the future.«

Die einführenden Verse endeten in einem mächtigen, anschwellenden Getöse aus Trommeln, Gongs und Synthesizer, der die Lautsprechertürme strapazierte und die fünftausend bebenden Brustkörbe beinahe zerriss. Dann, nach einer vollen, quälenden Minute, ließ der Lärm nach, und die Gruppe spielte ihre erste, atemberaubende Nummer: *Psychedelic Warlords*.

Außerstande, sich länger auf dem kleinen, schlüpfrigen Dach des Mercedes adäquat auszudrücken, kletterte Stacia inmitten der Flotte geparkter Wagen auf dem Gelände herab und machte sich zur Bühne auf.

Von ihrem neuen Aussichtspunkt aus war sie in der Lage, die Gliedmaßen völlig zu strecken und die Musik wesentlich freier zu interpretieren. Die Children spornten sie mit ihren Rufen an. Sie waren völlig in Ekstase geraten, ihr Gekreisch und Gebrüll versuchten unbekümmert, über die 50.000-Watt-Mauer der Klänge hinwegzusteigen, die von den Verstärkern herausgepumpt wurden.

Sie war zufrieden. Der Gig würde gut laufen – seinen Zweck erfüllen, aufgestaute Gefühle zu lösen und die intensive Furcht und Aufregung zu ertränken, die jeder in einer Orgie des Angriffs auf sämtliche Sinne erfuhr. Nach Einbruch der Nacht wäre es noch besser – wenn Liquid Len und die Lensmen Gelegenheit erhielten, ihre Lichtmaschinen zum Einsatz zu bringen.

Die Musik sorgte zusätzlich für ein gutes Gefühl. Sie barg eine undefinierbare Qualität, auf die sie nicht den

Finger legen konnte. Sie wusste, sie hatte niemals solche Musik gehört – nirgendwo. Sie wusste, wie gut ihr Körper gewöhnlich auf den Klang reagierte und imstande war, seine untergründigsten Bedeutungen auszudrücken. Diese Musik verschmolz mit ihrem ureigensten Sein – nicht bloß mit ihrem Gehör – und wurde ein symbiotischer Teil ihres Fleischs. In ihrem Griff kam sie sich vor wie eine Göttin, eine allmächtige Beherrscherin des Schicksals.

Bald fegten die langen, schweren Orgeltöne von *Winds of Change* durch ihren Körper und zwangen ihn, eine Reihe langsamer, ausdrucksvoller Pirouetten zu vollführen, die zum Wechsel der Stimmung passten. Die Töne signalisierten ein Ende für die Menschheit ebenso wie einen neuen Beginn. Ihre Haut kitzelte unter einem Gefühl der Bedrohung, durchmischt mit einer seltsamen, unirdischen Seligkeit...

Winde der Veränderung

King Trash wurde hellhörig. Eine seiner schmuddeligen Hände zählte nach wie vor automatisch den Haufen Banknoten auf dem Tisch vor ihm.

Er spürte, wie seine Haut unter einer Bedrohung kribbelte, als die Temperatur im Raum scheinbar ins Bodenlose fiel. Der Klang der Band war hier nicht zu hören. Die schweren Samtvorhänge, die er befohlen hatte anzubringen, schirmten sämtliche Spuren der grässlichen Außenwelt ab – aber er wusste, dass die Hippies etwas angefangen hatten. Er spürte es in seinen Knochen.

»Rastabule!«, schrie er heiser nach seinem Diener, wobei er einen Haufen gerade gezählter Banknoten vor sich umwarf, sie in den Haufen zerstreute, der noch zu zählen war. »Hierher!«

Im Versuch, das Zittern abzuschütteln und jede weitere Zerstörung der Ordnung im Zählraum zu verhindern, griff er nach den Gummiringen und sicherte die verbliebenen Bündel. Dann legte er sie in Pappkartons und stellte diese wieder an die Rückwand des Raums, wo er sie sauber gestapelt aufbewahrte. Normalerweise verschaffte ihm diese Tätigkeit eindeutig ein Gefühl der Befriedigung. Er wusste, dass diese ganzen knisternden blauen und orangefarbenen Scheine dort waren, angeordnet in fetten Bündeln von je £50.000, er wusste weiterhin, dass jedes einzelne davon liebevoll von ihm abgezählt worden war. Es gab auch persönliche Opfer. Er war während des siebten wiederholten Zählens die ganze Nacht über wach geblieben. Diesmal, da war er sich sicher, würde er gut belohnt werden. Obwohl nur wenige Hunderttausend Scheine noch zu zählen waren, eine Aufgabe, die er leicht morgen beenden könnte, war er zuversichtlich, dass die Zahlen dieses Monats mit den Zahlen des vorangegangenen Monats übereinstimmen würden. In diesem Fall hätte er dreimal aufeinanderfolgend gleiche Zahlen erhalten. Was bedeuten würde, dass er das Zählen einstellen und sich auf andere wichtige Angelegenheiten der Krone konzentrieren konnte. Eines Tages würden die Dinge zur Normalität zurückkehren, dessen war er sich gewiss. Dann würde man in ihm, King Trash, den Monarchen sehen, der die großartige königliche Tradition bewahrt hatte.

»Rastabule!«, brüllte er wieder. »Wo bist du?«

»Hier, Herr«, ertönte eine hohe, furchtsame Stimme. Außer Atem tauchte Rastabule – ein dünner, hagerer Diener mit einem Gesicht voller Warzen – hinter der schweren Eichentüre auf.

»Wo bist du gewesen? Ich habe dich seit Stunden gerufen«, fragte King Trash gereizt.

»Entschuldigt, Herr. Was kann ich tun?«

»Wirf einen Blick hinter diesen Vorhang, ja? Sag mir, was du im Park siehst.«

»Ja, Herr.«

Rastabule verneigte sich und tat, wie ihm geheißen. Hinter ihm kauerte sich der große, bebende, massige Körper des Königs hinter die Tür, versteckte sich vor dem Funkeln, als die Vorhänge ein wenig zur Seite gezogen wurden. Das schreckliche Gefühl in ihm wurde schlimmer. Er wartete einen Moment und sagte dann ungeduldig:

»Nun, komm schon. Komm schon. Was siehst du?«

»Nur... den Park, Herr, und... Ihr wisst schon, die...«

»Hippies?«

»Ja... Herr.«

»Und sind es heute mehr?«

»Viel mehr, Herr.«

»Was tun sie?«

Rastabule blickte vergebens durch die starken Ferngläser des Königs in die Menge, die sich im Green Park versammelte. Es war schwer zu sagen, aber es schien, als ob es irgendein Konzert gäbe.

»Ein *Konzert?*«, kreischte der König. »Was für ein Konzert? Ein Rockkonzert?«

»Es sieht so aus, Herr.«

»Mein Gott, Rastabule... deswegen habe ich also dieses schreckliche – oh, rasch, Rastabule... Hilf mir!« Rastabule rannte über den weichen Teppich, um den zusammengebrochenen Monarchen wiederzubeleben. Er schulterte einen Teil der schweren, zuckenden Gestalt, und zusammen humpelten sie den Flur entlang und mehrere Treppen hinab zum unteren Teil des Palasts, zu den königlichen Gemächern...

Turm der Gedanken

In Control, im Herzen Londons, schwebte ein Finger von Pressereporter Seksass über einem Schalter, bereit, einen Ordner in seiner Kartendatei zu durchforsten. Die Twinny-Triad-Sex- Affäre – die ekelerregendste in seiner gesamten Journalistenkarriere – klärte sich allmählich selbst. Nur eine letzte Reise in das ausgedehnte Computergedächtnis von Control – wo das Gedächtnis Millionen ehemaliger Bürger Großbritanniens, Mittelklasse-Bürger, auf Band gespeichert war – war nötig, um diesen schrecklichen Fall abzuwickeln und diese drei geisterhaften Perverslinge vor Gericht zu bringen. Es war seine größte Aufgabe, und er erwarte eine Beförderung.

Bevor sein Finger die Twinny-Karte gewählt hatte, spürte er, wie das schreckliche Gefühl der Eiseskälte von ihm Besitz ergriff. Es setzte in seinen Füßen ein und breitete sich über seinen ganzen Körper bis zum Hinterkopf hoch aus, vereiste sein Gehirn und war Grund, dass ihm übel wurde.

»Mein Gott!«, brummelte er. »Was passiert da mit mir?«

Er kam schwankend aus seinem Drehstuhl hoch, warf sich über den Raum und riss das Fenster auf. Er inhalierte tief die schwül-warme Luft aus der verfallenen Stadt draußen. Der Anblick des schwer bewachten Vorhofs unten am Fuß des massigen Turmblocks von Control, in Übelkeit erregender Tiefe, machte alles noch schlimmer.

Er verließ sein Büro und stolperte durch die nächste Tür in die Herrentoilette, wobei er seine bereits braun befleckte Hose umklammerte...

Kalte Ebenen der Kontinuität

Die grelle Sonne zog langsam, gnadenlos am stahlblauen Himmel über den Park dahin. Durch die blendende Helle und den Dunst aus Erschöpfung und Schweiß beobachtete Thunder Rider den Kreis kreischender Children, die ihn umgaben.

Gemeinsam jagten sie auf einer riesigen, nie endenden Tour orgasmischen Glücks in die Zukunft. Sie hatten nahezu sechs Stunden fast ohne Pause gespielt – länger, als sie je zuvor gespielt hatten.

Sie hatten sämtliche Ruhepausen ignoriert, die sorgfältig eingeplant gewesen waren. Sie hatten freiwillig jede Forderung nach der anderen erfüllt, sobald die Menge sie gerufen hatte.

Jetzt hatte sich die Musik in eine formlose, freie Jam-Session verwandelt, die locker auf der letzten Forderung basierte, *Assault & Battery*. Sie ging unermüdlich weiter, unerbittlich, als ob niemand die Energie hätte, sie zu beenden.

Niemand wollte sie beenden, weil sie sonst das unbeschreibliche Gefühl des Entzugs ertragen müssten, die Erinnerung an den Horror, die Einsamkeit der zerstörten Erde.

Wie ein Betrunkener ließ Thunder Rider das Saxophon von den Lippen herabfallen und warf fröhlich den Kopf zurück. Er brüllte vor Lachen über den reinen Wahnsinn dessen, was geschah. Niemand hatte erwartet, dass *Hawkwind*s Musik *derart* mächtig wäre. Sie ergriff alle gleichermaßen, unerklärlich in ihrer Macht, wie die lustvollste und versklavendste Frau.

Dann stolperte er auf einmal nach rückwärts, verlor plötzlich wegen einer paranoiden Ausgelassenheit das Gleichgewicht. Die Beine wurden ihm schwach, sie knickten unter ihm weg, und er stürzte zu Boden und fiel gegen einen der riesigen Lautsprechertürme, außerstande, sich zu rühren, festgenagelt von der betäubenden Erschöpfung.

Die anderen sahen ihn fallen, und sogleich waren ihre letzten Energiereserven erschöpft. Hilflos sahen sie sich gezwungen, das Spielen einzustellen. Tote Finger wollten sich nicht mehr bewegen.

Undenkbar, aber die Musik hörte auf.

Von überall rings umher ertönte ein enttäuschtes Geheul, während sich Visionen einer Folter in allen Köpfen bildeten. Schweißgebadet verließen die Mitglieder von *Hawkwind* ihre Positionen und Instrumente und machten sich daran, auf das schwindelerregende Gelände unten hinabzusteigen.

Thunder Rider öffnete dort die Augen, wo er hingefallen war. Der Lärm, wie das schrille Gekreisch einer Million Seemöwen, wurde stärker. Dann zwang er sich dazu, wieder aufzustehen, und kam, halb kletternd, halb fallend, die Bühnenwand herab.

Als er den anderen zu dem gelben Mercedesbus folgte, brachte er es fertig, den Children mit einem bleischweren Arm zu winken, wobei er hoffte, dass sie es verstehen würden. Aber sie verstanden es nicht. Sie verstanden es nie. Sie schrien und kreischten und wollten mehr. Aber er konnte ihnen nichts mehr geben. Auf... jeden... Fall... noch... nicht. Er brach erneut fast zusammen, als er schließlich den Bus erreichte und sich durch die Beifahrertür auf das Sitzkissen warf.

»Dann hattet ihr genug?« Die spöttischen Worte ihres stämmigen Tourneemanagers aus Glasgow ertönten vom Fahrersitz neben ihm. Der bärtige Schotte hatte während der Vorstellung auf dem Fahrersitz gesessen, neben sich Bierdosen, Zeitschriften und Sandwiches, die jetzt halb verzehrt waren und die er zur Erfrischung der Gruppe in den Pausen vorbereitet hatte.

»Bring uns einfach zurück, Higgy.« Thunder Riders Stimme wurde vom Sitzkissen gedämpft.

»Weiß nicht, woraus ihr Engländer gemacht seid!«, scherzte Higgy kopfschüttelnd. »Eure armseligen, schwachen Weicheier-Köpfe brauchen einen Tropfen vom guten alten schottischen Blut, um den Nebel zu vertreiben.«

Thunder Rider setzte sich schwerfällig auf und wollte sich eine Retourkutsche einfallen lassen, aber er konnte die Energie dazu nicht aufbringen. Stattdessen bemerkte er das Bier und öffnete eine Dose. Er schluckte, drehte sich um und sah den anderen zu, wie sie wackelig zur Tür hereinstiegen und halb tot und reglos auf die Haufen von Decken und Kleidung fielen.

Stacia beklagte sich über ihre Füße. Lemmy, der wie ein Hell's Angel auf dem elektrischen Stuhl aussah. Astral Al, der immer noch gedankenlos vor sich hin trommelte. Hound Master, der den Kopf in glasigem Erstaunen schüttelte. Und der sich stets beklagende Baron: »Es ist nicht das *Spielen*, es ist das verdammte *Einfordern*, was mich fertigmacht. In dem Moment, als wir zu spielen aufgehört hatten und von dieser Bühne runter sind, bamm! Es trifft einen wie ein Ziegelstein in die Eier.«

Der Letzte, der hereinkam, war der Sonic Prince in seinem zerknitterten Gewand, der seltsam wach erschien, trotz der ganzen heftigen Schufterei. Auf dem Boden gab es keinen Platz, also kletterte er geschickt nach vorn. Thunder Rider drückte ihm kommentarlos eine Dose in den Schoß.

Higgy ließ den Motor an. Er wusste es besser und zögerte nicht. Einige der Children verließen bereits ihren Sitzplatz auf dem Gras und bewegten sich zur Ausfahrt vom Gelände. Nicht, dass das in sich selbst einen Schaden hätte verursachen können – die Children waren eine tolle Bande, die meisten davon. Aber als Kindermädchen der Gruppe fühlte er sich verpflichtet, seine Aufgabe an allererste Stelle zu setzen. *Hawkwind* hatte versprochen, nach Einbruch der Dunkelheit wieder zu spielen, die gewaltige Freiluft-New-World-Party zu feiern, die arrangiert werden sollte, und sie brauchten alle Ruhe der Welt, die er für sie bekommen konnte.

Die Kommune des gelben Lastwagens

Die Fahrt zur Kommune des gelben Lastwagens in Notting Hill Gate, wo *Hawkwind* ihre Basis hatten, war lang und mühsam. Der Mercedes schob sich langsam durch eine Masse scheinbar losgelöster Gliedmaßen und Gesichter, die hereinspähten, lächelten und winkten. Der Andrang wurde schlimmer, als sie weiter hinaus vom Gelände in die sich ausbreitende Mini-City aus Zelten und Schuppen fuhren.

Thunder Rider zuckte angewidert von dem Anblick zusammen.

Die offensichtliche Fröhlichkeit der Gesichter draußen war eine scheinbare. Hinter jeder Maske steckte ein entsetzter, panikerfüllter Blick, der ihn tief ins Innerste traf. Sie warteten verzweifelt auf *Hawkwind*s Rückkehr. Aber er konnte ihnen unmöglich helfen. Das war erst nach Einbruch der Dunkelheit möglich, wenn sie sich ausgeruht hatten.

Niemand kannte die Ursache für die schlimmen Effekte. Niemand hatte anfangs gedacht, dass das Konzert alles andere als ein gutes, gedankenloses Ausrasten werden würde, um schlechte Schwingungen zu vertreiben. Sie bemerkten den seltsamen, jedoch wunderschönen Wahnsinns-Effekt, den die Musik hatte. Aber sie hatten das volle Ausmaß ihrer Macht erst entdeckt, als sie aufhörten zu spielen und eine kurze, zehnminütige Pause eingelegt hatten. Die Effekte waren sogleich eingetreten, wie die Entzugssymptome bei einer höchst süchtig machenden Droge.

Endlich löste sich der schmutzige, zitronengelbe Mercedes aus der Menge, und sie jagten über Alleen, geschmiedet aus den Wracks stillstehender Autos und anderer Fahrzeuge, die die Knightsbridge Road verstopften – und die meisten anderen Stadtteile Londons.

Hier und da hatten einige der abenteuerlustigen Children Geschäfte oder Wohnungen eingerichtet, ein Versuch, der großen City wieder Leben einzuhauchen. Die meisten der wenigen bewohnbaren Gebäude waren jetzt in der Tat besetzt. In einigen Teilen waren die Bürgersteige sogar auf vertraute Weise wieder bevölkert, insbesondere im Gate selbst und auf der Portobello Road, wo die Kommune lag.

In London waren weitere Nischen mit einheimischem Leben verblieben, von den Children einfach die »Anderen« genannt. Sie gehörten zu denjenigen, die die Welt in ihren gegenwärtigen traurigen Zustand gebracht hatten. Einige von ihnen trugen Uniform und Waffen, um sich und ihren Besitz vor anderen, weniger Privilegierten zu schützen. Aber ihre Zahl war gering, und sie wurden selten gesehen. Higgy brachte den Laster draußen vor der Hausnummer 271 auf der Portobello Road zum Stehen – die Kommune des gelben Lastwagens.

Die Kommune war zu Ehren des ersten (gelben) Lastwagens der Gruppe so benannt worden – des altersschwachen Vehikels, das in jenen frühen Tagen buchstäblich als Heim für die meisten Mitglieder gedient hatte. Die Gruppe war während der verzweifelten Periode des Kämpfens und Sterbens eingezogen, die stattgefunden hatte, nachdem die britische Armee Gesetz und Ordnung nicht hatte wiederherstellen können... und nachdem ihre eigenen Wohnungen bis auf die Grundmauern niedergebrannt worden waren, um eine nächtliche Illumination für den wahnsinnigen Mob zu bieten, der die Straßen unsicher gemacht hatte.

Sie lag unmittelbar neben der ausgebrannten Hülle des legendären Mountain Grill Restaurants – dem Versorger mit gutem, reichlichem Essen für viele hungernde Verrückte, die sich in dieser Periode durch die unmenschlichen Straßen gewälzt hatten. Aus irgendwelchen unerklärlichen Gründen hatte die Hausnummer 271 stets Leute einer gewissen kämpferischen Sorte angezogen, die ihr Leben einer revolutionären Sache gewidmet hatten. Die vorherigen Bewohner waren Untergrund-Herausgeber von Untergrund-Pamphleten gewesen, Freunde von *Hawkwind*, die von marodierenden Banden puritanischer Bürgerwehren umgebracht worden waren.

Die Eingangstür war in Barnies typischen wirbelnden Farbmustern gestrichen, ebenso jeder Quadratzentimeter der äußeren Mauer bis hinauf zum Dach. Sie führte in einen langen, dunklen Korridor, der mit verstaubten Relikten aus der Vergangenheit gepflastert und mit verzerrten Bildern von Autos und längst verstorbenen Leuten geschmückt war, die auf die Wände gemalt worden waren.

Das Innere des Hauses war mehr oder weniger so geblieben, wie sie es vorgefunden hatten. Der größte Teil seiner Sachen gehörte den glücklosen Herausgebern. Die Wände waren mit alten Spiegeln und Wandbehängen aus verschiedenen Perioden geschmückt, gesammelt vor Jahren. Sie stammten aus den Kramläden, die einmal die Straßen draußen gesäumt und für ein blühendes Leben gesorgt hatten. Der Aufenthaltsraum, wo die Gruppe schlief und sich entspannte, enthielt eine ähnliche seltsame Mischung aus Second-Hand-Dingen – eine lange, grüne, verstaubte

Couch, eine zernarbte hölzerne Truhe mit Schubladen, einen quietschenden Rohrstuhl, ein Harmonium, ein Bett und auf dem Fußboden mehrere riesige Kissen und gestreifte Matratzen, dazu zahllose kleinere seltsame Dinge.

Die ermüdete Band stieg aus dem Laster und stapfte nach oben, ohne auf die kleine Gruppe von Children zu achten, die sich versammelt hatte, um ihrer Rückkehr zuzuschauen. Sie warfen sich auf die erstbeste weiche Oberfläche, die sich ihnen bot. Aber der Schlaf wollte nur schwer kommen. Fast sofort nagte sich die Übelkeit ihren Weg durch die Erschöpfung. Sie drehte ihnen den Magen um und schob ihnen nervenzerfetzende Schmerzen in den Kopf, so dass sie sich nach der Stunde sehnten, wenn ihre Körper ausgeruht wären und sie erneut ihre Instrumente aufnehmen und spielen könnten.

Schließlich gelang es ihnen mit Hilfe von Beruhigungsmitteln, die Higgy ihnen zur Verfügung stellte, in eine turbulente, wahnsinnige Art von Erleichterung zu fallen.

Die Party der neuen Welt

Thunder Rider war der Erste, der erwachte und die Augen im unheimlichen Schein eines Feuers öffnete, der durch die Löcher in den Vorhängen drang. Obwohl er völlig erschöpft gewesen war, hatte er nur unruhig geschlafen, dank der Entzugsdepression. Er hatte erschreckende Träume gehabt, dazu zermürbende körperliche Schmerzen, und er hatte unentwegt gezittert. Da er sie nicht aufwecken und ihnen richtig ins Gesicht sehen wollte, versuchte er, sich so weit zu beruhigen, dass er wieder eindösen konnte. Aber vom Fensterbrett kam ein jähes, scharfes Knistern. Dann hörte er die Stimmen der Children draußen und begriff, dass diese ihn geweckt hatten. Sie erinnerten *Hawkwind* an ihre Zusage.

Steif erhob er sich und ging zum Fenster. Er zog die Vorhänge zurück und spähte hinaus in die nächtliche Szenerie. Eine große Menge an Children hatte sich versammelt. Sie hatten mitten auf der Straße ein tosendes, knisterndes Feuer errichtet.

Hinter den verfallenen Geschäftsfronten ihm gegenüber wartete die intensive, primitive Schwärze der Nacht, die sich auf die grelle Versammlung drückte. Die meisten der Children sahen zum Fenster, und er winkte, um sie wissen zu lassen, dass er sie gesehen hatte.

Er wandte sich ab und blickte über die stillen, schlafenden Gestalten, die wild durcheinander auf dem Boden im Raum lagen. Die Szenerie hier wirkte täuschend normal. Es konnte immer noch 1976 sein. Nur die Geräusche und Lichter von draußen wiesen auf etwas anderes hin. Er war mit sich uneins, ob er sie wecken sollte, entschied dann jedoch, sie ein paar Augenblicke länger schlafen zu lassen. Sie sahen so friedlich aus.

Hawkwind hatte so viele Veränderungen erfahren. Sie waren so weit gekommen, hatten so viele Perioden durchlebt. Alle hatten die letzten paar Monate heil überstanden und sie überlebt, nur ein Mitglied nicht – Actonium Doug Smith.

Die reglose Gestalt ihres Ex-Managers lag traurig auf einer Matratze, genauso, wie sie es vor ein paar Tagen getan hatte, zu verdrossen, als dass es etwas ausgemacht hätte. Er schlief mit Clarence, seinem zotteligen Old English Sheep Dog, umgeben von den verstreuten Bierdosen und Flaschen. Seitdem die alte Welt ihr Ende gefunden hatte, hatte er keinen Versuch unternommen, sich anzupassen, und war nur tiefer in die Depression gesunken. Thunder Rider vermutete voller Trauer, dass das deshalb so war, weil für ihn keine Managerrolle geblieben war, die er spielen konnte.

Er wand sich seinen Weg ins Bad und schaltete unterwegs die Batteriebeleuchtung ein. Er trug immer noch seinen silbernen PVC-Anzug. Beim genaueren Hinsehen sah er nicht so gut aus. An mehreren Stellen hatte er Löcher zur Belüftung hineingerissen. Anderswo rieb sich das Aluminium allmählich ab. Er entschied sich, zur Party etwas Bequemeres anzuziehen.

Als er zwanzig Minuten später wieder herauskam, trug er verblasste Jeans und ein Sweatshirt, weiche, braune Boots mit flachem Absatz und einen breiten, zinnfarbenen Gürtel. Der Gürtel wurde beeindruckend mit zwei ineinandergreifenden Bisonköpfen geschlossen, einem ungewöhnlichen Stück, das er einmal von einem alternativen Ledergeschäft im Belsize Park mitgenommen hatte. Um den Hals hatte er ein silbernes Medaillon gelegt, das er auf ewig tragen wollte, wie er sich geschworen hatte – das Abschiedsgeschenk eines mexikanischen Mädchens, dem er auf einer alten Tour begegnet war. An den Fingern trug er eine Ansammlung von Ringen – die wie Kontrolllämpchen blitzten, wenn er sich bewegte.

Er fühlte sich wesentlich besser, abgesehen von einem Gefühl der Übelkeit in Kopf und Bauch, das erst dann verschwinden würde, wenn die Musik wieder anfinge.

Er ging los, die anderen zu wecken.

Um Mitternacht waren sie auf der Bühne zurück und bereiteten sich auf den zweiten Teil des Marathon-Rockkonzerts zur Feier der Gründung der Children of The Sun, der »Kinder der Sonne«, vor – eine neue Gemeinschaft der Menschen. Alle hatten genug von der alten Welt gehabt, die Nase voll von ihren Gesetzen und Regeln und ihrer kleinlichen Unterdrückung. Schaute man sich um, so war es allzu offensichtlich, dass die alte Art und Weise, wie die Dinge gehandhabt worden waren, ein Fehlschlag gewesen war. Jetzt wollten die Menschen eine neue Art des Lebens ausprobieren, die sie instinktiv für die bessere hielten.

Die Mitglieder der Children hatten sich nach und nach von der Bühne weg über den ganzen baumbestandenen Park ausgebreitet. Sie hatten während des Nachmittags schwer geschuftet und den Park in eine permanente Festival-City mit Zelten und Schuppen verwandelt, die notdürftig aus Metallabfall, Plastik und anderen Materialien zusammengeschustert worden waren, Hinterlassenschaften der vorherigen Zivilisation.

Zahllose Feuer sprenkelten das Gelände, und die Nachtluft war von Gelächter erfüllt und schwer vom Duft nach Holzrauch und der Musik von *Hawkwind*.

Auf dem Gelände stand, mitten unter den fröhlich bemalten Commer- und Mercedes-Lastern, die wichtigste Zutat der Party gleich neben der Musik – die riesige, insektenähnliche Masse eines 20.000-Liter-Tankers mit Bass-Charrington-Bier. Sie hatten den Tanker während der Suche nach Nahrungsmitteln gefunden. Er war in die Seite eines Schneidergeschäfts auf der Oxford Street geknallt. Während *Hawkwind* geschlafen hatte, war Higgy mit einem alten Bedford-Lastwagen hinausgefahren und hatte ihn hergeschleppt.

Er glänzte feucht unter der Quecksilberdampfbeleuchtung, so dass die Menge, die sich versammelte, um der Öffnungszeremonie beizuwohnen, beim bloßen Anblick anfing zu sabbern. Seine Ladung war nach wie vor auf wunderbare Weise intakt, jedoch hatten sich die Apparaturen und der Druckregler, die unbedingt nötig waren, um an die kostbare Flüssigkeit zu gelangen, verklemmt. Higgy führte das Team von Helfern an, die vergebens versuchten, hineinzugelangen. Die Menge schlug ungeduldig mit Zinnbechern und anderen geretteten Bechern in einem langsamen Protestrhythmus gegen die Seiten des Fahrzeugs:

»*Wir wollen saufen, Higgy!*

Wir wollen saufen, Higgy!«

Der bärtige Schotte schrie den Tank an und verfluchte ihn aus ganzem Herzen. Er hatte sich schon mehrere Minuten damit abgeplagt, und jetzt entwickelte er eine echte keltische Aggression. Er unternahm mehrere fruchtlose Versuche, den Zapfhahn mit einer Brechstange abzuschlagen. Dann schwang er sich verzweifelt auf das Dach und hämmerte stattdessen auf die Schweißnaht des Sicherheitsventils ein. Seine mächtigen, das Fleisch erschütternden Hiebe übertönten den Singsang und erfüllten die Nachtluft mit einem hallenden, klirrenden Geklapper. Schließlich bekam die eigensinnige Kappe einen Riss und brach ab, unter einem wilden, begeisterten Beifall.

»Das hat sie erledigt!«, rief Higgy triumphierend.

Mit Hilfe eines rostigen Feuereimers und eines schmutzigen Elektrokabels wurde das Getränk herausgeholt. Higgy nahm den ersten Eimer, umklammerte ihn mit beiden haarigen Händen und setzte ihn an die Lippen. Er trank einen langen Schluck, wobei er etwas über sein schmieriges Sweatshirt vergoss. »Schmeckt in Anbetracht von allem gar nicht so schlecht«, rief er, breit grinsend. Er nahm einen zweiten langen Zug. Dann ließ er ihn, halb geleert, zu der erstaunten Klientel unten hinab.

Bald spritzte und gurgelte das Getränk seinen vorgesehenen Weg die trockenen und abgestumpften Kehlen hinab. Es war für die meisten Leute der erste Alkohol, seitdem die letzte Destillerie geräumt worden war, und sie murrten nicht. Er wirkte sehr rasch.

Die lärmende Menge, die den Tank umgab, schwoll plötzlich an, nachdem die gute Nachricht sich verbreitet hatte. Die Zeit für die Nachtvorstellung nahte.

Die Menge aus Partygästen lockerte sich auf, und die Leute wanderten in lachenden, singenden Gruppen herum, saßen um die tosenden Lagerfeuer, sprachen über die Zukunft. Sie holten ihre Gitarren heraus und spielten mit der

Musik. Einige von ihnen gaben sich damit zufrieden, sich einfach auf den zertrampelten Boden zu legen, zu den Sternen aufzuschauen und sich von der Musik in den Schlaf tragen zu lassen. Für andere war die orgiastische Atmosphäre eine Chance, das vergessene Bumsen nachzuholen.

Die Kuppel aus Dunkelheit über ihnen, jetzt erneut der unbekannte erschreckende Schleier, der einmal Grund dafür gewesen war, dass ihre Vorfahren sich um der Sicherheit willen um die tanzenden Flammen geschart hatten, erweitere sich nach und nach, zurückgestoßen von den Myriaden an Lichtpunkten.

Vor der Bühne – dem lebenswichtigen Nervenknotenpunkt dessen, was jetzt Earth City genannt wurde – waren Jonathan Liquid Len Smeeton und die Lensmen damit beschäftigt, Trauben von Beleuchtungsmaschinen aufzustellen, die mit ihrem Schein einen weiteren Beitrag zum Zusammengehörigkeitsgefühl leisten würden.

Die hagere Gestalt des Light Lord war in der starken Beleuchtung deutlich zu erkennen, bequem gekleidet mit seinen grünen Cordschlaghosen, schwarzen Halbschuhen und der kurzen schwarzen Lederjacke. Er bewegte sich mit nervöser Energie, schritt zwischen den Reihen des Equipments und den Gruppen von Children hindurch. Im Kopf kämpfte er mit gewaltigen Beleuchtungsproblem. Eine kreisförmige Bühne bot keinen Hintergrund, auf den die Bilder seiner Projektionen fallen konnten, daher musste er stattdessen eine kompliziert aussehende Skulptur aus großen Plastikformen und Spiegeln entwickeln, die jetzt auf der Bühne montiert war. Sie drehte sich wie ein gigantischer gyroskopischer Bausatz, der sich über die Köpfe der Spieler erhob.

Hawkwind selbst komponierte und probte in aller Ruhe neue Nummern, während sie auf ihr Stichwort von Liquid Len warteten. Um die schlimmen Gefühle in Schach zu halten, mussten sie so lange und so oft spielen, wie sie konnten… angetrieben lediglich von den unablässigen Forderungen nach ihrer Musik. Jede Art von *Hawkwind*-Musik tat es anscheinend, sogar die Proben. Das war der Gruppe nur recht, weil es schwierig gewesen wäre, einen zweiten Ort zum Proben anzulegen.

Ein Ruf ertönte abseits der Bühne, nahe einer der Projektoren. Liquid Len legte letzte Hand an die Verkabelung hinter dem Kontrollpult. Er hielt sich beeindruckend aufrecht, wie der Dirigent eines Konzerthauses. Elegant hob er einen Arm in Richtung der Bühne. Es war das Zeichen zum Beginn.

Abrupt wurden die großen Verstärker, die nur mit einem Viertel Lautstärke gearbeitet hatten, um Energie zu sparen, wieder voll aufgedreht, und eine Reihe langer lauter Trommelwirbel kam krachend heraus. Jene unter den Children, die immer noch in ihren Schuppen waren, hörten den mächtigen Ruf von *Hawkwind* und machten sich auf den Weg zu der sich wiegenden, jubelnden Menge rings um die Bühne.

Als Nächstes schaltete Liquid Len die zentrale Scheinwerferbatterie mit einem knappen Nicken des Kopfs aus. Zufrieden mit dem plötzlichen Hereinstürmen von Dunkelheit, die in den Platz eindrang und ihn mit der Kraft versorgte, die er benötigte, widmete er sich wieder voll den Reglern auf dem Pult vor sich.

Nach und nach erloschen die beiden anderen Hauptscheinwerfer, und in der jähen, zeitlosen Dunkelheit, die nach London zurückgekehrt war, wurden die mächtigen Maschinen des Light Lord lebendig.

Die Bühne begann, sich zu drehen, erst langsam, dann immer rascher, in einer lebhaften, berauschenden Explosion von Farben und Formen. Ein ungläubiges Aufkeuchen stieg langsam aus der Schwärze rings umher. Die hohen, in die Luft ragenden Kunststoffflossen schienen sich wie Speichen zu drehen, sich in Farben zu wellen und zu wogen, die sich beständig dadurch veränderten, dass sie ineinander verschmolzen. Die Farben glitten von den Enden in den schwarzen Himmel wie die Abgase eines gigantischen Raumschiffs.

Die Ungeheuerlichkeit der Illusion war derart, dass viele völlig davon überrascht wurden und in der Düsternis umherstolperten und trunken ineinander fielen.

Pochende Trommeln und zischende Becken sprangen wie wütende Tiere aus dem seltsam aussehenden Fahrzeug – dem *Hawkwind*-Raumschiff, erbaut vor langer Zeit von Captain Bob Calvert, der, wie die Legende sagte, eines Tages zu ihnen zurückkehren würde.

Stacia (die mit Lemmy zurückgekommen war) erschien von irgendwoher aus dem Innern der wirbelnden Hülle auf seiner Plattform, bekleidet einzig mit einem feinen, von Farben bombardierten Negligé. Ihr Körper erhielt seine Energie völlig vom unablässigen Rhythmus des Schiffsantriebs und den magischen Klängen des Mellotrons, als das Hawkfahrzeug die Gänge wechselte und *Silver Machine* spielte. Als der Klang sich stabilisierte, löste sie den Schleier. Ihr nackter Körper, gekleidet lediglich in das magische

Licht, bewegte sich wild und sinnlich am Rand der blitzenden Paneele. Sie gab sich völlig der nach ihr greifenden, einsaugenden Schwärze der urtümlichen Nacht hin – eine vollkommene Geste der triumphierenden menschlichen Liebe, ein Symbol der Erde, des Optimismus, des Lebens, das noch kommen sollte.

Dann schien der äußere Teil des Schiffs abzubrechen wie ein unirdisches Juwel, das in synchronisierten Farben und Klängen herumwirbelte und blitzte und pulsierte. Wie mit einer Stimme brüllten die Children und kreischten die vertrauten Worte, und ihre Stimmen glitten zusammen mit den rasenden Tonleitern auf und ab.

Die Töne fuhren über ihre Köpfe hinaus, durchschnitten furchtlos die Dunkelheit, die unsichtbaren Halb-Ruinen von London... fuhren weit über die kilometerweit dicht gedrängten Körper, Zelte und Habseligkeiten in Green Park hinaus... streckten lautlose, mächtige Finger musikalischer Substanz aus, die sich in jede letzte verbliebene Zelle des Lebens auf Erden bohrten. Sie verkündeten eine neue Dämmerung für die Menschheit... eine unwiderstehliche Botschaft, die niemand ignorieren konnte...

Ein Stoß vom Himmel

In China sprang Kwa Wang, Anführer der Widerstandsbewegung des Volkes, von seinem Fahrrad, als ihn der Schock der Inspiration traf. Das Rad stieß mit anderen zusammen. Bald kam die gesamte hamsternde Gesellschaft auf der überwachsenen Lössebene in einem wilden Durcheinander zum Stehen.

In diesem weiten Meer aus Abfall, durchsetzt mit knorrigen, blattlosen Bäumen und fragilen Riedhütten und umgeben von den Ruinen der chinesischen Industrie, wurden die verwirrenden Worte ihres Großen Meisters, gesprochen Augenblicke vor seinen Tod, plötzlich klar.

Der alte Mann, im Aufruhr getötet, hatte einfach gesagt: »Geht nach Westen.«

Wang ging jetzt auf, dass irgendwo im imperialistischen Westen das Geheimnis der Lehren des Meisters liegen musste... ein weiteres der großen Paradoxa des Lebens. Als ihnen das Wissen dämmerte, spürte jeder Mann, jede Frau und jedes Kind den »windlosen Wind, den klanglosen Klang, die visionslose Vision«, die über die Ruinenlandschaft fegte, sie weiter zu ihrer mysteriösen Quelle lockte, wohin zu gehen sie sich gedrängt fühlten...

In Argentinien, auf der normalerweise belebten Calle Florida in Buenos Aires, wurde das letzte große Bidou-Spiel im Café Bolonga gespielt. Der Todeswürfel klapperte über die Tischplatten aus Marmor und entschied, welcher oder welche der Señores und Señoritas mit ihren ernsten

Gesichtern im Café als Nächster den geladenen .45er-Colt aufnehmen und sich das Gehirn herauspusten sollte.

Das Leben in der verlassenen Stadt war jetzt nicht mehr lebenswert, nachdem ihr ganzer Glanz und alle Lichter erloschen waren. Das restliche Argentinien war ebenfalls verödet, und die Kommunikation mit der Außenwelt war völlig zum Erliegen gekommen.

Auf einmal jedoch weigerten sich die Würfel zu spielen. Jeder Spieler warf eine Doppelsechs... jedes Mal. Kein Mensch wäre jemals mehr der Verlierer. Ihre trübselige Stimmung hob sich. Gelächter brandete auf, und das Spiel endete. Jemand holte zwei Maracas hervor, und die Gruppe verließ das Café singend und tanzend über die hallenden Straßen, dorthin, wo die großen transkontinentalen Busse immer noch im Calle Lavalle parkten...

In Indien, tief unterhalb des verödeten, von Leichen erstickten Gassen Kalkuttas im britischen Sektor, stapfte Rojans zerstörte menschliche Gestalt angewidert durch die Kanalisation. Er klammerte sich an dem Dhoti fest, das sich zwischen seine Beine schlang und sich allmählich auflöste, ein vergeblicher Versuch, sich vor der schweren eisigen Luft und der erstickenden Schwärze zu schützen.

»Da oben ist es einfach genauso schlimm wie eh und je«, rief er, zum Teil, um sich von seiner eigenen Stimme beruhigen zu lassen, während er vorsichtig weiterging, und zum Teil, um seine Rückkehr den übrigen Überlebenden anzukündigen, die weiter oben im Kanal in der trockenen Durchflusskammer kampierten und auf seine Neuigkeiten warteten. Er war einige Zeit weggewesen, und der entsetzliche Gedanke, dass sie während seiner Abwesenheit gestorben waren, erfüllte ihn akut mit Panik.

»Die Ratten speisen nach wie vor fürstlich in unseren kostbaren Straßen, während wir in ihren stinkenden alten Nestern verhungern!«, rief er wiederum laut, aber es gab nach wie vor keinen Laut außer dem Tröpfeln der Flüssigkeit. »Der einzige Trost, den ihr jetzt haben werdet, meine Freunde, ist der, dass die wohlhabende Scheiße, die ihr durch diese ach so heiligen ehrwürdigen Kanäle fließen seht, aufhören wird zu fließen. Von jetzt an, meine Herrschaften, sind *alle* Kasten, *alle* Menschen gleich.«

Dann hatte er seine Notlage vergessen. Er erstarrte, als das seltsame, beseligende Gefühl aus Tausenden von Kilometern Entfernung über ihn hinwegspülte, als wäre ein Damm gebrochen. Bezaubert sah er die schimmernde, farbenfrohe Bühne, umringt von glücklichen, wunderschönen Menschen, die aufleuchtete wie eine magische Insel, die in der Schwärze trieb. Aus dieser Entfernung konnte er die Musik nicht hören, aber er verspürte die frische Wärme, die in ihn hineingepumpt wurde, und er spürte, was sie für die Menge glücklicher Menschen tat, die dort versammelt waren.

Die Vision war real. Sie versprach das Ende seines entsetzlichen Leidens, sie schenkte ihm und seinen Freunden Hoffnung. Wenn es nur einen Weg gab, sie zu erreichen. Irgendwie *mussten* sie sie erreichen. Sie mussten das Risiko auf den tödlichen, rattendurchseuchten Straßen oben eingehen und ihren Weg zur Bühne suchen...

In Uganda, in der Nähe des zerstörten Campus von Kyambogo an der Küste des großen chemischen Sumpfs, wuchsen wieder Lehmhütten. In einer dieser Hütten ruhten sich Angel und andere ehemalige Arbeiter und Studenten des Kollegs nach dem erfolgreichen Sturz des Regimes aus. Jetzt gab es keine Regierung, weil es keine Menschen mehr gab, die hätten regiert werden können. Das einstmals fruchtbare Land und der größte Teil der überschäumenden Lebensformen, die es beherbergte, beides war vergiftet. Die Veränderung wie im Rest der Welt war zu spät herbeigeführt worden.

Angel spürte, wie die Musik ihren mächtigen Rhythmus durch seine Adern flocht. Es fing als Erinnerung an den jungen, weißhaarigen Jungen an, mit dem er seine frühen Studententage im 67er London verbracht hatte. Er erinnerte sich an die englische Rockmusik, die sie zusammen in den Clubs und auf Konzerten gehört hatten, Musik, die in seinem eigenen Land vom tyrannischen Willen seines ehemaligen Präsidenten verboten gewesen war.

Das Bild des Jungen auf der Lehmwand erwiderte sein Lächeln, und er verspürte einen starken Drang, wieder einmal mit ihm dort zu sein, weg vom sterilisierten afrikanischen Kontinent.

Er erhob sich aus seiner hockenden Position auf dem festgestampften Erdboden – die erste Bewegung, die er seit mehreren Tagen vollführt hatte – dann schritt er zusammen mit den anderen hinaus zum Flughafen von Entebbe, voller Energie durch die Musik von *Hawkwind*, die mächtig in seinem schwarzen Körper hämmerte...

Die musikalischen Ausstrahlungen erreichten die Arktis.

»Mush! Mush!«

Durch den Pelz seines hochgestellten Kragens blickte Klute zurück auf den glitzernden Konvoi aus Schlitten und Hunden, die darauf warteten, die letzten verbliebenen Eskimos aus ihren Heimatstätten auf dem verräterischen Eis zu evakuieren.

Seine braunen Schlitzaugen blickten über die Felder des langsam schmelzenden Schnees... eine Landschaft, einst so vertraut wie der Ort seiner Geburt, jetzt durchsetzt von den verlassenen schwarzen Skeletten der Hütten, durchsetzt mit Spalten und großen Haufen weggeworfener Coca-Cola-Dosen und leerer Gasflaschen des vergangenen Jahrs. Der gasige Abfall endloser, gedankenloser industrieller Prozesse hatte das alles verursacht, dachte er bitter, hatte die Wärme in der Atmosphäre eingefangen und die Eiskappen geschmolzen. In der nachfolgenden Katastrophe war sein Volk so gut wie ausgestorben, und die Überlebenden hatten große Mühsal erlitten. Dann war der unerklärliche Drang gekommen, sich in Bewegung zu setzen. Er hatte ihn als Erster gespürt, wie ein Wanderinstinkt, aber die anderen hatten ihn nach und nach ebenfalls empfunden – eine glückliche, bebende Energie, die anscheinend von überall und nirgends herkam und sie in eine unbekannte Zukunft einlud.

Die Hundemeuten erhoben sich wie verwelkte Geister, schüttelten sich von ihren matschigen Lagern los. Ohne auf Futter zu warten, machten sie sich bereit für die lange und beschwerliche Fahrt zu den Schiffen am Hafen... zum Versprechen eines neuen Lebens.

»Mush! Mush!«

Die Wellen, die Ausstrahlungen, reichten rund um den Planeten, hielten ihn in einer seltsamen, vitalen neuen Umarmung gefangen. Sie rührten Hoffnung auf. Sie inspirierten zum Handeln.

Sie zogen Hass auf sich.

Kein Teil der Erde war frei von ihren mächtigen, verändernden Effekten...

Die Netze der Nacht

»Was sie auch sein mögen, Sir, sie kommen anscheinend von Nordwesten, Sir«, informierte Cowers, Regiment-Sergeant Major der höchst geheimen SOB-Garnison, den Colonel. Die SOB (Saudi Oil for Britain, »Saudisches Öl für Großbritannien«) hatte die gigantischen Ölraffinerien in Ra Tannurah an der Ostküste Saudi Arabiens bewacht, seitdem die Truppen ihrer Majestät den »Anteil« des Königreichs an den Energiequellen des Ostens gewaltsam eingenommen hatten. »Lance Corporal Burk hat sie mit seinem Funkgerät aufgefangen, Sir.«

»Hat sie mit seinem Funkgerät aufgefangen, Sergeant?«, fragte Colonel Memphis Mephis halb ungläubig. »Wellen? Ausstrahlungen?« Sein asketisches Militärgesicht wirkte verwirrt.

»Nun ja, was sie auch sein mögen, Sir.«

»Er hat sich einfach *eingestimmt*, ja?«

»Nun ja...«, erwiderte RSM und packte seinen Zeigestock fester hinter seinem Rücken. »...indem er seinen Sender aufgestellt hat, Sir, und eine gewisse Art von, ähm, Musik, Sir, durch, äh, Lautsprecher sendet, die nur in eine Richtung strahlen, Sir, war er imstande herzuleiten, welche Richtung die, äh, Wellen nahmen, Sir.«

»Lautsprecher, die nur in eine Richtung strahlen? Was für eine Art von Musik ist das?«

»Popmusik, Sir.«

»Popmusik? Hört sich für mich etwas weit hergeholt an, Cowers.«

»Ja, Sir... Ich meine, nein, Sir... Wissen Sie, Tony Blackburn-Bänder, Sir, und die Platten gehören den Jungs, Sir... Bay City Rollers, tolles Zeug, Sir, tolles Zeug...«

»Ja, ja. Kommen Sie zur Sache, Sergeant! Wie hat Burk die Richtung entdeckt, die diese, ähm, Popmusik nimmt?«

»Einfach, Sir.« Das Gesicht des RSMs verzog sich zur Parodie eines Lächelns. »Die Jungs hatten so etwas wie eine Party... natürlich außer Dienst, Sir. Burk fiel zufällig auf, Sir, dass die entsetzlichen Effekte dieser verdammten Strahlen, was sie auch immer sein mögen, neutralisiert werden, wenn seine Lautsprecher nach Nordwesten gerichtet waren, Sir.«

»Gut beobachtet, der Junge. Nun ja, Sergeant, Sie wissen, was zu tun ist. Wir unterbinden diesen Unsinn jetzt ein für alle Mal.«

»Ja, Sir! Sofort, Sir. Es wird eine Erleichterung sein, nicht mehr diese furchtbaren Binden tragen zu müssen, Sir.«

»Ab durch die Mitte, Sergeant.«

Der RSM verließ den Raum.

Der Colonel ließ den Zuversicht spendenden, besorgten, väterlichen Ausdruck auf seinem Gesicht verschwinden.

Er ließ sich in der brütenden Stille nieder, und seine wahre Natur zeigte sich, und er warf einen fremdartigen Blick über die Tischkarte vor sich.

»Also sieht es so aus, als würde ich Recht behalten...«, murmelte er. »In diesem Fall wird das meinen Plänen gut entgegenkommen.« Er folgte mit dem Finger einem Kurs nach Nordwesten über die Karte, durch Persien nach Großbritannien. »Wie ich mir gedacht habe! Ich weiß mehr über die Quelle dieser ‚Strahlen' als die anderen alle zusammengenommen... dann lass mich mal sehen.«

Die Visionen der feiernden langhaarigen Hippies in Green Park kehrten zu ihm zurück. Sie waren die Offensive. Sie waren der Feind. Sie waren, was seine Männer in eine Bande ineffektiver, rückgratloser Hosenscheißer verwandelte...

Burks Funk mochte dabei helfen, die grässlichen Effekte zu lindern, aber am Ende... Sie müssten ausgelöscht werden.

Die politische Lage hatte sich verändert. Es bestand keine Notwendigkeit mehr dafür, das Öl zu schützen. Mit ihm an der Spitze – dem Dienstgrad nach war der Colonel zu der Vermutung gelangt, dass er der höchstrangige Offizier der verbliebenen Welt war – würde die Garnison SOB über alles und jeden triumphieren. Sie würde eine Bande Hippie-Schnösel besiegen, die die königlichen Parks in London entweihten... und sie würde mehr erreichen.

Während er auf seine Karte hinabsah, folgten seine schlanken, manikürten Finger der präzisen Route, die seine Killer-Armee nehmen würde...

Kontrollverlust

Über dem Konzertplatz flog ein weiteres außer Kurs geratenes Flugzeug lautstark und mühsam zum Flughafen Heathrow. Dieses hier zeigte den roten chinesischen Stern auf seinem zerbeulten Rumpf. Wie die anderen flog es ziellos, schwer beladen und gesteuert von einer verzweifelten Mannschaft aus Amateuren. Eines seiner Triebwerke hatte schließlich den Geist aufgegeben, denn es gelang ihm nur so gerade eben, die Höhe zu halten.

Hawkwind hörte einen Moment lang auf zu spielen, da die Aufmerksamkeit aller auf den Himmel gerichtet war. Sie konnten ein kleines rundes chinesisches Gesicht sehen, das gegen die Türe gedrückt war, herabsah und winkte. Die Children winkten zurück und jubelten. Dann stotterte abrupt das andere Triebwerk und erlosch. In tödlichem Schweigen schwenkte das Flugzeug mit seiner menschlichen Fracht scharf erdwärts. Die Menge unten keuchte auf, als es hinter dem gezackten Horizont aus Ruinen am Piccadilly verschwand.

Mehrere angespannte Minuten verstrichen, bevor es offensichtlich wurde, dass das Flugzeug einen Platz für eine Bruchlandung im Hyde Park gefunden hatte. Irgendwo im Hintergrund der dichtgedrängten Menge an Children löste sich eine Abteilung und rannte los, um zu helfen.

Eine bittere, ungewöhnliche Kühle machte sich allmählich in der Sommerluft breit. Die Horrorbilder, in Schach gehalten von der Musik, kehrten bereits zurück. Verzweifelt begannen *Hawkwind* wieder zu spielen, da sie befürchteten, dass das höllische Gefühl bald den Willen der edlen Rettungsgesellschaft untergraben würde.

Das letzte Konzert ging bereits weit in seinen achten Tag. Sie hatten bis zu zwei Stunden am Stück gespielt, außerstande, wegen der schrecklichen Entzugssymptome von der Musik die Bühne zu verlassen. Wann immer sie konnten, fuhren sie zum gelben Lastwagen zurück, aber am folgenden Tag, und oft auch bei Nacht, würden sie von den hungrigen Children zur Rückkehr überredet werden, nachdem sie ihre Ruhepause nur halb bekommen hatten. Die Musik war wie eine harte Droge – je mehr sie spielten, desto schlimmer wurden die Nachwirkungen.

Sie hatten, ungeachtet ihrer eigenen Sicherheit, um des Wohlergehens von Earth City willen unermüdlich weitergespielt. Jetzt waren sie allmählich erschöpft, außerstande, sich auf den Beinen zu halten – gleichermaßen außerstande, den Schlaf zu bekommen, den sie so dringend benötigten.

Sie konnten nicht mehr weitermachen. Die Musik hatte sie am Haken – und sie verzehrte sie nach und nach.

König des Speed

Das Gefühl war wie ein beständiger Adrenalin-Trip, nur schlimmer. Ihm konnte effektiv nur durch schwere Dosen von *Hawkwind*-Musik Einhalt geboten werden, obwohl chemische Mittel, falls erhältlich, dabei halfen, die Symptome von Paranoia und Sinnestäuschung abzuschwächen. Die gesamte Earth City und die anderen ähnlich gesinnten Menschen auf der Welt befanden sich seinem teuflischen Griff. Noch immer wusste niemand, warum es vorhanden oder, besser gesagt, was die Ursache dafür war.

»Wir können nicht endlos spielen«, sagte Hound Master in das düstere Schweigen des Raums.

Er saß neben dem Baron auf einem der Kissen im gelben Lastwagen, hatte die Knie an seinen drahtigen Leib gezogen, die Hände darum gelegt und wiegte sich nervös im Versuch vor und zurück, das Rasen zu lindern. »Wir sind völlig ausgelaugt vom Spielen. Die Paranoia ist inzwischen so groß, dass wir nicht mal mehr das Wenige an Schlaf bekommen, was wir gewohnt sind. Higgy hat ein paar der verbliebenen Beruhigungsmittel erkämpfen können. Aber jetzt wirken sie nicht mehr richtig, und wir müssen die doppelte Dosis nehmen, bevor sie funktionieren. Was werden wir tun, wenn sie völlig ausgehen?... Vielleicht sollten wir die nächste Vorstellung ausfallen lassen und die Zeit stattdessen nutzen, um einen anderen Plan auszuarbeiten.«

»Vielleicht spinnst du ein bisschen, Hound Master?«, fragte der Baron wütend. »Woraus bestehen wir, deiner Ansicht nach? Selbst wenn wir die Effekte so lange ertragen könnten, würden die Children einen kollektiven Anfall bekommen. Hör doch nur mal auf sie!« Er hatte vergebens versucht, seine Gedanken auf eine Reihe sonniger Reisefotos in einer alten Beilage von *Telegraph* zu konzentrieren. Aber jetzt knallte er die Zeitschrift hin und stand auf.

Die Children hatten aufgehört, sich draußen vor dem Fenster zu versammeln, wie sie es sonst getan hatten. Sie waren zu niedergeschlagen und brachten dafür die Kraft nicht mehr auf. Sie benötigten all ihre Zeit, um herumzugehen und sich etwas zu essen zu organisieren. Wenn *Hawkwind* nicht auf der Bühne war, verbrachten sie die meiste Zeit in ihren Schuppen und Häusern und kämpften gegen den kollektiven Wahnsinn an. Sie neigten dazu, die echte Arbeit in den Stunden zu erledigen, wenn die Musik spielte, wenn sie sich sogleich glücklich und energiegeladen fühlten. Während der Musikstunden schliefen sie auch. Anders als *Hawkwind* erhielten sie zumindest den dringend benötigten Schlaf. Aber sie waren still auf eine schlimme Weise.

Ein junger rothaariger Mann in einem grünen Anzug drehte mitten auf der Straße durch, während der Baron aus dem Fenster sah. »Ein weiteres unglückliches Opfer, das in den Wahnsinn getrieben wurde«, bemerkte er bitter, jedoch mit Mitgefühl. Der Mann riss mit den Händen an seinen Haaren, zog große Büschel heraus und kreischte wild im Versuch, den Dämon in sich zu vertreiben. Der Baron wandte sich von dem Anblick ab und spürte, wie dieselbe Verzweiflung in ihm aufwallen wollte. »Die armen Schweine! Ihr müsst euch an Hound Master erinnern, sie hatten nicht die Beruhigungsmittel, die wir hatten, um ihnen da durchzuhelfen.«

Alle schwiegen. Von draußen auf der Straße ertönten weitere gequälte Rufe und jammernde Schreie der Children von Portobello – beständige Erinnerung an die unsichtbare Front negativer Energie, die langsam ihre Gehirne und ihre Körper zerstörte.

»Was könnten wir denn planen, deiner Ansicht nach?«, fragte Thunder Rider.

»Wir könnten versuchen herauszufinden, warum unsere Musik so mächtig geworden ist. Natürlich war unsere Musik immer gut.« Er brachte ein sarkastisches Lächeln zustande, das zwei fehlende Schneidezähne zeigte. »Der Zahl von Fans nach zu urteilen, die wir hatten. Aber sie ist nie so gut gewesen...«

»Oder schlecht...«, fügte Liquid Len hinzu. Er schritt erregt einen freien Streifen auf dem Boden auf und ab. Die weißen Hände hatte er auf dem Rücken verschränkt. Er versuchte, wie auch die anderen auf ihre Weise, sich von den alptraumhaften Bildern abzulenken, die sich bereits in ihren Köpfen bildeten.

Dieselben Vorstellungen überfielen jeden – Erde, die aufriss, und Abgründe, die klafften, in die sich die zerfallenden, wegrutschenden Gebäude der Menschen ergossen. Wahnsinnige Gesichter menschlicher Mutanten, die aus den Spalten krochen, Rache suchten. Ruhige, alienartige Blicke von roboterähnlichen Kreaturen, die geduldig am Horizont des verwüsteten Landes standen. Ihre eigenen Körper, die sich in sich windende, glänzende grüne Tentakel verwandelten, quallengleiche Haut, wenn sie es wagten, an sich hinabzusehen. Schauer geschmolzenen Metalls und brennender saurer Fallout, der durch die Decke vom

Himmel herabschoss, auf ihr Fleisch einstach und ihre Leiber mit Millionen brennender Löcher sprenkelte...

»Wir müssen unter Attacke stehen... das ist die einzige Erklärung, die standhält...!« Stacia schrie jetzt, die Augen weit aufgerissen vor Furcht. »So schlimm ist es nie zuvor gewesen...!« Ihr klapperten die Zähne, und sie legte sich die Arme fest um die Brust, und beide Arme bemühten sich, ihr hämmerndes Herz zur Ruhe zu bringen.

Actonium Doug in seiner Ecke schrie und lachte abwechselnd krampfhaft. Sein Biervorrat war zu Ende gegangen. Clarence lag an seiner Seite und wimmerte. Sein einstmals glänzender Mantel war jetzt trocken und bekam kahle Stellen.

»Vielleicht sind das alles diese verdammten Ausländer, die hier rübergekommen sind«, scherzte der Baron grimmig. »Warum kommen sie?« Er sah den schweigsamen, lächelnden Rudolph the Black an, der schlicht den Kopf schüttelte.

»Es muss die Musik sein...«, sagte jemand.

»Ich weiß, sie ist laut, aber sie ist nicht *so* laut!« Der Baron lächelte schmerzlich. »Ich kann dieses Gefühl nicht ertragen – es kriecht unter meiner Haut umher. Es fühlt sich an, als ob ich von einem Alk-Trip runterkomme.« Er schauderte und bewegte sich, als würde er sich heftig kratzen.

»Wir müssen irgendwie da durch«, intonierte Thunder Rider weiterhin. »Es muss eine Möglichkeit geben, dagegen anzukämpfen... vielleicht... wenn wir uns auf der Bühne abwechseln und die Musik am Laufen halten...?«

»Das würde das Equipment nicht aushalten«, warf der Sonic Prince hastig ein. Er konnte den Effekten anscheinend besser widerstehen als die anderen. Er saß am Harmonium und spielte hin und wieder ein paar jazzige Töne, ein Versuch, die Stimmung aufzuhellen.

»Versuche, die Platten wieder aufzulegen«, schlug der Baron vor.

»Wir haben sie bereits ein Dutzend Mal ausprobiert«, beklagte sich Thunder Rider, »aber ich werde sie wieder probieren. Zumindest ist das etwas.«

Er stand auf und schritt zum Goldring, der auf der Truhe neben einer Kiste mit den Aufnahmen stand. Er wählte das *Doremi Fasol Latido*-Album und legte die Scheibe auf den Plattenteller. Dann verließ er den Raum und stieg die Treppe zum Flur hinab. Die alten Räder, die die vorherigen Bewohner zurückgelassen hatten, waren jetzt weg, den Children übergeben, und ein Dieselgenerator war stattdessen installiert worden. Er trat den Motor an. Als er richtig lief, steckte er das Auspuffrohr durch ein Loch in der Tür und ging die Treppe wieder zurück nach oben. Er schaltete den Plattenspieler ein und setzte sich dann abwartend in einen der Rohrstühle.

Im Raum wurde es still, und *Brainstorm* ertönte über die Lautsprecher. Aber selbst, als die ersten drängenden Töne von Lemmys Bassgitarre erklangen, wurde es offensichtlich, dass der Weltallsong der *Hawkwind*s keinen Unterschied in der allgemeinen Paranoia bedeuten würde. Wenn überhaupt, dann half er dabei, sie noch zu verstärken. Alarmiert stand Thunder Rider auf und versuchte *Lord of Light* auf der Rückseite, ohne größeren Erfolg. Niedergeschlagen schaltete er den Plattenspieler ab. Ein lautes, verstärktes Klicken ertönte über die Lautsprecher.

»Es hat keinen Zweck. Livemusik scheint die einzige Abhilfe zu sein. Wenn wir nur wüssten, warum...«

Niemand gab Antwort. Der Punkt war bereits einhundert Mal diskutiert worden. Und der Sonic Prince wies darauf hin, dass die Signale, welche die Lautsprecher empfingen, dieselben waren, ob sie von Liveinstrumenten herrührten oder einer Kunststoffscheibe. Technisch gesehen gab es keinen Grund, weswegen eine Liveperformance funktionieren sollte, wenn es eine Platte nicht tat.

»Obwohl ich glaube, dass der Hound Master irgendwie recht hat, Baron.« Astral Al, der sich über eine Plastikschüssel gebeugt hatte, hob schließlich den Kopf. Er trug immer noch seinen auffälligen weißen Anzug, der nun deutlich abgenutzt und mit Erbrochenem befleckt war. »Ich meine, von wegen sich Zeit zum Überlegen nehmen und den nächsten Gig ausfallen lassen. Vielleicht müssen wir grausam sein, um freundlich sein zu können, hm?« Er lächelte ein wenig rüpelhaft, aber niemand sagte etwas dagegen – so war er halt. »Wir können den Rest der Beruhigungsmittel nehmen und uns ein paar Stunden aufs Ohr hauen. So werden wir besser nachdenken können.«

»Mir gefällt diese Idee am besten«, sagte Lemmy. Er hatte neben Stacia gelegen und versucht einzudösen, indem er sich entspannte, sich völlig stillgehalten und gehofft hatte, die Horrorbilder würden sich schließlich verziehen.

»Wir könnten auch den Rest von diesem hausgemachten Zeug trinken. Es sind noch etwa zwanzig Flaschen in der Nische über der Treppe übrig.«

»Weil das ein echter Fusel ist«, sagte Stacia, leicht würgend bei der Vorstellung.

Niemand sagte etwas gegen Hound Masters Idee. Im Hinterkopf wussten sie, dass sie eher früher als später etwas dergleichen tun mussten. Die Beruhigungsmittel gingen ihnen aus, und der Krieg der bedrohlichen Bilder, worin er auch immer bestehen mochte, wurde immer gewaltiger.

»Wer ist dann damit einverstanden?«, fragte Thunder Rider. Er konnte sich kaum auf die Vorgänge konzentrieren, und er musste sämtliche Energie und Willenskraft aufbringen, um durch den Nervenzusammenbruch zu sprechen, der sich anbahnte. »Ich weiß, dir gefällt die Idee nicht, Baron. Aber sie ist einen Versuch wert. Wenn wir einfach spielen, kommen wir nirgendwo hin. Wir halten lediglich die Horrorbilder etwas länger fern... und sie werden die ganze Zeit über schlimmer. Wenn wir nicht rasch etwas anderes tun, werden wir uns diesen Typen auf der Straße anschließen.«

Ein paar Augenblicke lang verfielen sie alle in Schweigen, zitternd in der Hitze und um Beherrschung ringend. Schließlich waren sie einstimmig dafür, die Vorstellung ausfallen zu lassen, weil ihnen dann eine kurzzeitige Erholung garantiert wäre.

Higgy stand von seiner Matratze auf und holte die restlichen Beruhigungsmittel aus der Küche. Nach seiner Rückkehr reichte er sie herum, zwei für jeden Anwesenden, ihn selbst eingeschlossen.

»Hoffen wir«, sagte er, während er die leere Flasche über die Schulter warf, »dass euch allen nach dem Aufwachen etwas einfällt. Ansonsten fällt der Vorhang für den Menschen.«

Feierlich schluckten sie ihre Tabletten, legten sich hin und warteten auf den Schlaf – alle, außer dem Sonic Prince.

Das Unbekannte filmen

Draußen vor dem gelben Lastwagen war die Luft noch stickiger und feuchter und voll von Gerüchen nach fauligem Holz und anderem organischem Material

Nach dem eng begrenzten Raum schien die Weite alles intensiver und elektrisierender zu machen. Sie verlieh dem Prince etwas, auf das er sich konzentrieren konnte, um seine Paranoia ein wenig zu lindern. Während des Treffens hatte es in seinem Kopf vor Ideen geschwirrt, aber keine von ihnen wollte sich zusammenfügen.

Er nickte den wenigen panikerfüllten Gesichtern zu, denen er begegnete, während er langsam die Straße hinabging, gesäumt von Ladenfronten mit Schaufenstern, die gesprungen oder zerbrochen waren. Zum Glück fragte ihn niemand nach der genauen Zeit der abgesagten Session. So groß war ihr Schmerz, dass die Children ihn kaum erkannten. Sie hingen grimmig an dem Wenigen, was ihnen an geistiger Gesundheit verblieben war.

Er kam an dem Haufen weißer Asche in der Straßenmitte vorüber, wo unverbrüchlich jede Nacht das rituelle Feuer entzündet wurde. Ihre sich abkühlende Oberfläche war kreuz und quer durchzogen von den Reifenspuren des Lastwagens und den merkwürdigen Reifenabdrücken anderer seltener Fahrzeuge. Inmitten der pulverigen Überreste bemerkte er mit Entsetzen den Umriss des Wahnsinnigen, den sie zuvor vom Fenster aus gesehen hatten. Er war völlig bedeckt, abgesehen von einer Strähne des verräterischen rotblonden Haars, wo das Gesicht hätte sein sollen. Die erbärmliche Gestalt zuckte immer noch, während sie tiefer in ihr silbrig-graues Grab sank, zu weit weg, um noch zu helfen.

Er eilte vorüber und schob sich eine von Higgys Beruhigungspillen zwischen die Lippen, um den jähen Anstieg des Adrenalins zu dämpfen, das in seinen Adern hämmerte. Hier herumzuhängen, dazu blieb wenig Zeit.

Weiter die Straße hinab traf er George und Maria, Besitzer des einstmals berühmten Mountain Grill Restaurants, das ausgebrannt war. Die rauchgeschwärzte Hülle lag gleich neben der Kommune des gelben Lastwagens, musste jedoch ebenfalls als irreparabel verlassen werden. Stattdessen bauten sie ein neues Geschäft in den Räumlichkeiten auf, die das alte Woolworths in Beschlag genommen hatte und die größtenteils immer noch intakt waren. Bei ihrem Anblick verspürte er eine gewisse Wärme. In den alten Zeiten hatten George und Maria die Gruppe mit allem Nötigen versorgt und einen reichlichen Vorrat an gutem, billigem Essen für die vielen halb verhungerten Freaks in dem Gebiet bereitgehalten. Sie hatten nicht einmal aufgegeben und sich durch sämtliche Phasen des Übergangs gekämpft, hatten der neuen Gesellschaft der Children fest beigestanden. Aufgrund öffentlicher Forderung waren sie jetzt für die Versorgung von Earth City verantwortlich.

Das gegenwärtige Geschäft war bereits gut vorangeschritten, voller Säcke und Krüge mit getrocknetem Getreide und anderen Sachen, die aus den verlassenen Höfen und Supermärkten der City geborgen worden waren. Die riesigen Küchen, erbaut mit Hilfe einer Armee von Unterstützern, waren fast vollendet und bereit, zur Massenproduktion überzugehen. Das ansonsten glückliche Paar schüttelte jedoch verzweifelt den Kopf, als der Prince vorüberging. Sie arbeiteten nach wie vor hart zusammen mit ein paar Children, aber sie waren deutlich erkennbar hager und krank, erschöpft von der drückenden Notwendigkeit einer rechtzeitigen Eröffnung.

»Keine Sorge.« Der Prince täuschte Hoffnung vor, um sie aufzumuntern. »Wir tun alles, was wir können, damit wir herausfinden, was los ist, um es wieder in Ordnung zu bringen.«

»Irgendwelche Hinweise?«, fragte George.

»Nein. Aber ich bin zuversichtlich…«

»Mein Gott, hoffentlich ist das so, Simon, hoffentlich ist das so. Die Children ertragen es nicht mehr viel länger, weißt du. Na ja, du musst heute Abend reinkommen und mit uns essen, weißt du. Du hast überhaupt nicht richtig gegessen, und unsere Musiker müssen das Beste haben, nicht?«

»Higgy kommt das Essen bei euch abholen…«

»Reicht nicht, mein Freund! Reicht nicht…« Er bracht ab, gepackt von einem Hustenanfall. Maria hielt ihn fest und führte ihn nach drinnen.

»Ihm geht's nicht allzu gut«, sagte sie besorgt. »Ich sage ihm immer wieder, er solle sich ausruhen, aber es ist das Reden gegen eine Wand. Jetzt möchte er zurück an seine Arbeit. Nun ja, wir sehen euch.«

»Tschüs, Maria. Wir kommen rüber«, sagte der Prince leise. Er berührte sie am Arm. »Keine Sorge.«

Bestürzt ging er davon. Dann setzte die Wirkung des Beruhigungsmittels ein, und er fühlte sich etwas besser. Er wandte sich nach rechts in den Blenheim Crescent und ging zu dem Haus, wo der Moorlock, der Acid-Zauberer, lebte. Er hatte nicht vor, ihm einen Besuch abzustatten, hauptsächlich, weil der Morlock jetzt zum Schluss gekommen war, dass nichts zur Rettung der Menschheit getan werden konnte, und er verbrachte die meisten seiner Tage in schwarzer Depression. Er war grob zu seinen Besuchern und nicht willens, nach draußen zu kommen. Der Prince war hinter etwas anderem her. An der Vorderseite der alten viktorianischen Terrasse, deren weißer Anstrich abblätterte, parkte das apricotfarbene Oldsmobile, in dem der Moorlock in weniger deprimierenden Zeiten umhergefahren war. Die einzige Konzession, die er seinen Freunden während seiner gegenwärtigen Stimmung zugestand, war die Benutzung dieses großartigen verchromten Erinnerungsstücks an die alte Technologie.

Der Prince kam einer Aufregung so nahe, wie es nur möglich war, als er seinen Spezialschlüssel hervorholte und ins Schloss steckte. Dann war er im geräumigen Innern, das nach Kunststoff, muffigen Fußmatten und den schalen Zigarettenstummeln roch, mit denen, wie er wusste, die Aschenbecher vollgestopft waren. Liebevoll betastete er die Knöpfe und fuhr mit den Fingern über das glatte Armaturenbrett. Der ganze Wagen war innen und außen geschmackvoll in verschiedenen Schattierungen von Apricot gespritzt. Ein Gefühl von Ruhe und Ordnung legte sich sogleich in seine Gedanken, wie immer, wenn er in so etwas saß. Autos waren fast eigenständige private Welten auf Rädern. Sie erzeugten in ihm ein Gefühl von Beherrschung der und Sicherheit vor den Gefahren draußen.

Er steckte den Schlüssel ins Zündschloss und sorgte mit einer leichten Handbewegung dafür, dass der PS-starke *Rocket-88*-Motor zum Leben erwachte. Der Wagen murmelte, und er schwang ihn herum auf die Straße und wand sich geschickt durch die Trümmer. Er fühlte sich wesentlich besser. Die Geschwindigkeit des Wagens und die Gebäude, die rasch an ihm vorüberglitten, liefen seiner inneren Jagd entgegen. Er war für das Gefühl von Gefahr geboren, und in stressreichen Zeiten brauchte er es zum Überleben.

Während der Wagen von Straße zu Straße sprang und rutschte, seine oberflächliche Aufmerksamkeit beanspruchte, entdeckte er, dass er in der Lage war, zum ersten Mal seit einer Woche klar zu denken. Sie waren so sehr damit beschäftigt gewesen, ihre Instrumente zu spielen, dann so lange wie möglich zu schlafen und jetzt die Horrorbilder zu erleiden, dass niemand die Zeit für objektive Überlegungen gefunden hatte.

Seine geistigen Finger bohrten detailliert in der Abfolge von Ereignissen vom Beginn des Konzerts bis zum gegenwärtigen Augenblick herum. Er ordnete die Musikinstrumente in seiner Vorstellung genauso an, wie sie auf der Bühne angeordnet waren, und spielte sie sich selbst lautlos in der Hoffnung vor, Seltsamkeiten zu entdecken. Ein Faktor blieb jedoch in seinen Gedanken hängen. Das Delatron – größtenteils, weil es so neu war. Soweit er erkennen konnte, war es die einzige Abweichung von ihrer älteren Musik. Er fragte sich, ob es die Antwort barg.

Das Delatron war lediglich ein Wandler. Es machte die Töne sauberer und voller und trennte sie besser, mehr nicht.

Er hatte es bereits tausend Mal abgetan. Dennoch... es traf ihn, dass die Anordnung der Dioden innerhalb des Apparats unnötig kompliziert war. Ihm fiel eine Bemerkung von Del Detmar ein, dem ehemaligen Elektronikhexer der Gruppe, die er einmal ihm gegenüber hatte fallen lassen, während sie zusammen am Prototyp gearbeitet hatten.

Er hatte lange Stunden gearbeitet, und der Prince war spät nach einer Party in die Werkstatt gekommen, um bei der Fertigstellung zu helfen. Der satyrgleiche Del war umgeben von Handbüchern, größtenteils technischer Natur. Einige waren jedoch, wie ihm sogleich auffiel, Bücher über die magischen Künste, eines seiner Lieblingsthemen. Die Eingeweide des Delatrons lagen offen da, und im Innern sah er einen geraden Silberdraht aus einer parabolischen Anordnung von Dioden herausragen... eine völlig überflüssige Anordnung.

»Wird dem Rest der Arbeit nicht schaden«, hatte der Musiker verlegen gesagt. »Nur ein bisschen Spaß. Ich habe die Anordnung aus *Malleus Maleficarum*...«

Bis jetzt hatte der Prince keine zweimal über die Sache nachgedacht. Er war niemals abergläubisch gewesen und hatte Del seine kleine Schwelgerei zugestanden. Jetzt kehrte die Erinnerung zurück. *Malleus Maleficarum*, von zwei frühen Dominikanern, Jakob Sprenger und Heinrich Kramer, war das wichtigste Buch über Magie und Dämonologie, das jemals verfasst wurde. Es schien fast nach Aufmerksamkeit zu gieren.

Er grüßte die Erinnerung an seinen alten Freund und wendete den Wagen. Die Idee war zumindest einen Versuch wert. »Und falls dein kleiner Zusatz die Ursache für das alles ist, wirst du als der größte, eingreifendste, sich einmischendste Arsch in die Geschichte eingehen«, murmelte er unterdrückt, während er zurück nach Blenheim Crescent fuhr.

Glitzernder Metallabfall und Blut

Die heiße Sonne Indiens knallte herab auf das Metall und Fleisch, das sich über die ausgedörrte Landschaft seinen Weg suchte. Am Lenkrad saß der fluchende Raja, während der altersschwache Jeep langsam über die ausgetrockneten Rinnen und Kanäle krachte und torkelte, die der letzte Monsun vor sieben Jahren hinterlassen hatte. Die Schockwellen erschütterten den Rahmen und ruinierten die Aufhängung. Sie hatten bereits eine seiner Türen verloren, und jetzt rüttelte sich die Motorhaube los.

Es war sechs Tage her gewesen, dass sie von Kalkutta aufgebrochen waren und vergebens jeden Ort, durch den sie gekommen waren, nach einem rascheren Transportmittel durchsucht hatten. Mit der Geschwindigkeit, mit der sie fuhren, würde es mehrere Monate benötigen, bis sie London erreicht hätten. Sämtliche Fahrzeuge waren zerschmettert oder für Ersatzteile ausgeschlachtet worden, und es gab keine Leute mehr, die sie hätten fragen können.

Körper in verschiedenen Stadien der Verwesung und Entwässerung waren über die Erde verstreut, angenagt von Ratten und anderem Ungeziefer, das sich in den Nachwirkungen stark vermehrte. Die Gebäude waren größtenteils nur noch Ruinen und Nahrung und Wasser nur schwer zu bekommen. Die wenigen Flughäfen, die sie anhand von Karten und Hinweisschildern orten konnten, waren unbrauchbar, weil der Treibstoff gestohlen worden war und die Rollbahnen von Bombenkratern durchsetzt waren.

Sie näherten sich den Außenbezirken Bombays auf der östlichen Seite des Landes, ausgedörrt und halb verhungert, und der Jeep füllte sich.

Die sieben erschrockenen Hindus, die sich im Innern zusammendrängten, wiegten sich krampfhaft vor und zurück. Es war ein Versuch, den Motor am Laufen zu halten.

Nach einer Weile wurden sie müde, und Rajan verzweifelte immer mehr an ihnen.

»Ihr müsst euch weiter wiegen, wenn ihr nicht wollt, dass wir alle umkommen!«, warnte er ernsthaft. Sie waren zu schwach für eine Reaktion, und der Jeep wurde langsamer. Rajan verzweifelte.

»Oh, mein Gott!«, flehte er. »Ich bin auf allen Seiten von diesen verdammten Blödmännern umgeben, die nicht mal ihre eigene Haut retten werden. Was soll ich tun, mein Gott?«

»Ich kann nicht mehr weitermachen, Rajan«, sagte Kumar, ein großer Weber, erschöpft von hinten. »Das musst du verstehen.«

»Dann bist du ein Mörder«, gab Rajan geringschätzig zurück. »Dir sind alle gleichgültig, abgesehen von deinem eigenen großen fetten Selbst.«

»Nenn mich nicht Mörder!«, rief der große Mann heiser zurück. Er erhob sich von seinem Sitz und knalle Raja scharf von hinten eine um die Ohren.

Der Hieb machte Raja benommen.

Der Motor hustete unheilvoll, und das Ruckeln wurde schlimmer, während er an den Bedienelementen herumfummelte. Dann drehte er sich um und kreischte Beleidigungen.

»Du verdammter blöder Hund!« Er war außer sich vor Wut. »Da versuche ich, euch alle zu retten, und das ist euch so was von scheißegal! Du würdest deine eigene Schwester nicht retten, oder deine eigene Mutter, Gott bewahre sie vor dir fettem, undankbarem, verdammtem Hund!«

Der wütende Weber erhob sich erneut, und diesmal unternahm er den Versuch, den aufgebrachten Fahrer zu erwürgen, aber wegen der dicht gedrängten Leiber stolperte er und fiel stattdessen auf sie.

»Pass auf!«, rief jemand, während der Jeep außer Kontrolle geriet.

»Oh, Heilige Mutter!«, jammerte eine andere Stimme.

Plötzlich ging es nach oben, denn das vordere Ende des Fahrzeugs fuhr eine Böschung hinauf, und dann folgte ein heftiger, halsbrecherischer Ruck, als er in eine Mauer krachte.

Der Motor ging aus.

Sie befanden sich inmitten einer flache Halbwüste aus toter und sterbender Vegetation und geschleiften Tempeln, etwa dreißig Kilometer außerhalb der zweitgrößten indischen Stadt.

Von irgendwoher unter ihnen ertönte in der Stille das Geräusch, wie kostbares Wasser oder Benzin heraustropfte.

Völlig frustriert über sein Streben nach dem Traumzustand ließ Rajan das Lenkrad los und weinte offen in seine Hände. Der Weber kletterte zu seinem Sitzplatz zurück und winkte den anderen entschuldigend zu. Abgesehen von Dachi stöhnten sie voller Verzweiflung und Schmerz über ihre schwärenden Verletzungen und Wunden, herbeigeführt von den Kanalratten.

Dachi, ihr heiliger Mann, saß ungerührt auf dem Beifahrersitz, nickte und schaute sich strahlend und mit einem Hauch überlegener Yogi-Ruhe und überlegenem Yogi-Verständnis um.

Wogen des Verlangens

Die Bühne war verlassen, von einem oder zwei Children abgesehen, die unermüdlich zwischen den toten Instrumenten warteten und darauf hofften, dass die Aura der Musik verweilen und sie beschützen würde.

Nach Atem ringend, kletterte Higgy an der Seite hoch. Er war immer noch erschöpft von den Tabletten, aber sie sorgten zumindest dafür, dass er leichter mit allem zurechtkam. Oben angekommen, ging er dorthin, wo das Delatron lag, und machte sich daran, die Kabel auszustöpseln. Dann trug er die schwarze Box zum Rand. Sanft senkte er sie auf das Gelände unten hinab. Er kehrte zurück, um Rudolphs Gitarre und Thunder Riders Saxophon einzusammeln. Daraufhin kletterte er selbst hinab.

Er trug die Instrumente über das Gelände zum Lastwagen und deponierte sie vorsichtig durch die hohe Tür auf dem Sitz. Ein Blick in den hinteren Teil des Lasters sagte ihm, dass der Generator, den er angebracht hatte, immer noch angeschlossen war. Zufrieden ging er um das Fahrzeug herum zur Fahrertür und stieg wieder ein.

Der Motor sprang brüllend an, und er fuhr los, fuhr holpernd über den steinigen Grund. Ein paar neugierige Gesichter spähten hinter Zeltbahnen und zwischen Ritzen in den Holzschuppen zu ihm hinüber, aber sie verschwanden wieder, wenn sie begriffen, dass es nicht *Hawkwind* waren, die zurückkehrten.

Er brauchte nicht lange, bis er das Golden Gate erreicht hatte, und bald lenkte er das schwere Fahrzeug auf die Lancaster Road, nur ein paar Dutzend Meter vom gelben

Lastwagen entfernt. Er fuhr über den Bürgersteig unter die weite Betonbrücke über die die Portobello Road.

Er sprang hinaus und trug das Equipment dorthin, wo Prince dabei war, die Verstärker und Mikrofone der Gruppe aufzustellen.

Einstmals war der freie Platz unter dem Viadukt für gemeinschaftliche Erholungszwecke benutzt worden. Der größte Teil war in eine Reihe von großen offenen Räumen abgeteilt worden, die eine Bühne enthielten und verschiedene andere Tätigkeiten ermöglichten. Die Luft in dem ständigen Schatten, den die Tonnen von Beton darüber warfen, war erfrischend kühl, so dass es der ideale Ort für kleine, experimentelle Jamsessions war. Das ideale Testgelände wäre die Bühne selbst gewesen, aber das hätte zu viel Aufmerksamkeit seitens der Children erregt. Hinzu kam, dass es so aussah, als würde das schöne Wetter vorbei sein. Unheilvoll aussehende Sturmwolken türmten sich im Norden.

Am frühen Abend waren die Vorbereitungen abgeschlossen. Mehrere verwirrt aussehende Children hatten sich herausgewagt und halfen dabei, den schweren Generator hinter eine der Trennwände zu schieben. Higgy schaltete ihn ein und machte sich daran, die Verbindungen zu überprüfen und das Equipment zu testen. Das erste Set sollte ablaufen, ohne dass das Delatron angeschlossen wäre, um herauszufinden, welchen Effekt, wenn überhaupt einen, *Hawkwind*s unverfälschte Livemusik hätte.

Die Reaktion der Children wäre das ideale Maß.

Nachdem die Sonne hinter den Häusern versunken war, ging der Prince hinein, um die anderen zu wecken.

Als Ersten rüttelte er den Baron wach.

»Komm schon, wir sind gleich dran.«

Der Baron stöhnte, rieb sich die Augen und dann seinen schmerzenden Bauch. Er erinnerte sich an ihre Vorbereitungen. »Ich dachte...«

»Das ist jetzt alles anders.«

»Dann bist du etwas auf die Spur gekommen?« Er richtete sich auf und griff nach seinem braunen Lederhut.

»Könnte sein«, erwiderte der Prince.

Sie benötigen einige Momente, um die anderen zu wecken. Dass es dauerte, war dem gewaltigen Widerwillen zu verdanken, den sie hatten, sich demselben verdorbenen Tag zweimal zu stellen. Lemmy war am stursten, aber eine Dose Wasser half ihm bald dabei, sich zu orientieren.

»Wofür war das?«, knurrte er spuckend.

»Sag ich dir draußen«, erwiderte der Prince. »Du musst auch nicht so verletzt gucken. Ich habe die Zeit noch nicht vergessen, als ihr, du und Dik Mik, mein Bett auf den Markt rausgetragen habt, wo ich dann inmitten einer Deckenauktion aufgewacht bin – nur dass es meine Decken waren, die ihr versteigert habt.«

Lemmy gähnte, tat so, als ob er nichts gehört hätte, und stieg in seine Jeans. Er zog eine nietenbeschlagene Lederweste an und eine grüne Krawatte. Das Wetter war zu stickig für seine übliche schwere Motorradjacke geworden.

Sie weckten alle, abgesehen von Stacia, die sie schlafen ließen, und Actonium Doug und den Light Lord. Dann folgten sie, halb gehend, halb fallend, dem Prince die Treppe hinab und stürmten auf die Straße.

»Das hat besser irgendeinen Zweck«, warnte Thunder Rider den Prince, während sie seinen Erklärungen lauschten. »Ich hätte noch ein paar Stunden mehr Schlaf brauchen können. Ich fühle mich wie gerädert.«

Als sie die provisorische Bühne erreichten, waren weitere Children eingetroffen. Sie saßen reglos da und starrte das Equipment an wie Zombies. Sie hatten jeglichen Kampfgeist verloren, und sie sahen sich der Wahl gegenüber, entweder passiv zu leiden oder wahnsinnig zu werden.

Rasch bezog die Band ihre Positionen, und auf ein Zeichen des Prince schaltete Higgy den Generator ein. Die Verstärker erwachten summend. Thunder Rider testete die Mikrofone, während Lemmy, Rudolph the Black und der Baron mit ihren Gitarren spielten. Hound Master und Alan Powell waren damit beschäftigt, das Beste aus einem Paar Bongos und einem Set von Gongs zu machen – alles, was der Prince zusammensammeln konnte, wenn er nicht das massige Schlagzeug herüberbringen wollte.

»Was werden wir spielen?«, rief Thunder Rider zum Prince hinüber.

Die zufälligen Töne und Klänge schlugen auf die Betonwände und -säulen ein und hallten seltsam in der gewölbeartigen Struktur der Überführung wider.

»Spielt keine Rolle. Übt einfach weiter, wenn ihr wollt.« Er wirkte zufrieden mit sich selbst.

»Was ist los mit dir?«

»Na ja...« Der Prince fiel in sich zusammen und versuchte, die Klänge sorgfältig mit seinem Körper zu spüren. »Ich merke keine Veränderung. Ihr etwa?«

»Wenn ich drüber nachdenke – nein. Aber ich bin gerade nicht sonderlich gut im Spüren«, erwiderte Thunder Rider nach einer Pause. »Bemerkt sonst wer etwas?«

»Kann ich nicht sagen«, rief Astral Al. »Können wir einen richtigen Song probieren?«

»Wir spielen *Opa Loka*, so gut wir es mit dem spielen können, was wir haben«, rief Thunder Rider zurück. »Und eins, und zwei, und drei...«

Ein schräger Klang ertönte über die Lautsprecher, als die steifen Musiker versuchten, sich zu koordinieren. Nach ein paar Augenblicken gaben sie auf.

»Entschuuuuuldigung!« Thunder Rider winkte der kleinen Menge zu. Er wandte sich der Band zu. »Das war beschissen, nicht?«

»Obwohl lange genug, um eine Sache zu beweisen«, sagte der Prince. »Ich verbinde jetzt mit dem Delatron und sehe, ob es den Unterschied bedeutet, auf den ich hoffe.« Er legte seine elektrische Geige hin, und er und Higgy beugten sich gemeinsam über den glimmerähnlichen Würfel auf dem Boden.

Nach ein paar Minuten war die Verbindung hergestellt. Der Output der Instrumente würde durch die mysteriöse Kiste geleitet.

»Jetzt.« Der Prinz stand auf, kaum imstande, seine Aufregung zu verbergen. »Ich bin mir ziemlich sicher, dass ihr, wenn wir spielen, entdecken werdet, wer der Übeltäter ist. Und wenn meine Vermutung sich als richtig erweist, müssen wir unserem magischen Freund über dem Wasser für das danken, was passiert ist.«

Agent der Finsternis

Hot Plate beugte sich vor und spähte durch das Glas auf die beiden zierlichen Sensoren, die er mit Pinzetten festhielt. Ein winziger blauer Funken übersprang knisternd den winzigen Spalt, und er seufzte erleichtert. Besorgt griff er nach dem winzigen Schraubendreher neben sich und befestigte die Halterung. Dann setzte er sich auf und streckte den verspannten Rücken. Er hatte seit Stunden herumgefummelt und versucht, die Distanz zwischen den Stäben genau richtig hinzubekommen. Endlich war das Ding so weit fertig, dass es in den ausgehöhlten Kopf des Krocketschlägers eingelassen werden konnte, bereit für das Übungsspiel des Königs morgen. Wenn alles gut ging, würde das Equipment Schlagdruck und geschätzte Putting-Entfernung an ein Messgerät in der Stange des Schlägers übertragen, so dass der König seinen Schlag verbessern könnte.

Die Erfindung hatte Wochen der Forschung erfordert, Forschung an einem Projekt, das Hot Plate als nutzlos und trivial in diesen Tagen der globalen Katastrophe ansah. Aber er konnte nicht protestieren. Als königlicher Wissenschaftler seiner Majestät King Trash würde er sonst das Risiko eingehen, seinen Kopf zu verlieren.

Er hob die Sensoren unter dem Glas weg und legte sie in ihre Behälter. Dann schraubte er den Deckel zu und belud damit den Kopf des Schlägers. Er setzte die gefurchte Kappe zurück und stellte den Schläger zu den anderen, bereit zum Testen.

Der König war in letzter Zeit launisch gewesen. Die Konzertmusik hatte ihn in einen Zustand von noch größerer Qual und Wut versetzt. Im Augenblick ruhte er. Aber Hot Plate erwartete, dass die Musik bald wieder anfinge, und er erschauderte beim Gedanken, was passieren würde. Merkwürdigerweise spürte er seine eigene Niedergeschlagenheit, wenn die Musik draußen aufhörte, wie jetzt. Der König hingegen atmete auf.

Der königliche Wissenschaftler hatte bemerkt, dass die Musik die Menschen unterschiedlich berührte, und noch erstaunlicher war, dass sie nicht zu hören sein musste, um effektiv zu sein. Anscheinend arbeitete sie auf einer geräuschlosen Ebene – sie war wie keine andere, der Wissenschaft bekannte Strahlung. Er sehnte sich nach der Gelegenheit, sie zu untersuchen, aber seine Arbeit im Palast hinderte ihn daran.

Während er über die Aussicht nachgrübelte, fingen die Effekte wieder an. Eine eindeutige Welle des Vergnügens breitete sich in seinem Körper aus, gedämpft vom Wissen, dass irgendwo im Palast der König einen Anfall bekommen würde.

Er ging vorsichtig zur Tür und schloss sie ab, sperrte sich selbst in seinem Labor im Dachgeschoss ein. Das sollte die Rufe und Schreie zumindest eine Weile lang in Schach halten, dachte er. Gewöhnlich arbeitete sich der König zuerst an Rastabule ab, seinem Leibdiener. Schließlich würde jeder im Palast unter seinen Launen zu leiden haben, da er ihnen unausführbare Befehle aufzwingen und endlos herumstöhnen würde. Aber heute wäre das Muster umgekehrt, wie Hot Plate plötzlich mit Bangen aufging.

»Hot Plate!«

Eine gedämpfte Stimme ertönte vom Stockwerk unter ihm.

»Hot Plate!«, wiederholte der König, dieses Mal lauter, während er die Treppe heraufstieg. Die Aufzüge hatten ihre Funktion längst eingestellt. Hastig nahm Hot Plate einen der Schläger, brachte ihn hinüber zum Massenspektrometer und gab vor, daran zu arbeiten. Der König würde nicht wissen, dass er nur sehr wenig mit einem Schläger und einem Massenspektrometer anfangen könnte.

Schließlich knallte die Tür auf. Hot Plate drehte sich um und holte gewaltsam einen krankhaft verzweifelten Ausdruck auf sein Gesicht. Die große Masse des Königs stand dort in ihren Gewändern, eingerahmt vom Türrahmen, das fette Gesicht rot und die Augen wild und blutunterlaufen. Er hatte wieder schwer getrunken, um die Effekte fernzuhalten. Ein flaues Gefühl sammelte sich in Hot Plates Magen.

»Eu... Euer Majestät.« Er stand von seiner Arbeit auf und verneigte sich leicht. »Es tut mir leid, Euer Majestät – ich habe schwer gearbeitet, um für das Spiel morgen fertig zu werden.«

»Spiel!«, donnerte der König. »Es wird kein Spiel geben, so, wie ich mich gerade fühle! Hol mir einen Stuhl!« Der tobende Monarch betrat den Raum, keuchend vor Erschöpfung. Beim Anblick einer kistenähnlichen Struktur, die am Hinterteil des Königs angebracht war, verborgen unter dem Samtmantel, keuchte Hot Plate auf.

»Was guckst du so?«, fuhr ihn der König ärgerlich an.

»N-nichts, Eure königliche Hoheit.« Hot Plate drehte sich um. Er holte einen weichen Stuhl herbei.

»Das ist meine Toilette«, erklärte der König erhitzt und tätschelte seinen Rumpf. »Rastabule hat dafür gesorgt, dass sie mir dabei hilft, gegen den schrecklichen Lärm dort draußen anzukämpfen... Verflucht!«, rief er wütend aus. Er war wegen der Schwellung außerstande, sich zu setzen. »Dafür werde ich ihn ausweiden!«, schrie er. »Warum musste das mir passieren?«, flehte er die Wände an und warf die Arme weit von sich. Wiederum wandte er sich Hot Plate zu.

»Hot Plate, mein vertrauenswürdiger Diener.« Er legte dem Wissenschaftler schmeichelnd die Arme um die Schultern. »Du bist der einzige Mensch, der anscheinend eine Ahnung davon hat, was los ist. Mein Hof ist angesichts dieser abscheulichen Musik mit seinem Latein am Ende. Ich habe entschieden, dass du ihr Geheimnis entdecken und eine Waffe bauen musst, um ihr Böses zu bekämpfen. Wenn dir das gelingt, steht England auf immer in deiner Schuld. Wir«, korrigierte er, »werden in die Geschichte eingehen als... Hot Plate, tu's einfach, ja?« Er starrte ihn wütend an. »Wenn ich Männer hätte, Hot Plate, würde ich sie persönlich niederschießen...« Allmählich bekam er Schaum vor dem Mund. Hot Plate kannte die Gefahrenanzeichen.

»Eure gnädigste, großzügigste, ehrwürdigste königliche Hoheit«, begann er. Es war der erstbeste Blödsinn, der ihm in den Sinn kam. »Erschreckt Euch nicht. Ja, uns alle so verzweifelt zu sehen, ist ein schrecklicher Anblick. Habt jedoch keine Angst! Ich werde das Land von diesen Dämonen reinigen. England wird erneut das stolze und edle Land sein, wie Ihr es, in Eurer großartigen und edlen Weisheit, wünscht!« Er rang die Hände in spöttischer Verzweiflung, fasste den König, der von diesem Ausbruch etwas besänftigt wirkte, an der Schulter und führte ihn zur Tür. Die ganze Zeit über redete er auf ihn ein, um ihn wieder zu beruhigen, und er hoffte, dass die Aufmerksamkeit den drohenden Anfall des Monarchen so lange hinauszögern würde, bis er den Raum verlassen hatte.

»Um diesen teuflischen Feind zu bekämpfen, Eure königliche Hoheit, werdet Ihr einsehen, dass ich *sofort* damit beginnen muss«, fügte er diplomatisch hinzu.

Nachdem der König gegangen war, nach Rastabule brüllend die Treppe hinabstieg, sammelte Hot Plate ein paar Papiere ein und packte eine kleine Tasche mit seinem Mittagessen. Er streifte einen passend hip-aussehenden Mantel über und verschwand, nach einem letzten Umschauen in dem schäbigen Labor, ob alles ausgeschaltet war, durch eine Geheimtür. Sie war nur ihm bekannt und führte in ein Labyrinth verborgener Gänge und Treppen, die durch den Palast hinab in die königlichen Keller führten. Von dort aus war es leicht, unentdeckt den Palast zu verlassen und zu betreten, da die meisten der königlichen Wachen während des Aufruhrs getötet worden waren.

Es war ein gutes Gefühl, wieder außerhalb des Palastes zu sein, und das umso mehr, als er imstande war, seine wahren Gefühle offen auszudrücken, ohne Angst vor Repressalien.

Auf seinem Weg zum Park hüpfte und sang er, aber dann fiel ihm das starke Teleskop des Königs ein, und er achtete besser auf sein Verhalten.

Als er den Kreisverkehr unweit der Tore erreichte, dämmerte ihm allmählich, dass die Musik, wo sie auch immer war, nicht von ihrer ursprünglichen Quelle stammte. Zum einen konnte er die Klänge nicht hören. Zum zweiten war eine große Menge an Hippies und ähnlichen Leuten unterwegs. Sie gingen an dem zerbrochenen Denkmal von Queen Victoria vorüber den Constitution Hill hinauf.

In der Hoffnung, dass sie ihn zum Konzert führen würde, schloss er sich der strömenden, glücklichen Menge an.

Die Hippies waren keine schlechten Menschen, wirklich, dachte er bei sich und erinnerte sich der Erniedrigungen, die er durch die Hände von King Trash erlitten hatte, und der allgemein angespannten Beziehungen im Palast. Das war einfach kein Vergleich zu der warmen, freundlichen Stimmung der Menge.

Sie bogen auf die aufgerissene, unkrautüberwucherte Park Lane. Rechts standen die ausgebrannten Ruinen des London Hilton, zusammen mit anderen, einstmals berühmten Hotels.

Sie wandten sich nach links in die Bayswater Road, und schließlich erreichte die Menge das verfallene Notting Hill. Bald hörte der Wissenschaftler die Stränge der Musik durch die Straßen treiben. Der Andrang wurde schlimmer, als er sich seinen Weg durch die Leiber bahnte und versuchte, einen befriedigenden Aussichtspunkt zu finden. Die stehende, stickige Luft roch nach unbekannten Düften, an die er nicht gewöhnt war. Er kräuselte die Nase und bemühte sich, die unangenehmen Gerüche zu objektivieren, ihre chemischen Bezeichnungen zu denken, damit ihm nicht übel wurde.

Indem er sich mit seiner dünnen Gestalt durch endlose Gruppen von Menschen wand, gelang es ihm schließlich, das Viadukt zu erreichen, und ohne zu überlegen überließ er sich unmittelbar der gewaltigen Lautstärke der Klänge. Unwillkürlich legte er die Hände über die Ohren und stützte sich gegen eine der riesigen grauen Säulen.

Überwältigt von der extremen Hochstimmung brach er zusammen und fiel bewusstlos zu Boden.

Die seltsamen heißen Regen der Erde

Der Flippertisch im gelben Lastwagen bebte unter Lemmys Gewicht. Rasch ließ der Gitarrist den befreiten Ball mit den Flipperkontrollen in eine Ecke rollen. Eine astronomisch hohe Zahl erschien klappernd auf der grell gefärbten Anzeige. Er erreichte nicht gerade seine Bestwerte.

»Da kommen sie«, sagte er, womit er die Horrorbilder meinte, die sich allmählich wieder aufbauten. Er biss die Zähne zusammen. Sie hatten nach ein paar wenigen Stunden ihren Gig beendet.

Keinem von ihnen war es gelungen, die Nummern richtig hinzubekommen, und sie hatten nur um der Children willen weitergemacht, die wie aus dem Nichts in hellen Scharen eingetroffen waren, sobald das Delatron in Gebrauch genommen worden war.

»Wenigstens war das Experiment ein Erfolg«, bemerkte Stacia. Sie und Liquid Len, weniger ermüdet als die anderen, bereiteten eine gewaltige gemeinsame Mahlzeit für die Gruppe zu.

»Ich verstehe immer noch nicht, was das Delatron tut, dass unsere Musik so mächtig wird«, wiederholte der Sonic Prince zum zehnten Mal. »Außer, man glaubt an dieses ganze magische Zeug.«

»Es ist nichts falsch an Magie«, sagte Rudolph the Black träge. »Ich lese gewöhnlich jeden Tag mein Horoskop.«

»Astrologie ist nicht Magie«, stöhnte der Prince. »...obwohl sie ebenso lustig ist. Ich sag dir, was damit nicht stimmt – sie beweist nichts, das ist es. Wenn du einem wissenschaftlichen Experiment folgst, kannst du beweisen, dass Dinge funktionieren. Du kannst sehen, wie sie funktionieren. Versuche doch mal, einen magischen ‚Spruch' funktionieren zu lassen!«

»Hört, hört!« Eine merkwürdige schrille Stimme ertönte von der offenen Tür her.

Alle hielten in dem inne, was sie gerade taten. Sie drehten sich um, nachsehen, wer es war. Eine bemitleidenswert dünne, schlaksige männliche Gestalt tauchte hinter der Tür auf. Er hatte schwarzes, lockiges Haar und eine lange Nase mit Brille darauf. Er trug einen schweren blauen Trenchcoat – viel zu lang und schwer, als dass er in der feuchten Hitze bequem gewesen wäre. Schweißperlen rannen ihm das fleckige Gesicht herab.

»Alles in Ordnung mit dir?«, fragte ihn Thunder. Die Gestalt schwankte leicht und stabilisierte sich dann.

»Jetzt alles in Ordnung, danke.«

»Wer bist du?«, fragte Stacia und hielt in der Zubereitung inne. »Für mich siehst du nicht wie einer der Children aus.«

»Heiße Hot Plate«, erwiderte der Fremde höflich. »Wissenschaftler Seiner königlichen Hoheit, des Königs – oder das hat man mir zumindest gesagt.« Er verbeugte sich steif.

»König wer?«, fragte Lemmy. Er ließ die Kugel in das Loch »verloren« rollen. Mit seinen Markenzeichen, dem Leder und den Noppen und den bizarren Tätowierungen, die seine Bronzebrust und die Arme bedeckten, machte er nicht gerade einen freundlichen Eindruck. Aber Hot Plate hatte scheinbar nichts bemerkt.

»Trash – im Palast.«

»Ich habe gar nicht gewusst, dass ihr einen König hattet.« Higgy wirkte erstaunt, was den Effekt vorsichtiger Feindseligkeit zerstörte. Selten zuvor war einer so offensichtlich normal aussehenden Gestalt wie Hot Plate der Zutritt zum gelben Lastwagen gestattet worden.

»Ich auch nicht, bis zu dem Tag, an dem ich in meinem Labor gearbeitet habe und zum Dienst gepresst wurde«, beklagte sich Hot Plate grinsend. Er entschloss sich, ihnen gegenüber die Karten auf den Tisch zu legen. »Etwas dagegen, wenn ich meinen Mantel ausziehe?«, fragte er. Als er keine Antwort erhielt, entschied er, dass es in Ordnung wäre. Er kämpfte sich heraus und legte ihn zusammengefaltet über eine Stuhllehne. Dann fuhr er fort: »Ich wurde losgeschickt, um euch auszuspionieren und das Geheimnis eurer Musik herauszufinden...«

Sie schwiegen und warteten auf weitere Erläuterungen.

»Unterwegs... ich erlebte eine Art Bekehrung zu eurem... ‚Sound'. Ich begriff, dass er mir wirklich gefiel. Er sorgte für ein gutes Gefühl.« Er hielt inne und sah sich wieder um, nachsehen, ob seine Worte wie beabsichtigt ernst genommen wurden.

»Warum sollte dein König, wer er auch immer ist, uns ausspionieren wollen?«, fragte Stacia entrüstet. Das Wort »spionieren« hatte sie aufmerksam gemacht. »Wir kümmern uns um unsere eigenen Angelegenheiten. Warum er nicht um seine?«

»Ja, wir kümmern uns um unsere eigenen Angelegenheiten«, wiederholte Astral Al. Er hatte den weißen Hut leicht übers Gesicht gezogen, und er hatte sich gegen den Flippertisch gelehnt und starrte den Eindringling an.

»Weil eure Musik dafür sorgt, dass er sich schlecht fühlt. Nicht nur er, sondern alle wie er.«

»Die Normalos, meinst du?«, fragte Lemmy. Bevor Hot Plate Antwort geben konnte, fuhr er fort: »Wie kommt's, dass du anders als sie bist? Du siehst für mich absolut normal aus.« Einerseits stieß ihn Hot Plates Kühnheit ab, andererseits zugleich bewunderte er sie, und er wusste nicht, was er mit ihm anfangen sollte.

»Ich... ich kann darauf keine Antwort geben«, stotterte der Wissenschaftler, dessen Mut allmählich bröckelte. »Aber ihr könnte selbst urteilen. Ich habe euch gesagt, wer ich bin und was ich tun sollte... ich möchte nicht in den Palast zurück«, fügte er düster hinzu und sah zu Boden.

»Woher wissen wir, dass das stimmt?«, fragte Hound Master.

»Ihr müsst mir vertrauen!« Hot Plate blickte bittend auf.

»Du bist hergekommen, um dem bösartigen Schwein zu entkommen und bei uns zu leben, stimmt's?«, fragte Higgy, der bereits die Zukunftsaussichten vor Augen hatte und sich Sorgen wegen eines zusätzlichen Mauls machte, das zu stopfen war.

»Ich bin hergekommen, um zu helfen.«

»Helfen?«, fragte der Prince interessiert.

»Ich habe gerade mitbekommen, was ihr über das Delatron gesagt habt, und da ist mir eingefallen, dass ich das Wissen und die Instrumente zur Verfügung habe, um eine richtige Untersuchung durchzuführen...«

»Wir benötigen jetzt keine Untersuchung«, unterbrach ihn Stacia. »Wir wissen, dass es funktioniert. Das ist alles, was zählt. Der Prince kann uns mit einem automatisierten

System versorgen, um gegen die Horrorbilder anzukämpfen.«

»Die was...?« Hot Plate wirkte verwirrt.

»Du weißt schon... was wir gerade fühlen.«

Hot Plate nickte unglücklich. Seitdem das improvisierte Konzert aufgehört hatte, waren die Horrorbilder, wenn sie die so nannten, schlimmer geworden. Außerhalb des Palastes schien er ihnen gegenüber verwundbarer zu sein.

Er zitterte.

»Eigentlich könnten wir Hot Plates Hilfe brauchen«, sagte der Sonic Pince aufgeregt. »Wenn alle damit einverstanden sind, würde ich gern vorschlagen, dass er bleibt, um mir dabei zu helfen herauszufinden, wie das Delatron funktioniert.«

»Aber das müssen wir nicht herausfinden!«, beharrte Stacia. Wie Higgy war sie um das Wohlergehen der Gruppe besorgt. Es gab nach wie vor keinen konkreten Beweis dafür, dass Hot Plate derjenige war, der zu sein er behauptete.

»Aber genau das *müssen* wir herausfinden!«, rief der Prince. »Das ist wichtiger als alles andere. Wir können weitermachen und jede beliebige Anzahl an Musiksendern bauen, aber solange wir nicht wissen, was hinter den Effekten steckt – die, wenn ich darauf hinweisen darf, die ganze Zeit über stärker werden – verfügen wir über keine echte, dauerhafte Verteidigung. Was passiert, wenn die schlimmen Effekte so mächtig werden, dass unsere Musik ihnen nichts mehr entgegensetzen kann? Ich benötige alle Hilfe, die ich bekommen kann. Wir müssen Hot Plate einfach vertrauen.«

Ehe jemand Antwort geben konnte, hatte das tödliche Gefühl in ihren Körpern und Gedanken eine neue und erschreckende Intensität erreicht. Es hatte sie alle im Griff. Draußen ließ die Hitze nach, und ein kalter, heftiger Wind schlug gegen die Fenster. Ein dunkler, bösartiger Schatten strich über den Himmel. Eine dicke, ockerfarbene Flüssigkeit klatschte herab und stach in die Erde. Der Regen wich einem ätzenden Schwefeldampf, der nach und nach den Raum durchdrang.

Erneut brach die ausgedörrte Landschaft in ihrem Kopf wieder auf. Aus den Rissen ergossen sich die grässlichen, teuflischen Kreaturen ihrer Alpträume. Sie kämpften um die Kontrolle ihrer Gedanken, umklammerten ihre Köpfe. Von draußen ertönten das Geschrei und Gekreisch der Children, die verzweifelt versuchten, dem brennenden Regen zu entrinnen.

Thunder Rider war der erste, der seinen klaren Kopf zurückgewann und seinen Körper dazu zwang, sich durch den Raum zu Hot Plate hinüberzubegeben.

»Das ist es dann«, keuchte er, blass und mit verzerrtem Gesicht. »Wir benötigen tatsächlich alle Hilfe, die wir bekommen können.« Er wandte sich an Hot Plate. »Wenn wir die Menschheit retten wollen, musst du dem Prince dabei helfen, das Equipment zu bauen, das wir benötigen, um den Effekten etwas entgegenzusetzen... tu's jetzt und hilf uns.«

Zufrieden mit dem Ergebnis des Geredes erhob sich der Prince. Aber sein Gesicht war aschfahl. Mit seiner üblichen eisernen Beherrschung verschwand er nach nebenan im Wohnbereich, um den Plattenspieler abzuschalten und die *Hawkwind*-Alben einzusammeln.

Dann kehrte er in die Küche zurück.

»Tut mir leid, ich krieg keinen Bissen runter«, sagte er zu den Köchen. Er winkte Hot Plate. »Kommst du? Wir können ebenso gut gleich anfangen.«

Mit Hot Plates Hilfe trug er den Plattenspieler und die Platten nach unten. Dann schnappte er sich ein paar Regenschirme und Regenmäntel von der alten Garderobe im Flur und trat hinaus in das heiße, chemische Miasma, das sich aus dem Himmel ergoss.

Heftige Sonneneruptionen

Lance Corporal Burk ließ die Nadel schwer auf die Platte herabfallen. Er fühlte sich mehr als üblich unwohl in seiner ihm neu zugewiesenen Rolle als Camp-DJ.

Ein lautes Kreischen zerriss die Lautsprecher über ihm, als sich die Diamantnadel in die feinen Rillen schob. Er verspürte eine bösartige Befriedigung, und zwar genügend, dass er die nächste Nummer durchstand: *Mary Had a Little Lamb* von Paul McCartney und den Wings.

Die doppelten Plattendecks waren im hinteren Teil eines der heißen, staubigen Bedford-Lastwagen installiert, der langsam über die Umgehungsstraße der verlassenen SOB-Garnison rumpelte.

Eine ausgeklügelte Federung absorbierte die beständigen Schocks, die sie erhielten. Die Lautsprecher waren draußen auf dem Dach montiert, sendeten Popmusik an den Konvoi und hielten die Soldaten im Innern relativ frei von den Symptomen der Musik des Feindes.

Der Musik-Laster war ein Spezialfahrzeug. Sein Sender hatte im Vergleich zu den überall vorhandenen Hippie-Strahlen nur eine begrenzte Reichweite. Deswegen hatte er eine Position dicht hinter Colonel Mephis' Landrover und dem Fit-For-Roll-Fahrzeug an der Spitze der Kolonne erhalten. Dahinter kamen die anderen sechsundachtzig Fahrzeuge in einer langen, wuchernden Reihe, die von der Umgehungsstraße abfuhr.

Der Konvoi startete zu seiner Fahrt über die heiße Wüste und ließ die hohen Destilliertürme der gewaltigen Ölraffinerie weit hinter sich. Sie nahm Kurs auf Kuwait an der Westgrenze Saudi Arabiens.

In letzter Zeit hatten viele mysteriöse Manöver in der Garnison stattgefunden. Alte Traditionen waren verändert worden. Das Verhalten der Truppe war nicht mehr dasselbe – ebenso ihre Einstellung. Es hatte Zeiten gegeben, da waren Soldaten dazu ausgebildet worden, sich selbst als Helfer in der Not im Zivlleben zu sehen. Jetzt wurde ihnen verwirrenderweise gesagt, dass es besser wäre, die Zivilisation untergehen zu lassen.

Der Laster kam schwankend zum Stehen und zerschmetterte die Träumerei des DJs. Die Nadel rutschte kratzend von der Platte. Aufgeschreckt kletterte er zum nach vorn blickenden Fenster hinauf, um nachzusehen, worin die Probleme bestanden.

Der ganze Konvoi war zum Stehen gekommen. An der Spitze parkten der Land Rover des Colonels und das FFR-Fahrzeug. Zwischen ihnen auf dem Sand lag ein Körper. Anscheinend war er vom Fahrzeug des Colonels dort hingeworfen worden, denn die große, dünne Gestalt von Mephis stand darüber. Seine Pistole hatte er gezogen, bereit zum Schießen.

Der Körper drehte und wand sich. Er kam auf die Knie und nahm eine bettelnde Haltung an. Es war der Pater der Garnison, Captain Makeson, begriff der Lance Corporal.

»Haben Sie Gnade, Colonel. Nicht mit mir, denn mein Leib ist wertlos, aber mit den Zivilisten! Tun Sie diese schreckliche Sache nicht!« Das idiotische Gesicht des Paters kreischte ihn an. Mephis verspürte einen jähen Drang, ihn auf der Stelle zum Schweigen zu bringen. Stattdessen biss er die Zähne zusammen, unsicher über die Konsequenzen.

»Sie sind ein Narr, Pater!«, rief er und richtete den speziellen Magnum-Revolver, den er besaß, auf die Schläfe des Paters und lud durch. »Gott ist nicht mehr am Leben... wie kann er das, bei all dieser Anarchie...!«

»Gott ist am Leben, sogar jetzt... hören Sie! Ich schwöre...«

»Lassen Sie mich in Ruhe! Lassen Sie mich in Ruhe!«, brüllte der Colonel. Etwas zerbrach in seinem Kopf. Dann verzerrte ein grausames Lächeln seine Lippen. Er packte die Waffe fester, und er drückte sie näher an die Schläfe des zitternden Mannes. Ein angenehmes Gefühl überkam ihn. Die Angst in den Augen des anderen, begriff er, verschaffte ihm sofortige Erleichterung von den Strahlungen. Er drückte den Hahn. Die kniende Gestalt fiel nach hinten. Teile ihres Kopfs flogen wie Rübenstücke über den Sand.

»Ha, ha, ha, ha, hahahahahahahahahaha...« Der Colonel fiel auf die Knie und lachte. »Hahahahahahahahahahahahah...« Er kam stolpernd wieder auf die Beine, riss sich zusammen. Mit ausdruckslosem Gesicht marschierte er abrupt zu seinem Land Rover und stieg ein. Er gab dem FFR Zeichen weiterzufahren.

Wieder auf seinem Sitz spürte er, wie ihn ein tracegleicher Nervenkitzel überkam. Dort draußen auf dem Sand hatte er alles herausgelassen, und es fühlte sich gut an – besser, als er sich jemals hätte vorstellen können.

Er hatte sich verändert. In jenem prächtigen Augenblick hatte er seine Menschlichkeit verloren.

Als sich die Vernichtungsmission wieder auf den Weg machte, war er gesammelt und ruhig. Ein Lächeln spielte auf seinem teuflischen Gesicht beim Gedanken an das kommende Blutbad...

Hoch oben, während sie weiterfuhren, begann das heftige Licht der Sonne wie wahnsinnig zu pulsieren, als die feurigen Kammern im Herzen der Sonne nach und nach instabil wurden.

Das Licht wurde schwächer und dann heller, während die Wüstenlandschaft rings um sie her in eine flackernde, unirdische Lightshow getaucht wurde.

Der Acid-Zauberer

»Was war das?« Stacia sprang erschrocken auf, als die schweren schwarzen Wolken draußen vor dem Wohnbereich plötzlich von einer Reihe orange-roter Lichter erhellt wurden. Ihre Nerven waren immer noch schwer zerrüttet. Sie hatten das Essen stehenlassen. Jetzt versuchten sie und Thunder Rider, die hingestreckte Gestalt von Actonium Doug ins Sitzen zu bekommen.

Sie rannten gerade noch rechtzeitig zum Fenster, um mitzubekommen, wie die letzten Lichtimpulse die klaffenden Ruinen und Türme in der Ferne mit einem grellen Schein erhellten. Die Straßen waren verlassen, und das gelbe, eiterähnliche Wasser floss darüber. Heiße Dampfwolken drehten und wanden sich in den Bäuchen der Sturmwolken, die London gefangen hielten.

»Gott weiß, was das war.« Thunder Rider zitterte. »Ich dachte, es wären die Horrorbilder. Vielleicht war es irgendeine Explosion«, sagte er unbestimmt. »Hoffentlich ist alles mit dem Prince und Hot Plate in Ordnung.«

Erschüttert wandten sie sich ab und machten sich erneut daran, die leblose Gestalt vom Fußboden zu holen. Sie hoben ihn auf die alte Psychoanalytiker-Couch. Stacia begann den Versuch einer Wiederbelebung damit, dass sie ihm ins Gesicht schlug. Der Ex-Manager rührte sich stöhnend.

»Reich mir das Wasser, ja?«, bat sie Thunder Rider. Thunder Rider reichte ihr den Wasserkrug, den er auf dem Kühlschrank hatte stehenlassen, und sie spritzte etwas davon dem bewusstlosen Mann ins Gesicht. Er öffnete die

Augen, und es zeigte sich das glasige, blutunterlaufene Weiße, das apathisch in die Welt starrte. Dann bewegten sich seine Lippen.

»Lasst mich in Ruhe«, knurrte er sie hart an. »Ich sage euch immer wieder, dass es nutzlos ist...« Seine Worte verloren sich in sinnlosen Silben, und er schloss erneut die Augen.

»Doug! Wach auf!« Thunder Rider stieß Stacia beiseite und rüttelte Actonium Doug an der Schulter. »Du kannst nicht einfach so abschalten. Wir benötigen jetzt alle Hilfe...« Er ließ den Mann zurückfallen und bemerkte hilflos zu Stacia: »Was können wir tun, damit er es begreift?«, fragte er verzweifelt. »Es muss einen Weg geben, an ihn heranzukommen.«

Beide schwiegen einen Moment, während sie sich bemühten, sich durch den verwackelten psychischen Horrorfilm, der in ihrem Kopf ablief, etwas auszudenken.

Moorlock, der Acid Zauberer, lag in einem ähnlich deprimierten Zustand in seinem Hauptquartier auf dem Blenheim Crescent. Seine Acid-Rockband, *The Deep Fix,* war damals Mitte der Siebzigerjahre berühmt gewesen, hatte sich jedoch kurz vor diesen ganzen Problemen getrennt. Ihre Mitglieder waren wahrscheinlich tot, mit Ausnahme des Acid-Zauberers. Es war eine geringe Chance, aber Thunder Rider hatte das Gefühl, dass Actonium Doug auf ihn hören würde, wenn er den Moorlock erwecken könnte.

Er erzählte Stacia von seinem Plan. Beide gingen nach oben in den Raum, wo sie ihre Kleidung und Kostüme aufbewahrten. Sie wählten zwei PVC-Bühnen-Outfits und kleideten sich in Neonfarben – einer in Orange, der andere in Grün. Sie suchten zwei Taucherbrillen und streiften sie über.

»Gehen wir.« Thunder Rider eilte aus dem Raum.

Die Luft draußen war faulig von den wirbelnden, feuchten Dämpfen, und sie husteten, als ihnen der Dunst in die Kehle geriet. Die Gebäude waren kaum sichtbar. Sie bedeckten den Mund mit den Händen und rannten über das zernarbte Pflaster.

Schließlich fanden sie ihren Weg durch den entsetzlichen Dunst nach Blenheim Crescent. Je näher sie kamen, desto sichtbarer wurde der blasse Buckel des Oldsmobile, und die stinkenden Vorhänge aus Gas fielen beiseite. Sie stiegen die zerbröckelnden Stufen zum Haus hinauf und läuteten die Glocke.

Keine Reaktion. Die Dämpfe waren dichter, und sie waren kaum imstande, um sich zu schlagen, während die Säure in ihre Kehlen drang und sie langsam zu ersticken drohte. Verzweifelt betätigte Thunder Rider ein weiteres Mal den Klingelknopf. Diesmal hielt er den Finger darauf gedrückt, ohne loszulassen.

Schließlich wurde ein Vorhang hinter dem Fenster mit Panzerglas einen Bruchteil zur Seite gezogen. Inmitten der Düsternis dahinter konnten sie das Gesicht des Zauberers ausmachen. Das Gesicht verschwand, und einen langen Augenblick später öffnete sich die Tür elektronisch. Sie fielen hindurch in einen langen, geräumigen Flur. Sogleich schloss sich die Tür wieder hinter ihnen. Sie lagen auf dem Fußboden und atmeten in tiefen Zügen die reine, saubere Luft ein. Von irgendwoher im Flur kam das vertraute Summen und Knistern eines Lautsprechers, der eingeschaltet wurde. Die Stimme des Zauberers ertönte in der Luft und hallte tief gegen die Wände.

»So kann ich euch nicht hereinlassen. Ihr müsst euch ausziehen.«

Erstaunt sahen sie einander an. Dann zuckte Stacia die Achseln. Sie stand auf und machte sich daran, sich zu entkleiden. Widerstrebend folgte ihr Thunder Rider. Bald standen sie beide nackt und zitternd in der Kälte. Von irgendwoher kam ein Schwall Wärme. Dann öffnete sich neben ihnen eine Tür.

»Ihr könnt jetzt ruhig reinkommen.« Die verstärkte Stimme hatte wieder das Wort ergriffen.

Thunder Rider übernahm die Führung. Er ging langsam in den Raum. Die Tür schloss sich hinter ihnen. Im Innern war der Raum genauso, wie er ihn in Erinnerung hatte – voller Apparate und vom Boden bis zur Decke gesäumt mit Büchern.

In der Ecke saß die schwere Gestalt des Moorlock in einem massiven Ledersessel. Er trug indische Seidengewänder. An deren glatter, goldener Front fielen langes, silbriges Haar und ein ebensolcher Bart herab. Unter der Robe waren seine Füße schuhlos und gekreuzt. Seine Hände waren adrett vor ihm im Schoß gefaltet. Neben ihm stand ein Kontrollpult mit Mikrofon.

»Was sollte das alles?«, beklagte sich Thunder Rider und warf einen Blick an seiner Nacktheit hinab, bevor der Moorlock sprechen konnte.

»Ihr wart schmutzig!«, gab der Moorlock zurück, der völlig reglos dasaß. »Ich lasse nicht zu, dass ihr die Atmosphäre hier drin verseucht. Was habt ihr überhaupt hier klauen wollen? Ich hätte euch nicht reingelassen, wenn nicht diese, sagen wir, widrigen Wetterbedingungen geherrscht hätten. Ihr habt Glück gehabt.« Er schwieg einen Augenblick. Dann schien er weich zu werden. »Ihr hüllt euch besser in diese Decken, wenn ihr schon hier seid.« Er zeigte mit einem langen, manikürten Finger auf die Seidendecken. In seiner Stimme schwang eine Spur Belustigung mit. Eine leise Woge der Hoffnung erhob sich in Thunder Rider. Der Moorlock war gewöhnlich ziemlich humorlos. Anscheinend fand er zu seinem alten Selbst zurück. Er sagte nichts, tat jedoch, wie ihm geheißen. Er bot Stacia eine Decke an. Dann setzte er sich wieder und sah den Zauberer an.

»Wir sind hergekommen, weil wir dich dazu bringen wollen, dich uns anzuschließen«, begann er und starrte dem Zauberer dabei herausfordernd in die Augen.

Aus den Schatten im Raum erwiderten die Perlenaugen des Moorlocks seinen Blick. An der Oberfläche waren sie hell. Aber sie tanzten auf einem grauen, düsteren See der Gedanken – ein Gewicht so schwer von geheimem Wissen, dass sie den Mann mehr als ein Jahr niedergedrückt hatten, gefangen in einer schäbigen Zelle, die sie selbst geschaffen hatten.

Jetzt begegneten sich die beiden Augenpaare, und sie schlugen Funken. Die Gedanken flackerten und drehten sich. Sie schrien die Sinnlosigkeit und Hoffnung hinter der Maske der Augen hinaus.

Spiegel der Illusionen

Vollautomatische *Hawkwind*-Musik explodierte unter der Überbrückung und fegte die futuristischen Klänge von *Spiral Galaxy 28948* über das Brüllen des Generators hinweg.

Der erste vollautomatische *Hawkwind*-Musiksender, komplett mit Delatron, war Wirklichkeit.

Der Sonic Prince und die kleine Gruppe, die darum herumstanden, stießen einen Freudenjauchzer aus, trotz des erstickenden Dunstes, der unter dem Betondach der Autobahn wirbelte.

Die krampfhafte Übelkeit verließ sie. Hot Plate hörte auf zu zittern. Seine Haut nahm nach und nach ihre normale rötliche Beschaffenheit an.

Sie feierten mit einer Flasche Bells Whisky, die Higgy irgendwie von der letzten Earth-City-Party hatte retten können, indem er sie für eine besondere Gelegenheit unter dem Sitz des Lastwagens verstaut hatte. Dann überließen der Prince und Hot Plate Higgy vorübergehend die Aufsicht über den Sender und fuhren im Transit hinüber zum Palast. Das vertrauenswürdige Fahrzeug schien sich ziemlich gut gegen die ätzende Attacke zu behaupten.

Je weiter sie vom Sender wegfuhren, desto mehr bemerkten sie, wie sich die Effekte der Hochstimmung abnutzten.

»Anders als Livemusik muss konservierte Musik keinen so weitreichenden Effekt haben«, bemerkte Hot Plate.

»Dann hat erste Priorität, so viele Delatrone zu bauen, wie wir können«, sagte der Prinz.

Sie pflügten in Schweigen dahin, durch einen beständigen See der gelben Flüssigkeit. Die Kanalisation der City war verstopft, und die Straßen waren überflutet.

Sie trafen an der Seite des Palastes in der Buckingham Palace Road ein. Hot Plate übernahm die Führung, ging spritzend durch den Schlamm, und hustete und spuckte unter seinem Schirm. Kein Wächter war zu sehen, und die Sicht lag wegen des Dampfs bei nahezu null. Sie eilten über die Betonfläche des Parkplatzes und umgingen ein Tor, das zum Palast selbst führte.

Die steinernen Bastionen des königlichen Wohnsitzes ragten vor ihnen auf. Hot Plate schlich an der zernarbten Oberfläche seiner verzierten süd-westlichen Fassade entlang, die die eingeebneten Blumengärten, die Zierbäume mit ihren hängenden Zweigen und das Buschwerk überblickte. Er erreichte den schmalen Hintereingang, den er als seine Fluchtroute verwendet hatte, und bat den Prince hinein. Sie betraten die kühlen, jedoch trockenen Keller und gingen hindurch zu dem geheimen Treppenhaus. Bald standen sie außer Atem am oberen Treppenabsatz. Sie kletterten in das enge Labor im Dachgeschoss. Hier drin waren die Symptome mehr oder weniger wie normal, und das Erste, was Hot Plate tat, war, auf einem der zahllosen staubigen Regale nach einem Glas mit pinkfarbenen Tabletten zu greifen. Er öffnete es und gab eine dem Prince.

»Hier, nimm das. Es wird dir helfen. Ich benutze sie selbst, um die Effekte zu mildern, und sie wirken ziemlich gut.«

Der Prinz nahm die angebotene Tablette und schluckte sie hinunter. Hot Plate tat es ihm nach und stellte das Glas auf das Regal zurück. Dann streiften sie ihre Wellingtons ab und legten sie zusammen mit ihren Schirmen hinter eine Reihe von Instrumenten.

»Zuerst führe ich dich herum«, sagte Hot Plate. »Dann kannst du dich an die Arbeit am Delatron machen. Ich glaube, du wirst alles finden, was du brauchst. Das ist die eine Sache, in welcher der König gut ist – bei der Ausstattung des Labors scheut er weder Kosten noch Mühen.«

Der Prinz war allmählich etwas erfreut über das Equipment hier. Er erkannte einige der komplizierten elektronischen Apparate – die allerbesten. Es war eine Ewigkeit her, seitdem er die Chance gehabt hatte, mit einem Equipment solchen Kalibers zu arbeiten. Vorausgesetzt, der Wissenschaftler hatte einige der kleineren Teile vorrätig, die er benötigte, hätte er überhaupt keine Probleme, die Delatrone zu bauen und zu testen.

»Übrigens, du musst mich hinsichtlich der Schaltung auf den neuesten Stand bringen«, sagte Hot Plate, nachdem die Besichtigungstour vorüber war. »Auf deinem Gebiet bin ich hoffnungslos im Hintertreffen.«

»Alles, was du wissen willst.« Der Prinz grinste bereitwillig. »Ich schlage vor, wir reden zuerst darüber, bevor ich anfange. Dann kannst du ein paar von diesen Reine-Wissenschaft-Spielchen von dir loslassen und herausfinden, was die Ursache dafür ist, dass unsere Musik sich so verhält, wie sie sich verhält.«

Während der Prinz sprach, holte Hot Plate die wesentlichen Teile des Equipments hervor. Er legte sie auf einer Werkbank vor sich aus und verband sie miteinander.

Er bereitete ein Experiment vor, das er sich zuvor im Laufe des Tages überlegt hatte, als er über die Effekte der Musik gegrübelt hatte. Die Informationen, die ihm der

Prince über seine hausgemachten Detektoren zur Verfügung gestellt hatte, ermöglichten ihm, einen genaueren und ausgeklügelteren Apparat zu bauen. Nachdem der Prince ihm sämtliche Details mitgeteilt hatte, summte und blitzte eine komplizierte Anordnung von Skalen, Messgeräten und Schachteln auf seiner Werkbank.

Jetzt war der Wissenschaftler völlig vertieft in seine Arbeit und schien seinen Gefährten völlig vergessen zu haben. Der Prince, der sich etwas ausgeschlossen vorkam, machte sich daran, sein eigenes Equipment zusammenzusuchen.

Bald war er ebenfalls völlig absorbiert.

Sie arbeiteten weiter bis zum Anbruch der Dunkelheit und tief in die Nacht hinein, ohne ein Wort miteinander zu wechseln. Schließlich hatte der Prince die Grundlage für ein Dutzend Delatrone vor sich liegen, deren ungeordnete Eingeweide in alle Richtungen abstanden. Sie mussten bloß noch klar gemacht und getestet werden. Dann konnten sie in Gehäuse gesteckt werden und waren zur Benutzung bereit. Als er den Lötkolben hinlegte, um eine Pause einzulegen und den Rücken zu strecken, ertönte ein aufgeregter Ruf von Hot Plate.

»Na, jetzt sieh dir das an!«, rief der Wissenschaftler aus und blickte auf eines der Messgeräte. Der Prince trat zu ihm. Die Anzeige zuckte wie wild.

»Ich kann Higgys Sendung von hier aus so gerade eben empfangen«, fuhr er fort. »Sieh mal, wie es sie registriert. Aber hier drüben, mein Freund, siehst du etwas noch Erstaunlicheres.« Der Prince folgte dem Wissenschaftler die volle Länge der Werkbank hinab. Unten stand ein besonders aussehendes Instrument mit einem Bildschirm, auf dem leuchtende Metallicfarben blitzten.

»Das ist ein Bio-Simulator«, erklärte Hot Plate, der den Ausdruck von Verwirrung bemerkt hatte. »Er simuliert die Nervenfunktion des menschlichen Körpers. Er teilt mir gleichfalls mit, welche Effekte Wirkstoffe von außen auf ihn haben können. Ich habe ihn für den Versuch benutzt, Körperempfindungen jenen anzupassen, die eure Musik hervorruft, und es sieht so aus, dass die Nervenzustände am meisten denjenigen ähneln, die Akupunktur hervorrufen... tatsächlich sieht es so aus, dass eure Musik dadurch wirkt, dass sie im Menschen einen regelrechten Akupunktureffekt erzeugt. Fantastisch, nicht wahr?«

»Aber wie...?«, fragte der Prince ungläubig. »Frag mich nicht!«, erwiderte der andere. »Wenn ich es wüsste, hätten wir alles gelöst! So einfach wird das nicht werden.«

»Du meinst, weil unsere Musik einen unterschiedlichen Effekt bei unterschiedlichen Menschen hat...«

»Genau. Es ist zu sehr vereinfachend, daraus zu schließen, dass eure Musik Akupunktur ist.«

»Aber könnte die Akupunktur nicht einen schlimmen Effekt beim einen und einen guten Effekt beim anderen haben...«

»Möglich, aber unwahrscheinlich. Ich wette darauf, dass wir nur über die halbe Antwort gestolpert sind. Die andere Hälfte wird wesentlich tieferes Graben erfordern. Aber ich versichere dir, ich find's raus!«

»Du meinst, jetzt?«, fragte der Prince. Sein normalerweise widerstandsfähiger Körper war fast so weit, aus Erschöpfung in sich zusammenzufallen, außerdem wegen der Effekte der Horrorbilder, die am Ende eines dünnen chemischen Fadens auf Distanz gehalten wurden. »Du wirst die Nacht durcharbeiten?«

»Wenn es sein muss. Vergiss nicht, so arbeite ich. Ich bin so gemacht, das auszuhalten.« Er grinste erneut, und eine dichte Strähne lockigen Haars fiel ihm vor die Augen. Er schüttelte sie zurück. »Ich schlage vor, du legst dich drüben aufs Sofa und schläfst etwas.« Er zeigte auf ein dunkles Etwas in einer unaufgeräumten Ecke. »Dort geschieht dir nichts. Hier, du nimmst besser noch eine von denen.« Er bot dem Prince das Glas mit den Tabletten an.

Es war zwecklos, gegen seine Gefühle anzukämpfen. Seine Beine wollten unter ihm nachgeben. Sein Gehirn fühlte sich an wie ein schwerer, gedankenloser Klotz. Er nahm die Tablette und ging, sich hinzulegen, und er ließ den Wissenschaftler mit seiner Forschung weitermachen.

Als er aufwachte, war es Morgen.

Er war völlig fertig und hatte einen Kater, den die Horrorbilder verursacht hatten. Die Ereignisse des vorangegangenen Tages schwammen immer noch in seinen Gedanken umher. Langsam orientierte er sich inmitten der fremdartigen Szenerie des Laboratoriums. Es war jetzt viel heller. Der Sturm musste durchgezogen sein.

Er stand auf und warf einen Blick hinüber zur Werkbank, an der Hot Plate beschäftigt gewesen war. Jetzt war dort niemand. Er bemerkte einen stechenden Geruch in der Luft. Sein Herz raste aufgeschreckt. Es war nicht der säuerliche Geruch von Schwefeldioxid, sondern der ätzende Gestank von verbranntem Kunststoff und Drähten. Aus langer Erfahrung wusste er, was geschehen war.

Ein rascher Blick auf die heftig vernarbte Werkbank und das zusammengeschmolzene Equipment bestätigte seine

Befürchtungen. Er wagte es kaum, den Blick zu der steifen Gestalt zu senken, die zusammengerollt in dem Gang zwischen den Werkbänken lag. So rasch er konnte eilte er zu dem Körper und kniete nieder. Kleidung und Haut wirkten unversehrt. Zaghaft legte er die Handfläche auf das Herz des Wissenschaftlers. Er schluckte. Es gab einen schwachen Herzschlag.

Rasch massierte er die Brust. Dann schlug er in das weiß gewordene Gesicht. Er sah sich nach etwas von Nutzen um und entdeckte eine Flasche mit Äthanol. Er holte sie zu dem sterbenden Mann. Er entfernte den Stöpsel und drückte den Hals an die purpurfarbenen Lippen, während er das Herz wieder dazu brachte zu funktionieren.

Nach und nach wich die Blässe aus dem Gesicht, und seine Haut bekam langsam wieder eine gewisse Röte.

Nach einer Weile kehrte der Herzschlag des Wissenschaftlers zu seiner normalen Rate zurück. Der Prince zerrte die sich rührende Gestalt zum Sofa. Er goss etwas Wasser in einen Krug und hielt ihn an die trockenen Lippen.

Als sich der Wissenschaftler genügend erholt hatte, um wieder zu sprechen, setzte er zu einer ausführlichen Beschreibung der nächtlichen Arbeit an. Der Prince richtete ihn auf, während er weiter in drängenden, keuchenden Schüben flüsterte.

»Du musst genau zuhören... wir waren auf der völlig falschen Spur...« Er lächelte schwach, Resultat des gewonnenen Schwungs. »Soweit ich sehen kann, stehen wir, wie du den Verdacht hattest, unter irgendeinem Angriff... von was... von wo, habe ich nach wie vor keine Ahnung. Es ist nicht die Musik, die entweder die Lust oder den Schmerz verursacht...«

Ein perplexer, ungläubiger Ausdruck zeigte sich auf dem Gesicht des Prince. Er war irritiert. »Dann was...?«

»...mach dir keine Sorgen. Ist wirklich einfach... wir haben es aus der falschen Perspektive betrachtet. Eure Musik *produziert* nicht die Strahlen, welche die Arbeit erledigen... wie es aussieht, funktioniert sie dadurch, dass sie *andere* Strahlen neutralisiert...«

»Eine Angriffsstrahlung?« Die Horrorbilder im Prince wurden schlimmer, als er die Implikationen dessen bedachte.

»...das stimmt.« Hot Plate sprach mit großer Mühe, wie aus weiten Fernen des Raums. Der Prince beugte sich näher heran, um seine Worte zu verstehen. »...Ich habe den Angriffsstrahl analysiert... es ist kein Heiliger... tatsächlich ist es offenbar eine bösartige Mischung aus Wellen von hoher Energie, die auf irgendeine nicht-newton'sche Weise verbreitet werden... mit konventioneller Ausrüstung absolut nicht zu entdecken... der einzige Grund, warum wir noch nicht alle tot sind, ist der, dass er nach wie vor mit ziemlich geringer Intensität gesendet wird...« Der Wissenschaftler hustete und spuckte, wobei er sich halb an seiner eigenen Spucke verschluckte. »Du musst es den anderen sagen«, keuchte er drängend. Dann schloss er wieder die Augen. Der Prince ließ ihn ausruhen.

Verwirrende Gedanken sprangen in seinem Kopf herum. In seinem gegenwärtigen Zustand konnte er sie nicht einsammeln, also nahm er noch ein paar der pinkfarbenen Tabletten und setzte sich. Es wäre nicht gescheit, mit den anderen Kontakt aufzunehmen, dachte er plötzlich, bis er die Delatrone zusammengesetzt hätte. Sie würden gewiss jetzt benötigt, und wenn er den Palast vorzeitig verließe, könnte er nie zurückkehren, um sie zu vollenden.

Der Beobachter

Lange vor dem endgültigen Zusammenbruch hatte der Moorlock gewusst, was der Menschheit zustoßen würde. Seine besondere Sensibilität hatte das Ergebnis vorhergesehen. Er hatte gesehen, wie die Städte zusammenbrechen und die Menschen wie erschrockene Ameisen über das verwüstete Land rennen würden. Er hatte die fallenden Bomben gesehen. Er hatte gesehen, wie die Verschmutzung nach und nach verstümmelte und vernichtete. Er hatte gesehen, wie die Kinder der Zukunft zerschmettert und tot in ihren Wiegen lagen. Er hatte versucht, vor dem lautlosen Vernichtungsfeldzug zu warnen, während die Überlebenden um die Herrschaft über die letzten verbliebenen Grünflächen gekämpft hatten. Er hatte Bücher darüber geschrieben. Er hatte im Fernsehen darüber gesprochen. Er hatte einen Film darüber gedreht. Schließlich hatte er darüber gesungen. Er hatte seine eigene Band gegründet, *The Deep Fix,* und auf Konzerten und Open-Air-Festivals gespielt. Aber niemand hatte zugehört. Das Spiel des Todes war blindlings weitergegangen. Nach und nach hatten sich die Prophezeiungen bewahrheitet. Prophezeiungen, die nicht nur er ausgesprochen hatte, sondern auch die uralten Bücher der Weisheit.

Desillusioniert und voller Verachtung für seine selbstsüchtigen Gefolgsmänner war er zum Entschluss gekommen, dass die Welt draußen und alles, was sie enthielt, nichts weiter als ein grimmiger kosmischer Scherz war, aufrechterhalten von Göttern mit krankem Gehirn. Er errichtete eine dicke, schützende Hülle um sich und schloss sich weg.

Monatelang brütete er, absorbierte das Wissen aus seinen Büchern. Sogar innerhalb seiner elektronischen Festung war er außerstande, den Ereignissen draußen zu entrinnen. Die Dummheiten des Menschen verfolgten ihn – er war von derselben Art, er könnte nie entkommen. Vielmals hatte er beinahe aufgegeben und die Türen fast den marodierenden Banden und der selbsternannten Miliz geöffnet. Aber er hatte durchgehalten. Jetzt, nach dem endgültigen Tod, waren sie von draußen hereingekommen, um ihm mitzuteilen, dass eine neue Art von Menschen aus den Ruinen geboren würde. Jetzt teilten sie ihm mit, dass die ganze verrottete Show versuchte, alles wieder von vorn anfangen zu lassen.

Jetzt starrte er durch die Schatten seiner Zelle auf die beiden entschlossenen Gestalten, die auf dem Sofa ihm gegenübersaßen. Sie waren Teil der neuen Menschen, zu denen zu gehören er nicht wagte. Schließlich sprach er: »Ihr seid zur rechten Zeit gekommen. Ich werde euch helfen.«

Krieger am Rand der Zeit

Der Acid-Zauberer stützte den Kopf nachdenklich auf einen seiner beringten Finger, während er dem Prince zuhörte. Thunder Rider und die anderen saßen auf der Stuhlkante, als die Neuigkeiten und deren Implikationen in sie einsanken.

Sie befanden sich in Moorlocks Raum. Nachdem er schließlich nachgegeben hatte, hatte er sie dorthin eingeladen. Aber er machte mehr als deutlich klar, dass er nur Zeit erübrigen würde, um seinem Freund Actonium Doug zu helfen.

Wie durch Zauber hatte der Ex-Manager sich überraschend erholt, als ob er darauf gewartet hätte, dass der Zauberer den ersten Zug täte. Jetzt besprachen er und Higgy Pläne, eine Arbeitsgruppe zu bilden, die speziell für Sicherheit und Wartung verantwortlich wäre. Ihre erste Aufgabe wäre Verteilung und Aufbau größerer Ausrüstung für Musiksender und die Bestellung der Teile, die sie benötigen würden.

Über das Delatron, das an die Hi-Fi-Anlage in Moorlocks Raum angebracht war, ertönten die Klänge von *The Golden Void,* was den Mut in den engen Grenzen hob. Draußen, unter dem Viadukt, spielte ein Endlosband Teile von *Goat Willow* für die Überlebenden des Sturms, die sich auf den Straßen drängten.

»Ich wette, dass die Strahlen oder Wellen, oder was immer es ist, seit undenklichen Zeiten vorhanden gewesen sind«, bemerkte Hound Master, nachdem der Prince zum Ende gekommen war. »Es ist bloß stetig schlimmer geworden und hat die Menschheit in ihrem bösen Griff versklavt. Die ganze Zeit über mussten wir mit unserem erbärmlichen Schicksal zurechtkommen, haben geglaubt, das Leben sei eine Last, wenn es das in Wirklichkeit nicht ist.«

»In Wirklichkeit ist das Leben eine Freude, wie die Musik des Delatrons zeigt, wenn sie kurzzeitig die Strahlen verbannt«, fuhr Thunder Rider fort. »Nur wenige Menschen in jeder Generation haben die Fähigkeit, hindurchzusehen und seltene Blicke auf die Schönheit zu erhalten...«

»...Ausgefeilte psychologische und mystische Lebensstile erfunden, um die Langeweile und Depression zu überwinden«, fügte der Moorlock zynisch hinzu, erfreut darüber, am Ende Recht behalten zu haben. »Drogen nehmen...«

»Aber warum? Und wer macht das? Warum werden die Normalos unterschiedlich berührt? Wie kommt's, dass sie tatsächlich die Strahlen genießen?«, fragte der Prince.

»Ich würde gern wissen«, sagte Lemmy drohend, »wie viel Zeit ich damit verbracht habe.«

»Woher sie auch kommen, der Sender muss eure Musik gehört haben, und sie hat ihm nicht gefallen, weil er stärker gesendet hat, nachdem ihr das Delatron zum ersten Mal eingesetzt habt«, bemerkte Hot Plate. »Unsere Hauptsorge ist jetzt, wie schlimm wird es werden? Kann unser Equipment es aushalten? Falls nicht, werden wir kaum länger als eine Woche durchhalten. Das Zeug wirkt auf unser Nervensystem, und es wird nicht wesentlich stärker werden müssen, um das Verwundbarste dieses Gewebes abzutöten – unsere Gehirnzellen.«

Die versammelten *Hawkwind*-Mitglieder sahen einander erschrocken an.

»Wir müssen es daran hindern, dass es auch nur ein wenig schlimmer wird!«, stellte Thunder Rider klar. »Unsere erste Sorge muss sein, diese Delatrone zusammenzubauen.« Er sah Doug an. »Und so viele mehr zu bauen, wie Teile dafür existieren – plündert die Universitäten und Krankenhäuser, falls es sein muss.« Er warf dem Prince einen Blick zu, ebenso Hot Plate. »Der Rest von uns wird, nachdem wir jetzt Deckung durch die Delatrone haben, versuchen müssen, die Moral der Children zu heben und Earth City wieder auf die Beine zu stellen.«

»Stimmt«, sagte Baron Brock, »wir werden nicht sterben, Hot Plate. Wir durchsuchen das gesamte Universum nach allem oder jedem, was oder wer dafür verantwortlich ist, bis wir diese Strahlen ein für alle Mal verscheucht haben.«

»Die Erde darf nicht sterben!«, stimmte Stacia zu. Sie stand auf und salutierte Lemmy mit der geballten Faust. »Und die neue Art des Menschen muss weiterleben dürfen.«

»Ja, denkt alle daran, woher ihr kommt«, sagte Higgy stolz. »Ihr alle kennt die *Hawkwind*-Legende.«

Im Raum wurde es still, während ihnen die Worte der uralten Prophezeiung durch den Kopf gingen.

»Und in der Fülle der Zeit muss die Prophezeiung erfüllt werden und die Hawklords sollen zurückkehren, um das Land zu zerschmettern. Und die dunkle Kraft soll gegeißelt, die Städte geschleift und zu Parks gemacht werden. Friede soll zu jedem kommen. Denn steht nicht geschrieben, dass das Schwert Schlüssel zu Himmel *und* Hölle ist?«

Es war ein Psalm aus einem der uralten Bücher der Weisheit in der Bibliothek des Moorlocks. Ein Buch mit dem Titel *Die Sage von Doremi Fasol Latido*. Die Gruppe hatte vor vielen Jahren ein Album mit Gesängen gemacht, die aus dem Werk entnommen waren, aber niemand hatte die Legende völlig ernst genommen. Das Buch selbst, obwohl zweifellos uralt und auf einer Handschrift basierend, die im Besitz von König Artus gewesen war, war in den Tagen der Technologie, der Vernunft und Logik wie ein fast unmögliches Ding erschienen – soll heißen, allen außer Hound Master und Del Detmar. Auch Thunder Rider hatte eine Ader von mystischer Neugier in sich, aber er war immer mit dem Moorlock einer Meinung gewesen, dass das Buch wahrscheinlich eine gerissene Fälschung war – dass der Name »*Hawkwind*«, der im Text oftmals vorkam, Baron Brock und Thunder Rider aufgefallen war, die der Band ursprünglich ihren Namen gegeben hatten. Der Acid-Zauberer hatte einmal erklärt, dass magische Bücher und uralte Aufzeichnungen sich oft als Fantasien erwiesen, die von Mönchen und anderen Autoritäten erfunden worden waren, und zwar als Mittel zur Sicherung der Macht über leichtgläubige Bauern.

Jetzt, am Ende eines weiteren Zyklus des Menschen, in den Ruinen seiner Zivilisation, erschien das Buch glaubwürdiger, logischer. Sie konnten sich gut vorstellen, dass es während einer ähnlichen Periode der Veränderung in der Vergangenheit verfasst worden war... vielleicht sogar in einem weiteren Zeitalter der Magie – wenn die Gegenwart als magisch erachtet werden konnte, wie Hound Master beharrte.

Ob es stimmte oder nicht, sie fühlten sich gemeinsam von den Worten beeinflusst. Der Raum wurde heller, allerdings wesentlich unklarer. Neue Energie flutete durch ihre Adern, als die Inspiration zum Kampf kam. Phantomkrieger aus alten Zeiten, deren Rüstung kalt und hart war, deren Schwerter an ihren Seiten klirrten, schienen zusammen mit ihnen im Raum zu stehen, und ihre Gegenwart wurde gespürt, jedoch nicht gesehen. Eine leichte, milde Brise wehte, und sie hatten den Eindruck, dass sie auf einem Pferderücken oben auf einer Klippe saßen, auf dem Gipfel der Welt, und mit Verlangen in die weiße, endlose Zeit blickten.

Ihr altes, sterbliches Selbst schälte sich ab, während sie die wahren Hawklords der Legende wurden.

Kreis der Macht

Die sauren Regenwolken rollten zurück. Ein Vorhang öffnete sich über der verdorrten Landschaft. Die Sonne glitzerte auf gezacktem Metall und Glas, und der blaue Himmel kehrte wieder.

Earth City lag geschlagen und zerbrochen da im Kielwasser des sauren Techno-Sturms. Die meisten ihrer Zelte und Schuppen mussten neu errichtet werden, und viele menschliche Opfer benötigten Behandlung.

Aber die Kinder der Sonne schlugen tapfer zurück. Nach der Neuigkeit, dass jetzt beständig *Hawkwind*-Musik gesendet werden konnte, um gegen die Strahlen zu kämpfen, war die Stimmung in der Stadt der ersten echten Menschen eine der grimmigen Entschlossenheit, ihren hart errungenen Status zu wahren.

Sie nahmen die Arbeit dort auf, wo sie sie zurückgelassen hatten, organisierten die Tausende von notwendigen Dingen, die für die menschliche Existenz nötig waren – taten im Ernst, was sie unwissend so viele Male zuvor in früheren Zeiten geübt hatten, auf so vielen verschiedenen Musikfestivals.

Actonium Doug und Heavy Gang machten sich an die Arbeit an den hohen *Hawkwind*-Musiktürmen, die eingesetzt würden, um die feindlichen Strahlen zu bekämpfen. Sie streiften mit einer kleinen Armee aus LKW und Sattelschleppern in London herum und suchten nach Gerüstmaterial, elektronischen Komponenten und jeglichem weggeworfenen Metall, das sie in die Hand bekommen konnten. Sie vollführten einen Wettlauf gegen die Zeit, bevor die

Todesstrahlen in einem solchen Ausmaß wuchsen, dass sie die Intervalle zwischen Liveauftritten nicht mehr ertragen könnten und sie alle in den Wahnsinn getrieben würden... oder in den Tod.

Die Bevölkerung wuchs mit dem Zustrom zerschmetterter Menschheit, die mit Schiffen und Flugzeugen eintraf, ständig an. Die Grenzen der neuen Stadt mussten um das angrenzende Parkgebiet von St. James und Hyde Park erweitert werden. Aber in nur zehn Tagen war das Ganze dieses großen Gebiets von West Central London von den Musikstrahlen abgedeckt, welche die Einwohner schützten.

Schließlich war die Aufgabe vollendet. Die aufgenommene Musik wurde abgespielt. Vorsichtig verließen die Mitglieder von *Hawkwind* ihre Plätze auf der Bühne. Ein leichter Abfall in der Stärke der schützenden Energie fand beim Wechsel statt. Dann wurde die neue Ebene nach und nach als normal akzeptiert.

Earth City stieß einen kollektiven Seufzer der Erleichterung aus.

Zum ersten Mal seit Beginn des Rockfestivals waren die Überlebenden in der Lage, sich ohne Sorge zu entspannen und ohne Furcht vor dem Delirium zu schlafen. Ein gesünderer Ausdruck kehrte auf ihre Gesichter zurück, während sie ihren Alltagsgeschäften nachgingen, sauberer und besser genährt. Einige Menschen erlaubten sich sogar, glücklich zu sein...

Die erste Stufe im Kampf gegen die Mächte des Bösen, das die Menschheit bedrohte, war erklommen.

Aber dann überkam *Hawkwind* eine tödliche Mattigkeit. Ihre Gedanken und Körper waren vom Spielen erschöpft, von den vereinten Effekten des Schlafmangels und der Horrorbilder.

Sie waren krank. Sie wussten, dass der Tod nahe war, wenn nicht bald vollständige Ruhe einträte.

Bewusstlos wurden sie zurück zum gelben Lastwagen gebracht und dort zurückgelassen, damit sie sich erholen konnten.

BUCH ZWEI:
Die Zeit der Hawklords

Wogen der Dunklen Kultur

Seksass, der Pressereporter bei Control, saß düster, vornübergebeugt, an seinem Schreibtisch und hielt sich den Magen. Sein Gesicht war blutleer, und sein Körper zitterte sichtlich. Wieder einmal war der Tag von der Toilette und dem Krankenrevier beansprucht worden, und seine Arbeit geriet heftig in Verzug.

Zum Glück galt das für alle bei Control, seitdem die Hippie-Musik angefangen hatte. Warum in aller Welt ihre Soldaten das nicht gleich von vornherein hatten unterbinden können, das würde er nie verstehen.

Der Pressestab bei Control konnte natürlich seine Posten nicht verlassen und zur Waffe greifen. Sie konnten den Computer nicht verlassen. Zu viele Millionen von Leben standen auf dem Spiel... Gehirne, die eines Tages vielleicht wieder gemeinsam leben und dazu dienen würden, das Land wieder zu bevölkern, wenn die Neue Ordnung sich zeigte.

Er seufzte und rülpste. Es war an der Zeit, sich die Twinny-Triad-Sache noch einmal vorzunehmen, und ihm war heute nicht danach. Was als ekelerregender Fall von Sex zwischen zwei abartigen Geisterköpfen angefangen hatte, die innerhalb des Computers lebten, hatte sich jetzt als eine der längsten, schwierigsten Aufgaben seiner Karriere erwiesen. Normalerweise war es ziemlich einfach, schuldige Partner anhand ihres prahlerischen Verhaltens rückzuverfolgen. Aber in diesem Fall hatte sich die dritte Frau – in einer, schlimmstmöglicher aller Fälle, *Dreier*beziehung – als äußerst schwer zu fassen herausgestellt. Sie war eine Expertin in mentaler Tarnung und musste, als Anstifterin, gefasst werden. Die anderen beiden, ein Mann und eine weitere Frau, waren unter Beobachtung geblieben, konnten jedoch erst dann vor Gericht gestellt werden, wenn sie unwissentlich die Dritte belastet hatten.

Erneut rülpste Seksass erbärmlich, als die ekelerregenden Säfte in seinem Magen sich blubbernd hoben.

Er stand unsicher auf und verließ sein Büro. Bald fuhr er die zwanzig und noch etwas Etagen von Control zur zweiten Etage hinab, wo die Eingangsnischen lagen. Er trat aus dem Lift, absolut schick in seiner vorschriftsmäßigen grauen Uniform, und ging über den polierten Marmorfußboden der Eingangshalle zu den Registrierungsluken auf der anderen Seite hinüber. Beruhigende Musik, *Sounds of Silence* von Simon und Garfunkel, ertönte hier draußen, und er fragte sich knurrig, warum sie nicht oben in den Büros ihre eigene Musikanlage installieren konnten.

Er blieb an einer der Luken stehen und gab dem Angestellten hinter dem Fenster seinen Stimmabdruck. Der Angestellte nahm seine Personalien auf und reichte ihm seinen Zugangschip und die Pille, bevor er eilig einen weiteren Schluck Mineralwasser trank, das er sich zusammengemischt hatte. Ein Blick auf das schäumende Getränk reichte, dass Seksass sich erneut der Magen umdrehte, und er war froh wegzukommen.

Gleich neben den Luken gab es eine Reihe von Nischen mit Glastüren. Die meisten davon waren bereits mit stillen, blass aussehenden Körpern belegt, die an die Drähte angeschlossen waren. Er fand eine leere Nische und glitt hinein.

Er steckte den Chip in den Schlitz vor sich. Die Maschinerie summte und klickte, als seine Identität bestätigt wurde. Dann nahm er die Gummihaube mit dem Gewirr aus Drähten daran und zog sie sich über den Kopf. Er ließ sich auf dem speziell verdrahteten Stuhl nieder und schnallte sich an. Schließlich nahm er die winzige blaue Pille, die man ihm gegeben hatte, und schloss die Augen.

**Weiße Knochen, weicher gebleichter Sand,
ein paar Autowracks...**

Die M23 nach Brighton war in beiden Richtungen ein endloses Band aus zerbeulten und geparkten Wagen. Eine lockere Schutthalde aus Glas, weißen Knochen und anderem Müll war über die Oberfläche verstreut, so dass es gefährlich war, weiterzufahren. Sie mussten alle paar Augenblicke stehenbleiben, die Wracks beiseiteschieben und sich einen Weg hindurch suchen.

Higgy rammte den Fuß fest aufs Gaspedal. Mit einem wütenden Knurren riss sich der Mercedes aus den letzten Umklammerungen von Londons zum Stillstand gekommenen Verkehr los.

Die Mitglieder von *Hawkwind* hatten zwei Tage und Nächte geschlafen, und jetzt nahmen sie wohlverdienten Urlaub – nicht, dass sie erwarteten, viel in Brighton zu finden. Es war lediglich ein Ort, zu dem sie sich aus irgendeinem Grund hingezogen fühlten. Alle von ihnen hatten dort zur einen oder anderen Gelegenheit in der Vergangenheit Ferien gemacht. Es war ein Ort, wohin sie sich zurückziehen konnten.

Sie hatten Doug und die Roadies zurückgelassen, damit alles lief. Hot Plate musste zurückbleiben, um seine lebenswichtige Suche nach dem Ursprung der Todesstrahlen fortzusetzen. Aber bevor sie sich auf den Weg gemacht hatten, hatte sie der freundliche Wissenschaftler mit einer überraschenden Bewaffnung versorgt, an der er gearbeitet hatte. Es waren die Prototypen einer Musikwaffe in Pistolenform, die er schließlich jedem aushändigen wollte. Sie funktionierten, indem sie eine batteriegespeiste Sendung aufgezeichneter *Hawkwind*-Musik durch Delatrone in Miniaturform in den Mündungen aussandte.

Als sie sich von der Stadt und der Sicherheit der Musiktürme entfernten, spürten sie die ersten Anzeichen der wiederkehrenden Horrorbilder. Seit dem unheimlichen Gespräch im Raum des Moorlocks vor fast vierzehn Tagen hatten ihre Körper irgendwie einen Widerstand gegen die Effekte aufgebaut. Aber die Verbesserungen waren nur gering gewesen. Die magische Metamorphose, die gerade ebenso mysteriös aufgehört hatte, war unvollendet.

Higgy beugte sich vor und schob eine Kassette in das modifizierte Abspielgerät auf dem Armaturenbrett vor ihm. Bald wurde eine alte Brock-Komposition, *Lord of Light,* durch die Kabine gesendet, und sie fühlten sich etwas besser.

Die Felder draußen waren von einem blassen Gelb. Die Bäume der einstmals wunderschönen englischen Landschaft waren vorzeitig braun geworden – ein krankhaftes Gelblich-Braun und Schwarz. Auf den Flüssen trieb weißer Schaum. Es gab keinerlei Lebensform auf den Farmen oder in den Dörfern, die sie passierten.

Sie fühlten sich innerlich miserabel. Der ätzende Techno-Sturm hatte das Schlimmste angerichtet. Sie fragten sich verloren, wie weit das betroffene Gebiet reichte. Sie weinten, als die Vision eines toten Planeten sie packte, als sie jetzt begriffen, dass die Erde wahrscheinlich niemals gerettet werden konnte. Auch ohne Unterstützung durch die Todesstrahlen hätte die Menschheit ihr Schicksal Jahre zuvor besiegeln können, als sich die tödlichen Chemikalien in der Atmosphäre angesammelt hatten.

Niemand wusste, was er sagen oder tun sollte.

Sie saßen wortlos da, während die grässliche Szenerie vorüberstrich. Es gab keinen Raum oder Ort für Hass auf ihre Mitmenschen. Dafür hatte sich einfach alles zu schnell entwickelt. Die selbstsüchtige und aggressive Natur der Menschen war in einem früheren Entwicklungsstadium eingebaut worden, ursprünglich als Überlebenstrieb. Jetzt, außerstande, sich an verändernde Bedingungen anzupassen, hatte ihre Gewalt sich nach innen gerichtet und ihn verschlungen. Als Nächstes in der Reihe die Evolutionsleiter hinauf kamen die Kinder der Sonne. Was war für sie geblieben? Wie lange konnte Earth City durchhalten?

Die Fahrzeuge schoben sich weiter über den aufgesprungenen und von Unkraut überwucherten Asphalt. Gelegentliche Lücken im stillstehenden Verkehr erlaubten ihnen kurz, die Geschwindigkeit zu erhöhen, und das bewegliche Filmdrama aus dem richtigen Leben, das durch die Fenster zu sehen war, lief schneller ab.

Schließlich verließen sie die Autobahn und fuhren auf die A23. Die gewundene Straße führte durch zahllose kleine Städtchen und Dörfer, in denen sie vergebens nach Anzeichen für Leben suchten. Bei ihrer letzten Tour durch das Land, die eine Ewigkeit her zu sein schien, hatte Großbritannien so gewirkt, als ob es vielleicht imstande wäre, wieder auf die Beine zu kommen. Überall gab es verstreute Überlebende. *Hawkwind* hatte Gigs im Versuch gegeben, sie zum Konzert in London zu holen. Einige hatten dem Drang widerstanden, aber jetzt gab es keinerlei Anzeichen für sie. Sie waren anderswo hingegangen oder verstorben.

Die Außenbezirke von Brighton kamen in Sicht, und ihre Hoffnung wuchs. Hier zumindest sollte es eine Art Zusammenführung der isolierten Überlebenden geben. Aber sie wurden rasch desillusioniert. Die Gebäude waren größtenteils völlig niedergebrannt oder zerstört worden. Das Meer wirkte ranzig und ölig. Es hob und senkte sich faulig und warf einen widerlich riechenden grauen Schlamm an die Strände. Seltsamerweise einzig unversehrt waren die zahlreichen Spielhallen und der große Jahrmarktskomplex. Fast schien es, als ob sie von den einander bekämpfenden Sekten und Banden, die einstmals die Stadt am Meer terrorisiert hatten, wie aus religiösen Gründen bewahrt worden waren. Wahrscheinlich galten sie als Gebiet gegenseitiger Waffenruhe, wohin sich die Protagonisten vor den Spannungen flüchten konnten. Jetzt waren es schweigende, verlassene Maschinen der Geister und des Winds – und der Ratten.

Higgy hielt den Laster an. Sie blickten durch das Seitenfenster auf die Umrisse des korrodierten Riesenrads und der Achterbahn.

»Könnte ebenso gut nachsehen, ob irgendwas von dem Müll noch funktionsfähig ist.« Lemmy durchbrach das ehrfürchtige Schweigen. »Kommt jemand auf einen Spaziergang durch die Amüsierarkaden mit?«

»Machst du Witze?«, gab Stacia zurück. »Vielleicht möchtest du als Abendessen für die Ratten enden, aber ich nicht. Sieh sie dir an...« Sie drückte das Gesicht ans Fenster. Sie sahen aus wie zerrissene Lumpen zwischen dem Müll, die übergroßen, hungrig wirkenden Nager. Sie waren hager und völlig reglos, als ob sie darauf warteten, dass essbares Leben vorüberstolperte.

»Guter Vorwand, die Musikwaffen auszuprobieren«, brummelte Astral Al unterdrückt.

Das Kassettengerät hatte aufgehört zu spielen. Fasziniert holte Lemmy seine Waffe heraus und ließ sein Fenster herab. Er schob die plumpe Mündung hinaus und drückte auf den *Play*-Knopf. Sogleich ertönte eine schrille Version von *Master oft the Universe*.

Die Ratten zuckten zusammen, als wären sie sich unschlüssig über die neue Bedrohung. Dann traten sie quietschend mit ihren Hinterbeinen aus und flohen.

Er sah zu ihnen herein und grinste.

»Kein so ein schlechter Typ, dieser Hot Plate«, sagte er und tätschelte die Waffe. Er ließ sie ins Brustholster in seinem Jackett zurückgleiten. »Noch jemand Lust auf diesen Spaziergang?«

Zaghaft traten sie alle hinaus, froh über die Gelegenheit, die Beine zu strecken.

»Vielleicht wird unser Urlaub am Ende doch nicht so schlecht.« Rudolph the Black sah sich lakonisch lächelnd um. Er suchte nach Orientierungspunkten.

Mit gezogenen Musikwaffen gingen sie zum Eingang des Jahrmarkts. Es erschien seltsam, ihrem Treffpunkt der Kindheit erneut einen Besuch abzustatten, unter so anderen Umständen.

Die Schießstände und Billig-Arkaden im Innern waren geöffnet und intakt. Nichts war angerührt worden. Die Gewehre lagen nach wie vor angekettet in ihren Regalen. Nur der Staub erzählte davon, dass sie in letzter Zeit nicht benutzt worden waren.

Der Fußboden war übersät mit den winzigen Knochen von Federvieh und Nagern, schmierigem Papier und verrosteten Getränkedosen, Anzeichen dafür, dass die Mafiosi-Paten, die einst hier residiert hatten, ihre gestohlenen Genüsse bis ins Letzte ausgekostet hatten.

Vorsichtig ging die Gruppe weiter zur Achterbahn. Ein plötzlicher Aufschrei von Stacia brachte sie abrupt zum Stehen. Die Tänzerin blickte wie erstarrt hinter sie.

Die Gruppe fuhr herum. Der Eingang zum Jahrmarkt lag ein paar Meter entfernt. Vor den offenen Toren materialisierte sich eine dunkle Gestalt. Schimmernd, vermummt und unheimlich, die Arme ausgestreckt, als ob sie sie verschlingen wollte. Sie schien sie im Innern gefangen zu halten.

Vor Furcht wie gelähmt starrten sie hin. Nur in ihren Träumen hatten sie eine Kreatur von derart tödlicher Beschaffenheit und Statur gesehen.

Die Erscheinung nahm an Intensität zu. Jetzt war sie ölig schwarz. Sie sahen das Schimmern eines Kraftfelds, das sie umgab und sie stabilisierte.

»Die Waffen!«, rief Thunder Rider. Wie einer hoben sie ihre Musikwaffen und ließen sie mit voller Lautstärke spielen. Eine laute, verzerrte Mischung aus *Hawkwind*-Songs brach hervor und sprang die geisterhafte Gestalt an.

Kurzzeitig hielt die Kreatur dem Angriff stand. Dann schimmerten ihre Kanten, und das glühend heiße Feuer fraß sich in sie hinein und verzehrte sie. Bald kehrte die stille Klaustrophobie des Jahrmarkts zurück.

Sie rannten durch die Tore, die Waffen immer noch feuernd, zu dem Mercedes-Bus und kletterten hinein. Higgy löste die Handbremse, und sie schossen davon auf die Straße.

»Was war das denn?«, fragte Lemmy erschüttert.

Niemand gab Antwort. Sie wussten es nicht.

»Sie schien uns etwas zu sagen«, sagte Stacia mit bebender Stimme.

»Ich dachte, sie würde versuchen, uns umzubringen«, sagte der Baron mürrisch. Er hockte mit finsterer Miene auf dem Rücksitz.

Sie erholten sich ein wenig von dem Schock. Higgy fuhr einfach weiter, um so viel Distanz wie möglich zwischen sich und den heimgesuchten Jahrmarkt zu legen. Jetzt folgten sie also der Küstenstraße, die aus dem alten Ferienort hinausführte.

»Hier draußen ist nichts für uns... wir hätten niemals wegfahren sollen«, beklagte sich Stacia.

Sie fuhren weiter, außerstande, die höllische Vision zu verstehen. Ihre Instinkte kreischten ihnen zu, sie sollten anhalten und nach London zurückkehren.

Sie jagten weiter die Straße hinab, die auf mysteriöse Weise frei von Wracks war. Vielleicht hatten die letzten Bewohner sie weggeräumt. Entlang der Küste gab es zahlreiche kleine Fischerdörfer, und eines von ihnen mochte vielleicht dem Massenwahn entkommen sein. Es bestand bereits ein deutlicher Unterschied in der Landschaft. Unversehrte Häuser tauchten auf. Es gab weniger Anzeichen für offene Gewalt. Ihre Hoffnung stieg wieder.

Stacia beugte sich vor und zeigte über Higgys Schulter hinweg.

»Ein grüner Baum«, bemerkte sie, immer noch zu erschüttert, um aufgeregt zu sein.

»Verdammt unglaublich!«, keuchte Thunder Rider. »Halt den verfluchten Laster an, Hig!«

Der Schotte trat heftig auf die Bremse. Als sie stehengeblieben waren, reckten sie die Hälse in ihren Sitzen, um etwas zu sehen.

Über den Dächern links von ihnen erhob sich eine Reihe geschwärzter Baumskelette. Unglaublich, aber der mittlere Baum war beschmiert mit einem schwachen Hauch von Grün. Er stand völlig still in der windstillen Luft. Sie erkannten deutlich die daran hängenden Blätter.

Langsam reagierten ihre Herzen mit der Freude über den Anblick von Grün inmitten der trostlosen Farben des Todes und Verfalls.

»Wo es ein wenig gibt, gibt es wahrscheinlich auch ein wenig mehr«, rief der Light Lord inmitten des Gedränges derjenigen auf dem Rücksitz, die etwas sehen wollten. »Ich schlage vor, wir nehmen die nächste Abfahrt.«

Sie nahmen sich seinen Ratschlag zu Herzen, fuhren wieder los und setzten sich in ihre Sitze zurück. Bald erreichten sie die Abfahrt Rottingdean. Higgy bremste und lenkte den Lastwagen auf seinen neuen Kurs.

Fast sofort tauchte Grün auf – anfangs ein paar isolierte Flecken von Bäumen, kahl gefegt von den starken Meeresstürmen, dann Klumpen von Gras und ganze Reihen von Hecken. Zu aller Erstaunen und Unglauben fuhren sie an grünen Straßenrändern vorüber, unter Alleen mit Bäumen entlang, deren überhängende Äste reichlich mit Grün in zarten Sommertönen überzogen waren.

Nach einer kurzen Fahrt erreichten sie das idyllische Fischerdorf. Seine Cottages und Gaststätten waren unversehrt, eigentlich unglaublich. Das Dorf war verlassen, den überwucherten Gärten und den Bürgersteigen und Straßen nach zu urteilen, in deren aufgerissenen Spalten das Unkraut wuchs.

Sie fuhren auf den malerischen Platz, wobei der Lärm ihres Motors das grabesähnliche Schweigen zerschmetterte, und hielten draußen vor der Gaststätte Red Fox an. Sogleich kehrte die Stille zurück, abgesehen von den kleinen Geräuschen, die der Motor beim Abkühlen von sich gab. Es war ein unheimliches Schweigen, das sie anfangs nicht verstanden.

Liquid Len öffnete die Tür und trat vorsichtig hinaus. Keine sichtbaren Anzeichen von Gefahr manifestierten sich. Die anderen folgten ihm. Sie standen draußen, streckten die Beine und schauten sich um.

»Ich was, was nicht stimmt«, rief Stacia aus. »Es gibt keinen Vogelgesang.«

»Sie hat recht«, sagte der Moorlock und untersuchte das zerbröckelnde Mauerwerk des Gasthofs. »Dieser Ort ist vom Sturm unberührt geblieben. Vielleicht ist ihm der ganze östliche Teil des Landes entkommen.«

»Vielleicht waren es bloß verrückte Wetterbedingungen«, warf der Prince ein. »Wir können von hier aus weiter ins Landesinnere, wenn wir wieder losfahren, und selbst nachsehen.«

»Gute Idee«, sagte Thunder Rider. »Es könnte sogar darauf hinauslaufen, Earth City nach hierher zu verlegen.«

»Durch alle diese Ratten!«, gab der Baron angewidert zurück.

»Kommende Woche um diese Zeit sind sie tot«, erwiderte Thunder Rider. »Sie haben nichts zum Leben.«

»Niemand weiß, was in der Zukunft passieren wird«, meinte der Moorlock philosophisch. Er hatte den größten

Teil der Fahrt geschwiegen und die beunruhigenden Ereignisse beobachtet, die stattgefunden hatten, und dabei nachgedacht.

Jetzt, am Gasthof, wirkte er gleichermaßen nachdenklich.

»Wir kümmern uns darum, wenn es so weit ist«, stimmte der Baron zu. »Sinnlos, Pläne zu schmieden.«

Thunder Rider zuckte die Achseln.

Der Phantom-Gasthof zu Arranar

»Das ist schon besser«, verkündete Thunder Rider, schob sich ein großes Schinkensandwich in den Mund und spülte mit einem Glas Wein nach. Er rülpste. »Entschuldigung.« Er wischte sich den Mund mit einer Ecke der Serviette, die er sich vor sein bemaltes Lederhemd gelegt hatte, und machte sich wieder ans Essen.

Das Feuer knisterte fröhlich im Kamin, und auf der Eichenvertäfelung in der Lounge des Red Fox tanzte und flackerte sein warmer, orangefarbener Schein. Ein langer Esstisch war vor das Feuer gezogen worden. Er wurde von drei Silberkandelabern erhellt, jeder mit sechs Kerzen. Auf dem Tisch lag ein rein weißes Tischtuch, und gedeckt war er mit dem besten Silbergeschirr, das der Gasthof zu bieten hatte.

Die Hawklords und die Hawklady saßen am Tisch und nahmen die umfangreichste Mahlzeit zu sich, die sie seit der Katastrophe bekommen hatten.

»Du hast die Manieren eines Schweins, Thunder Rider«, bemerkte der Moorlock. »Gestatte anderen doch, ihr Mahl in Frieden zu sich zu nehmen, ja?« Er goss weiteren Wein aus seiner Flasche in das hohe Glas neben sich. Dann fasste er das Glas zierlich am Stiel und setzte es an die Lippen. »Ah! Die Magie der Aphrodite!«, rief er aus, schloss die Augen und tauchte ab.

»Mein Gott, er ist wieder auf einem seiner verdammten ästhetischen Trips!«, sagte der Baron und kippte seinen Queen-Anne-Stuhl zurück. Dessen Beine quietschten unheilvoll, und er richtete sich wieder auf. »Natürlich hätte ich das an diesem noblen Ort erwarten können. Das ist genau seine Kragenweite.« Er beugte sich vor und stopfte sich noch etwas Käse und Pickles in den Mund.

»Der verdammte Wein schmeckt wie Wasser«, sagte Lemmy und verzog das Gesicht. »Gib uns jeden Tag einen Scotch.«

»Was meinst du?«, fragte der Moorlock in beleidigtem Ton. »Dieses *Wasser* ist zufällig ein sehr guter Jahrgang. Ich hab ihn selbst.«

»Wahrscheinlich hat er in die Flaschen gepisst«, lachte Astral Al.

»Schließ doch nicht von dir auf andere«, gab der Moorlock zurück und öffnete wieder die Augen.

»Ich denke, ihr alle habt schlechte Tischmanieren!« Higgy war der Nächste, der es laut aussprach. Seine Flasche war fast leer, und er griff betrunken über das Silbergeschirr zu Stacias Flasche hinüber. »Ihr habt vergessen, wer euch dieses verdammte Festmahl zubereitet hat, während ihr alle damit beschäftigt wart, nach Dingen zu suchen, die ihr mitgehen lassen könntet, ihr diebischen englischen Schweine... und so gut wie keiner hat sich auch nur bedankt.«

»Ja, das stimmt«, sagte der Baron und hob sein Glas. »Kommt schon, ihr Schurken. Einen Toast auf Higgy!«

Wie auf Kommando schossen die Gläser hoch in die Luft und knallten aneinander. »Auf Higgy!«, sagte der Chor der Stimmen.

»Möge er weiterleben, um noch viele Festmahle zuzubereiten«, rief Thunder Rider anerkennend.

Sie kehrten zu ihren Sitzen zurück, und eine Weile lang waren sie mit Essen beschäftigt. Dann nahm Stacia nachdenklich ihr Glas von den Lippen. Etwas war ihr durch den Kopf gegangen.

»Ich schätze, es ist niemandem aufgefallen«, sagte sie schließlich, »wie glücklich wir auf einmal wieder sind.«

»Ich denke jede Minute daran«, scherzte Thunder Rider und setzte seine Flasche zurück.

»Du weißt, was ich meine«, beharrte sie. »Ich habe keine Schraube locker oder so. Ich meine, warum fühlen wir uns nicht schlecht?«

»Was ist mit den Horrorbildern passiert, meinst du?«, fragte der Prince.

»Genau, was ist mit den Horrorbildern passiert«, wiederholte sie, sah sich am Tisch um und nickte.

Eine Weile lang schwiegen sie alle, weil es ihnen widerstrebte, an die Außenwelt erinnert zu werden.

»Es gibt keine Horrorbilder, weil unsere Musik nach wie vor im...«, begann Thunder Rider mit vollem Mund. Dann hielt er inne, als ihm aufging, dass die Kassette, die sie in der Küche hatten laufen lassen, vor etwa einer Stunde zu Ende gewesen sein musste.

»Genau.« Stacia lächelte.

»Dann...«

»Entweder haben die dunklen Strahlen aufgehört, oder wir werden wirklich immun gegen sie«, fuhr sie fort. »Die Metamorphose muss wieder einsetzen.«

»Mach dir nicht eine Minute lang vor, dass die Todesstrahlen aufgehört haben«, brummelte Hound Master in sein Glas.

»Genau«, sagte der Baron. »Es wäre ein zu großer Zufall, wenn sie genau in dem Augenblick aufgehört hätten, als das Band zu Ende war.«

Der große Rudolph the Black erhob sich lächelnd und geschmeidig von seinem Stuhl, das Glas in der Hand. Er ging über den dicken, weinroten Teppich zu einem der luxuriösen Sessel vor dem Feuer und setzte sich hinein. Er blickte zu den schwarzen Balken auf, die sich kreuz und quer über die Decke zogen. »Dieser Ort ist verhext«, sagte er lakonisch.

»Das hab ich auch gespürt«, rief Higgy. »Aber ich dachte, ihr würdet mich für bekloppt halten, wenn ich euch das sage.«

Ein seltsam kitzelndes Gefühl tauchte in ihren Gedanken auf. Alle hatten dasselbe gedacht – aber sie waren zu ausgehungert nach dem einfachen Luxus des Lebens gewesen, um sich deswegen Sorgen zu machen.

Astral Al stocherte mit seinem Messer im Essen herum. Er hatte den Appetit verloren. Die kurze Ruhepause, die sie sich abseits der albtraumhaften, apokalyptischen Landschaften außerhalb des Gasthofs errungen hatten, in ihren sogenannten Ferien, war vorüber.

»Ich fühle mich etwas... seltsam«, gab er zu. »Dachte, das wäre nur ich. Dieses Grünzeug auf einmal, in all diesem Tod... und dieser Gasthof, vollgestopft mit Essen, das inzwischen verdorben sein sollte, wenn alles nach rechten Dingen zugehen würde... es gibt gute Gründe für die Annahme, dass etwas nicht stimmt...«

Ein Scheit knackte laut im Feuer, und eine heftige Flamme schoss zischend jäh aus dem Spalt. Der zusätzliche Feuerschein flackerte über die glänzende Teakholztheke hinter ihnen, wo die Geister der alten Einheimischen immer noch tranken. Er wurde mysteriös von den Jagdtrophäen zurückgeworfen, die an der Wand hingen.

Der Raum schien plötzlich eine mittelalterliche Atmosphäre angenommen zu haben – und eine finstere, als ob seine Mauern sich jeden Moment auflösen und sie mit sich nehmen könnten.

Die erregte Stimme des Light Lord platzte heraus: »Was du sagst, kann unmöglich wahr sein. Du hast den Verstand verloren. Dieser ganze Müll von wegen Magie...« Er schnaubte angewidert. Er verließ seinen Platz und schritt in der Lounge auf und ab, wobei er seine hagere Gestalt unter der niedrigen Decke beugen musste.

»Ich sympathisiere mit dir«, sagte der Prince, »Aber es geschehen einfach zu viele seltsame Dinge, um mit Gewissheit sagen zu können, was noch wirklich ist und was nicht. Und ich fürchte, ich bin geneigt, jetzt an die Magie zu glauben. Ich glaube wirklich, dass diese Strahlen, oder was es auch immer ist, etwas in uns ausgelöst haben... das Ding in der *Hawkwind*-Legende – ich schätze, wir entwickeln uns *wirklich* zu Hawklords. Seid jedoch versichert, eines Tages werdet ihr sehen, dass es eine wissenschaftliche Erklärung für all das gibt...« Er verstummte. Ein vager, unausgegorener Gedanke war ihm gekommen. Er konnte sich durch den Weindunst in seinem Gehirn nur nicht daran erinnern, und wenn es um sein Leben gegangen wäre, welcher es war, aber er suchte in seinem Kopf.

»Ich hole uns noch etwas von der Aphrodite«, bot Higgy an, der spürte, dass eine weitere lange Besprechung bevorstand. Er stand vom Tisch auf und verschwand aus dem Raum.

Liquid Len stöhnte verzweifelt. »Wenn du damit anfängst, seltsame Ideen in die Welt zu setzen, wirst du schließlich daran glauben. Dann werden die Fakten sich den Fantasien anpassen. Suggestion. Darum geht es bei Magie, siehst du das nicht? Ihr alle sucht nach einfachen Lösungen. Das ist es, was die Leute in einer unvertrauten, verwirrenden Situation tun – in Wüsten, zum Beispiel«, fügte er sarkastisch hinzu und warf die Hände in die Höhe.

»Na gut«, sagte Hound Master zu Liquid Len, etwas verletzt. »Dann biete uns eine alternative Erklärung.«

»Mit Vergnügen«, erwiderte der Light Lord. »Ich schätze, euch ist noch nicht der Gedanke gekommen, dass wir alle Opfer einer Massensuggestion sind? Dass wir alle in Wirklichkeit nichts weiter sind als eine Bande von Überlebenden, die versuchen, die Sache auf die Reihe zu bekommen, und leicht bekloppt werden unter dem Stress, uns Dinge einbilden, wie unsere primitiven Vorfahren es einst taten, dass das große fremde Unbekannte draußen vor unseren Kaninchenbauten das Territorium der Götter ist, die wir beschwichtigen müssen? Dieser ganze Müll von wegen Todesstrahlen und seine abergläubischen Implikationen und die fantastischen Ansichten über die Entwicklung zu Hawklords. Scheißdreck, die Children mögen unsere Musik, weil sie daran gewöhnt sind. Sie brauchen sie – wir alle brauchen sie – damit sie uns dabei hilft, in einer abgewrackten Welt nicht den Halt zu verlieren. Daran sind wir gewöhnt. Die Normalos mögen sie nicht rein und einfach, weil sie es nie getan haben. Vergesst nicht, sie erhalten ihre Kicks durch Werbejingles und Frank Sinatra, und alles, was abenteuerlicher ist, würde sie stören... genau wie ihre Musik unsere stört. Nein. Ich sage, die Träume, die Horrorbilder und all die anderen Manifestationen sind Produkte einer psychologischen Massenhalluzination, und wir waren dumm genug, sie für uns selbst zu erdenken...«

Er beendete seine Tirade und schaute sich um, um zu sehen, ob seine Worte registriert worden waren.

»Du *spürst* offenbar nicht wie wir, was geschieht«, sagte Thunder Rider nach einer Weile und schüttelte traurig den Kopf. Er sprach für alle. »Wenn du es tätest, wüsstest du es... und dann ist noch die ganze Forschung von Hot Plate...«

»Aber ich tu's! Ich *spüre* es!«, erwiderte der Light Lord irritiert. »Aber ich akzeptiere es nicht blindlings. Was Hot Plate betrifft, so könnte er das sein, was wir zunächst angenommen hatten – ein Spion der Reaktionäre oder der Normalos, der falsch informiert.«

»Unmöglich«, widersprach der Prince, der an den Unfall im Labor dachte. »Ich bin kein Okkultist, Len. Auch sehe ich die Dinge nicht durch eine rosarote Brille. Ich habe gesehen, was im Labor passiert ist, und es ist alles korrekt. Du musst das einfach glauben.«

»Nun, was ist dann mit dem Moorlock, Higgy, Stacia und mir selbst? Wir sind, strenggenommen, kein Teil von *Hawkwind*, dennoch verändern wir uns auch.«

»Ihr seid keine ursprünglichen Mitglieder, stimmt«, entgegnete Thunder Rider. »Dann wiederum sind das viele von uns nicht. Und wer soll überhaupt sagen, wer die echten Hawklords sind?«

»Da, jetzt fängst du wieder damit an«, beschuldigte ihn Liquid Len hitzig. »Ich glaube, ich verschwinde aus diesem Irrenhaus und begebe mich zur Ruhe. Gute Nacht, liebe Mitmenschen.« Er nahm sein Glas und holte eine weitere Flasche von Higgy, der in der Tür stand, eine neue Kiste in der Hand, und der Debatte zuhörte. Dann stolzierte er hinaus und stapfte die Treppe hinauf.

Im Raum war es einen Augenblick lang still.

»Keine Sorge. Morgen ist er wieder in Ordnung«, sagte Thunder Rider. »Ich habe das komische Gefühl, dass es alles bald für jeden kristallklar sein wird. Was meinst du, Prince?«

Der Prince nickte. »Ich glaube, du hast recht, Thunder Rider«, sagte er mysteriös. Er hatte sein Erinnerungsvermögen zurückgewonnen und begriffen, was er hatte sagen wollen. Der Schlüssel zu dem, was ihnen geschah, lag in dem *Doremi Fasol Latido*-Psalmenbuch, das der Moorlock in Besitz hatte. Er hatte einmal Passagen aus diesem Buch gelesen, als er in weniger unglaublichen Zeiten musikalische Ideen gesucht hatte. Einige der mystischen Fahrten der alten Lords, wie sie im Buch beschrieben waren, erschienen jetzt mehr als vertraut, wie wenn...

Es war erneut still geworden.

Wiederum begann sich die Transformationsenergie zu manifestieren. Eine geisterhafte Brise fachte das Feuer an, und die Flammen wuchsen, während die überraschten Hawkmänner einander anstarrten.

Dann tauchte die große Gestalt des Moorlock beruhigend in der Tür auf.

»Ich glaube, du hast danach gerufen, Prince«, sagte er, das uralte Buch mit beiden Händen festhaltend. »Ich bin hinausgeschlüpft, während du debattiert hast, und habe es aus dem Laster geholt.«

Er betrat erhaben den Raum und legte das schwere Buch auf den Tisch vor dem Prince.

»Seite 3784«, sagte er. »Unter dem Abschnitt, der von magischer Transmutation handelt.«

Eilig öffnete der Prince das Buch. Der Einband fiel mit einem dumpfen Knall auf den Tisch, und ein alter, muffiger Geruch stieg von den vergilbten Blättern im Innern auf. Er wendete die Seiten so rasch um, wie er konnte, ohne sie zu beschädigen, während er mit dem Blick die Spalten mit uraltem Text überflog und nach der Stelle suchte, die er haben wollte. Nach mehreren Momenten der Anspannung stach er mit dem Finger aufgeregt auf das Pergament ein.

»Da! Ich habe gewusst, dass ich recht hatte! Jetzt haben wir die Antwort... woher hast du das gewusst?«, fragte er den Moorlock verwirrt.

»Genauso wie du. Vergiss nicht, das sind meine Bücher. Ich habe besonders sie studiert, obwohl ich zugebe, dass ich ein wenig eingerostet bin... willst du vorlesen oder soll ich?«

»Du kannst vorlesen«, sagte der Prince und drehte das Buch herum. Der Acid-Zauberer beugte sich über den Tisch und begann, mit seinem starken North-Yorkshire-Akzent zu lesen. Ihm war die alte Sprache vertraut, und er las leicht und fehlerlos.

»Wenn die Menschen die Maschinerien der Freude in Barlehaman erreichen, ist dies die zweite Vollendung ihrer Transmutation, nachdem sie die verlorenen Seelen der Stadt Menzkaire ordneten. Sie werden Parahasys ertragen und andere diverse Illuminationen des Dunklen, bis sie es besser kennen, und sie werden niemals vergessen, außer im Tod, und sie werden auch den ehrbaren Schild von Atmar erhalten. Wenn derselbe Mensch das Phantom-Gasthaus in Arranar erreicht, ist das die dritte und letzte Vollendung. Wisse dann ihre Macht und empfange die Schale der Leere und das Schwert des Lebens und sei dann vorbereitet, den Psalm XIV der Sage zu bestellen, und der Wille von Hoart Aire im dritten Zeitalter der Magie...«

Der Moorlock brach ab und sah sich unter den verständnislosen Gesichtern um.

»Soll ich weiterlesen oder wird's das tun?«, fragte er.

»Sag uns zuerst, was das alles bedeutet!«, verlangte Astral Al nervös. Wie die anderen hatte er eine vage Bedeutung der Worte verspürt. Nachdem sie jetzt geäußert waren, war es, als ob ihr Klang als Katalysator vom Beginn der Zeit gewirkt hätte, und irgendwo tief in sich selbst wussten sie alles, was es zu wissen gab. Sie verspürten eine seltsame Ehrfurcht und Angst, dort einzutreten. Ein Gefühl von Lust, gleichzeitig von Schmerz. Es war wie die geschliffene Kante eines glitzernden Messers.

Der Moorlock spürte die Veränderung gleichfalls.

»Sehr schön«, sagte er, »ich werde mir die Ehre geben. ‚Barlehaman' war die uralte Welt, zerstört durch Maßlosigkeit und Gier. Die ‚Maschinerien der Freude' sind, glaube ich, die Mittel der Maßlosigkeit. In unserem modernen Armageddon entspricht dies dem Jahrmarkt in Brighton. Die *verlorenen Seelen der Stadt Menzaire* meinen die Überlebenden der uralten Welt, die in den Ruinen einer der berühmten Städte des Zeitalters hocken. Dies entspricht natürlich den Kindern der Sonne und der Stadt London. Das Zusammenführen oder *Ordne*n der *verlorenen Seelen* stellt die ‚erste Vollendung' oder Phase in unserer Evolution zu Hawklords dar. *Parahalsys* ist das alte Wort für einen Zustand der Halluzinationen oder Visionen, die als Wissen oder Botschaften von den Göttern eingepflanzt wurden – oder von genügend mächtigen Teufeln. In diesem Beispiel bringen die Botschaften einen dazu, *den Dunklen vollständig zu kennen*, oder den Feind zu kennen – die Erscheinung am Jahrmarkt war ein Botschafter. Der Schild von Atmar ist ein Symbol für den Schutz vor den schädlichen Strahlen – Atmar war ein Gott des Krieges, der besonders heftig gegen die dunklen Kräfte der alten Welt kämpfte. Der *Phantom-Gasthof in Arranar*, der, wenn man dort ankommt, die ‚dritte Vollendung' herbeiführt, war der Gasthof, wo Mephistopheles schließlich von Atmar ausgetrickst und sein satanischer Einfluss umgestoßen wurde. ‚Arranar' ist das Land, wo der Gasthof stand und der seitdem für den Menschen verloren ist. Vermutlich entspricht dieser Gasthof diesem Ort hier...« Er ließ den Blick über die Wände des Raums schweifen. Jetzt schienen sie eine brüllende Masse kalter Flammen zu sein, die das Holz völlig auslöschten. Der Raum war fast halluzinatorisch in seiner Intensität der Gegenwart geworden. Die Luft knisterte vor elektrischen Ladungen, und die Hawkmänner sahen aus, als ob sie aus Marmor beständen. Ihre Augen glänzten mit einer unnatürlichen Intensität. »...dies ist der Ort, wo sie die *Schale der Leere* empfangen«, fuhr er unsicher fort, »und das *Schwert des Lebens*, was beides Symbol für die universelle Energie ist – nicht essen, und Unsterblichkeit, mit anderen Worten. Der *Psalm XIV* ist natürlich die Legende von den Hawklords, der wir bereits begegnet sind. Der *Wille des Hoart Aire* bedeutet, grob übersetzt, der *Wille des Hawk-Wind-Gottes*... *Hoart* bedeutet *Hawk-Gott* und *Aire* ist das alte Wort für *Wind*. Was den letzten Bezug betrifft, das *dritte Zeitalter der Magie* – das bezieht sich offensichtlich auf die Gegenwart, auf den ersten Ton, den wir anschlugen und der durch ein Delatron ging, bis genau jetzt, genau bis in diesen Raum.«

Er schwieg.

Jetzt gab es keinen Streit über die Parallelen zwischen ihrer eigenen, unbewussten Fahrt zum Gasthof und den Stadien des Kriegs, der vor Tausenden von Jahrhunderten geführt wurde. Es war ein zu großes Zusammentreffen, als dass sogar Liquid Len darüber hätten streiten mögen, wäre er hier gewesen.

Nun ergriff Higgy das Wort.

»Dann stammen die Legenden von König Artus vermutlich aus dem zweiten Zeitalter«, stellte er fest, fasziniert von der Geschichte. Er senkte den Blick. »Übrigens, ich muss euch etwas sagen. Ist so etwas wie ein Geständnis. Eine Bemerkung jetzt, wo ihr euch wirklich verändert, daran besteht kein Zweifel, dass... Leute, ich verändere mich nicht mit euch. Hier...« Er griff in seine Tasche und holte ein Glas mit Tabletten heraus. »Ich habe sie für mich selbst gehortet, ich habe sie mitgenommen seit...« Schuldbewusst legte er das Glas auf den Tisch und verließ den Raum, bevor einer aus der Versammlung ihn hätte aufhalten können.

Über die Todeszähne

Vom stahlgrauen Himmel schien die schwarze Scheibe der Sonne hinab auf die Hindus in dem Autowrack.

Dachi, der heilige Mann, lächelte immer noch. Er war sehr alt und hatte beide Beine von den Oberschenkeln abwärts verloren. Sie hatten ihn neben der Straße in der Nähe eines Hindutempels an einen Baum gelehnt aufgefunden und ihn mit sich in die Abwasserkanäle genommen. Seitdem hatte er praktisch sämtliche Essensrationen zurückgewiesen und seinen Anteil lieber anderen überlassen. Irgendwie überlebte er trotzdem und brachte dennoch eine überraschende Zähigkeit und Energiereserve auf – ein Zug, der ihm ständige Ehrfurcht sicherte.

»Zweifelt nicht an euch selbst«, sagte er freundlich zu ihnen. »Mutter Durga ist mächtig und wird euch retten.«

Seine Worte durchschnitten trocken das hysterische Schreien und Schluchzen und beruhigten sie sogleich.

Roja sah flehend auf. »Was wird mit uns geschehen, Dachi?«

Der heilige Mann lächelte wortlos. Dann schwang er sich, indem er sich am Rahmen des Jeeps festhielt, durch die zerbrochene Tür. Seine Stümpfe landeten mit einem leichten, dumpfen Schlag auf der zusammengebackenen Erde. Er zeigte mit einem dünnen braunen Arm auf die Straße vor ihnen.

»Er möchte, dass wir zu Fuß gehen, verdammt!«, rief Rojan aufgeregt, und sein Streit mit dem Weber war vergessen. »Was meint er, wie wir ihn tragen sollen?«

Erneut setzte eine wilde Debatte ein, aber am Ende stiegen sie aus und bereiteten sich darauf vor, dem Rat des alten Mannes zu folgen. Sie benötigten ihn, wie sie Religion benötigten. Zwei von ihnen hoben den überraschend leichten und zerbrechlichen Körper auf, und zusammen machten sie sich auf den Weg. Beutel und Taschen schwangen an ihren Seiten.

»Bist du noch hungrig, Dachi?«, fragte Rojan den zerlumpten, behaarten alten Mann, nachdem sie eine Weile gegangen waren.

»Ich habe die Nahrung Gottes. Ich benötige nach wie vor keine Nahrung der Sterblichen«, erwiderte der heilige Mann überlegen. »Aber höre auf mich, Rojan. Ich hatte eine äußerst bemerkenswerte Vision. Darin wurde mir die Natur der schrecklichen Katastrophe erklärt, die sämtliche Hindus und die ganze Menschheit befallen hat – und der neue Beginn, den Gott für jene von uns geplant hat, die am Leben bleiben und seiner Sache getreu sind.«

»Das muss dieselbe Vision sein, die ich hatte, Dachi!«, schrie Roja aufgeregt. Er wandte sich den anderen zu. »Also, ihr verdammten Lügner, ihr werdet sehen, dass ich die Wahrheit gesagt habe. Ich habe versucht, euch zu helfen.«

»Spürt ihr die Schwingungen nicht selbst?«, fragte der heilige Mann. Seine Worte waren sanft und lieblich und hielten sie aufrecht, während sie weiterstolperten. »Sie sind sehr stark, wie lautlose Musik. Horcht!«

»Oh, ja! Wir hören sie!«, schrie Rojan begeistert.

Die Gesellschaft blieb stehen. Sie spürten die Güte, die aus den Überresten des zerstörten Landes heraussickerte. Sie waren glücklich und zufrieden und lächelten über ihre eigene Dummheit, während die Gefühle sie überschwemmten. Dann kamen Rojan wieder Zweifel.

»Wenn Gott so hilfsbereit ist, Dachi, warum hat er uns einen nutzlosen alte Jeep gegeben, in dem wir unsere Pilgerfahrt machen sollten? Anscheinend haben wir das Glück von Bettlern, wenn wir wie Prinzen umherreiten sollten!«, verkündete er kläglich.

Der alte Mann gab keine Antwort. Die Gesellschaft hatte sich wieder in Bewegung gesetzt, und er war beim Dahintraben eingeschlafen. Quälend umspielte ein Lächeln seine Lippen.

Sie zwangen sich zum Weitergehen, wechselten sich dabei ab, ihn zu tragen, ächzten und beklagten sich.

Dann begannen sie allesamt zu zittern und zu beben. Der Tag wurde kalt, und sie übergaben sich.

»Jetzt sind wir erledigt!«, rief Rojan und stolperte im Kreis umher. »Gott hat uns wieder verlassen.« Er schloss die Augen. Er befand sich immer noch im Zustand der Visionen, aber jetzt krochen monströse schwarze Insekten darin umher, die mit großer Geschwindigkeit unter der fliehenden Menge umherrannten und sie mit glänzenden schwarzen Klauen einsammelten. Der Boden rings umher öffnete und spaltete sich, und heraus sprangen die Dämonen und andere unnennbare Kreaturen, bei deren Anblick ihn bis auf die Knochen fror. Er öffnete in schierem Entsetzen die Augen. Dann legte er sich mit den anderen auf den Boden, bis der Albtraum vorüberging. Schließlich würde er vorübergehen. Genauso, wie er es ein Dutzend Mal bereits getan hatte.

Gott prüfte sie in ihrem Glauben. Tief im Innern jedoch verspürte er keine Furcht. Während des Allerschlimmsten würde er stets das Bild des Zustands bewahren, wie er gewesen war, und er wusste, dass sie ihn immer noch erreichen mussten, zu welch hohem Preis auch immer.

Eines Tages würde der Augenblick kommen, redete er sich ein.

Dann verspürte er eine merkwürdige Härte im Boden unter sich. Eine unnatürliche Beschaffenheit, wie harter Beton. Neugierig kämpfte er die Auswirkungen der Albträume nieder. Er schaute sich um.

Mit jäher Aufregung dämmerte ihm, dass sie zur gewaltigen Rollbahn eines Flughafens gewandert waren. In der Ferne sah er eine Reihe schwarzer Hangars und den zerbröselnden weißen Finger eines Kontrollturms.

Vision des Schädels

Der Light Lord schlief schlecht in dem winzigen, loftähnlichen Raum, den er sich oben im Gasthof ausgesucht hatte. Die ersten Anzeichen des Deliriums hatten sofort eingesetzt, nachdem er aus der Lounge gestürmt war. Wütend hatte er die unangenehmen Gedanken aus seinem Kopf geworfen, während er die Treppe hinaufgestiegen war, hatte sie abgetan als durch Suggestion herbeigeführt.

Nachdem er dann oben angekommen war und seine Lederjacke auf den Nachttisch geworfen hatte, spürte er, wie die abgestandene Luft in dem alten Raum plötzlich eisig wurde. Aufgeschreckt legte er sich vollständig bekleidet aufs Bett und zog eine Decke über sich. Ein Schmerz erfüllte seinen Kopf. Die grässlichen Gedanken sprangen ihn erneut an, wie von irgendwoher außerhalb seines Kopfs.

Er schloss die Augen, um ihnen zu entrinnen, fiel jedoch stattdessen tiefer in die entsetzlichen Szenen von Schlächterei und Folter, die sie hervorriefen.

Er hatte die krankhaften, zerstörten Landschaften schon früher gesehen – die zerrissene, dampfende Erde und die Kreaturen, die sich daraus ergossen – während eines Angriffs der Horrorbilder. Jetzt waren die Bilder detaillierter und genauer. Aus den klaffenden Schächten wurden triefenden Wunden auf den Körpern der Children. Die menschenähnlichen Gestalten aus dem Innern der Erde sprangen auf die Toten und die Sterbenden und saugten ihnen das Blut aus und fraßen ihr Fleisch. Sie zerrten die Lebenden herab, während Soldaten in moderner Kleidung sie niederschossen und niedermetzelten, wo sie lagen. Die Soldaten marschierten über die von Leichen übersäte Erde – Land, in dem der Light Lord jetzt einen Teil von Earth City wiedererkannte.

Er stöhnte und wand sich im Bett, und ihm brach der kalte Schweiß aus. In regelmäßigen Abständen erwachte er in der Nacht, während die Visionen ihn überfielen, und kreischte in den triefnassen Laken. Dann sank er wieder in Schlaf – eintausend Mal, und jedes Mal erlebte er die Albträume erneut.

Schließlich brach eine schwache und wässrige Dämmerung an, und das Delirium verging ebenso rasch, wie es gekommen war. Er zog sich rasch an, um die anderen zu wecken. Jetzt hatte er es gespürt.

Tief im Herzen wusste er, dass das Wissen zu spät zu ihm gekommen war... dass Earth City bereits tief in Schwierigkeiten steckte. Seine Schuhe rutschten auf dem zerbröckelnden Holz aus. Während er hinabrannte, löste sich der Phantom-Gasthof allmählich auf. Er hämmerte an die Türen der anderen Schlafzimmer. Sie zerbrachen wie Papier unter seinem Ansturm. Die Räume im Innern waren leer.

Verzweifelt rannte er nach draußen. Schwingungen ließen das uralte Gebäude zu einem Haufen aus Balken und Staub hinter ihm einstürzen.

Auf dem kleinen Platz vor sich sah er den Mercedes. Er glühte in allen möglichen Farben, die knisternd über seine Karosserie fuhren, und ein pulsierendes orangefarbenes Licht umriss ihn, und es sah aus, als ob er jede Minute verschwinden wollte.

Der Light Lord legte die Strecke bis dorthin in einem Ausbruch unmenschlicher Kraft zurück, und sie halfen ihm bald in die Kabine.

Die Türe schlug hinter ihm. Rudolph the Black ließ die Kupplung kommen. Der Laster fuhr holpernd aus dem schwer aufgeladenen Gebiet hinaus.

»Wir dachten, dich hätte es erwischt.« Rudolph wandte sich ihm zu, nachdem sie wieder auf der Straße waren. Jetzt waren die Bäume draußen welk und tot, und der Boden war von Schädeln übersät. »Wir haben versucht, dich rauszukriegen, aber deine Tür klemmte. Der Griff wollte sich nicht bewegen lassen. Zuerst glaubten wir, du wärest ausgesondert worden, um zu sterben...«

»Wegen meines Unglaubens?«, fragte der Light Lord. Ihn schauderte. Dann lächelte er grimmig. »Ich bin konvertiert.« Ihm fielen die Visionen ein. Ein Ausdruck des Erschreckens sprang auf sein Gesicht. »Earth City... wir müssen zurück...«

»Wissen wir«, sagte Rudolph lächelnd. »Wir alle wissen es. Was meinst du, was wir diesmal vorhaben?« Er brachte ein schwaches, sarkastisches Lächeln zuwege. »Es ist alles vergangene Nacht passiert, während du in diesem deinem hübschen Bett gepennt hast.«

»Wo ist Higgy?« Der Light Lord vermisste ihn plötzlich.

Rudolph erklärte, was geschehen war. »Er ist hinten, bewusstlos. Sein System hat es nicht verkraftet. Nichts sonst hätte aus jenem Inferno hinter uns entkommen und überleben können... außer natürlich Higgy. Stark, wie er ist, ist er nur so gerade noch am Leben...«

Der Light Lord schwieg einen Moment. Dann sagte er: »Ich hoffe, er überlebt. Higgy, ich hoffe, du überlebst.«

Dann spürte er, wie die Macht der Hawklords von ihm Besitz ergriff. Er spürte sie durch seinen Körper laufen. Er spürte, wie jede Zelle seines Gehirns sich erweiterte. Es war ein mächtiger Supercomputer. Er spürte, dass er imstande war, unmögliche Aufgaben zu erfüllen – Metall mit bloßen Händen zerquetschen, Stein mit der Konzentration seines Bewusstseins zu schmelzen. Währen der Laster unter den Schatten hoher Gebäude dahinjagte und es in der Kabine dunkel wurde, sah er seine zähe neue Haut schwach phosphoreszieren.

Plötzlich entspannt und zuversichtlich lehnte er sich im Sitz zurück und sah zu, wie die Ruinen von Brighton an ihm vorüberglitten. Sie kamen jetzt schneller voran, da sie wieder den Pfad benutzen konnten, den sie gestern freigeräumt hatten, gestern, eine Zeit, die jetzt einhundert Jahre weit zurückzuliegen schien, in einem früheren und unreiferen Stadium ihres Lebens.

Nur die Erinnerungen an die albtraumhafte Vision hinderten den Light Lord daran, allzu friedlicher Stimmung zu werden. Sie brannte in seinem Gehirn. Sie brannte in den Gehirnen aller, während Rudolph den Laster verzweifelt näher an sein Ziel heranmanövrierte.

Die Hawklords unterwegs

Als sie die Chelsea Bridge über die Themse überquerten, sahen sie allmählich die ersten Anzeichen des Massakers. Ein paar Leichen lagen reglos auf dem grauen Schutt und Müll. Sie waren erstochen und erschlagen worden, einige erschossen. Ein Junge, den der Baron zu kennen glaubte, hing mit dem Gesicht nach unten über einem Fenstersims. Ein Muster aus Schusswunden hatte seinen Rücken aufgerissen. Erschossen, während er verzweifelt versucht hatte, durch das zerbrochene Fenster hinauszuklettern. Eine Blutspur zog sich bis in den Gulli hinab.

Der Baron verließ den Laster, um sich die Sache genauer anzusehen. Er sprang durchs Fenster hinein und hob den Kopf an. Es war der Sohn einer jamaikanischen Familie, die in Portobello gelebt hatte, gleich neben der Kommune. Die reine braune Haut des schlanken Jungen war ziemlich kalt und glatt. Der Hawklord biss die Zähne zusammen und kehrte zum wartenden Mercedes zurück.

Der Junge hätte niemandem ein Leid zugefügt. »Rohre, falls es sein muss«, sagte der Baron, der bereits die schwachen Umrisse der Ruinen mit dem Blick durchsuchte. Dunkle, träge Wolken waren zurückgekehrt und bedeckten die Sonne. »Alles, was wir in unsere verdammten Hände kriegen können.«

»Komm wieder runter. Wir können Kugeln nicht mit Rohren bekämpfen!«, gab Stacia von hinten aus dem Laster zurück. Sie lag neben Higgy und half ihm, sich zu erholen.

»Sehen Sie mal, Madame, wir sind Hawklords, oder etwa nicht?«, erwiderte der Baron ätzend.

»Stacia hat recht«, sagte der Sonic Prince. »Wir haben vielleicht die Macht der Hawklords, aber wir wissen noch nicht, gegen wen oder was wir ankämpfen, oder gegen wie viele. Wenn es eine Armee ist, könnten sie uns in Stücke schießen. Wir benötigen zuerst Schutz, wie zum Beispiel eine gute Dosis unserer Musik, um sie auseinander zu treiben. Dann können wir mit Unterstützung der Children zum Erledigen übergehen, wenn welche übrig sind. Ich stimme dafür, dass wir unsere Instrumente holen – sie sind unsere besten Waffen.«

Der Baron sah halb verblüfft zunächst Thunder Rider und Liquid Len an, die auf dem Vordersitz saßen, und dann Stacia und die anderen hinten. Der Hound Master und Astral Al waren dabei, die Schiebetüren an der Seite zu öffnen, um zu ihm zu stoßen, aber die Übrigen blieben, wo sie waren. Er hielt den Blick einige Momente lang aus und sah dann beiseite. Mit einem geringschätzigen Schnauben griff er nach der offenen Tür und zog sich gleich neben dem Prince hinein.

Wortlos startete Rudolph the Black den Motor, und sie machten sich wieder auf den Weg. Er starrte angespannt zur Windschutzscheibe hinaus. Das Land vor ihnen war voller Schatten, und er erwartete einen jeden Augenblick, eine Salve aus einer Maschinenpistole direkt ins Gesicht zu erhalten.

»Der Junge war kalt«, konstatierte der Baron nach einem langen Schweigen. »Muss letzte Nacht passiert sein, während wir im Gasthof gefuttert hatten.«

»Was bedeutet, dass wir für den Augenblick in Sicherheit sind«, sagte Thunder Rider.

Hound Master schauderte. Sein langes glattes Haar bebte in der schlechten Beleuchtung. »Wir müssen die Gelegenheit ergreifen«, sagte er. »Ich kann mir nicht vorstellen, meinen Weg zurück zu Fuß anzutreten.

Die uniformen grauen Wolken wurden dichter, je weiter sie in die City kamen. Sie waren von der normalen, trüben, grau-schwarzen Sorte, nur tiefer und schmutziger, als sie es je zuvor gesehen hatten. Die Sicht beschränkte sich auf gerade mal ein paar Meter, und Rudolph musste die Frontscheinwerfer einschalten.

»Mit ein wenig Glück werden sie uns nicht entdecken. Andernfalls ist unsere Chance, abgeschossen zu werden, ebenso groß wie auf dem Präsentierteller...«

Während er noch sprach, zerriss ein gegabelter Blitz den Himmel über dem Sloane Square, und sie alle machten einen Satz. Er erhellte die klaffenden Ladenfronten und skeletthaften Bäume mit einem kurzen strahlenden Schein. Er machte kein Geräusch. Die düstere Luft war völlig still und schwer vor Hitze. Dann wurde der Platz wieder in Dunkelheit getaucht, schwärzer als zuvor, während ihre Augen sich bemühten, sich anzupassen.

»Muss ein elektrisches Phänomen sein, was diese Wolken herbeigeführt haben«, bemerkte der Prince. »Möglicherweise sehr gefährlich. Kannst du nicht schneller fahren, Blacky? Wir haben eine Chance, Überlebende zu finden, solange es dauert, und im Schutz der Dunkelheit können wir unser Equipment zusammensuchen.«

»Tut mir leid, Kumpel. Wir fahren so schnell wir können. Ich wage nicht, die Kiste zu drängen. Wenn wir irgendwo gegenfahren, könnten wir stundenlang feststecken.«

Langsam fuhren die Hawklords die Sloane Street hinauf. Nach einer scheinbaren Ewigkeit erreichten sie die Knightsbridge Road, die jetzt in dem schwachen Licht kaum erkennbar war. Als sie nach Kensington Gardens kamen, mussten sie wieder anhalten, da weitere Anzeichen des Gemetzels auftauchten.

Düster erhob sich aus dem Dämmerlicht einer der hohen Lautsprechertürme der *Hawkwind*s, der gefährlich zur Seite geneigt war. An seiner Basis war ein Loch in die Parkmauer geschossen worden, und ein Haufen Steine blockierte teilweise die Straße. Lord Rudolph schwenkte ab und trat hart auf die Bremse. Er brachte den Lastwagen zum Stehen.

Der Sonic Prince stieg vorsichtig aus, gefolgt von Lemmy und Astral Al. Draußen herrschte eine tödliche Stille, und die Luft roch leicht faulig. Sie stiegen über die Steine, um sich den Turm näher ansehen zu können.

Der Instrumentenkasten obenauf, der das Delatron und die Verstärker beherbergte, war völlig zerfetzt, wie von einer kleinen Bombe getroffen – wahrscheinlich eine Handgranate oder Granate. Der Sonic Prince zuckte zusammen. Stundenlange Arbeit lag in Trümmern. Am wichtigsten war, dass unbedingt nötiges Equipment und Ersatzteile verloren waren.

»Prince! Hier drüben!«, flüsterte Lemmy drängend.

Der Prince drehte sich um. Die anderen beiden Hawklords waren zur anderen Seite des Turms geklettert. Dem geisterhaften Glanz ihrer Körper nach zu urteilen, schauten sie nach oben auf irgendetwas auf dem Gerüst.

Das Herz sank ihm in die Hose, als er zu ihnen hinüberging und in die Düsternis hinaufblickte. Mehrere kleine schwarze Formen schienen sich in den Metallstützen verfangen zu haben. Es waren die Körper der Leute, die die Türme bedienten.

»Muss gerade Schichtwechsel gewesen sein, als sie getötet wurden«, sagte Astral Al verbittert. »Sie sind aufgehängt worden und man hat ihnen die Kehle aufgeschlitzt.« Er sah auf seine Füße und bewegte sie über den Boden. Der Kiesgrund war klebrig.

Den drei Hawklords war übel und sie sahen sich nervös in der Dunkelheit um. Es herrschte nach wie vor absolute Stille.

»Wenn sich nur diese verdammte Wolke bewegen würde.« Lemmy zitterte in der Hitze. »Kommt schon, wir müssen zurück zur Kommune und herausfinden, was Dougy und dem Equipment zugestoßen ist.«

Sie wandten sich zum Gehen, als ein leises Geräusch hinter den korrodierten Abdeckungen an der Basis des Turms ertönte. Sie erstarrten, wandten sich dem Geräusch zu und warteten.

»Wahrscheinlich eine Ratte«, zischte der Prince. »Jetzt, wo die Musik abgeschaltet ist, und mit diesen ganzen Leichen rings umher...«

»Besser, sich zu vergewissern. Man weiß ja nie...«, sagte Lemmy. Er hob die Hand und zeigte einen großen stählernen Schraubschlüssel. Den anderen beiden fiel die Kinnlade herab. »Hab ihn unter dem Sitz gefunden«, sagte er grimmig. »Ich bin der Meinung des Barons, und ich gehe kein Risiko ein.«

Er knallte den schweren Kopf des Werkzeugs in seine Handfläche und ließ ihn dort liegen. Dann näherte er sich bedrohlich dem Turm.

Das Quietschen ertönte erneut, lauter. Es wurde zu einem eindeutigen Gekreisch, und eine Gestalt brach hinter der metallenen Abdeckung hervor. Sie machte sich mit höchster Geschwindigkeit davon. Lemmy zögerte, und dann rannte er ihr nach.

Sekunden später kehrte er aus der Wolke zurück und hielt den Schraubschlüssel zwischen die Zähne geklemmt. In einem Arm trug er die kämpfende Gestalt. Die andere Hand hatte er über den Mund des Gefangenen gelegt.

»Konnte ihn nicht loslassen... vielleicht hätte er Alarm geschlagen«, sagte er. Sein Atem ging kaum schneller.

»Wer ist das?«, fragte der Prince. »Freund oder Feind?«

»Ich weiß es nicht. Bringen wir ihn zum Laster zurück und finden's raus.«

»Schüttele ihn mal«, sagte Thunder Rider.

Lemmy schüttelte ihn kräftig, wobei er nicht wagte, die Hand wegzunehmen. Schließlich öffnete der Mann die Augen. Sie waren groß und glänzten vor Furcht. Als er jedoch sah, wo er war und mit wem er zusammen war, hörte er auf zu kämpfen. Lemmy lockerte seinen Griff, und der Mann riss sich los.

Er benötigte mehrere Augenblicke, um wieder zu sich zu kommen. Dann ergriff er das Wort.

»Gott sei Dank, ihr seid's, *Hawkwind*. Ich dachte, ihr... ihr... Ich...« Er verstummte. Ein Zittern ergriff ihn, und er brach schluchzend vor Lemmy zusammen. Lemmy hob schockiert die Arme. Thunder Rider sah die anderen Hawklords finster an und nahm den Arm des Mannes, um ihm zu trösten. Nach einer Weile hatte sich der gebeutelte Mann wieder gefasst.

»Jetzt höre genau zu. Du bist unter Freunden«, sagte Thunder Rider zu ihm, fest, jedoch freundlich. »An wen haben wir dich erinnert? Es ist sehr wichtig.«

Der Mann schluckte. »An ihn!«, schrie er, außerstande, sich erneut zu beherrschen. »An ihn... da draußen...« Er zeigte mit einem dünnen, starren Arm zur Tür hinaus in die Schwärze. Lemmy schob die Tür zu, zum Teil, damit kein weiteres Geräusch hinausdringen konnte, aber auch, weil er sich so sicherer fühlte.

»Beruhige dich, ja?«, sagte er verächtlicher, als er beabsichtigt hatte. »Wir sind selbst nicht gerade auf der Suche nach Problemen. Sag uns einfach, wer ‚er' ist, ja?«

Die harten Worte funktionierten anscheinend, denn er Mann wirkte plötzlich gesammelter und ruhiger.

»Der Major, oder was er auch immer ist... er glänzt, wie ihr... geisterhaft«, erwiderte er. »Diese verrückte Welt... ich möchte nicht mehr leben... ich bin völlig durchgedreht... ich halte es nicht aus...« Er legte den Kopf in die Hände.

»Wir kennen diesen Major nicht – erzähle uns von ihm!«, forderte ihn Thunder Rider geduldig auf.

»Er ist der Kopf... die anderen glänzen nicht«, fuhr der Mann fort. Ob er die Aufforderung gehört hatte oder nicht, konnten sie nicht sagen. »Er... wie eine Armee... sie sind gekommen und haben uns getötet... so schnell...« Er schüttelte ausdruckslos den Kopf. »So schnell...«

»Klingt sehr nach den Träumen, die wir hatten«, bemerkte der Moorlock. Er wandte sich an den Mann. »Versuche mal nachzudenken«, sagte er. »Wie viele Soldaten waren dort, und wie viele von uns haben sie getötet?«

»Hunderte... sie haben Hunderte von uns getötet, da draußen...« Er zeigte in den Park. »Ihr werdet die Leichen sehen... liegen einfach dort im Gras... sie haben uns zum Sterben liegen lassen... Sie haben Gewehre und...« Er keuchte erneut. »Dieser Schmerz in meinem Kopf... seitdem die Musik aufgehört hat... die Horrorbilder, sie sind schlimm gewesen, echt schlimm, schlimmer als zuvor, Thunder Rider... auch die Todesmusik... sie ist unerträglich...« Er wiegte sich vor und zurück, hielt den Kopf mit beiden Händen, als ob er versuchte, den Knochen wegzureißen.

»Er ist offensichtlich in einem viel schlimmeren Zustand, als wir gedacht haben«, sagte der Prince. »Besser, er ruht sich aus.«

»Noch nicht«, sagte der Hound Master unerwartet. »Ich habe für diesen Mann so viel Mitgefühl wie ihr, aber er sieht aus, als würde er abkratzen – wir müssen herausfinden, was geschehen ist. Es ist vielleicht unsere einzige Chance, diese Kiste sicher zurückzubekommen. Frag ihn, wo diese Armee lagert.«

Der Mann ließ die Hände fallen und starrte den Hound Master einen gehetzten Augenblick lang gleichmütig an. »Das stimmt...«, keuchte er, »ich sterbe...« Ein Glanz trat in seine Augen, und er rollte wie betrunken den Kopf. »Aber es macht mir nichts, was du sagst, Freund...« Er streckte Hound Master die Hand hin und lachte wahnsinnig. »Nimm schon...« Hound Master zog sich unsicher zurück. Dann nahm er aus einem Impuls heraus die Hand des anderen und drückte sie fest. »Du hast recht«, keuchte der Mann mit einem tiefen Seufzer, »...auch hinsichtlich dieses Ghuls... er hat den Palast übernommen... mit allen seinen Männern...«

»Ist jemand entkommen?«, fragte Lemmy den Mann, der jetzt in den Armen von Hound Master lag, nachdem er seine letzte Energie verbraucht hatte.

»Ja... in die Ruinen...«, flüsterte er. Sein Kopf fiel zu einer Seite. Hound Master richtete ihn gerade und schlug ihm drängend auf die Wange.

»Was ist mit dem Tor? Sind die Soldaten dorthin gekommen?«

Der Mann öffnete die Augen und nickte. »Schlimm... schlimm...« Dann fiel sein Kopf erneut zur Seite und blieb dort.

Die Hawklords schwiegen. Die stygische Dunkelheit draußen schien intensiver zu werden. Sie erfüllte sie mit einem Gefühl von Bedrohung... Sie hatten wenig Zeit für Trauer.

»Wir müssen zur Kommune!«, rief Thunder Rider.

Er half dabei, den Leichnam von seinem Schoß herabzuheben, und ergriff die Schalthebel. Der Motor sprang an. Bald fuhren sie langsam, ruckelnd und holpernd, wieder durch die Schatten.

Immer tiefere Dunkelheit

Vorsichtig fuhren sie äußerst langsam durch die Dunkelheit. Die Scheinwerfer blitzten. Schließlich erreichten sie die Portobello Road. Im Dunklen war es unmöglich, genau zu sagen, wie viel Zerstörung und Gemetzel vonstattengegangen war. Die Ladenfronten waren immer noch eingedellt und die meisten der Gebäude ausgeweidet, wie sie seit Monaten gewesen waren. Aber es gab mehr Geröll und anderen Schutt auf der Fahrbahn, und einige der Häuser, die einmal besetzt gewesen waren, waren jetzt verlassen.

Als sie an den Ruinen des Convent vorüberkamen, sahen sie weiteren Leichen wie graue Puppen unter den Ruinen liegen. Sie starrten leblos auf in die schlammigen Wolken. Einige waren mit dem Gesicht zur Erde und mit verdrehten Gliedmaßen hingeworfen worden.

Wesentlich mutloser begriffen die Hawklords allmählich, dass der verwirrte Mann ein schrecklich akkurates Bild gezeichnet hatte.

»Sie können nicht alle tot sein«, jammerte Thunder Rider durch die Zähne und packte fest das Lenkrad. »Doug und die anderen müssen am Leben sein. Sie müssen hier irgendwo sein...«

Niemand konnte ihm Antwort geben. Sie waren von einer Mischung aus Wut und Furcht ergriffen. Wut, dass Earth City so rasch geendet haben sollte, ohne eine Chance, sich selbst zu beweisen, dass alle ihre Freunde ermordet worden waren. Furcht, dass die Erde jetzt gewiss dem Untergang geweiht war.

Was hatte es jetzt für einen Sinn weiterzumachen? Aus welchen Gründen hatten die Götter der *Hawkwind*s ihnen ihre Macht verliehen, außer aus grausamem Spott?

Sie bogen um die Ecke und rollten schweigend, ruckelnd, den Hügel hinab zu der Überführung, wo sie vor nicht langer Zeit die Macht des Delatrons getestet hatten. Jetzt gab es in der Schwärze kein Anzeichen für Leben.

Dann ertönte über den Lärm des fahrenden Lastwagens hinweg das Geräusch von Rufen. Es kam anscheinend aus der Richtung unmittelbar vor ihnen, von der anderen Seite des Viadukts. Thunder Rider trat plötzlich auf die Bremse und schaltete die Frontscheinwerfer aus. Er warf seine Tür auf, sprang hinaus und kauerte sich neben die Flanke des Lasters.

Die anderen stiegen hinter ihm aus, die Musikwaffen gezogen, und warteten. Das Rufen wurde lauter und aufgeregter, obwohl sie nach wie vor nicht sehen konnten, wer es war. Die Stimmen waren knurrig und aggressiv.

»Ich glaube, wir sind entdeckt worden«, sagte Thunder Rider. »Sie kommen auf uns zu. Wir entfernen uns besser vom Laster.«

So leise, wie sie konnten, bewegten sie sich auf die Ladenfronten unten an der Straße zu.

»Was ist mit Higgy?«, flüsterte Stacia auf einmal laut. »Er ist immer noch hinten drin.«

Abrupt hielten sie inne.

»Ich geh ihn holen«, sagte der Baron. Seine lange, dunkle Gestalt löste sich von der Gruppe und verschwand in der Dunkelheit. Sobald er gegangen war, explodierte Maschinenpistolenfeuer in der Stille. Ein Regen von Kugeln traf den Boden in der Mitte der Straße.

»Halt! Oder wir schießen erneut!« Der Befehl durchstach die Dunkelheit, und in der Düsternis konnten sie allmählich herannahende Gestalten ausmachen. Sie schritten zuversichtlich voran, unterstützt von mächtigen Taschenlampen.

»Es können nicht mehr als ein Dutzend sein«, flüsterte der Light Lord. »Holen wir sie uns mit unseren Waffen.«

Sie drückten sich flach gegen die Mauer und warteten, bis die Eindringlinge sie fast erreicht hatten. Dann schalteten sie mit ausgestreckten Armen die kleine Batterie von Musikwaffen in ihren Händen ein. Scharf, aufrüttelnd durchschnitt laute Musik die Luft, während sie die Miniatur-*Hawkwind*-Bänder abspielten. Es war eine ununterscheidbare Mischung aus Klängen, die jedoch durch die winzigen Delatrone geschoben wurden, was augenblicklich einen Effekt auf die Männer vor ihnen ausübte.

»Da habt ihr's!«, brüllte Thunder Rider sie an, und die Gestalten kreischten und hielten die Köpfe mit den Händen umklammert. »Jetzt kriegt ihr eine Ladung *Hawkwind*-Musik ab. Vergesst nicht! Ihr werdet die Hawklords niemals bezwingen!«

Die Männer ließen ihre Waffen fallen, stolperten umher und gingen schließlich selbst zu Boden.

»Die Gewehre nicht abschalten!«, schrie Lemmy über den Lärm hinweg. »Sie sollen sehen, wie das so ist, die Schweine.« Er lief los und hob die Maschinenpistole auf. Dann besprühte er die sich windenden Gestalten auf der Straße mit Klängen, und sie erschauerten und wurden still. Er schaltete seine Waffe ab und steckte sie ein. Dann hob er mit der freien Hand eine der hingefallenen Taschenlampen auf. Ihr Schein durchstach nach wie vor starr die

Dunkelheit, erhellte den wirbelnden Dunst mit einem geisterhaften Glanz. Er ließ ihren Strahl über die reglosen Körper spielen, die auf dem Boden lagen.

»Also sind es Soldaten«, bestätigte er in der Stille, die wieder eingekehrt war. Die Hawklords kamen herüber und scharten sich um die Szenerie. Das Licht hob die Uniformen der toten Männer hervor.

»Dazu auch noch Briten. Woher sind sie gekommen, zum Teufel noch mal?«

Sie vernahmen das Geräusch herannahender Schritte und fuhren herum. Aber es war nur der Baron. Er trat aus der Dunkelheit, stützte den Schotten unter den Schultern. Higgy war auf den Beinen und stolperte völlig fertig dahin.

»Danke«, sagte der Baron durch die zusammengebissenen Zähne zu ihnen, während er näherkam. Er lehnte seine schwere Last gegen die Mauer. »Die Kugeln haben mich um Haaresbreite verfehlt.« Er schlug Higgy leicht ins Gesicht. »Komm schon, mein Hübscher, du wirst etwas besser laufen müssen als so.« Er wandte sich um und warf einen Blick auf die Leichen, die in der Mitte der Straße lagen, erleuchtet von den hingefallenen Taschenlampen.

»Das sind ein paar weniger, um die wir uns kümmern müssen«, sagte er kalt. »Was jetzt?«

»Wir sehen besser mal nach, was von 271 geblieben ist«, erwiderte Thunder Rider grimmig. Sie sahen einander zögernd in der Dunkelheit an. Dann sammelten sie die Taschenlampen vom Boden ein und kehrten zum Laster zurück. Higgy war immer noch benommen und litt jetzt wieder unter den Horrorbildern. Sie hatten unerträglich zugenommen, und er stöhnte und fluchte und wischte sich beständig mit den Händen übers Gesicht und die Seiten seines Kopfs.

»Keine Sorge, wir werden bald etwas Dauerhaftes einrichten«, sagte Hound Master zu ihm, sobald sie wieder im Innern waren. Er schob eine frische Kassette in das Gerät, und der Leiter der Roadies fühlte sich sogleich besser.

Hound Master startete den Laster wieder, und bald waren sie außerhalb der Kommune des gelben Lastwagens und sahen hinaus auf das unbeleuchtete Gebäude. Im Licht der Scheinwerfer erkannten sie, dass ein heftiger Kampf stattgefunden hatte. Leichen waren über die Straße verstreut. Ein leiser Versuch war unternommen worden, sie an den Seiten aufzustapeln, wahrscheinlich, um Platz für die Militärfahrzeuge zu schaffen, die die Soldaten benutzt haben mussten.

Die Tür, die hinauf zur Kommune führte, war aus den Angeln gebrochen worden, und es gab im gesamten Gebäude keinerlei Anzeichen von Leben.

»Ich würde gern diesen Major treffen, oder was er auch immer ist!«, knurrte Astral Al. Sie wurden an die Beschreibung der geisterhaften Gestalt erinnert, die im Dunkeln glänzte wie sie selbst.

»Komm schon, gehen wir raus und sehen wir nach«, sagte der Baron, schob seine Tür zurück und stieg aus. Sie nahmen die Taschenlampen und hielten die Musikwaffen bereit. Im Licht der Lampen sahen sie, dass der Eingang schwer beschädigt war, und der größte Teil des Verputzes war von den Innenwänden herabgeschlagen worden.

»Muss eine Granate gewesen sein«, sagte Lemmy. Mit sinkendem Mut stiegen sie die alte Treppe hinauf und leuchteten mit ihren Taschenlampen in jeden Raum, wobei sie erwarteten, ein Massaker an ihren alten Freunden vor sich zu sehen. Aber jeder Raum, auf den sie trafen, war leer. Tische und Stühle waren umgeworfen worden, und der größte Teil des übrigen Mobiliars lag in Trümmern.

Sie versammelten sich in dem Raum, den sie einmal als Gemeinschaftsraum benutzt hatten. Die Matratzen und Kissen waren zerrissen und aufgeschlitzt. Der Raum war voller Federn und Schaumstoffteile. Dies war der Raum, wo sie ihr Equipment gelassen hatten.

Es war verschwunden.

»Wir haben nichts, mit dem wir spielen können!«, rief Stacia aus.

»Sie müssen alles mitgenommen haben...«, sagte der Moorlock. »Was haben sie mit den ganzen Sachen getan? Man sollte annehmen, dass sie sie, wenn sie uns bloß am Gebrauch unserer Instrumente hätten hindern wollen, einfach nur zerschlagen hätten.«

»Was sie auch immer getan haben – wir sind geliefert, solange wir sie nicht zurückbekommen können«, sagte Thunder Rider. »Wir müssen versuchen, Dougy zu finden, und herauskriegen, was geschehen ist... wenn er noch am Leben ist«, fügte er grimmig hinzu.

Die Formationen des Feindes

Nachdem der Warlord seine Ansprache beendet hatte, ertönte eine laute Explosion draußen von der Straße, begleitet von einem blendenden Lichtblitz. Die Hawklords erstarrten. Dann rannte Stacia zum Fenster und sah hinab. Trümmer von der Explosion fielen immer noch klappernd herab, und die Musik, die vom Mercedes gekommen war, hatte aufgehört. Sie machte den schwachen Umriss ihres Lasters aus – oder vielmehr dessen, was davon verblieben war. Der Korpus schien vom Dach her gespalten zu sein. Hier und da schimmerten ein paar Scheite von brennbarem Material immer noch rötlich und kämpften darum, in der klaustrophobischen Stille in Flammen auszubrechen.

Von weiter oben an der Straße ertönten bereits Rufe, aber sie konnte die Gestalten noch nicht erkennen, die herankamen.

»Weg vom Fenster!«, rief ihr Liquid Len zu, nachdem sie ihnen berichtet hatte, was geschehen war. »Das ist eine weitere Patrouille, die herkommt und die andere Beute holen soll. Sie haben unseren Laster gesehen... die Musik gehört, sind kein Risiko eingegangen.«

»Sie müssen ihn aus der Entfernung gesprengt haben, um nicht den Effekten des Bands ausgesetzt zu sein«, sagte Lemmy. »Wir hätten diese Bänder nie abspielen sollen – es ist jetzt verdammt offensichtlich, dass sie die Aufmerksamkeit auf sich gelenkt haben.«

»Wir können nicht mehr hierbleiben, so viel ist sicher«, sagte Thunder Rider. »Wir verschwinden besser, bevor sie kommen und ein paar Granaten reinschießen.«

Eilig verschwanden sie aus dem Raum. Ihre magischen Körper hinterließen in der grabähnlichen Dunkelheit schwache Spuren von Phosphoreszenz. Astral Al ging die Treppe nach unten voraus und erhellte den Weg mit einer seiner Taschenlampen. Unten löschte er das Licht, falls es auf der Straße zu sehen wäre. Dann schob er sich vorsichtig um den Türrahmen und spähte hinaus durch die dichte Wolke.

Die heranrückenden Soldaten waren jetzt ziemlich nahe, und er begriff, dass sie ihnen unmöglich ausweichen konnten, ohne gesehen zu werden.

»Sieht nach einem weiteren kleinen Kampf aus«, flüsterte Thunder Rider sarkastisch hinter ihm. »Haltet eure Waffen bereit und wartet ab.«

Die verschwommenen Silhouetten der Soldaten kamen in Sicht. Sie überprüften im Voranrücken den Boden mit ihren Taschenlampen und waren nicht so selbstsicher, wie es ihre Kollegen gewesen waren. Die Musik von *Hawkwind* hatte ihnen übel mitgespielt und sie wachsam werden lassen. Sie rückten vorsichtig heran, wobei die Gewehrmündungen drohend in die Dunkelheit vor ihnen zeigten. Sie hatten das Rufen jetzt eingestellt, und nur das ungleichmäßige Knirschen ihrer schweren Stiefel auf dem Boden war zu hören.

Sie erreichten das zerstörte Fahrzeug und stocherten auf der Suche nach Hinweisen auf seine Identität herum. In der Nähe sah Astral Al eine kleine Abteilung von etwa zwölf Männern. Sie hatten einen verkniffenen Gesichtsausdruck, die Lippen fest aufeinander gepresst, und bewegten sich steif und mechanisch. Sie waren mit Selbstladern bewaffnet, außer einem Sergeanten, der eine Maschinenpistole an der Hüfte trug. Er sah sich achtsam in den Gebäuden um. Einer der Soldaten fand etwas auf der Straße und hob es mit seiner Taschenlampe hoch. Es war das Schild vom Laster mit dem *Hawkwind*-Emblem.

»Sieht so aus, als wäre er von ihnen, Sir«, sagte er zum Sergeanten.

»Schade, dass sie nicht drin waren«, erwiderte ihr Vorgesetzter kalt.

Er richtete seine Aufmerksamkeit kurz auf das Schild. »Sie können nicht weit gekommen sein, und sie sind wahrscheinlich nicht bewaffnet. Ich möchte, dass sämtliche Eingänge überprüft werden. Sie müssen alle sterben... wenn einer von ihnen entkommt, wird Mephis uns erschießen lassen.«

Die Hawklords in dem offenen Flur spannten sich an. Man würde sie entdecken, und ihr Vorteil wäre dahin.

Astral Al sprang auf die Straße. Gleichzeitig drückte er Knopf, der die Musikwaffe in seiner Hand einschaltete. Ein Strahl reiner, konzentrierter *Hawkwind*-Musik schoss dröhnend mitten unter die überraschten Soldaten. Der Sergeant fuhr herum, direkt in den Pfad der Musik, und wurde zu Boden geworfen, bevor seine geübten Finger die Waffe in seinen Händen bedienen konnten.

Die anderen Hawklords folgten dem Schlagzeuger, und bald war die Luft wieder mit den aufrüttelnden Klängen und Rhythmen geladen. Die Soldaten stürzten zu Boden, und ihre gequälten Gesichter starrten verständnislos die furchterregende Bewaffnung der Hawklords an. Ihre Körper drehten und wanden sich voller Schmerz. Dann lagen sie still da.

Astral Al rannte weiter, wobei aus der knubbeligen Mündung seiner Waffe, die den Lautsprechertrichter barg, nach wie vor die schmetternden Klänge ertönten. Er ließ sie dicht über die Körper streifen und schaltete sie dann ab. In der jähen Stille kniete er nieder und tastete nach dem Sergeanten umher. Fast zu spät sah er eine dunkle Gestalt sich an die Mauer drücken. Bevor er sich zu seiner Verteidigung hätte rühren können, sprang sie heran und warf sich auf ihn. Starke, schlanke Finger umklammerten seine Kehle, und eine schrille Stimme stach ihn in die Ohren. Eine Sekunde lang war er völlig überrascht. Dann wusste er instinktiv, dass er sich keine Sorgen zu machen brauchte. In dem Augenblick, da sein Gehirn den Alarm registriert hatte, durchflutete ihn ein Gefühl körperlicher Stärke, weitaus stärker als alles, was er zuvor verspürt hatte. Mühelos riss er sich den kämpfenden Mann vom Rücken. Mit Hawklord-Stärke warf er seinen Angreifer wieder gegen die Mauer.

Von hinten kam ein Lichtstrahl, als Lemmy seine Taschenlampe auf den gefallenen Soldaten richtete. Jetzt konnten sie erkennen, dass es in der Tat der Sergeant war. Er rutschte die Mauer herab, und ein dünner Blutfaden rann ihm aus dem Mundwinkel. Aber er war immer noch bei vollem Bewusstsein. Ein höhnisches Grinsen glitt ihm übers Gesicht.

»Ihr glaubt, ihr hättet gewonnen«, keuchte er. »Aber ihr seid Verlierer... alle eure Freunde und alle von eurer Art sind tot. Ihr werdet uns niemals besiegen... ihr Hippies seid verschwunden... ihr habt verloren...« Sein Gesicht war schmerzverzerrt, und Gelächter brach aus seiner Kehle. »Ihr seid alle dem Untergang geweiht! Seht mal...«

Sein Kopf rollte auf dem Hals umher, und sein Todesblick fiel einen Moment lang auf ein Ding auf dem Boden. Dann brach er zusammen und lag still da. Die verblüfften Hawklords waren einen Augenblick wie gelähmt. Dann griff Astral Al nach dem kleinen, rechteckigen Ding. Es knisterte, während er es näher zu sich heranzog.

»Eine Art Walkie-Talkie«, sagte er verzweifelt zu den anderen. »Das kann nur bedeuten, dass wir bald weitere Besucher haben werden – wenn wir zu lange hier herumhängen.«

»Was soll das schon... wir können ebenso gut tot sein, wenn stimmt, was dieser Soldat gesagt hat«, meinte der Light Lord mürrisch.

»Sag das nicht!«, sagt Astral Al, dessen neuer Superkörper immer noch vor Energie bebte. »Wir können nicht aufgeben. Solange wir noch am Leben sind...«

Ihre Ohren prickelten. Die unnatürliche Dunkelheit drückte sich auf sie. Von irgendwoher hinter ihrer dichten Wand ertönte das Geräusch von Fahrzeugen. Ihre Motoren kreischten, als sie näherkamen. Offensichtlich versuchten sie, den Hawklords den Weg abzuschneiden.

»Klingt nach schwerer Gesellschaft, Al«, sagte Thunder Rider grimmig. »Ich glaube, wir können das Risiko nicht eingehen, sie anzugreifen.«

»Sie wissen anscheinend noch nichts von unseren Waffen«, bemerkte Stacia. »Hot Plate hat nur diese acht anfertigen können.«

»Sie tun's jetzt«, sagte der Prince und deutete auf den toten Sergeanten. »Es wäre besser, wir würden verschwinden, solange wir es noch können. Wir sind wahrscheinlich hoffnungslos in Unterzahl, und wir können sie wahrscheinlich besser erledigen, wenn sie nicht wissen, wo wir sind.«

»Worauf warten wir dann noch?«, fragte der Baron.

Sie rannten vor der heranrückenden Armee davon, suchten sich einen Weg mit ihren Taschenlampen durch die verstreuten Hindernisse auf der Straße. Seitdem der Lastwagen und die Kassette in die Luft gejagt worden waren, war Higgy wieder zum Opfer geworden. Halb wurde er vom Baron gezogen und halb geschoben.

Sie erreichten die Überführung und blieben dann abrupt stehen. Weitere Fahrzeuge kamen von vorn auf sie zu.

»Wir müssen weiter. Es ist unsere einzige Chance. Wenn wir die Kreuzungen rechtzeitig erreichen, können wir ihnen entkommen«, sagte der Baron.

Sie rannten weiter, stolperten durch all die Hindernisse. Dann wurde der Lärm der Fahrzeuge vor ihnen auf einmal lauter. Helles Licht durchbrach die Wolke und schnitt ihnen den Weg ab.

»Zurück!«, kreischte Thunder Rider. »Tavistock Road.«

Die Hawklords wandten sich um und rannten dorthin zurück, woher sie gekommen waren. Aber aus der Dunkelheit vor ihnen stach weiteres Licht. Das Geräusch quietschender Bremsen verkündete, dass Fahrzeuge von beiden Seiten herankamen.

»Bildet einen Kreis!«, schrie Thunder Rider verzweifelt. Sie bildeten eine enge Gruppe um Higgy, wobei sie die Gesichter nach außen wandten. Sie drehten die Lautstärke ihrer Musikwaffen voll auf und erfüllten die Straße mit tödlichen Klängen.

Aber über das misstönende Wirrwarr, das ihre eigene Ausrüstung erzeugte, kam eine anschwellende Flut gegnerischen Klangs. Sie horchten, während die flüchtigen Ausschnitte der abgespielten Songs lauter und leiser wurden. Sinatras *My Way*. Ray Charles' *I Can't Stop Loving You*. Tony Blackburns *Chop Chop*. The Carpenters, Yes und 10cc...

Im strahlenden Glanz der Scheinwerfer gegenüber konnten sie die Formen der Lautsprecher ausmachen, die auf die Dächer der parkenden Laster montiert waren. Einen kurzen Moment lag prallten die beiden Klänge aufeinander und kämpften um die Vorherrschaft. Dann überstrahlten die mächtigeren Lautsprecher ihrer Gegner nach und nach ihre batteriegespeisten Handfeuerwaffen, und die Hawklords spürten, wie die Effekte der Todesmusik ihr Bewusstsein überwältigten.

Insekten aus Licht

Der Effekt des Klangs steigerte sich immer mehr, bis er eine beinahe unerträgliche Intensität erreichte. Dann flaute er wieder ab, als die beiden Kontrahenten alles gegeneinander warfen, was sie hatten. Erneut brach die Grenze zwischen Albtraum und Wirklichkeit auf, als die Horrorbilder sie wieder in den Griff bekamen. Die Hawklords kämpften darum, die psychischen Visionen abzuwehren, die ihre Sinne überfielen, die versuchten, ihr Sein zu übernehmen und sie endgültig zu vernichten.

Die Soldaten standen draußen vor ihren Lastern, vor dem grellen Ring aus Frontscheinwerfern, und spürten den nahenden Sieg. Sie feuerten endlose Salven Munition in die Gruppe. Von hinten wurden sie von einem beständigen Feuerregen aus Jimpies unterstützt, die auf Spähwagen montiert waren. Aber die Kugeln wurden langsamer, wenn sie in das Feld der *Hawkwind*-Kraft gerieten, und fielen harmlos vor die Füße der Hawklords.

Aber ihr weniger mächtiges Equipment wurde allmählich schwächer, und der Bereich der schützenden Energie um sie zog sich rapide zusammen.

Die jähe Entfesselung magischer Energien lud die unheilvolle Atmosphäre auf. Elektrische Farben begannen an der Grenze zwischen den beiden Fronten zu pulsieren und zu blitzen. Die Tür eines der Land Rover ging auf, und eine hohe, dünne, männliche Gestalt trat herab. Der Mann trug Offiziersuniform und war offensichtlich hochrangig, denn die Soldaten zu beiden Seiten stellten ihr Feuer kurz ein und salutierten. Er überblickte die Szenerie ein paar

Augenblicke lang und ging dann, als ob er kein Teil davon wäre, steif auf die in der Falle sitzenden Hawklords zu. Während er näherkam, sahen sie ein Lächeln auf seinen Zügen spielen. Er blieb stehen und gab seinen Männern ein Zeichen. Sogleich wurden die Lichter an den Fahrzeugen ausgeschaltet, und die Schlacht ging im Dunkeln weiter. Jetzt sahen die Hawklords, dass die Gestalt vor ihnen glänzte, wie sie selbst, und sie wussten, dass sie den Mephis vor sich hatten.

Die phosphoreszierende Gestalt wellte sich hinter den blitzenden Farben, als ob sie einen makabren Tanz vollführen würde. Ihre Arme stachen anklagend auf sie ein, und ihr Gesicht streckte sich und schrumpfte. Ihr ganzer Körper zuckte und schüttelte sich unter einem lautlosen Gelächter.

Eine weitere geistige Explosion erfolgte in den Köpfen der Hawklords, während die Energie ihrer Batterien sich erschöpfte. Die Kräfte der Dunkelheit ragten noch höher um sie herum auf. Sie spürten die korrupten Tentakel des bösen Geistes, des Todeslords, sich in ihren Köpfen winden. Sein Gift schwächte ihren Willen und versuchte, ihren letzten Halt an der Wirklichkeit zu zerbrechen.

Astral Al wich vor der Berührung zurück. Innerlich kämpfte er blindlings, instinktiv darum, die Teile seines Bewusstseins zusammenzubringen, und von irgendwoher kam die Anweisung, sich in Bewegung zu setzen. Er wusste nicht, wohin, oder wie, aber er wusste, dass sie sich in Bewegung setzen mussten. Instinktiv strebte sein Körper nach links, auf einen Bereich tieferer Schwärze in den nahezu unsichtbaren Ladenfronten zu. Resolut holte er sämtliche verfügbare Energie zusammen und brachte seine bleischwere Gestalt in Bewegung. Er stieß schwach die anderen an, und es gelang ihm, seine Absicht verständlich zu machen.

Er hielt seine Musikwaffe nach wie vor auf die Soldaten gerichtet und schob die anderen Hawklords langsam zur offenen Tür. Sie reagierten auf seine Berührung wie Schlafwandler. Bald waren sie innerhalb des Geschäfts und gingen einen Flur entlang. Hinter ihnen knallten die Kugeln, als die Grenzen des Kraftfelds sich verschoben, in das Mauerwerk, und das Gebäude zitterte gefährlich unter dem Aufprall.

Sie gingen durchs Haus. Langsam erreichten sie den Hintereingang. Dann, außerhalb des direkten Pfads der Todesmusik, erholten sie sich, und ihre Supergehirne waren in der Lage, wieder zu denken. Lemmy schüttelte sich aus der schmerzlichen, stroboskopähnlichen Trance frei und schaltete seine Taschenlampe ein.

Sie waren in der Nähe der alten Hammersmith-U-Bahn zur City, die an der Überführung den Fluss überquerte, aber hier hatte die Brücke geendet, und eine steile Böschung hatte ihren Platz eingenommen. Sie erstiegen sie, wobei die Musikwaffen nach wie vor spielten.

Sie rannten die alte Linie in Richtung auf Westbourne Park Grove hinab. Erst dann schalteten sie ihre Waffen aus, um Energie zu sparen. Dabei hörten sie hinter sich das belagerte Gebäude lautstark zusammenbrechen. Daraufhin schwieg die Todesmusik.

»Sie wagen nicht, uns hierher zu folgen«, sagte der Prince, der sich völlig erholt hatte. Die Effekte der Todesmusik waren bemerkenswert schnell überwunden –

zweifellos dank der Macht ihrer neuen Hawklord-Persönlichkeiten.

»Sie können ihre Laster nicht auf U-Bahn-Geleisen fahren, und sie haben anscheinend kein tragbares Sound-Equipment, mit dem sie uns folgen können.«

»Das ist alles schön und gut und auch sehr angenehm«, knurrte der Moorlock, während sie die Distanz zwischen sich und den Soldaten weiter vergrößerten, »aber wohin genau gehen wir?«

»Im Augenblick überallhin, wo wir Mephis und seine Bande von Ghulen völlig verlieren können«, erwiderte Lemmy von der Spitze.

»Dann verlassen wir besser die U-Bahn-Linie«, sagte Stacia. »Weiter oben verläuft sie sehr dicht an den Hauptstraßen.«

»Gut überlegt«, bemerkte Thunder Rider zu ihr. »Wir können in eine der Seitenstraßen abbiegen und uns in den Ruinen verbergen.« Die Böschung war jetzt beträchtlich weniger steil und zum Teil mehr oder weniger auf gleicher Höhe mit dem angrenzenden Land. Vorsichtig bewegten sie sich durch eine Masse ineinander verknäulten Zauns und kamen schließlich an einer Straße heraus, die mit etwas gesäumt war, das anscheinend große, verlassene Lagerhallen waren, die in der Dunkelheit verfielen.

»Wohin jetzt?«, fragt Thunder Rider ein wenig verärgert.

»Wir bleiben besser an einem Ort, bis diese Wolke sich verzieht«, schlug Baron Brock vor. »Ich denke, wir sollten einen Weg in eines der Gebäude suchen und dort eine Basis aufschlagen. Mephis und seine Männer werden sich nicht die Mühe machen, uns im Dunkeln zu suchen.«

»Das meinst du«, rief Lemmy leise zurück. »Macht euch für einen weiteren Angriff bereit.«

Sie erstarrten. Weitere Gestalten kamen lautlos auf sie zu, schlurften unnatürlich langsam aus der Schwärze heraus.

Die Hawklords schaltete erneut ihre Musikwaffen ein und richteten sie direkt auf die nahenden Gestalten. Aber diese neuen Angreifer kamen weiter ungerührt auf sie zu.

Die multiplen Schichten der Zeit

Die Gestalten kamen weiter aus der Dunkelheit heran, bis sie in Reichweite der Taschenlampen gerieten.

Die Strahlen fielen auf blasse, ausgemergelte Gesichter mit fiebrig glänzenden Augen, die anscheinend nach Licht und der misstönenden Musik gierten. Dann stieß Stacia einen Freudenschrei aus. Sie rannte los und umarmte den Anführer der zerlumpten Bande.

»Dougy! Es ist Dougy!«, kreischte sie über das Plärren der Musikwaffen hinweg.

Die anderen Hawklords hörten auf zu spielen und starrten überrascht und ungläubig hin und versuchten, die Züge ihres ehemaligen Managers zu erkennen, der völlig fertig und zitternd vor ihnen stand. Warmherzig scharten sie sich um die anderen, und die beiden Gruppen nahmen einander in die Arme.

»Wir haben gewusst, dass du es schaffen würdest!«, rief der Light Lord aus, erleichtert darüber, wieder freundliche Gesichter zu sehen. »Sie wollten uns einreden, dass wir die Letzten wären... dass ihr alle tot seid...«

»Sind wir fast, Kumpel.« Actonium Doug brachte ein Grinsen zustande. »Es war verdammter Mord gewesen, seitdem ihr weg seid. Aber wir haben schätzungsweise eine Methode ausgefuchst, wie wir unter der Erde unentdeckt bleiben konnten.«

»Wie viele von uns sind übrig?«, fragte der Baron. Er hatte immer etwas für Actonium Doug übriggehabt – es freute ihn, ihn wiederzusehen, und nach wie vor geistig gesund.

»Noch Einhundert, Baron«, erwiderte der andere. Ein Ausdruck von Niedergeschlagenheit zog über sein Gesicht. Er sah sie abschätzend an. »Jetzt sind wir einhundertacht...«

»Das bist ganz du, Doug«, sagte Thunder Rider und schlug ihn auf den Rücken. »Du hast in deinem komischen Kopf immer schon etwas für Zahlen übriggehabt... und du hast gewusst, wie man daraus seinen Vorteil ziehen konnte. Zeig uns, wo ihr euch versteckt, und sag uns genau, was passiert ist, während wir weg waren.«

Actonium Doug wandte sich um, und gemeinsam stolperte die wiedervereinigte Gesellschaft die Straße hinab. Ein kurzes Stück weit folgten sie der Mauer der Lagerhalle, bis sie einen Teil erreichten, wo ein Loch hineingesprengt worden war.

»Sie haben London systematisch durchkämmt«, erklärte Actonium Doug, während er sich hineinduckte, »sämtliches elektronisches Equipment, das sie finden konnten, zerstört oder beschlagnahmt, um uns zu bekämpfen. Dieses Gebiet ist bereits durchsucht.«

Sie betraten das Gebäude. Im Innern fielen die Strahlen der Taschenlampe auf ein Gewirr aus kreuz und quer übereinander liegenden Balken und zerschlagenen Kisten, deren Inhalt, Kleidung, herausgezerrt und überall verstreut worden war. Während sie hindurchgingen, huschten zahllose Insekten vor ihnen in die Haufen davon. Der Moorlock schauderte.

Sie wurden in einen pechschwarzen Bereich am Ende des Gebäudes geführt, verborgen von Stapeln alter Kisten, die scheinbar zufällig herumlagen. *Hawkwind*-Musik ertönte schwach von irgendwoher im Dunkeln vor ihnen.

»Hier leben wir im Moment«, berichtete ihnen Actonium Doug.

Zunächst konnten sie nichts erkennen, abgesehen von einem großen freigeräumten Platz in der Dunkelheit. Dann fand Lemmys Taschenlampe eine Ansammlung von Menschen, die auf dem Steinfußboden lagen oder saßen. Alle waren in ziemlich schlechtem Zustand und konnten sich kaum bewegen, um sie zu begrüßen. Inmitten des Haufens Menschen standen ein einzelnes Delatron und ein ramponierter Plattenspieler, aus dem *Space Ritual* ertönte.

Die Hawklords deprimierte dieser Anblick. Aber sie fassten auch Mut, denn sie waren im Geiste darauf vorbereitet gewesen, niemanden außer sich selbst lebend vorzufinden.

»Die meisten von ihnen sind zu weit weg, um auf euch zu reagieren«, sagte Actonium Doug. »Die einzig Fitten, die geblieben sind, habe ich ausgewählt, damit sie herkommen und euch kennenlernen.«

»Uns kennenlernen?«, wollte der Prince verwirrt wissen.

»Ja, wir wussten wegen der Musik, die ihr gespielt habt, dass ihr kommt. Dieses Ding...«, er zeigte auf den Plattenspieler, »pfeift auf dem letzten Loch, und oft funktioniert er nicht. Also, wir alle haben schwer unter den Horrorbildern gelitten, und als sie dann damit angefangen haben, regelmäßig aufzuräumen, haben wir vermutet, dass ihr irgendwo in der Gegend sein musstet. Schließlich haben wir das Gewehrfeuer gehört. Von der anderen Seite hat es heute Nacht nicht viel Aktivität gegeben, und der Klang strömt anscheinend wie Elektrizität durch die Wolken. Wir sind einfach los, um zu sehen, ob ihr Hilfe benötigt. Nicht, dass wir euch in unserem gegenwärtigen Zustand viel hätten bieten können, als wir draußen auf euch gestoßen sind. Zunächst hielten wir euch für Mephis, weil ihr geschimmert habt. Dann hörte ich Lemmys Stimme...«

»Du hast uns einen fiesen Schock versetzt«, sagte der Moorlock vorwurfsvoll, jedoch gutmütig.

»Tut mir leid, Kumpel – aber was habt mir mit uns getan, eurer Ansicht nach? Ich hielt euch für verfluchte Geister! Was hat es mit diesem Leuchten überhaupt auf sich?«

Der Prince beschrieb den Vorfall mit der Transformation in Rottingdean. Während er redete, fanden sie einen Ort im Dunkeln, wo sie sich hinsetzen konnten. Dann berichtete Actonium Doug, was Earth City in ihrer Abwesenheit zugestoßen war.

»Gleich nachdem ihr weg wart, kam eine Ladung Frachtflugzeuge herüber – mussten ein paar Dutzend gewesen sein, und wir haben sofort Schwierigkeiten erwartet. Sie mussten eine ziemliche Weile entladen und organisiert worden sein, denn bis zum folgenden Tag geschah nichts. Dann griffen sie zuerst den Bühnenbereich an, zerstörten ihn und schlachteten alles und jeden ab, der sich rührte. Darauf schwärmten sie systematisch aus, töteten alle und zerstörten die Türme. Sie gingen rasch vor, denn unsere Musik brachte sie wirklich völlig durcheinander, und sie wollten, dass sie aufhörte, bevor sie zusammenbrechen würden. Die Musik vom Band ist aus irgendeinem Grund nicht so mächtig wie Live-Musik, aber diesmal konnten wir eine Band zusammenbekommen. Sämtliches Equipment war kaputtgemacht worden... abgesehen vom Reservebestand«, fügte er hinzu, um das Erschrecken zu beschwichtigen, das er auf den Gesichtern der Hawklords erkannte. »Den haben wir gerettet. Als Nächstes machten sie sich ans Tor, und dort trafen sie auf größeren Widerstand, das kann ich euch sagen. Aber unvorbereitet, wie wir waren, konnten wir ihren Waffen nichts entgegensetzen. Mephis und seine Bande trieben die letzten paar von uns in die Ruinen, und hier sind wir seither geblieben. Anfangs haben sie Abteilungen losgeschickt, um uns zu suchen, aber wir sind ihnen immer wieder entwischt. Dann fiel plötzlich diese Wolke herab... seltsam, fast, als ob jemand uns helfen würde...«

»Wahrscheinlich ist das so«, sagte Lord Rudolph, der an das magische Übergangsstadium im Gasthof dachte.

»Seitdem haben sie uns nicht mehr belästigt«, fuhr Actonium Doug fort, »abgesehen von dieser Vernichtungsmission, die sie wegen des Equipments durchgeführt haben. Irgendwie haben sie im Voraus Kenntnis von eurer Rückkehr erhalten, und sie haben London so ungastlich für euch gemacht, wie es ihnen möglich war.«

»Wahrscheinlich fürchten sie, dass auch ihr zurückkehrt«, bemerkte Thunder Rider. »Nun ja, da wir jetzt alle wieder zusammen sind, werden wir das tun. Ich fühle mich wesentlich besser, seitdem ich definitiv weiß, dass es Überlebende gibt, und ich spüre jetzt, wie mein Hawklord-Blut anfängt zu kochen. Was sagt ihr, Männer?« Er sah sich im Dunkeln nach ihnen um, obwohl er sie nicht sehen konnte. Sie äußerten im Chor ihre Zustimmung.

»Ich bin bereit«, sagte der Baron bedrohlich. »Ich habe eine Menge an Unmut für diesen Moment aufgespart...«

»Ich auch!«, pflichtete Lemmy bei. »Pusten wir diese Schweine vom Antlitz der Erde!«

Fast zum ersten Mal, seitdem ihnen ihre neuen Kräfte verliehen worden war, waren sie imstande, sie auszuüben.

Der größte Teil davon war, wie Astral Al beim Kampf mit dem Sergeanten entdeckt hatte, verborgen vorhanden. Sie entwickelten sich je nachdem, wie es die entstandene Situation verlangte.

»Zuerst müssen wir unser Equipment zurückbekommen«, sagte Astral Al. »Ohne das können wir nichts machen...«

»Und einen Ort, wo wir spielen können, um sie alle aus der Existenz rauszupusten!«, rief Stacia aus. Sie dachte an den ersten Tag, an dem sie bei einem *Hawkwind*-Konzert getanzt hatte – wie die Musik sie vor der bevorstehenden Katastrophe und der Manifestation der Mächte der Dunkelheit gewarnt hatte. Damals war es eine vage, unspezifische Warnung gewesen. Aber jetzt waren ihr die schrecklichen Geschehnisse der letzten paar Tage deutlich in die Gedanken eingeätzt, und sie verspürte dieselbe Besorgnis, nur eintausend Mal stärker.

»Auf nach Earth City!«, rief Hound Master.

»Jawohl«, stimmte Higgy angeregt zu.

Ein glücklicheres, optimistischeres Gefühl kroch in die schale Luft im Innern der Lagerhalle, und die Hawklords griffen nach ihren Musikwaffen. Sie schossen ein paar Takte in die üble, feuchte, drückende Atmosphäre.

Das automatische Auge

Der Moorlock, Actonium Doug und der Baron verließen blindlings die Lagerhalle, froh darum, das feuchte, verseuchte Gebäude des Verhängnisses hinter sich zu lassen.

Sie suchten sich ihren Weg durch die fast greifbare Dunkelheit, außerstande, ihre Taschenlampe häufiger einzusetzen, weil sie befürchten mussten, die zahlreichen Patrouillen aufmerksam zu machen, die jetzt die Straßen durchkämmten. Sie kamen an dem ehemals vor Leben überschäumenden Mountain Grill vorüber, der wieder nach Tod und Verfall stank.

Dann erreichten sie Blenheim Crescent, wo die Feste des Acid-Zauberers lag. Sie stand unangreifbar und unversehrt im Mantel der Dunkelheit da. Actonium Doug zufolge war sie beschossen, von Rammböcken attackiert und aus Verzweiflung bombardiert worden – aber alles vergebens. Eine Magie, mächtiger als Mephis, hielt sie verriegelt und verrammelt, für alle außer den Hawklords und den Children.

Die Gruppe drückte sich vorsichtig über das Pflaster, hielt sich dicht an den Überresten von verzierten Geländern und Mauern, die einstmals die verfallenden Terrassen viktorianischer Häuser geschützt hatten. Als sie näherkamen, strahlte ein geisterhafter, pulsierender farbiger Glanz aus der Düsternis vor ihnen. Das magische, kybernetische Haus kam in Sicht. Der Moorlock zuckte zusammen.

»Seht mal, was sie Victoria angetan haben!«, platzte es erschrocken aus ihm hervor. »Was hat sie getan, dass sie das verdient hat?«

Das Gebäude war von einem elektrischen Kraftfeld aus blitzenden, knisternden Farben umgeben. Die abgerissenen Funken sprangen über die Gauben und das Mauerwerk. »Wir müssen rasch hinein und sie beruhigen«, sagte er verzweifelt.

Der Baron legte ihm einen Arm auf die Schulter, um ihn zurückzuhalten.

»Tu nichts Übereiltes. Sieh mal!« Er zeigt auf einen Spähwagen vor dem Haus. Eine Kerosinlaterne stand auf dessen Motorhaube, die ein schwaches gelbliches Licht durch den wirbelnden Dunst warf. Eine Gruppe Soldaten sprach leise bei der offenen Tür. Alle paar Mal blickte einer von ihnen zum Gebäude, dann fingerte er nervös an seinem Gewehr herum.

»Ein Schwächling«, murmelte Actonium Doug. »Auch beim Transport. Worauf warten wir?« Er holte die Musikwaffe heraus, die er in seiner Jacke verborgen bei sich hatte. Sie spielte in fast unhörbarer Lautstärke, um den Effekt der Horrorbilder abzuschwächen, für die er nach wie vor empfänglich war.

Gemeinsam schalteten sie ihre Waffen an und kamen in Sicht. Die überraschten Soldaten fuhren herum. Einer von ihnen versuchte, nach dem Kassettenrekorder zu greifen, der an seiner Brust festgeschnallt war. Aber er und seine Kameraden hatten im Pfad der *Hawkwind*-Musik keine Chance. Ihre Körper begannen in dem tödlichen Klang zu zittern. Sie schlugen die Hände vors Gesicht und fielen zu

Boden, wo sie zuckend dalagen, bis sie, gnädigerweise, still waren.

Die Hawklords und Hawkmänner traten über ihre Leichen und rannten die Stufen zum Haus hinauf. Sie hatten weder Zeit noch Neigung für Respektserweisung.

»Victoria! Victoria!«, kreischte der Moorlock verdutzt und strich über die Verandawände und die Eingangstüren.

Die Türen reagierten sogleich auf ihre Anwesenheit und öffneten sich für sie. Sobald sie im Innern waren, gingen sie zu und schlossen sie vor den Gefahren von draußen ab, beschützten sie.

»Mike! Mike!«, antwortete eine gefühlvolle weibliche Stimme, die in der schlichten Eingangshalle widerhallte. Sie kam scheinbar von überall und nirgends. »Also bist du zurück. Ich habe mich gefragt, wo du gewesen bist. Ich bin so bestürzt und einsam gewesen, seitdem du weg warst... aber ich bin ein gutes Mädchen gewesen«, fügte die Stimme hinzu, zufrieden mit sich selbst. »Ich habe niemanden hereingelassen, wie du gesagt hast.«

»Oh, meine Liebe, meine Victoria«, stöhnte der Moorlock, tief verletzt. »Mach dir keinen weiteren Augenblick mehr Sorgen. Ich bin gleich bei dir und gebe dir deine Lieblingsbehandlung...« Er jagte den Gang hinab, ließ seine überraschten Gefährten stehen, die ihn beim Weggehen zuschauten. Er verschwand durch eine Tür, die anscheinend in den Keller hinabführte.

»Oh, schön.« Der Baron kratzte sich ungläubig den Kopf. »Ich schätze, es gibt wohl alle Arten. Ich hatte jedoch keine Ahnung, dass...« Seine Stimme erstarb, erstaunt.

Ein paar Momente standen sie dort und wussten nicht recht, was sie als Nächstes tun sollten. Das Notequipment, das Actonium Doug aus dem gelben Lastwagen hatte bergen können, bevor die Invasion in die Kommune stattgefunden hatte, war gleich neben ihnen gestapelt, aber sie mussten weiteres Equipment zusammenbekommen, und sie hatten keine Ahnung, wo sie suchen sollten. Dann kehrte der Moorlock früher zurück, als sie gedacht hätten, und strahlte übers ganze Gesicht.

»Das ist erledigt«, rief er aus. »Jetzt können wir ans Geschäft gehen. Kommt mit, und ich zeige euch, wo das Equipment ist, das wir für DEEP FIX verwendet haben.«

Sie folgten ihm durch die Tür und eine kurze hölzerne Treppenflucht hinab in den Keller.

Hier unten lag Victorias Herz – Reihe um Reihe von Computerkonsolen, zusammen mit ein paar der merkwürdigsten Instrumente, die sie gesehen hatten.

»Ein Mischung aus Magie und Elektronik...«, sagte der Zauberer verlegen. »Ihr seid die ersten Menschen, denen ich einen Blick in ihr Innenleben gestattet habe. Sie ist tatsächlich ein wenig schüchtern. Deswegen redet sie nicht viel. Aber kommt schon... wir haben keine Zeit für angenehme Ablenkungen«, beendete er seine Rede mit einem mysteriösen Kichern.

Er führte sie zu einem Vorratsraum, wo das Equipment gelagert wurde.

Der Baron schoss hin und hob eine Gitarre auf. Er wiegte sie liebevoll und hielt sie ins Licht. Es war die Stormbringer II des Moorlocks. Eine Sache musste man dem Zauberer ja lassen, dachte er – er knauserte nicht. Er war schlicht großzügig.

Bald hatten sie alle ihr Equipment herausgeholt – darunter ein Schlagzeug und mehrere mächtige Verstärker und Lautsprecher. Sehr zufrieden mit dem Fischzug trugen sie alles nach oben und deponierten es im Flur. Dann verschwand der Moorlock erneut. Ein paar Augenblicke später kehrte er mit seiner Stereoanlage und einem Tonbandgerät zurück.

»Wir brauchen sämtliches Elektronik-Zeugs, das wir kriegen können«, sagte er und stellte die Sachen zu dem Haufen. »Jetzt zeige ich euch, wo der Generator ist.«

Sie folgten ihm in einen schallgedämmten Raum am Ende des Flurs. Ein brandneuer, ungebrauchter Motor war installiert worden.

»Eine Notmaßnahme, falls die Energie im Haus ausfällt«, erklärte er. Er suchte einen Schraubschlüssel und machte sich daran, den Motor aus seiner Befestigung am Boden zu lösen. Anschließend hoben sie ihn auf und trugen ihn, unter seinem Gewicht stolpernd, zum Vordereingang.

»Da! Das sollte ihnen einen Tritt in den Arsch versetzen«, rief der Moorlock triumphierend aus, nachdem sie ihn abgesetzt hatten. »Jetzt bringen wir die Sachen in den Land Rover, solange wir es noch können.«

Der Baron ging zur Tür. Sie schwang auf, und er spähte vorsichtig hinaus in die Schwärze. Die Lampe auf der Motorhaube des Spähwagens schimmerte noch schwach, keine zwei Meter entfernt.

»Alles klar«, berichtete er.

Rasch hoben sie den Apparat auf die Ladefläche des Fahrzeugs. Als sie damit fast fertig waren, ging der Moorlock ein letztes Mal in den Keller. Fast sogleich kehrte er zurück, sichtlich traurig. Gemeinsam verließen sie das Haus, und die Türen schlossen sich hinter ihnen und hielten die Kräfte des Bösen fern.

»Auf Wiedersehen, du stets wachsames Auge«, sagte der Moorlock zu ihm, während sie langsam über die löcherige Straße davonfuhren. »Alles Gute.«

Maßwerke aus grünem Licht

Die schäbige, sonnenlose Wolke wurde dichter, während der Sonic Prince und Astral Al sich der Hyde Park Corner näherten. Irgendwo in deren dunklem, einhüllendem Schoß war Hot Plate.

Sie konnten nur wenig mehr als zwei Zentimeter weit sehen.

»Gut, dass dein Orientierungssinn in Ordnung ist«, rief Astral Al in einem lauten Flüstern, wobei er den Mantelschoß des anderen umklammerte, als sie über die Straße gingen.

»Schätze, ich würde im Schlaf hierher finden«, erwiderte der Sonic Prince unbescheiden. »Diese Wolke ist gut für Guerillas wie uns. Im hellen Tageslicht hätten wir nicht die Spur einer Chance. Reich mir das Seil, ja? Ich glaube, wir sind auf die Mauer gestoßen.«

Sie hatten die Westmauer des Palasts erreicht, eine feste, hohe Barriere vor ihnen in der Dunkelheit. Der Prince warf das Seil mit dem Greifhaken hoch und tastete nach den tödlichen Stacheln, die, wie er wusste, auf der Mauerkrone eingelassen waren. Mit übermenschlicher Kraft gelang es ihm, sich hinaufzuhebeln und aufrecht hinzustellen. Er sprang in die Blumengärten auf der anderen Seite hinab.

Wenige Sekunden später vernahm er einen dumpfen Aufprall neben sich.

»Alles in Ordnung?«, rief er Astral Al zu.

»Könnte nicht besser sein.«

»Bleib dicht bei mir, und du wirst nicht verloren gehen.«

Sie machten sich auf über das Parkland, wobei der Prince

im Gehen ein geistiges Bild des Palasts und seiner Umgebung im Kopf behielt. Das historische alte Gebäude lag im Schein eines Flutlichts. Von irgendwoher kam ein furchtbar misstönendes Geräusch, das ihnen beiden Übelkeit verursachte. Dem Prince ging schwach auf, dass es Bob Dylans *Blowing in the Wind* war. Er zitterte.

Ihnen gegenüber erkannten sie die Tür, die der Prince beim Besuch des Wissenschaftlers benutzt hatte. Er hoffte, dass sie immer noch imstande wären, ihn dort zu treffen. Man konnte nicht sagen, was sie jetzt vorfinden würden, da Mephis den Palast als sein Hauptquartier übernommen hatte.

Zwei Wächter drehten ihre Runden um den Palast, und zunächst hatte es den Anschein gehabt, als ob die beiden Hawklords nicht eindringen könnten. Ihre Musikwaffen würden Alarm auslösen, falls sie angeschaltet würden.

»Wir müssen warten, bis einer von ihnen allein ist, und ihn irgendwie überwältigen«, sagte Astral Al. »Ich greife ihn an, während du die Tür probierst. Wenn sie abgeschlossen ist, musst du sie aufbrechen.«

Grimmig warteten sie am Rand des erhellten Bereichs. Dann, nach einer kurzen Weile, kam ihre Chance. Die beiden Soldaten kreuzten den Pfad des anderen und gingen in entgegengesetzte Richtungen weiter. Derjenige, der zur Tür ging, beugte sich herab, um sich die Schuhbänder zuzuschnüren, so dass sein Partner außer Hörweite geriet. Astral Al spannte sich an, dann schoss er mit beträchtlicher Geschwindigkeit über den Kies auf die hingehockte Gestalt zu. Bevor der überraschte Mann reagieren konnte, kippte er durch den Schlag um. Sein Kopf rollte beim Sturz lose auf den Schultern.

Mit gleicher Schnelligkeit beugte sich der Sonic Prince hinüber zur Tür und drehte den Knauf. Sie war versperrt. Mit seiner unmenschlichen Kraft knallte er die Schulter gegen das schwere Holz. Es zersplitterte unter dem Aufprall – gerade als Astral Al eintraf, der den erschlafften Körper in den Armen trug.

»Rein, rasch! Der andere Knacker wird sich jeden Moment umdrehen.«

Sie drückten sich durch den kleinen Eingang ins dunkle Innere. Astral Al warf den Körper zu Boden und drehte sich dann wieder zur Tür um. Er spähte hinaus. Der andere Wächter näherte sich achtsam. Er hatte gespürt, dass etwas nicht stimmte.

»Komm schon, komm schon«, brummelte Astral Al ungeduldig. »Ich will dich krallen.«

Der verängstigte Soldat schob sich parallel zur offenen Tür weiter und steckte das Gewehr hinein.

»Bist du da drin, Olly?«, fragte er nervös.

Anstelle einer Antwort packte die starke Hand des ungeduldigen Hawklords die Mündung seiner Waffe und riss ihn regelrecht in die Schwärze. Bevor er hätte aufschreien können, hing sein Hals ebenfalls am Bruchstück eines Knorpels herab. Erschlafft gesellte er sich zu seinem Gefährten am Fußboden.

»Nur ein paar Tricks, die ich auf der Karateschule gelernt habe«, informierte Astral Al den verdutzten Prince bescheiden. Er schloss die Tür, und gemeinsam drangen sie zu dem geheimen Treppenhaus vor.

Mit dem Prince voraus stiegen sie das uralte Treppenhaus hinauf, schoben sich durch die Spinnweben und den Staub ins Dachgeschoss des Palasts.

»Wir sind da«, sagte der Prince schließlich, als sie am Laboreingang eintrafen. »Hoffen wir jetzt, dass Hot Plate Mephis dazu überreden konnte, ihn am Leben zu lassen.«

Die leeren Abgüsse der Menschheit

Ein warnendes Kribbeln schoss an einer Seite des Kopfs des Light Lords herab. Er starrte in die intensive Schwärze der Straße, von der die Gefahr abgestrahlt hatte. Um Kurs auf den Parliament Hill zu halten, wo die erbärmlichen Überreste von Earth City einen neuen Anlauf nehmen wollten, müssten sie den Weg nach unten nehmen. Aber seine hellseherischen Instinkte sagten ihm, dass sie in diesem Fall auf eine Patrouille stoßen könnten. Stattdessen müssten sie direkt geradeaus weiter und den nächsten Abzweig nehmen.

Er berührte die Person hinter sich und gab flüsternd die Anweisungen. Dann setzte er den Weg fort, tastete sich mit den Füßen über die Straße.

Die menschlichen Wracks, die er und die anderen Hawklords in der Lagerhalle hatten wiederbeleben können, folgten ihm, schlurfend und hustend. Einige waren außerstande, das gelegentliche schmerzliche oder erschöpfte Stöhnen zu unterdrücken. Aber die Gesellschaft blieb in Bewegung.

Liquid Len blieb in Bewegung. Sein zunehmendes hellseherisches Bewusstsein ermöglichte ihm, Teile seiner Umgebung zu spüren, die normalerweise nicht zu sehen gewesen wären. Er wusste grob, wo sie waren, und vorausgesetzt, sie könnten den Patrouillen entgehen, wusste er, dass es nur eine Frage der Zeit wäre, bis sie an ihrem Ziel eingetroffen wären.

Schließlich erreichten sie Chalk Farm. Wie erwartet, streiften hier draußen offenbar weniger Truppen umher, und sie konnten sich freier bewegen. Mephis schien nur eine begrenzte Anzahl von Männern zur Verfügung zu haben und konzentrierte sie um das Gebiet, das ihm am meisten vertraut war.

Jetzt mussten sie bloß noch einer direkten Route den Haverstock Hill bis nach Hampstead folgen. Von dort aus wäre es leicht, sich den Weg nach Heath zu suchen. Durch das Errichten einer neuen Basis hofften sie, die Angreifer überraschen zu können.

Mehrere weitere Stunden lang tasteten sie sich ihren Weg durch die tödliche Decke der Dunkelheit. Schließlich erreichten sie die kleine Anhöhe des Parliament Hill, die am Rand des offenen Landes lag. Er war kein offensichtliches Versteck für eine Schar ermüdeter Kämpfer, und er hatte den Vorteil der Höhe.

Sie stiegen die abgerundete, bewaldete Kuppe empor und ließen sich erschöpft zwischen die skeletthaften Überreste unsichtbarer Bäume fallen, die sie nur durch die Berührung entdecken konnten. Reglos warteten sie auf das Eintreffen des Equipments.

Stacia und der Light Lord warteten auf der Straße unten, während Hound Master und die anderen, die fit genug waren, alles taten, was sie konnten, um die verzweifelte Stimmung der Children aufzulockern.

Sie warteten scheinbar stundenlang in der pechschwarzen Dunkelheit auf die Ankunft des Barons und des Moorlock.

Eine leichte Brise wehte, beladen mit den schwachen Gerüchen nach verfaultem menschlichem Fleisch — anscheinend gab es nach wie vor kein Entrinnen vor dem entsetzlichen Gemetzel. Es würde weiterhin seinen Tribut fordern, bis die neue Bühne errichtet war und Livemusik von *Hawkwind* erneut erschallte. Da sie jetzt Hawklords waren und immun gegen die Horrorbilder, wären sie imstande, längere Zeiträume zu spielen, ohne zu ermüden. Sie würden sich abwechseln und die Musik ohne Unterbrechung tönen lassen, bis weiteres automatisches Equipment errichtet wäre, das zum Schutz von Earth City beitragen konnte. Und einer Sache waren sie sich ziemlich gewiss – sie würden ihren Posten erst dann wieder verlassen, wenn Mephis und der Todesgenerator überwältigt wären.

Das tiefe Brummen eines nahenden Fahrzeugs, das im langsamsten Gang dahinkroch, durchbrach ihre Überlegungen. Sie ließen sich zu Boden fallen, außer Sicht. Die Frontscheinwerfer des Land Rovers tauchten schwach in der Wolke auf, dann wurden sie etwas heller. Er blieb neben ihnen an den Toren zum Park stehen. Die Tür öffnete sich quietschend und eine vertraute Gestalt stieg aus. Der Light Lord hatte keine Probleme zu erkennen, wer es war.

»Baron!« Er stand auf und rannte hin, um ihn zu begrüßen. Bald waren sie alle draußen auf der Straße mit den Schlaglöchern, umarmten einander und küssten sich.

»Wir dachten, wir würden es nie schaffen«, erklärte Actonium Doug ihre Verspätung. »Es war eine höllische Aufgabe, den Patrouillen zu entgegen und die Straßen im Dunkeln zu räumen – niemand hatte jemals Grund, hier herauszukommen, also war der größte Teil des Wegs bloß ein einziger, endlos langer Verkehrsstau.«

»Wir sind selbst gerade erst eingetroffen. Versuch mal, einhundert kranke Menschen auf einer Straße zu verbergen, wenn eine Patrouille vorbeikommen«, rief Stacia aus. »Obwohl, habt ihr das Equipment? Das ist das Wichtige.«

»Alles da und intakt, Madame!«, erwiderte der Moorlock. »Ich glaube, du findest es heil auf der Ladefläche.«

»Gut, dann bringen wir diese Kiste den Hügel hinauf und entladen sie.« Der Light Lord trieb sie mit flinken Bewegungen in dem kleinen erhellten Bereich hoch.

Er und Stacia gingen voran, während die anderen wieder den Armee-Jeep bestiegen. Bald erreichten sie die lagernden Überlebenden und entluden das Equipment. Es dauerte nicht lange, bis die Instrumente an das verbliebene Delatron angeschlossen waren und der Generator randvoll mit Diesel gefüllt war, bereit, wieder angeworfen zu werden.

D-Riders

Eifrig nahmen die Hawklords ihre Positionen ein. Sie hatten zu tausend verschiedenen Gelegenheiten gespielt, aus vielen verschiedenen Gründen. Aber diesmal ging es um sehr, sehr viel mehr, als es jemals der Fall gewesen war, wenn sie gespielt hatten. Leben oder Tod der Menschheit lag in ihren Händen. Wenn irgendein Teil des komplizierten Stromkreises, den Higgy und der Baron improvisiert hatten, ausfiel, würde Mephis über alles triumphieren. Zum ersten Mal in der Geschichte würde die Erde einzig und allein in die Klauen des Teufels geraten.

Die Bühne war schwach von den Taschenlampen erleuchtet, die an den verfaulenden Ästen hingen. Ringsherum lagen in einem Kreis die ausgestreckten Gestalten der Children, von denen die meisten zu weit weg waren, um die Bedeutung des Augenblicks zu begreifen.

Durch die Wolkendecke ertönte ein gedämpftes Gebrüll, als Higgy den Generator anwarf. Bebend testeten *Hawkwind* ihre Instrumente. Die Riffs und Akkorde stachen stumpf, enttäuschend, in die Schwärze. Obwohl der Klang selbst nicht allzu weit trug, taten es jedoch die Ausstrahlungen des Delatrons.

Fast sogleich überschwemmte eine mächtige Welle der Freude die sterbenden Children. Jene, die bei Bewusstsein hatten bleiben können, stießen einen abgerissenen Jubel aus. Die anderen regten sich unruhig in ihrem todesähnlichen Schlaf.

Eine Woge der Macht durchlief die Hawklords. Ihre elektrischen Rösser sprangen und bockten unter ihrer Berührung. Intuitiv jammten sie los. Hound Master begann mit einer Salve von Trommelwirbeln. Seine wilden Augen blitzten bedrohlich im Schein der Taschenlampen. Seine goldene Mähne flog von einer Seite zur anderen, während sein Körper zum unaufhörlichen Pochen seines Schlagzeugs wurde, als er den bislang längsten, härtesten Kampf seines Lebens ausfocht...

Der Baron spielte eine Reihe tiefer, verschwommener Gitarrenakkorde und griff dabei auf die grenzenlose Energie zurück, die anscheinend rings um sie her in der Luft lag. Sein sicheres, zielgerichtetes Spiel wählte die Töne von *Time We Left This World Today*.

Thunder Rider stand in den Startlöchern, voller Anspannung vor angestauter Energie. Er hielt ein altes, zerbeultes Saxophon an die Lippen und wartete auf den richtigen Augenblick, um einzustimmen. Schließlich kam er, und der gehetzte, wimmernde Klang ertönte.

Sie spürten, wie die unsichtbare Mauer der dunklen Kraft, die die Stadt auseinandergerissen hatte, sich wirbelnd und windend in die Verwüstung draußen verzog. Aufblitzende Phantomgestalten verschwanden über ihr Land: Bilder der Soldaten, die stolpernd zu ihren Fahrzeugen rannten, im Bemühen, den vernichtenden *Hawkwind*-Schwingungen zu entkommen, und dabei die Straßen verstopften. Bilder von Mephis, der vor Wut das Gesicht verzog, stahlen sich in ihrem Kielwasser davon...

Sie spielten, als ob es um ihr Leben ginge, gefangen in dem Bedürfnis, die Schlacht um die Erde zu gewinnen. Die rettende Musik linderte die Frustration der quälenden Trennung von ihren Instrumenten. Sie spielten einfach und kraftvoll, ohne ihre übliche Batterie von Synthesizern und Mellotronen. Thunder Rider bebte unter dem Gefühl von Erfüllung.

Als sich die Welle der tödlichen Bedrückung hob, wurden sie erneut an ihre Mission erinnert – eine neue Welt zu errichten. Wieder einmal war ihnen die nötige Basis gegeben worden. Jetzt waren sie entschlossen, ganz neu anzufangen.

Die klaustrophobische Wolke, die London so lange in eine undurchdringliche Nacht geworfen hatte, löste sich allmählich auf. Ihre Musik hämmerte auf ihren krankhaften grauen Bauch ein, schlug sie zurück. Nach und nach sickerte das schwache und wässrige Tageslicht einer neuen Dämmerung hindurch. Eine große, blasse Sonne kam hervor, die hoch hinter den schwindenden, wirbelnden Fetzen am Himmel stand.

Ein zweiter, lauterer Jubel stieg von der steifen und verhungernden Menge auf dem Hügel auf. Die beständige Dunkelheit hatte viel dazu beigetragen, dass sie sich nicht erholen konnten. Sie umarmten einander entzückt, während die Klänge immer lauter wurden und ungehindert über die schweigenden, neu aufgetauchten Ruinen jagten.

Nach den frühen Tagen als kleine, ungehobelte Rockband, die auf der Stelle überall jammen und dem Publikum spontan Freude schenken konnte, hatte *Hawkwind* einen vollständigen Kreis durchschritten. Sie war durch die elektronisch aufgemotzte Phase gegangen und hatte im großen Stil Tourneen angesetzt. Jetzt waren sie wieder eine schlichte, jedoch lebendige Gruppe.

Jetzt war der größte Augenblick des Raumschiffs gekommen – von jenseits des Rands der Zeit gerufen, die Erde vom dunklen Netz des Bösen zu befreien. Sie erinnerten sich an einhundert andere Missionen. Isle of Wight 1970, wo das Schiff zum ersten Mal richtig aufgetroffen war, draußen vor dem Tor, für umsonst gespielt hatte... das Wohltätigkeitskonzert im Roundhouse 1972 für Greasy Truckers... Stadion in Liverpool... Chicago, Detroit, New York und Los Angeles... gerufen von den Tiefen des Raums, um für die neue Gesellschaft der Kinder der Sonne zu kämpfen...

Jetzt donnerten und spielten ihre mächtigen Maschinen, wie sie es nie zuvor getan hatten. Der Komplex von sich windenden, stechenden Klängen entrollte sich vom bewaldeten magischen Hügel des Parliament Hill aus. Die Tage der schwarzen, hirnlosen, visionenlosen, selbstsüchtigen Gestalt, die so lange ihre grauen, parasitären Wurzeln in die Gehirne der Menschen geschlagen hatte, die ihre Originalität und Freiheit abgewürgt und die Kraft ihrer Jugend untergraben hatte, um ihr kolossales satanisches Reich dauerhaft einzurichten – die Tage dieses zerstörerischen Einflusses auf die Menschheit waren gezählt.

Chemical Alice

Hingerissen lauschte der Sonic Prince. Er hob den Kopf in dem dunklen Treppenhaus des Palasts, als sich die wärmenden Schwingungen der Musik mit seinem Wesen verschmolzen.

»Gut für sie! Sie müssen es schließlich geschafft haben«, rief er aus.

Astral Al lächelte durch die Dunkelheit.

»Hört sich an, als würden die Truppen verschwinden«, bemerkte er in einem spöttisch-verletzten Ton.

Aus anderen Teilen des Gebäudes ertönten die gedämpften, unheilvollen Geräusche von Bewegung, durchsetzt von Rufen und Schreien.

»Umso besser für uns«, erwiderte der Prince.

Er legte erneut das Ohr an die Vertäfelung und horchte nach Hot Plate. Kein Laut drang aus dem Laboratorium. Die leise Sorge, dass etwas mit seinem Freund nicht stimmte, nagte an ihm.

Voller Angst schwang er das Paneel auf. Es öffnete sich auf gut geölten Scharnieren. Jäh drang ein scharfer Geruch nach Chemikalien heraus.

Der Raum wurde schwach vom Dämmerlicht erhellt.

Hustend und spuckend warfen die beiden Hawklords einander einen besorgten Blick zu. Sie gingen hinein. Der Prince suchte sich seinen Weg durch das Dämmerlicht, bis er den Lichtschalter erreicht hatte.

»Hoffen wir mal, dass die Generatoren immer noch eingeschaltet sind«, sagte er.

Strahlendes Licht durchbrach die Dunkelheit, schmerzhaft grell nach den lichtlosen Bedingungen, an die sie gewöhnt gewesen waren.

Der Prince blinzelte. Er erfasste den chaotischen Zustand des Raums. Die Flaschen auf den Regalen waren heruntergerissen und zerschlagen worden, ihr flüssiger oder pulverförmiger Inhalt hatte sich auf den zernarbten Oberflächen mischen und reagieren können. Empfindliches Gerät, mit dessen Hilfe der Wissenschaftler die Todesstrahlen entdeckt hatte, lag zerschmettert und zerbrochen auf dem Fußboden inmitten der trocknenden, auskristallisierenden Lachen.

Hot Plate selbst war nirgendwo zu entdecken.

Verzweifelt durchsuchte Prince das Laboratorium. Dann rief ihn Astral Al mit schockierter Stimme zu sich.

»Hier drüben.«

Voller Furcht, was er wohl zu sehen bekäme, ging der Prince dorthin, wo Astral Al stand. Er zeigte auf eine große, klebrige Lache am Boden, zweifelsohne Blut. Ein heftiger Kampf hatte stattgefunden, und die trocknende Flüssigkeit war über sämtliche Wände und Schränke verspritzt.

Der Prince wirkte geschlagen. »Also hat ihn Mephis am Ende erwischt – gerade als er höchstwahrscheinlich sämtliches Leben getötet hatte, das er im Palast vorgefunden hatte. Der arme Junge. Wir haben mehr als einen loyalen Freund verloren. Ohne ihn ist es zweifelhaft, ob wir das Geheimnis des Todesgenerators erfahren werden – oder in der Lage sein werden, gegen ihn zu kämpfen...« Er wandte sich ab.

Dann fiel sein Blick zufällig auf die blutige Wand oberhalb der traurigen Lache. In dem Wirrwarr von Spritzern und Streifen schienen irgendwelche Buchstaben geschrieben worden zu sein. Sein Herz vollführte einen Satz.

Der sterbende Wissenschaftler hatte ihnen vielleicht eine Botschaft hinterlassen.

Er musterte die karminroten Streifen genauer.

Es bestand kein Zweifel. Große, schlecht geformte, handgeschriebene Buchstaben bildeten die Worte: »Türmende Gedanken...«. Offensichtlich war nicht beabsichtigt, dass die Soldaten sie verstehen konnten, die ihn niedergeschossen hatten, und sie hatten sie so gelassen, wie sie waren.

Und sie bedeuteten den Hawklords auch nicht viel.

Sie starrten die kryptischen Worte verständnislos an, bis Astral Al den verzweifelten Prince am Ärmel zupfte. »Komm jetzt«, sagte er leise. »Wir gehen besser...«

Der blinde Eroberer-Wurm

Bei Astral Als und des Prince Rückkehr war der Parliament Hill voller Klang und Bewegung.

Jemandem war es gelungen, ein paar Überreste von Essen aufzutreiben, und man hatte eine dünne und wässerige Schleimsuppe zusammengebraut. Jene der Children, die sich ein wenig bewegen konnten, hatten sich hungrig rund um das lodernde Feuer versammelt und tranken die heiße Flüssigkeit. Andere halfen ihren weniger glücklichen Genossen, indem sie das Essen dorthin trugen, wo sie lagen. Vom Bühnenbereich – ein Stück eingeebneter Grund, völlig frei von verfaulenden Bäumen – tönte der vibrierende, willkommene Klang der *Hawkwind*-Musik. Die Musiker spielten immer noch mit voller Lautstärke, und bislang hatte es keine Probleme mit dem Equipment gegeben.

»Wir hoffen bloß, dass es lange genug überdauert, um die Stadt zu räumen«, sagte Actonium Doug zu Astral Al und dem Sonic Prince, als sie sich der Menge rund um das Feuer anschlossen. »Möchtet ihr was davon?« Er hielt ihnen eine rostige Dose mit Suppe hin. Die Hawklords schüttelten düster den Kopf.

»Entschuldigt, habe ich vergessen«, fügte er hastig hinzu. »Ihr esst nicht.«

»Es ist nicht so sehr das...«, setzte der Prince an. Er scharrte unbehaglich mit den Füßen und schüttelte langsam den Kopf. Er berichtete ihnen vom Schicksal des Wissenschaftlers. »Es ist nicht so sehr die Tatsache, einen guten Freund und Verbündeten zu verlieren«, schloss er kläglich, »sondern dass sein Dahinscheiden eine Art Hohn auf das alles ist...« Er vollführte eine ausholende Geste mit dem Arm und meinte damit die Bühne und die Stadt auf der Hügelkuppe.

»Wir können ihm ebenso gut auf Wiedersehen sagen... dem Leben.«

Rings um das Feuer legte sich ein Schweigen. Sie versuchten, die schmerzlichen Tatsachen wegzurationalisieren.

»Das könnt ihr nicht ernst meinen, Leute«, rief Higgy von weiter hinten. Er hielt eine Schöpfkelle in Händen und war dabei, etwas von der heißen Schleimsuppe zu trinken. Er hatte sich bemerkenswert gut erholt, nachdem die Musik angefangen hatte zu spielen.

»Hab's nie mehr ernst im ganzen Leben gemeint«, erwiderte der Prince. »Überleg doch mal. Hot Plate war der Einzige, der so einiges über den Ort des Todesgenerators wusste. Er hat daran vor seinem Tod gearbeitet. Die Strahlen nehmen die ganze Zeit über an Intensität zu. Wir können unmöglich auf ewig standhalten, endlos spielen. Früher oder später werden wir einen Fehler begehen, oder etwas wird uns daran hindern zu spielen. Dann werden wir einer sehr hohen Strahlendosis ausgesetzt sein. Mit Hot Plate hätten wir eine Chance gehabt, den Generator zu zerstören. Ohne ihn haben wir nicht die Spur einer Chance. Wir verfügen nicht mehr über das Equipment – es ist alles zerstört worden – wir kennen niemanden, der genügend weiß, um alles zu durchschauen, selbst wenn wir es hätten...« Er brach voller Gefühl ab. Inzwischen war der große Kreis rund ums Feuer angewachsen, nachdem weitere neugierige Children eingetroffen waren.

»Vielleicht hatte Hot Plate sowieso nichts herausfinden können«, schlug jemand vor.

»Andererseits vielleicht doch«, erwiderte der Prince und hob den Kopf. »Und das ist eine Chance, die wir uns nicht entgehen lassen können... aber es stimmt, dass im Moment mit uns alles in Ordnung ist«, fügte er hinzu, um Panik zu verhindern. »Wir haben Zeit für den Versuch, etwas zu tun...«

»Es gibt keine Hoffnung...«, warf eine hysterische Stimme dazwischen.

»Tatsächlich besteht eine sehr schwache Hoffnung«, sagte Astral Al zur Unterstützung des Prince. »Wir haben eine Botschaft gesehen, die Hot Plate vor seinem Tod schrieb.«

»Was hat sie besagt?«, fragte Stacia gleichmütig vom Kreis her. Sie saß zusammengekauert da und starrte in die Flammen.

Der Schlagzeuger wiederholte die beiden rätselhaften Worte. Die Gesellschaft verfiel in Schweigen und durchkämmte ihre Gedanken nach deren Bedeutung.

»Türmende Gedanken...«, wiederholte Actonium Doug. »Ich habe das Gefühl, ich sollte wissen, was das bedeutet, aber ihr wisst, wie das so ist...«

»Da klingelt eine Glocke«, gab der Prince zu. »Was könnte es bedeuten? Gedanken? Turm? Turm der Gedanken...?«

Rudolph the Black schnippte mit den Fingern. »Natürlich, es ist dieser verdammte Control-Apparat in Euston. Ihr wisst, dieses Ding, was seit Jahren leer war. Harry Hyams oder wer hat es gebaut. Es ist schließlich von der Regierung übernommen und als Computerdatenbank für die Gedanken der Mittelklasse verwendet worden, die das Leben draußen nicht mehr ertragen konnten. Sie alle leben nach wie vor da drin, soweit ich weiß... Mephis muss sie in Ruhe gelassen oder sich mit ihnen verbündet haben, weil der Ort waffenstarrend wie ein verdammtes Kriegsschiff ist. Er verfügt über Gott weiß wie viele Millionen Gehirne auf Band. Da kriegt man eine Scheiß...« Er schauderte und schüttelte den Kopf, und der Prince unterbrach ihn.

»Wenn Hot Plate dorthin gebracht wurde... warum?«

Während er noch diese Frage stellte, blitzte die Antwort in seinem Kopf auf. In den Tagen, als die schwindenden Streitkräfte der Regierung vergebens versucht hatten, den Aufruhr in Grenzen zu halten, war es allgemein üblich gewesen, Aufständische zu erschießen und ihre nach wie vor funktionierenden Gehirne auf Band zu übertragen, zu Befragungszwecken.

Ihm dämmerte, was wahrscheinlich geschehen war. Mephis war ungeduldig wegen der Weigerung des Wissenschaftlers geworden, Informationen über die Hawklords und seine Forschung preiszugeben, und er hatte seinen Körper erschießen und sein Gehirn herausholen lassen.

Ein Gefühl des Ekels über den Täter kochte in ihm hoch, als er an das Leid dachte, das ihr Freund erfahren hatte und vielleicht gegenwärtig in seinem Gefängnis elektronischer Hardware erfuhr.

Durch die zusammengebissenen Zähne klärte er die nach wie vor verwirrte Versammlung auf. »Irgendwie – wie, ist mir egal – wenn er da drin ist, müssen wir ihn rausholen.«

Abrupt wandte er sich ab und stolzierte zur Bühne hinüber.

Lungen des Schmerzes

Thunder Rider ließ das Saxophon um seinen schweißverschmierten Hals fallen. Er und Hound Master verließen erschöpft ihre Positionen, während Astral Al das Schlagzeug übernahm. Lemmy und der Baron ließen die Instrumente fallen, auf denen sie gespielt hatten, und der Moorlock trat heran, um die jaulenden, gleitenden, stählernen Klänge fortzuführen.

Die befreiten Hawklords gingen zusammen mit dem Prince und den anderen, die ihm gefolgt waren, zum Feuer hinüber. Sie fanden einen Platz, wo sie sich ausruhen konnten, abseits der lauten Klänge. Sie hörten mit zunehmender Niedergeschlagenheit den schlechten Nachrichten zu. Nachdem er geendet hatte, zeigten ihre Gesichter erneut ihren üblichen festen, grimmigen Ausdruck.

»Wir sind gerade so nett zusammengekommen«, beklagte sich der Baron, schob mit der Hand seinen braunen Hut zurück und wischte sich den Schweiß von der Stirn. »Jetzt müssen wir wieder ganz von vorn anfangen. Wir hätten gleich von vornherein Earth City nie verlassen sollen. Wir wären besser dran gewesen, wenn wir so gekämpft hätten, wie wir es getan hatten... mit kühlem Kopf und wissenschaftlichem Knowhow. Allmählich glaube ich, dass du recht gehabt hast, Light Lord.« Er blickte anerkennend zu Liquid Len hinüber.

»Ob es dir gefällt oder nicht, wir sind jetzt dazu verdonnert, Hawklords zu sein«, sagte Thunder Rider. »Was wir jetzt besprechen müssen, ist, wie wir Zugang zum armen

Gehirn Hot Plates erhalten... falls möglich. Weiß irgendwer etwas darüber?« Er sah von einem Gesicht zum anderen.

»Ich fürchte, ich kann dir da nicht helfen«, sagte Actonium Doug. »Ich habe von dem Verhör von einem Reporter erfahren, den ich bei einer Pressekonferenz getroffen habe. Von der technischen Seite weiß ich nichts.«

»Dann müssen wir jemanden fragen, der Bescheid weiß«, sagte der Prince erregt. »Was ist mit den Reportern, die dort arbeiten? Sie müssen die Anlage kennen.«

»Natürlich – sie wissen alles darüber«, erwiderte Actonium Doug. »Sie haben eine komische Art und Weise des Setups. Die Typen, die innerhalb des Computers leben – tatsächlich leben sie in einer Art mentalem Zustand – werden, soweit ich weiß, von der Presse kontrolliert. Die Presse ist auf einem Machttrip, und Reporter können tatsächlich selbst in die Computer hineingehen, um die Szene zu überprüfen, und dann in ihre Körper zurückkehren. Ziemlich unheimlich, wenn du mich fragst.«

»Dann liegt da unsere Antwort!«, rief Thunder Rider aus. »Wir müssen uns irgendwie an ein Mitglied der Presse heranmachen.« Ein Lächeln zuckte über sein wettergegerbtes Gesicht.

»Wie tun wir das?«, fragte der Prince.

»Sie stehen ziemlich auf Sex«, sagte Lord Rudolph. »Tatsächlich ist das bei allen Normalos so. Ich habe etwas Lächerliches gehört, dass Sex in der Control die Todesstrafe nach sich zieht. Auf diese Weise könnten wir einen der Reporter erpressen und erfahren, was wir wissen wollen.«

Trotz der extremen Ernsthaftigkeit der Lage brachen die herumsitzenden Hawklords vor Erstaunen über diese Enthüllung in Gelächter aus.

»Na, die armen Schweine«, schnaufte der Baron, außerstande, seine grämliche Haltung beizubehalten. »Ich wette, sie sind alle geil wie der Teufel! Einen von ihnen so weit zu bekommen, dass er gehorcht, sollte ein Kinderspiel sein.«

»Dann ist die nächste Frage, wie wir einen von ihnen in die Falle locken können.« Thunder Rider blickte sich erneut um. Diesmal musste er nicht weit kommen. Aller Blicke waren auf Stacia gefallen. Sie richtete sich auf und schüttelte wütend die Haare, als ihr ihre Absichten klar wurde.

»Oh, nein, das tut ihr nicht«, gab sie hitzig zurück. »Das mutet ihr mir nicht zu.«

»Sachte, sachte.« Lord Rudolph, der neben ihr saß, ergriff ihre gestikulierenden Hände und holte sie wieder auf ihren Schoß zurück. »Du musst nichts Unangemessenes tun. Alles, was wir brauchen, ist ein wenig femininen Charme...« Er ließ sein bestes Lächeln aufblitzen.

Stacia machte einen Schmollmund.

»Du musst nichts tun, außer, den Typen in eine kompromittierende Situation bringen«, fuhr er fort. »Überlass den Rest uns. Ich persönlich werde mir den Kerl vornehmen, wenn er etwas versucht.«

Ihre Augen lagen erwartungsvoll auf der Hawklady. Sie drehte und wand sich unbehaglich, aber es gab keinen Ausweg. Sie war die einzige Frau in der Gruppe, und außer, wenn der Typ, den sie auswählten, zufällig schwul war – extrem unwahrscheinlich, redete sie sich ein – saß sie fest. Die Zukunft der Menschheit war ihr in den Schoß geworfen worden. Sie konnte sich ehrlicherweise nicht weigern.

»Du Mistkerl!«, verkündete sie.

»Gut, dann verstehen wir das so, dass du helfen wirst«, stellte Thunder Rider fest. »Jetzt müssen wir bloß noch die Einzelheiten ausarbeiten.«

»Wie zum Beispiel, wen wir auswählen und wo?«, fragte Lemmy unheilvoll. Er reinigte sich die Nägel mit einem riesigen, machetenähnlichen Messer, dass er sich angewöhnt hatte, bei sich zu tragen. »Es ist an der Zeit, dass wir handeln. Mir wird allmählich langweilig.«

»Es sollte nicht zu schwer sein, jemanden von ihnen aufzugabeln«, sagte Actonium Doug. »Während wir London nach Ersatzteilen durchkämmt haben, um die Türme zu bauen, sind wir Control ziemlich nahegekommen. Nur ein paar Blocks entfernt gibt's diesen erstaunlichen kleinen Club, den sie am Laufen halten, ein Überrest aus den alten Tagen – was von den Normalos, der Presse, ein paar Pennern und, würdet ihr's glauben, ein paar schäbigen Mädels geblieben ist. So oder so, dem Besitzer ist es gelungen, hauptsächlich deswegen geöffnet zu bleiben, weil er sich gut mit der Bande in Control gestellt hat. Muss so in etwa die einzige überlebende Bar ihrer Art in London sein. Aber wenn sie immer noch dort ist, ist das der perfekte Ort, um jemanden aufzugabeln.«

»Hört sich für mich wie ein gutes altes Bordell an«, schnaubte der Baron. »Ihre Gesellschaft muss ziemlich verzweifelt so etwas wie das benötigen. Na ja, damit ist alles festgezurrt. Wir haben sie bei den Eiern.« Er stand auf. »Könnten auch alles gleich hinter uns bringen, wenn es getan werden muss.«

»Du hast ein kleines Detail vergessen«, sagte Stacia, entschlossen, wieder gleichzuziehen. Alle wandten sich ihr zu. »Wenn wir diesen Typen in der Falle haben und ich ihn fotografiert habe... wenn wir ihn so weit haben, dass er uns hilft, wer von euch Superhelden wird derjenige Sein, der in den Computer reingeht, um mit Hot Plate Kontakt aufzunehmen?«

»Hm?«, machte der Baron verständnislos.

»Na ja, weißt du, Dougy hat gesagt«, fuhr sie zuversichtlich fort, »diese Pressetypen gehen in den Computer, wenn sie kommunizieren wollen, und werden eines der Gehirne. Wer von euch wird das tun?« Sie stemmte die Hände in die Hüften sah sich amüsiert um.

»Ich«, sagte Thunder Rider unerwartet. Jetzt war die Reihe an ihm, angestarrt zu werden. »Ich hatte bereits daran gedacht. Ich werde derjenige sein, der reingeht.« Er bedachte Stacia mit einem sarkastischen Blick. »Mir gefällt die Idee sozusagen. Fertig, Baron?« Er stand auf und ging zu dem anderen Hawklord. »Ich schlage vor, wir nehmen ein paar Leute mit, nicht mehr als fünf, Stacia eingeschlossen. Was bedeutet, dass wir noch zwei weitere Leute brauchen.« Er schaute sich um.

Hound Master und der Prince erhoben sich und schlossen sich ihnen an. »Rechne auf uns«, sagte der Prince. »Das möchte ich mir um nichts in der Welt entgehen lassen.«

Die Gruppe von Hawklords war dabei aufzubrechen und sich um dringende Angelegenheiten zu kümmern, als das Geräusch eines Flugzeugs ihre Aufmerksamkeit erregte. Sie schauten auf. Am blauen nachmittäglichen Himmel flog eine 747 von Indian Airways ruckelnd vorüber, deren Triebwerke Fehlzündungen hatten.

»Sieht so aus, als ob wir populär wie eh und je wären«, bemerkte Actonium Doug fröhlich. »Nachdem wir jetzt

Mephis einen Tritt versetzt haben, kommen sie alle wieder rein. Wie in den alten Zeiten.«

»Mephis kann nicht weit gekommen sein«, warnte Thunder Rider. »Er wird bei der erstbesten Gelegenheit, die wir ihm bieten, wieder über uns herfallen.«

Begegnung im Bewusstsein

Seksass legte sich wieder in den Sessel innerhalb der Trancenische. Er setzte sich die Gummikappe auf und stellte den Zeitmechanismus auf die Zeit des Aufwachens ein. Danach musterte er die winzige blaue Pille in seiner Hand. Er hielt sie zwischen Zeigefinger und Daumen hoch.

»Dann mal wieder los«, sagte er frustriert und öffnete den Mund. Er warf die Pille hinein, schloss die Augen und wartete, spürte das Chaos, das die heftige chemische Reaktion mit seinem Magengeschwür auslöste.

Der Twinny-Triad-Fall war immer noch ungelöst. Diese Hippie-Musik hatte wieder angefangen. Ein möglicher Verbündeter von Mephis, der dabei helfen sollte, die überwältigenden Kräfte zu bekämpfen, war gefallen – der Colonel und alle seine Männer hatten die Stadt verlassen, gerade als eine Art von Gesetz und Ordnung an einem Punkt angelangt war, wo beides wieder zurückkehren sollte.

Er kam zum Entschluss, dass er heute den Fall abschließen müsse, komme, was da wolle. Er würde eine direkte, überraschende Annäherung an die beiden bekannten Perversen probieren und hoffen, Informationen über den Aufenthaltsort des dritten herauszubekommen – den Erzschurken, Anstifter der ganzen unmoralischen Affäre.

Sein Bewusstsein löste sich in schwarze Streifen und Wirbel auf, und er sank tief in den Mini-Tod, den die Droge herbeiführte. Dann übernahmen die elektronischen Anhänge des Computers. Aus dem Nichts erschienen verworrene Bilder und flüchtige, gemischte Gefühle, während sein Bewusstsein versuchte, sich wieder zu orientieren. Er passierte die zerbrechlichen biologischen Barrieren, die ihn sein ganzes Leben lang zusammengehalten hatten. Sein Bewusstsein »erwachte« abrupt in der dunstigen, geisterhaften Welt des Computers.

Er hatte sich in einem ihm unbekannten Raum materialisiert. Unbesorgt stand er auf und verblasste durch die Tür. Er trat hinaus auf eine Straße. Sogleich erkannte er die Orientierungspunkte und die Form der Gebäude wieder. Er wusste, in wessen Welt er sich befand. Es war die Schöpfung eines der ehemaligen Bürgermeister von London – Reginald Throssle, der vor etwa fünfzehn Jahren gelebt hatte.

Beständige Dämmerung umnebelte die gepflasterten Straßen, die gesäumt waren mit Dickens'schen Ladenfronten und altmodischen Gaslaternen. In der Luft lag ein feuchtes, klebriges Gefühl. Seksass war froh, aus der morbiden Fantasie des alten Mannes hinauszukommen.

Er beschleunigte und glitt in ein modernes Gebiet, wo der erste Kontakt lebte. Die meisten Bewohner dieser mentalen Zone dachten ähnlich, und die Kreation war ein Produkt ihrer kollektiven Gedanken. Ein idealer Ort, um Saboteure und andere unappetitliche Charaktere zu finden.

Er betrat einen Wolkenkratzer und trieb siebenundzwanzig Etagen eines Treppenhauses zu einer Penthouse-Suite hinauf. Durch die Wände sah er John, einen der bekannten Twinny-Triads. Er hatte einige Zeit unter Beobachtung gestanden, ohne dass ihm diese Tatsache bewusst gemacht worden wäre. Von Zeit zu Zeit veränderte er seine Realität, indem er in eine andere Umgebung umzog, aber die Presse hatte ihm jetzt einen Identitätsfix angeheftet, um sicherzustellen, dass er nicht erneut durch die Maschen des Netzes flüchten konnte.

Die Suite war nett vorgestellt. Sie überblickte eine blasse, farbenfrohe Version der längst verschwundenen Piccadilly Garden in Manchester, der Stadt, aus dem John stammte.

Seksass führte sich allmählich durch die Wände ein. Er stand vor ihm. Ein kurzes Aufflackern eines Schocks glitt über das Gesicht des Subjekts, als es von seinem Schreibtisch aufblickte, an dem es gearbeitet hatte. Sogleich riss es sich wieder zusammen, ausweichend und verärgert über das Eindringen.

»Eindringen seitens der Gedankenpolizei«, konstatierte der Mann spöttisch. Er hatte einen snobistischen Tonfall, wie die Queen, trug an einem Goldkettchen ein Monokel und hatte ein lilafarbenes Samtjackett übergestreift. Seine Fingernägel waren allesamt gut manikürt. Auf dem polierten Tisch neben ihm standen eine halbvolle Flasche Glen Grant und zwei leere Gläser.

»Gesellschaft?«, fragte der geisterhafte Seksass. Er ließ seinen Presseausweis aufblitzen. Bevor John ihn daran hindern konnte, war er quer durch den Raum zu einem verzierten französischen Sekretär hinübergesprungen, zu dem, wie er gesehen hatte, der Blick des Subjekts unwillkürlich geschweift war. Das Holz fühlte sich bei der Berührung schwammig, rauchig an. Er öffnete die perlmuttbesetzten Türen. Im Innern entdeckte ein Foto im Silberrahmen unter Stapeln von Papieren. Es zeigte eine attraktive, elegant gekleidete Frau mit langem, goldblondem Haar und haselnussbraunen Augen. Auf der Rückseite stand: »Jacqueline, in Liebe. Küsschen. Januar 1980.«

Seksass grinste sarkastisch. Johns Gesicht zeigte jede Menge roter Flecken, als er von seinem Schreibtisch aufstand. »Mein ver-trau-li-ches Eigentum...«, fauchte er.

»Das Privatleben beeinflusst den Rest der Gesellschaft«, konterte Seksass glatt. Endlich, endlich hatte er die Spur, die er benötigte.

»Ich halte mich für mich«, erwiderte John hitzig.

»Sie wissen, dass das hier drin unmöglich ist. Sie müssen sich dem üblichen moralischen Standard anpassen. Kein Sex. Wo lebt Jacqueline?« Erneut erwischte er den anderen auf dem falschen Fuß. Er fuhr herum und schritt über den kastanienbraunen Plüschteppich. Er hob das oberste Blatt vom Notizbuch des Subjekts herab.

»He! Das können Sie nicht!«, kreischte John und umklammerte den Arm des Sexreporters. Seksass zog sich mit einem schlauen Tritt in die Genitalien des Mannes zurück. Sein Subjekt brach auf einem Sofa zusammen und keuchte und stöhnte vor Schmerz. Seksass verzog sich rasch zur Tür und lächelte.

»Danke«, sagte er. »Sie sind eine große Hilfe gewesen.«

Er trieb den leeren Gang draußen hinab und verließ das zugige Gebäude. Er grinste immer noch vergnügt über die Schnelligkeit, mit der er nach all den Monaten fruchtloser Suche erfolgreich die entscheidenden Informationen erhalten hatte. Die Taktik, psychologischen Schmerz herbeizuführen, funktionierte immer, wenn die Bedingungen die richtigen waren. Man konnte immer mit der üblichen Reaktion auf Stimuli rechnen, wenn die Bewohner des Computers unvorbereitet herausgefordert wurden, wie bei diesem Tritt. Wirklich, es war für John nicht nötig gewesen, Schmerzen zu empfinden – schließlich war er nichts weiter als eine Ansammlung von Gedächtnispartikeln. Aber instinktiv hatte er Schmerz empfunden.

Lässig ging er durch die stillen Gärten von Johns überwältigendem Gedächtnis – ein Sonnenuntergang hinter den Dächern, die Abenddämmerung setzte gerade ein. Ein paar Tauben, die aus makellos gepflegten Blumenbeeten explodierten. Der Lärm von Spatzen, der aus allen Ecken des Platzes kam. Spucke auf den Bürgersteigen. Ein paar Tramps, die in die letzte Ausgabe der Manchester Evening News gehüllt waren, streckten sich bereits auf den Bänken aus. Der eingebildete Lärm später samstäglicher Käufer, der von der alten Market Street herüberkam.

Dann ergrauten sämtliche Farben, und er verließ das Gebiet, unterwegs zu einem Überraschungsinterview mit dem Mädchen.

Schließlich war es an der Zeit zur Rückkehr. Er spürte die Klarheit der Gefühle, die ihn erreichten, verschwimmen und verblassen. Umfassende Schwärze ergriff ihn. Erneut wurde er zur gedankenlosen Leere, als der Computer seine geistigen Engramme dekodierte und die Synapsen-Spalten in seinem Gehirn re-stimulierte.

Bilder der Nische wirbelten um ihn her. Er war frei von den Effekten. Einen Moment lang lag er still da, um sein Gleichgewicht zurückzuerlangen, bevor er seinen Harnisch löste. Als er sich besser fühlte, stand er auf und verließ die Nische. Er konnte sich nie völlig gut fühlen, ermahnte er sich, während er schwach unter den Klängen der Hippiemusik über den Flur stolperte.

Erschöpft machte er sich auf den Weg zum Büro des Herausgebers hinauf, um seinen Bericht abzuspeichern. Aber die kombinierten Effekte seines Magengeschwürs, der Reise in den Computer und der musikalischen Ausstrahlungen machten ihm zu schaffen.

Er öffnete die Tür des Alten und wäre fast hineingefallen. Er brachte es fertig, sich zu stabilisieren. Distanziert begriff er, dass der Herausgeber gerade dabei war, einem Raum voller Journalistenschüler eine Lektion zu erteilen. Ein Film wurde gezeigt. Sein Chef kommentierte die Bilder, die auf dem Bildschirm flackerten.

Mit distanziertem Vergnügen begriff Seksass, dass der Film von der Computeraufzeichnung der Aufgabe verarbeitet worden war, die er gerade erledigt hatte. Durch den Dunst des herannahenden Deliriums hörte er die autoritäre Stimme des Herausgebers weiter in ihrem lauten, knappen Tonfall brüllen. Er erklärte, wie die Presse arbeitete und warum sie für die Computerbewohner nötig war.

»...Sensationelles Rohmaterial dieser Art«, sagte er, wobei er sich auf das Bild sexueller Sets auf dem Schirm bezog, »wird sorgfältig aufbereitet und zusammen mit anderen Nachrichten in kontinuierlichen Nachrichtenbulletins an die Bewohner gesendet. Wenn sie richtig ausgerichtet sind, dienen lokale interne Nachrichten dazu, die zulässigen Grenzen amoralischen Verhaltens zu definieren und die soziale Struktur der Gemeinschaft zu stärken – eine Notwendigkeit in unserem Fall, in dem praktisch die gesamte Population des Planeten in einem Computer lebt und alle *Individuen* ein Teil und eine Einheit desselben grundlegenden Verstandes des Menschen sind. Nur geringfügige Abstriche bei eigenwilligem Verhalten des Einzelnen sind erlaubt. Der nostalgische Versuch von John zum Beispiel, sein verlorenes körperliches Selbst durch scheinbar offenkundige sexuelle Beziehungen mit den abweichenden Mädcheninsassen wiederherzustellen, ist streng genommen gefährliche Magie. Sie könnten nie zustande kommen, können aber auch nie erlaubt werden. Eine der Aufgaben unserer Agentur ist es, durch den bereits erwähnten Prozess der Rückkopplung – ein Prozess, der übrigens den Kontrollmethoden der alten Zeitungen aus der Zeit vor der Morgendämmerung sehr ähnlich ist, nur tausendmal effektiver – dafür zu sorgen, dass dies nie passiert.«

Der Rechercheur zog sich durch die Tür zurück und schloss sie. Er konnte nicht zulassen, dass ihn der Herausgeber in seinem gegenwärtigen Zustand sah. Stattdessen entschloss er sich, in sein Büro zurückzukehren und sich auszuruhen. Später könnte er in den Club gehen, um zu sehen, ob ein Tapetenwechsel etwas bringen würde, und wenn ja, könnte er nach der gesetzlich vorgeschriebenen Teepause erneut auf seinen Chef zugehen.

Spitzen der kalten Flamme

Seksass vernahm ein dumpfes, regelmäßiges Pochen in den Ohren, als er davonging und den schwer befestigten Eingang von Control hinter sich ließ. Es dauerte einige Zeit, bis er begriff, dass es sein eigener Herzschlag war, verstärkt von der kürzlichen Anstrengung und der Aufregung der Tour – er war immer in einem solchen Zustand, wenn er sich entschloss, eine Frau zu suchen, hauptsächlich wegen der damit verbundenen furchtbaren Strafen. Je größer die Bestrafung, desto größer die Verlockung. Wenn die Strafe der Tod war, wie für einen Mann in seiner vertrauenswürdigen Position, wurde der Drang unwiderstehlich. Viele seiner Kollegen waren eines Tages erwacht und hatten entdeckt, dass sie in dieser unseligen Zwangslage steckten.

Ein erleichternder Faktor war der, dass die meisten Leute, die für die Regierung bei Control arbeiteten, diesem Laster anhingen, abgesehen von den Höchstrangigen, die nach außen verkündeten, sie seien immun. Es waren diese Leute, vor denen man sich in Acht nehmen musste, und viele glücklose Journalistenschüler hatten entdeckt, dass ein Rivale beim Spiel seine Beförderungschancen durch Erpressung vereitelt hatte.

Er steuerte den Club Blue Lagoon an, gelegen im Herzen der Ruinen. Seit Mephis' Ankunft hatte sich die Landschaft drastisch verändert. Der größte Teil der Ruinen im Zentrum war aus Sicherheitsgründen völlig niedergewalzt worden. Haufen von Schutt lagen auf der Straße. Stillgelegte Abbruchmaschinen standen verlassen überall da, wo immer die Soldaten sie stehengelassen hatten.

Schließlich erreichte er den Club, ein einzelnes, zernarbtes, rechteckiges Gebäude, das sich auf einer geschleiften Ebene aus zersplittertem Holz, verdrehtem Metall und Haufen von Ziegelsteinen befand.

Er hatte Probleme bei Parken. Popmusik – *Country Roads* von John Denver – tönte aus den Batterien von Lautsprecherhörnern draußen vor dem Haus, als er ausstieg. Er fühlte sich bei weitem besser, weil die fröhliche Musik ihn beruhigte.

Im Innern war das wackelige dekorative Gebäude fast völlig leer, abgesehen von ein paar Reaktionären, die sich an der improvisierten Theke lümmelten. Sie grinsten ihn höhnisch an, als er das neutrale Territorium betrat, Freunde von niemandem außer ihnen selbst. Ihr einziges, stur verfolgtes Ziel war anscheinend, Control mit sämtlichen Millionen von Gehirnen zu zerschlagen.

Er sah sich in dem stillen Raum um, der überladen war mit dicken, verblassenden Teppichen und reicher, muffiger Polsterung. Einige der Ecktische waren von aufgeschlossenen Kollegen mit ihren Freundinnen belegt, und er nickte ihnen zu.

Dann fiel ihm die junge, sehr attraktive Frau auf, die allein an einem Tisch saß. Erneut begann sein Herz, heftig zu schlagen, während er zur Bar hinüberging. Er bestellte einen Drink – die Spezialität des Hauses, zusammengebraut aus Schimmelpilzen und Zucker. Anfangs hatte er sich stark überwinden müssen, bis er sich daran gewöhnt hatte. Nach und nach hatte sich jeder an den ätzenden, wärmenden Geschmack gewöhnt.

Äußerlich gefasst ging er zu ihrem Tisch.

»Darf ich mich setzen?«, fragte er sie.

»Setzen Sie sich, wohin Sie möchten«, erwiderte Stacia kalt.

Verdattert begriff er, dass etwas anziehend Anderes an dieser Frau war. Sie war keine Prostituierte. Zum einen hatte sie keinen Kunden, der kam, zum anderen war sie zu attraktiv. Sie hatte ein starkes, feinknochiges Gesicht, glänzendes, rabenschwarzes Haar und eine unnatürlich gesunde, natürliche Hautbeschaffenheit. Ihre Anwesenheit an einem Ort wie diesem hier war ihm ein Rätsel. Ein Teil seiner selbst fragte sich schwach, worauf sie möglicherweise hinauswollte. Der andere, stärkere Teil verliebte sich in sie.

Zunächst war er vorsichtig und wollte sich auf nichts Intimes einlassen. Aber die buchstäblich tödlichen Gefahren dessen wurde bald hinweggespült, als sie beide mehr tranken und das Mädchen weniger kalt wurde. Sie plauderten über ihr jeweiliges Leben. Das Objekt seiner Liebe hatte jedoch nach wie vor etwas Steifes an sich, das er nicht ergründen konnte. Sie tranken mehr. Er dachte nicht mehr an das, was er als ihren Makel erachtete – und schwelgte in seinen Gefühlen.

Er vergaß die respektvolle Einschätzung ihrer Person und bat sie, ihn mit zu sich nach Hause zu nehmen. Als sie sich einverstanden erklärte, kam er stolpernd auf die Beine und tanzte über den Raum – sehr zum Amüsement der Reaktionäre.

Sie traten hinaus in die schmerzhafte Helligkeit, die von dem rissigen Beton und Mörtel zurückgeworfen wurde. Sie bestiegen den Wagen. Er fuhr mehrere Kilometer über den hüfthoch liegenden Schutt, bis sie die Terrasse eines verfallenden Hauses am Rand des Plateaus erreichten. Sie bat ihn, draußen vor dem Ende der Terrasse anzuhalten.

»Du bist ein Hippie?«, fragte er, jäh aufgeschreckt.

»Nein.« Sie schüttelte den Kopf und stieß die Tür auf. »Hier hat mein Vater gewohnt.«

Er fand sich in einem dunklen Flur wieder. Tief in seinem Innern setzte Panik ein. Aber sie fasste ihn am Arm und führte nach oben in ein Zimmer im ersten Stock.

»Komm schon, das hast du doch gewollt, oder?«

Verwirrt folgte er ihr hinein. Alles verschwamm ihm im Kopf. Das Zimmer war düster und spärlich möbliert mit einem Bett, einem Sessel und einem antiken Paravent.

Er wandte sich der Frau zu und wollte etwas sagen. Dann hielt er inne, als er bemerkte, dass sie bereits teilweise entkleidet war. Sie hatte die Knöpfe ihrer Spitzenbluse halb geöffnet und stand ergeben vor ihm.

Sein Blut pochte.

An ihr war nach wie vor ein Hauch von Losgelöstheit, der ihm nicht gefiel. Aber sämtliche Überlegungen, sein Leben und seine Karriere zu schützen, waren verflogen. Er würde sie lieben, gleich, wie sie war, gleich, was sie mit ihm anstellte... verzweifelt fiel er über sie her und nahm ihre starre Gestalt fest in seine Umarmung.

Ein greller weißer Blitz erleuchtete das Zimmer. Mit Entsetzen begriff er, dass er hereingelegt worden war. Schwach entzog er sich ihr und klaute nach Unterstützung suchend umher.

Gnädige Dunkelheit raste ihn ihm hoch, und er fiel bewusstlos zu Boden.

Der schwarze Korridor

»Bäh!« Stacia saß zitternd vor Ekel auf dem Vordersitz, als der Sonic Prince im Wagen des Reporters losfuhr. Der allmählich zu sich kommende Besitzer lag über den Knien der anderen Hawklords. Sie hatten sich ungemütlich auf den Rücksitz gequetscht, waren wie Normalos gekleidet und hatten Diplomatenkoffer dabei. »Bäh! Ich hab ihn nicht ertragen können. Jetzt, wo es vorbei ist, werdet ihr mich nicht noch mal zu so etwas bringen.«

»Keine Sorge, das müssen wir auch nicht«, sagte der Baron. »Du hast gute Arbeit geleistet. Es wird nicht mehr lange dauern, bis wir Hängebacken hier dazu bringen, uns zu zeigen, wie wir an Hot Plate herankommen.«

»Dann können wir den Todesgenerator lokalisieren und... juchhu!« Der Sonic Prince ließ das Lenkrad los und warf die Hände in die Höhe. »Earth City wird frei sein und aufblühen wie nie zuvor.« Er war sehr zufrieden mit dem Unternehmen.

»Wir haben nicht viel Zeit zu verlieren«, sagte Thunder Rider. »Wir müssen heute Nachmittag rein, sonst wird sein Verschwinden auffallen.«

»Stufe Zwei des Plans!«, stimmte Hound Master zu. »Weiter zum bestimmten Ort, Prince.«

Sie trafen an einem unversehrten Block von Gebäuden in der Nähe von Control ein und stiegen aus. Vorsichtig trugen sie die jammernde, kämpfende Gestalt des Reporters durch eine Tür und in ein Hinterzimmer. Stacia blieb draußen, wofür sie dankbar war. Sie hielt Wache.

Das Gesicht des Mannes war weiß und angespannt. Er dachte offensichtlich, sie würden ihn schlagen.

»Keine Sorge«, sagte der Baron mürrisch. »Dir wird nichts geschehen, wenn du weiterhin cool bleibst. Schweinehunde wie dich ermorden wir nicht.«

Sie halfen ihm auf und reichten ihm etwas Wasser. Der Reporter trank durstig.

»Was wollt ihr dann?«, keuchte er. »Ich tu alles, was ihr wollte, aber lasst die Fotos nicht in die falschen Hände geraten«, plapperte er.

Thunder Rider tätschelte die Kamera des Moorlocks, die in dem glatten Anzugjackett hing, das er trug. »Wie gesagt, keine Sorge. Wenn du tust, was wir sagen, kannst du damit tun, was du möchtest.«

Eilige erklärten sie ihm, was sie wollten.

Es folgte eine Pause, während derer ihr Gefangener den Plan verdaute.

»Das könnt ihr nicht«, fing er aufgeregt an. »Das wird nie funktionieren. Wir werden alle erschossen, sobald wir die Wächter erreichen. Das sind keine Dummköpfe...«

Lord Rudolph trat auf den sabbernden Mann zu und packte ihn beim Kragen. Er setzte seine grimmigste Miene auf. »Hör zu, es wird funktionieren, und du wirst dafür sorgen, dass es funktioniert, oder...« Er zeigte auf die Beule unter dem Jackett, die Kamera.

»Ok, Ok«, sagte der andere atemlos. »Wir tun's. Aber ich gehe nach wie vor ein Risiko ein, gleich, was ich tue.«

»Wir gehen die Risiken ein, Kumpel«, gab der Baron wütend zurück. »Du gehst deins ein.«

Seksass schluckte, während kristallklar für ihn wurde, was der Hawklord meinte.

»Stimmt«, sagte Thunder Rider und schaute sich um. »Alle fertig?«

Sie brachten sich in Form. Sie steckten sich die verirrten Haarsträhnen in ihre Krägen und bürsteten sich Schmutzteilchen von ihren Anzügen.

Hound Master und der Baron säuberten Seksass. Dann gingen sie im Gänsemarsch hinaus.

»Alles klar?«, fragte Thunder Rider Stacia.

»Ruhig«, erwiderte sie. Sie hatte sich etwas erholt. »Sie haben nicht genügend Leute, um überall außerhalb der Basis des Turms zu patrouillieren. Ich bin bis zum Ende der Reihe gegangen und habe einen Blick riskiert.«

»Gut. Dann lasst uns gehen.« Thunder Rider wandte sich dem Baron und dem Sonic Prince zu. Er holte seine Kamera hervor und reichte sie Hound Master. Stacia und Hound Master würden auf sie Acht geben, während sie über die Wächter herfielen. Falls nötig, würden sie loslaufen und Hilfe holen.

Sie bestiegen den Wagen und fuhren vorsichtig zur Ecke der Straße. Von hier aus konnten sie die Basis von Control wenige Blocks entfernt sehen. Perfekt symmetrisch, hob sie sich glasig aus der zerrissenen Unordnung der Ruinen heraus. Eine Schar Wächter patrouillierte an ihrer Basis, jeder mit Maschinenpistolen und Gürtel voller Granaten bewaffnet. Gepanzerte, bemannte Truppentransporter waren an den Ecken stationiert und deckten alle möglichen Zugangsmöglichkeiten ab.

»Los!«, zischte Thunder Rider Seksass an. »Tausch die Plätze mit mir und fahr uns hin.«

Unwillig tat der Pressereporter, wie ihm geheißen.

»Du benimmst dich besser natürlich«, knurrte der Baron vom Rücksitz aus. Sie fuhren holpernd wieder los. »Vergiss nicht. Wenn es schiefläuft und wir nicht zurückkehren, wird diese Kamera da hinten überall rumgezeigt.«

Der Fahrer schauderte. Dann riss er sich unter der Bedrohung durch einen sicheren Tod vollständig zusammen.

Der Wagen kam sanft neben den Stufen zum Stehen, die hinauf zum Eingang führten. Bislang hatten die Soldaten ihre Routine nicht unterbrochen. Jetzt traten vier von ihnen vor. Sie öffneten die Wagentüren, die Gewehre im Anschlag.

»Ihre übliche Vorgehensweise«, flüsterte Seksass aus dem Mundwinkel.

Die harten, konturlosen Gesichter der Soldaten kamen kurz in Sicht, als die Türen höflich, jedoch fest geöffnet wurden. Die verkleideten Hawklords hielten sich an ihren Diplomatenkoffern fest und stiegen aus. Wortlos holte Seksass seinen Ausweis hervor und zeigte ihn den Wächtern an seiner Tür. Der Mann knurrte. Er winkte ihn weg.

Genauso holten die drei Hawklords ihre gefälschten Ausweise heraus. Der Sonic Prince schaltete eine modifizierte Niedrigenergie-Variante seiner Musikwaffe ein. Sie war in seiner Tasche verborgen. Da die fokussierende Mündung entfernt und die Lautstärke herabgedreht worden war, sendete sie sofort lautlose Strahlen in alle Richtungen.

Der Effekt auf die Wächter, die bereits unter den Effekten der Livemusik litten, war ein augenblicklicher. Sie schluckten sichtlich und zitterten unter ihren Pokerfaces.

»Na gut«, knurrte einer von ihnen kläglich, nachdem die Ausweise nur flüchtig gemustert worden waren. »Alles in Ordnung.«

Erleichtert stiegen die Hawklords locker plaudernd die Stufen empor. Dann hörten sie die Stimme eines der Soldaten, der mit seinen Gefährten sprach.

»Ich bin nicht zufrieden...«

Sie spannten sich wieder an. Seksass sackte unter der Anstrengung in sich zusammen.

»Halt!«

Sie blieben stehen. Schwere Stiefel kamen die Treppe herauf.

»Zeigen Sie noch mal Ihre Ausweise«, verlangte ein Wächter mit steinhartem Ausdruck.

»Natürlich.« Thunder Rider lächelte höflich und holte seinen Ausweis aus der Tasche. Er hielt ihn zur Untersuchung hin und überlegte, wie sie wohl entkommen könnten.

Da ertönte von der anderen Straßenseite das Rattern von Maschinenpistolenfeuer, gefolgt von einer lauten Explosion. Ein Teil der breiten Treppe ging in Rauch und Flammen auf. Auf einmal füllte sich die Luft mit fliegenden Betonbröckchen.

Entgeistert wandten sich die Hawklords und die Wächter dem Aufruhr zu. Eine Bande zerlumpter Leute war auf der Straße erschienen, schrie und feuerte auf den Turm. Der Baron begriff, was vor sich ging. Auf sein Gesicht legte sich ein breites Grinsen, und er schob sie die Stufen hinauf, aus dem Feuer hinaus.

»Es sind die verdammten Reaktionäre«, schrie er. »Sie haben eine Belagerung inszeniert. Das ist ja mal genau der richtige Zeitpunkt!«

Ohne weiter dazu gedrängt zu werden, rannten sie die Stufen hinauf und durch die Schwingtüren. Seksass raste zum Lift. Sie folgten ihm hinein. Im zweiten Stockwerk öffneten sich die Türen, und sie schritten ruhig über den Marmorfußboden.

Niemand schenkte ihnen irgendwelche Beachtung, während sie hinüber zu den Nischen gingen. Die wenigen Normalos, die dort an den Fenstern standen, beobachteten, was draußen vor sich ging.

Seksass ging zu den Luken, und sie warteten an einer leeren Nische auf ihn. Einen Augenblick später kehrte er mit zwei Pillen und zwei Zugangskarten zurück.

»Warum hast du zwei besorgt?«, fragte Thunder Rider misstrauisch.

»Eine für dich, und eine für ihn... wer auch immer das ist.«

»Es ging keinen anderen. Ich bin der Einzige, der reingeht«, stellte Thunder Rider klar.

»Wie willst du dann das Bewusstsein deines Freundes rausbekommen?«, fragte der Reporter aufrichtig erstaunt.

»Was meinst du damit?«, fragte der Baron aggressiv. »Mach keine Dummheiten, Kumpel, oder du weißt, was passiert...«

»Ich mache keine Dummheiten«, zischte Seksass laut flüsternd. Er warf nervös einen Blick über die Schulter. »Wenn du ihn rausbekommen willst, wirst du jemanden als Empfänger benötigen.«

Es folgte ein unheilvolles Schweigen.

»Was? Um sein Bewusstsein in... hinein...«

»Um ein Bewusstsein und ein zweites in einen Körper zu stecken. Es ist die einzige Möglichkeit. Der Körper deines Freunds ist zerstört worden.«

Die Hawklords überlegten fieberhaft.

»Jemand muss als Freiwilliger agieren«, sagte Thunder Rider. »Wir haben keine Zeit zu vergeuden.«

»Du wirst es sein müssen, Baron«, sagte der Prince. »Lord Rudolph und ich sind die Einzigen mit dem richtigen technischen Wissen. Wir werden zurückbleiben müssen, um dafür zu sorgen, dass wir nicht von unserem Freund hier reingelegt werden.«

Dem Baron lief es kalt den Rücken hinunter. Er wusste, dass er sich unmöglich weigern konnte. Es sah so aus, als ob früher oder später jeder seinen fairen Anteil an Opfern bringen müsste, bis der Todesgenerator ausgeschaltet wäre.

»Was wird mit mir passieren?«, fragte er Seksass knurrig.

»Nichts weiter«, versicherte ihm der andere. »Als Person wirst du nicht verschwinden, wenn dir das Sorgen macht. Komm schon, rasch, entscheide dich... sie werden jede Minute hier sein.«

Der Baron zögerte, da ihm missfiel, wie das Blatt sich gewendet hatte. Schließlich gab er nach.

»Gut«, sagte der Reporter. »Rasch, da rein.« Er zeigte auf eine leere Nische. »Warte auf mich – ich bin in einer Minute zurück. Wir gehen in die da«, sagte er zu Thunder Rider.

Unter den Blicken von Lord Rudolph und dem Prince schnallte Seksass den großen Hawklord an. Er setzte die Schädelkappe auf. Dann drückte er die Münze in den Schlitz unter den Wählscheiben und stellte den Zeitmechanismus ein. Er reichte Thunder Rider eine blaue Pille.

»Hier. Nimm die. Sobald du die Barriere überquerst, wirst du drei Minuten haben, in denen du deinen Freund finden kannst. Mehr wage ich dir nicht zu geben.«

Thunder Rider nahm die winzige Pille und legte sie sich auf die Zunge. Dann lehnte er sich angespannt zurück und wartete.

Die Nische war kühl und frisch. Die Schädelkappe verströmte einen schwachen Geruch nach Gummi. Nach und nach verblasste seine Umgebung, und Panik ergriff ihn. Aber dagegen anzukämpfen war sinnlos. Die schwere Schwärze ergriff ihn. Sie saugte ihn hinab, weg von dem sich verzerrenden, verbiegenden Gesicht des Reporters – der letzte Eindruck, den er von seiner Existenz erhielt.

Fragmente des Windes

Aus dem leblosen, zeitlosen Schwebezustand tauchte ein Übelkeit erregender Wirbel aus Linien und Formen auf. Sie kreisten wie verrückt vor dem Hawklord, flackerten und blitzten wie ein alter Film. Er kämpfte sich zum oberen Ende des Tunnels hinauf, mühte sich um Atem. Dann hörte das Wirbeln auf. Die Farbmuster fielen ineinander.

Benommen erfasste er, wo er war. Es war eine Art Fabrik. Überall standen Werkbänke mit Maschinen darauf. Eine gewaltig vergrößerte Uhr war an der anderen Mauer angebracht und überblickte streng die reglose Szene. Die Fabrik war verlassen. Sie war makellos sauber, als ob nie jemand dort gearbeitet hätte.

Etwas stimmte mit der Realität nicht. Die Farben waren stumpf. Die festen Dinge, wie das Mobiliar, erschienen nicht solide. Sie erinnerten ihn an Hologramme – dreidimensionale Bilder, die von Laserstrahlen projiziert wurden. Er sah an seinem Körper hinab. Der sah aus wie immer. Er betastete ihn. Er fühlte sich kalt und käsig an. Vorsichtig streckte er einen Arm aus und berührte eine der hölzernen Bänke. Sie fühlte sich schwammig an. Er drückte fester. Zu seinem Entsetzen fuhr sein Arm durch das Holz. Instinktiv zog er ihn zurück – nach wie vor unversehrt.

Ihm fiel seine Mission ein. Wenn es den Reaktionären gelang durchzubrechen, würden sie wahrscheinlich den Computer mit einer Bombe zerstören. Wenn sie von den Wächtern überwältigt wurden, würde den Wächtern einfallen, dass sie vier Eindringlinge finden müssten. So oder so, er wollte sich die Konsequenzen nicht ausmalen.

Er ging den Flur hinab, der zur Tür führte, wobei seine Füße in die weichen hölzernen Dielenbretter einsanken. Je weiter er ging, desto weiter sank er ein, bis er bis zu den Knien darin steckte.

Nervös wünschte er sich, nicht so schwer zu sein. Er legte sehr viel Anstrengung in den Versuch, leichter zu gehen. Daraufhin wurde das Holz flacher. Er brachte es fertig, auf seiner polierten Oberfläche zu gehen.

Der Trick der Bewegung, begriff er plötzlich, bestand darin, seine Gedankenkraft einzusetzen.

Er fasste wieder Zuversicht und erreichte die Tür. Sanft schob er sie auf. Er wollte gerade hindurchtreten, da ertönte hinter ihm eine Stimme.

»Sie sind wegen der Stellenanzeige gekommen, nicht wahr?«

Er fuhr herum. Am Ende des Flurs stand die geisterhafte Gestalt eines Mannes. Er trug einen schwarzen Anzug und hatte eine pinkfarbene Nelke im Knopfloch.

»Du musst dich nicht so davonschleichen, Mädchen«, sagte die Gestalt. »Ich beiße dich schon nicht. Komm hierher und lass dich näher in Augenschein nehmen.« Der Mann sah ihn mit zusammengekniffenen Augen an.

Thunder Rider entschied sich, ihm zu folgen… in der Hoffnung, etwas über den Aufenthaltsort von Hot Plate zu erfahren – obwohl er sich vorsichtig näherte, weil ihm missfiel, dass er als Mädchen bezeichnet worden war.

»Gutes Mädchen. Komm jetzt, lass mich dich ansehen… also, du bist kein Mädchen!«, rief der Mann schockiert aus. Seine Haltung änderte sich, und er zeigte sich entrüstet. »Du bist ein weiterer von diesen langhaarigen Hippies. Hör zu!«, rief er aus und wich etwas zurück. »Wir sind hierhergekommen, um solche wie dich loszuwerden... wie bist du überhaupt reingekommen? Ist das System da draußen zusammengebrochen? Ich hoffe nicht, sonst sind wir alle dem Untergang geweiht.« Er bekreuzigte sich.

Verwirrt blickte Thunder Rider an seinem Körper hinab. Er erwartete, den Anzug zu sehen, den er bei seinem Eintritt angehabt hatte. An dessen Stelle trug er seine übliche Kleidung. Er berührte sein langes glattes Haar. Eine weitere Tatsache dämmerte ihm. Hier drin konnte man seine wahre Identität nicht verbergen. Aber wie er auch aussehen mochte, er hatte genug von Mr. Dickens.

»Hören Sie mir zu!«, verlangte er verärgert, was den Mann veranlasste, einen Satz rückwärts zu machen. »Es stimmt – Ihr System bricht zusammen. Genau in dieser Minute versuchen die Reaktionäre, einzubrechen. Aber davon bin ich kein Teil...« Er brach ab und überlegte, was er diesem Mann sagen könnte, damit der ihm zuhörte.

»Ich bin ein Agent...«, sprach er das Erstbeste aus, was ihm in den Kopf kam. »...und ich suche nach einem sehr gefährlichen Mann, der hier hereingebracht worden ist. Er hat einen instabilen Psi-Apparat bei sich, der den ganzen Computer zerstören könnte. Sie müssen mir sagen, wo ich ihn finden kann.«

Der Effekt dieser Worte auf den Mann war ein augenblicklicher. Er erblasste.

»Den ganzen Computer zerstören? Wir haben viel Geld dafür bezahlt, hier drin zu sein, wissen Sie. Was für ein Mann ist das?«

»Ein Wissenschaftler.« Thunder Rider beschrieb kurz Hot Plate.

»Ein schnüffelnder Wissenschaftler! Das habe ich mir fast gedacht... Sobald man etwas Gutes anfängt, lässt man es nie in Ruhe«, schrie der Mann. »Ich weiß nicht, wo er ist. Warum sollte ich das wissen, ausgerechnet ich unter all den Millionen von Leuten hier drin?« Er beruhigte sich. Dann fragte er nachdenklich: »Er wurde hier hereingebracht, sagen Sie? Hat etwas falsch gemacht?«

Thunder Rider nickte. »Für eine Befragung.«

»Ah, ja, das wirft ein anderes Licht auf die Sache. Diese Art von Leuten enden gewöhnlich im Arbeitshaus.«

»Im Arbeitshaus?«, fragte Thunder Rider erstaunt.

»Na ja, wir wollen doch nicht, dass sie bei uns leben, das glauben Sie doch nicht, oder? Wir mussten einen Ort für sie erfinden. Es war eine Beleidigung für uns, dass man sie überhaupt hier hereingebracht hat. Die Armee glaubt, sie kann unseren Computer wie ein Privatspielzeug benutzen. Na ja, das ist einfach nicht so, und wenn ich hier rauskomme, schreibe ich meinen...«

»Ja, ja«, sagte Thunder Rider ungeduldig. »Wo ist das Arbeitshaus? Je früher ich den Wissenschaftler erwische, desto früher kann ich ihm diesen Apparat abnehmen.«

Der Mann spielte an seiner Blume herum. »Natürlich, der Apparat. Äh...« Er sah auf. »Was meinen Sie? Ihnen sagen, wo? Das kann ich Ihnen nicht sagen. Es gibt hier drin keine Richtungen.«

»Wie komme ich dann dorthin?«

»Das können Sie nicht, außer, Sie denken sich ihren Weg herum... Sie müssen hier drin Ihren Kopf gebrauchen, wissen Sie«, fügte er bedauernd hinzu.

»Wir haben keine Zeit zu verschwenden«, erinnerte ihn Thunder Rider. »Können Sie mir den Weg zeigen?«

Der Mann war entsetzt.

»Was? Verlassen Sie meine Fabrik! Niemals! Ich habe Jahre damit verbracht, dieses Geschäft aufzubauen – ich habe es von der Basis an gedacht, bis hinab zum...«

»Pfeifen Sie doch auf Ihre Fabrik!« Thunder Rider explodierte. »Uns bleiben genau zwei Minuten – externe Zeit – um diesen Mann hier rauszuschaffen. Ansonsten...«

Er kam bedrohlich näher.

»Unter diesen Umständen verstehe ich, was Sie wollen«, sagte der andere hastig. »Obwohl Sie sich an mich dranhängen müssen...« Er streckte angewidert die Hand aus. Der Hawklord ergriff sie und hätte sie fast wieder fallengelassen. Sie fühlte sich an wie das kalte Fleisch eines Leichnams.

»Die ganze Zeit über, wo ich hier drin bin, habe ich mein Postulat nie verlassen müssen«, beklagte sich der Mann, als sie sich auf den Weg machten. Der Hawklord hielt grimmig fest. Sie fielen durch die Böden. Dann blieben sie stehen.

»Sie dürfen nicht versuchen, mit mir zu kommen, sonst hat es keinen Zweck«, sagte er erschöpft. »Denken Sie!«

Thunder Rider versuchte, in das Gefühl zu gelangen, ein Flugpassagier zu sein.

Abrupt befanden sie sich auf einer belebten Hauptstraße draußen vor der Fabrik. Autos und Lastwagen zischten auf dem Superhighway vorüber. In den Kabinen waren Fahrer. Bevor Thunder Rider etwas dazu hätte sagen können, löste sich die Szenerie ins Graue auf. Eine Sekunde später zoomte eine neue Landschaft heran. Es war eine Wüste. Ganz in der Nähe stand ein langes, niedriges Gebäude. Es war konturlos und erinnerte Thunder Rider aus irgendeinem Grund an ein Schlachthaus.

»Das ist das Arbeitshaus«, sagte Mr. Dickens stolz zu ihm. »Wir haben es am ungastlichsten Ort gebaut, den wir uns erträumen konnten. Jetzt sind Sie auf sich allein gestellt.«

»Das haben Sie allerdings, na gut«, murmelte Thunder Rider angesichts der beständigen Überraschungen, die diese Welt bereithielt. Er wandte sich um, aber der Fabrikchef war bereits verschwunden. Er wandte sich zum Schlachthaus hin. Er ging so leicht, wie er konnte, über den Sand darauf zu. Er rannte.

Bald stand er draußen vor den großen Schiebetoren. Er wollte gegen eines hämmern. Dann überlegte er es sich besser.

Er ging so schwer weiter, wie er konnte, und tunnelte seinen Körper durch das Metall.

Im Innern blickte auf ein entsetzliches Spektakel. In seiner Entschlossenheit, durch die Wand zu gelangen, hatte er sich offensichtlich auf eine Art Gerüst projiziert.

Von der dünnen Stange, auf der er kauerte, sah er hinab auf den Rest des Bauwerks. Scharen menschlicher Gestalten standen, saßen, lagen auf oder trieben zwischen den Stangen. Die meisten von ihnen sahen erbärmlich und unglücklich aus. Die Übrigen wirkten, als wären sie fast von Sinnen.

Voller Furcht blickte sich Thunder Rider nach dem Ausgang um. Entsetzt begriff er, dass sich das Gerüst, oder was es auch immer war, zusammen mit seinem menschlichen Treibgut in alle Richtungen erstreckte, nach oben, unten und allen Seiten.

Wann waren die drei Minuten vorüber?

Besorgt sah er sich nach Hot Plate um. Er fragte sich, wie er auch nur anfangen sollte, nach ihm zu suchen, als eine freundliche, schrille Stimme von hinten ertönte.

»Suchst du mich, Thunder Rider?«

Wie erstarrt wandte er sich um. Dort, zwischen den Metallrohren treibend, war der Wissenschaftler.

»Hot Plate! Was für ein Zufall!«

»Eigentlich nicht, alter Knabe«, erwiderte der Wissenschaftler grinsend. »All das ist Täuschung.« Er winkte mit den Armen über das Gerüst. »Habe lange gebraucht, es herauszukriegen. Tatsächlich ist nur eine Handvoll von uns in diesem geistigen Albtraum gefangen, den die Gesellschaft sich für uns ausgedacht hat. Die Struktur, die du siehst und die sich über einen gewissen Punkt hinaus erstreckt, ist ein Spiegelbild von uns, endlos hin und her gespiegelt in die Unendlichkeit. Du kannst dich auch hindurchbewegen – sie ist dreidimensional. Aber alles, was du tust, ist, dich wieder auf deine eigene Position zurückzubewegen... wie Einsteins begrenztes, jedoch unendliches Universum. Wenn du lange genug in jede Richtung fährst, kommst du schließlich wieder an deinem Ausgangsort an.«

Thunder Riders Gehirn sträubte sich erstaunt. »Warum bist du nicht geflohen?«

»Das ist der Grund! Dieser Ort wird das Arbeitshaus genannt, weil du *hart arbeiten musst,* soll heißen, *hart denken musst,* um hinauszukommen. Ich habe das Denken eingestellt, als ich begriff, dass es eine unmögliche Aufgabe war. Da wir keine Körper haben, in die wir zurückkehren können, sind wir für alle Zeit hier – bis der Computer abgeschaltet wird. Nur die Presse kann rein und raus.«

»Nicht mehr.« Thunder Rider lächelte. »Ich besorge Körper für uns beide.«

Er schlug dem anderen auf den Rücken. »Gut, dich zu sehen, Hot Plate. Wir alle haben dich vermisst.«

»Ich euch auch. Ich habe mich gefragt, wie lange es dauern würde, bis ihr die Botschaft erhalten habt, die ich hinterlassen habe – oder ob ihr sie sogar überhaupt erhalten würdet. Ich werde froh sein, hinaus...« Er hielt inne. Beiden ging auf, dass er nie mehr imstande sein würde, seine alte körperliche Gestalt anzunehmen. Er wirkte bestürzt. »Was habt ihr für mich zusammengeschustert, Thunder Rider?«, fragte er.

»Du wirst sehen«, erwiderte Thunder Rider unglücklich. »Du wirst in Ordnung sein, keine Sorge.«

Die Dunkelheit unter der Oberfläche zupfte an seinem Bewusstsein.

»Rasch! Die Zeit ist um°!« Er überlegte verzweifelt, was er als Nächstes tun sollte. Die Szenerie verblasste. Sie begann, um hin herumzuwirbeln, und ihm wurde übel. Ihm kam eine Idee.

»Halt mich an der Hand!«, rief er dem Wissenschaftler zu. Er streckte die Hand aus und packte einen umherschlagenden Arm. Er fiel in den dunklen Brunnen. Etwas Schweres zerrte an ihm. Er ließ sein Bewusstsein los und fiel ins blanke Nichts...

Brainstorm

Der Mann in Weiß sah aus dem großen bodenlangen Fenster im Wohnzimmer des Hauses Asgard hinaus auf den welligen, frisch gemähten Rasen. Er schwang sich sanft hinab zu den Blumengärten und den Gestalten der anderen Gäste, die in Liegestühlen die nachmittägliche Sonne genossen.

Es war seit Wochen dieselbe Aussicht, da die ungewöhnliche Hitzewelle weitergegangen war. Es gab anscheinend keine Unterbrechung in dem klaren blauen Himmel und der heißen Sonne, auch in keiner Vorhersage.

Die Träume hatten angefangen, bald nachdem er ins Haus Asgard gezogen war. Zunächst waren sie sporadisch mit ihren unheilvollen Vorzeichen des Verhängnisses gekommen, und ihr Inhalt war nicht ganz so schwer gewesen. Nach und nach jedoch waren sie häufiger und heftiger aufgetreten, bis er sie jetzt jede Nacht hatte. Der alarmierendste und verwirrendste Aspekt für ihn persönlich war, dass sein Team bereits als Gefährdete gezeigt wurde. Die Mitglieder wurden als Menschen gezeigt, die in den schrecklichen Szenen der Zerstörung kämpften und verloren wären.

Die filmartigen Träume hatten mit Schüssen auf die zerstörte Umwelt angefangen, dann hatte sich die Menschheit in einem beständigen Stadium des Krieges befunden. Im Lauf der Monate hatte er nach und nach mehr sehen dürfen. Die Welt lag vernichtet da. Nur ein paar Überlebende waren geblieben, die gegen die ungleichen Bedingungen ankämpften. Sein Team war irgendwo dort draußen in tödlicher Gefahr, und ihm wurde nie erlaubt zu sehen, wo das war. Die Träume zeigten niemals spezifische Details.

Wenn er seine Leute anrief, waren sie immer da. In der Tat mussten sie inzwischen von seinen allnächtlichen Kontrollanrufen die Nase voll haben, dachte er verzweifelt.

Zum tausendsten Mal widerstand er dem Drang, frustriert hinauszuschreien. Er versuchte, sich zu beruhigen. Alles war normal, redete er sich ein.

Er griff nach dem Tablettenröhrchen auf dem polierten Furnier neben ihm, schraubte den Deckel ab und schüttete sich zwei Tabletten in den Mund. Dann setzte er sich zurück und entspannte sich wieder, sah den Gästen zu, wie sie sich bräunten. Er hatte seine Freunde eingeladen, um seine Nerven zu beruhigen und weil es ihm dabei helfen sollte, seine Gedanken auf etwas anderes als die Träume zu bringen. Aber sie faulenzten nur den ganzen Tag, sonnten sich und tranken seine Vorräte leer.

Er starrte weiter kläglich zu den offenen Türen hinaus. Jenseits der Stühle und der blühenden Gärten schwang sich der grüne Damm hinab zu den Rhododendren und Zypressenbäumen. Hinter den Bäumen blitzten gelegentlich die roten Doppeldeckerbusse auf ihrem Weg in die Stadt hervor.

Die Szenerie in seinem neuen Haus in Hampstead erschien normal.

Wenn er nur jemanden dazu bringen könnte, ihm zuzuhören. Aber die Wenigen, denen er von den Träumen erzählt hatte, maßen ihnen wenig Bedeutung bei.

Sie zogen es vor, nicht daran zu glauben.

Verzweifelt hob er die Arme an seinen ergrauenden Kopf und drückte die Hände fest gegen den Schädelknochen. Sein vorzeitig gefurchtes Gesicht verzerrte sich vor der Anstrengung, die er loswerden wollte. Seine Finger wurden weiß.

Er behielt das angestaute Gefühl der Frustration in sich. Es war die einzige Möglichkeit, dass er nicht völlig wahnsinnig wurde.

Schreie der Sterbenden

Das Geschrei und die Gewehrschüsse von draußen schienen nachzulassen. Angespannt beugte sich der Sonic Prince über den reglosen Körper von Thunder Rider und versuchte zu entscheiden, ob noch etwas Leben in den starren Augen war oder nicht. Er hatte Seksass genau beobachtet, aber der Reporter hatte nichts getan, was seinen Verdacht erregt hätte.

»Hör zu«, sagte der Prince besorgt zu ihm. »Du hast gesagt, er würde wieder aufwachen. Tut er aber nicht.«

»Er wird aufwachen. Lass ihm Zeit«, erwiderte der andere. Er zitterte vor Furcht, von den Wächtern erwischt zu werden. Da er jetzt mit den Hawklords gesehen worden war, würde er als Verräter gebrandmarkt und erschossen werden.

Der Wecker in der Nische zeigte drei Minuten und fünfzehn Sekunden an... Thunder Rider begann sich zu rühren. Ein Stöhnen entrang sich seinen Lippen. Er blinzelte langsam mehrere Male. Dann legte er die befreiten Arme zusammen. Er klatschte in die Hände.

»Thunder Rider!« Lord Rudolph schlug ihn ins Gesicht. »Beeilung!«

Seksass verschwand. Einen Augenblick später tauchte er mit dem stolpernden Baron wieder auf.

Der Baron schüttelte verärgert seinen Arm frei. »Nimm deine Hände weg von mir!« Kopfschüttelnd ging er hin, um dabei zu helfen, Thunder Rider wiederzubeleben. Gemeinsam brachten ihn die drei aus der Nische und führten ihn draußen auf und ab. Schließlich kehrte ein wachsamerer Ausdruck in seine Augen zurück.

»In Ordnung«, sagte er schwach. »Gehen wir raus.«

Alle rannten sie zum Aufzugschacht, beobachtet von einer Menge aus grau uniformierten Angestellten. Der Sonic Prince bildete die Nachhut und schreckte sie mit seiner Musikwaffe ab.

Seksass rief einen Aufzug. Dann winkte er sie zu der Nottreppe in der Nähe. Sie polterten die Stufen hinab und kamen im Erdgeschoss in der Eingangshalle heraus.

Durch die gläsernen Schwingtüren sahen sie, dass die Schlacht immer noch im Gange war. Die Soldaten hatten die Oberhand gewonnen und erledigten die restlichen Widerstandsnester, die sich in den Gebäuden gegenüber verbargen. Einige der Wächter hatten sich ins Gebäude zurückgezogen. Sie fuhren herum, als sie näherkamen. Bevor die Hawklords ihre Waffen abfeuern konnte, sprühten ihnen Salven von Kugeln entgegen. Der unselige Reporter bekam den Löwenanteil ab. Er glitt zu Boden, die Hand fest auf seine karminrote Brust gepresst. Seine verständnislosen Augen wurden glasig, und er sah die Hawklords an, während er fiel, und Worte bildeten sich auf seinen Lippen, aber er rollte davon und lag still da.

Dann kreischte die *Hawkwind*-Musik aufrüttelnd durch den hallenden Flur. Jetzt waren die Wächter an der Reihe, sich umherzuwälzen. Ihre Waffen fielen klappernd zu Boden. Sie verfielen in Agonie und drückten die Hände fest auf den Kopf und das Herz.

Die Hawklords rannten zu den Türen und warfen sie auf, die Musikwaffen auf volle Lautstärke gedreht. Sie richteten sie beliebig auf die Rücken der Soldaten. Im Zickzack rannten sie die Treppe hinab. Ließen die Waffen beständig über ihren Schultern spielen und jagten über die Straße.

Die meisten Soldaten waren inzwischen von der Musik außer Gefecht gesetzt, und in ihrem Kielwasser erhaschten sie einen Blick auf die siegreichen Reaktionäre, die aus ihren Schuppen sprangen und auf die Treppe zum Turm zuliefen.

Stacia und Hound Master erwarteten sie im Wagen des Reporters, als die drei Hawklords um die Ecke des Blocks jagten. Sie setzten zurück, als sie sie kommen sahen. Stacia warf die Türen auf. Sie stiegen ein.

»Einfach nur hier raus, so schnell du kannst«, kreischte Thunder Rider Hound Master zu. Der Motor des Wagens jaulte auf, und die Gänge knirschten. Der Wagen schoss voran und warf sie in ihren Sitzen zurück.

»Meinst du so?« Hound Master grinste. »Warum die Eile?«

»Wirst du sehen...«

Hinter ihnen flammte ein greller Schein auf, gefolgt von einer lauten, polternden Explosion, die die Fahrbahn erschütterte. Flammenwände leckten an der Seite des hohen Control-Turms empor. Dann erfolgte eine ausgedehnte Explosion aus dem Innern des zum Untergang verurteilten Gebäudes, als seine Energievorräte von den Flammen ergriffen wurden. Der Beton, aus dem es gefertigt war, begann zu bröckeln. Die Fußböden wölbten sich, herausgeschoben von einem wilden roten Schein. Dann brachen sie langsam nach unten weg und fielen aufeinander. Eine artischockenähnliche Wolke erschien, die Staub und Rauch ausspuckte.

Hound Master holte alles aus dem Wagen heraus, was er hatte, bevor die Trümmer herabregneten. Fünf schweigende Minuten lang fuhr er rutschend um Ecken und umkurvte Hindernisse. Dann wurde er langsamer.

»Sieht aus, als hätten wir's geschafft«, sagte er zitternd.

»Ich dachte, das wär's mit uns da drin gewesen«, sagte der Baron, während sie ruhiger zurück zum Parliament Hill fuhren. »Das ist eine weitere verdammte Ruine auf dem Stadtplan... und ein weiterer Verlust an Bevölkerung«, fügte er hinzu. »Die Reaktionäre müssen mit ihm in die Luft geflogen sein. Sie hatten offensichtlich nicht erwartet, das ganze Ding hochzujagen.«

»Alles dank unserer Musik«, fügte Thunder Rider mürrisch hinzu.

»Das darfst du nicht so sehen«, erwiderte der Baron mit Gefühl. »Es ging nicht anders. Es ist sowieso nicht so schlecht, weißt du. Sie hätten uns erwischt, oder andere wie sie hätten uns am Ende erwischt.«

»Das weiß ich«, beharrte Thunder Rider. »Aber da sind jede Menge Unschuldige draufgegangen...«

»Das ließ sich nicht ändern«, bekräftigte der Baron. »Was hätten wir sonst...«

Sein Satz wurde von einem weiteren Beben unterbrochen. Die Explosion hinter ihnen war zu Ende. Nur ein dahintreibendes Sargtuch aus schwarzem Rauch kennzeichnete jetzt die Stelle, wo Control gestanden hatte. Das neue Beben war viel stärker. Es schien von überallher zu kommen.

Es wurde immer intensiver, bis die Landschaft draußen ein verschwommenes Bild aus zuckenden, bebenden Formen wurde. Hound Master trat plötzlich auf die Bremse und brachte den Wagen zum Stehen.

Ein stumpfer, kalter Schmerz nagte in ihnen. Ihre Haut war klamm.

»Äh, mein Gott! Was jetzt?«, rief der Baron mit schmerzverzerrtem Gesicht. Er hielt sich an seinem Sitz fest, während das Beben weiterhin heftiger wurde. Das Gefühl war ähnlich dem, was der Todesgenerator hervorrief, nur bei weitem schlimmer.

Draußen vor dem Wagen füllte sich die vibrierende Luft mit Wolken aus erstickendem, undurchdringlichem Staub. Über das tiefe Poltern hinweg, das erzeugt wurde, tönte das laute, harte Brüllen einstürzenden Mauerwerks der Gebäude, die rings um sie her in sich zusammenfielen.

Als die Effekte sich der Schwelle des Erträglichen näherten, hörte das Beben auf. Das körperliche Gefühl ließ nach. Bald saßen die Hawklords in einem intensiven Schweigen, von dem gelegentlichen Fall von Ziegelsteinen draußen irgendwo im Staub abgesehen.

»Ich dachte, wir sollten immun gegenüber den Horrorbildern sein«, brachte Thunder Rider schließlich heraus.

»Vielleicht nutzt sich unsere Immunität ab«, bemerkte Stacia sarkastisch. Sie versorgte eine Schramme auf der Stirn, wo sie gegen die Windschutzscheibe geprallt war.

»Oder vielleicht«, ertönte eine gewisse schrille Stimme vom Rücksitz, »wurde die Intensität des Todesgenerators kurzzeitig erhöht.«

Erstaunt wandten sie sich um. Der Baron saß kerzengerade da. Seine Augen starrten blicklos vor sich hin. Sein Mund bewegte sich.

»Hot... Plate!«, sagte Hound Master unsicher, da er die Stimme wiedererkannte. Ein unheimliches, prickelndes Gefühl lief ihm das Rückgrat hinauf und hinab.

Die schwindende Landschaft

»Dieses Gefühl konnte nur den Horrorbildern zugeschrieben werden. Aber die Tatsache, dass wir die Horrorbilder jetzt nicht sehen und sie vor dem Angriff auch nicht gesehen haben, führt mich zum Schluss, dass entweder der Generator irgendwo hochgeschaltet wurde oder dass unsere Schutzkräfte kurzzeitig schwächer geworden sind. Ich selbst halte die erste Erklärung für wahrscheinlicher«, sagte Hot Plate.

Die Hawklords kämpften gegen die stimmliche Lähmung an, die sie ergriffen hatte. In ihrer Eile zu entkommen hatten sie den Bewusstseinstransfer völlig vergessen. Sie hatten nicht einmal die Zeit gehabt zu überprüfen, ob die Operation erfolgreich verlaufen war – oder ob sie hereingelegt worden waren. Aber jetzt ließ sich nicht leugnen, dass der tote Reporter sein Werk erledigt hatte – zum Guten oder Schlechten, dass musste sich noch zeigen.

»Nun ja... das ist eine Möglichkeit«, sagte Thunder Rider schließlich, um Worte ringend. Wie die anderen war er außerstande, die Vorstellung zu begreifen, dass der Baron jemand anders war, nicht der Baron.

Allmählich gewöhnten sie sich an das neue Mitglied – eine mentale Hydra mit zwei Gehirnen. Als Hound Master den Wagen wieder auf den Weg brachte, stellten sie Hot Plate Fragen.

»Was ist mit dem Baron... kann er hören, was vor sich geht, und Antwort geben...?«, fragte Stacia besorgt.

Als Erwiderung auf ihre Frage flackerten die glasigen Augen auf dem Gesicht der Hydra, und die Gesichtsmuskulatur veränderte sich leicht. Dann ertönte die tiefe, krächzende Stimme des Barons.

»Ich kann euch gut hören«, sagte er gereizt. »Aber es ist schwer, alles zusammenzubekommen. Andererseits fällt es bereits leichter, also werde ich... werden wir«, verbesserte er sich, »werden wir zurechtkommen. Gemeinsam, schätze ich... das ist der verrückteste Trip, auf dem ich je gewesen bin. Es macht mir nichts, euch das zu sagen«, fügte er hinzu. »Das übertrifft alles. Ich würde nicht gern für immer so leben. Ich hoffe, wir finden einen Weg hinaus... Mein Gott!«, explodierte es aus ihm. »In meinem Kopf ist kein einziger privater Gedanke mehr übrig! Hot Plate ist auch kein Heiliger, habe ich entdeckt.« Die Hydra zeigte eine gewisse komische Grimasse. Dann veränderte sich ihr Gesicht erneut. Ein neuer Ausdruck erschien.

»Keine Sorge, Baron«, sagte die hohe Stimme von Hot Plate belustigt. »Ich werde keines deiner kleinen Geheimnisse aufdecken, wenn du keines von meinen aufdeckst.«

Hound Master starrte ungläubig vor sich auf die Straße. Die Ereignisse geschahen zu rasch, um sich darauf einzustellen. Ihm war unbehaglich zumute, weil auch etwas anderes versuchte, sich seiner zu bemächtigen. Es war eine Störung, die er in sich hatte, aber er konnte sich nicht vorstellen, was es war.

Verblüfft über das, was stattgefunden hatte, ergriff als Nächster der Prince das Wort.

»Was hast du über den dunklen Generator herausgefunden?«, fragte er den Teil der Hydra, der Hot Plate war.

Ein Ausdruck des Widerstrebens blitzte auf dem Gesicht auf. Zuerst gab es keine Antwort. Dann sprach der Wissenschaftler über seine Lippen.

»Hab mir gedacht, dass ihr mich das früher oder später fragen würdet«, sagte Hot Plate ausweichend. »Bevor Mephis seine sadistischen Hände auf mich legte, gelang es mir, ziemlich viel herauszufinden. Aber meine Entdeckung wird uns das Leben nicht einfacher machen. Es könnte uns so weit bringen, dass wir aufgeben wollen…«

»Weiter, weiter«, sagte Hound Master ungeduldig vom Fahrersitz her. »Wir haben alles andere ausgehalten. Wir halten noch eine weitere Sache aus.«

»Nun ja, ich fürchte, ich muss euch sagen, dass der Todesgenerator praktisch nicht aufzuhalten ist… kurz davor steht, den ganzen Planeten in Stücke zu reißen. Erinnert ihr euch, dass ich versuchte, ihn dadurch zu orten, dass ich der Spur der Todesstrahlen folgte? Na ja, ich bin mir zu fast einhundert Prozent sicher, dass er im Kern der Erde vergraben ist.«

»Dann werden wir die Todesstrahlen nie aufhalten können…«, keuchte Stacia, ein Ausdruck des Entsetzens auf dem Gesicht.

»Sieht nicht so aus«, entgegnete der Wissenschaftler grimmig. »Ich sehe keine Möglichkeit. Ich habe auch entdeckt, dass er an Intensität zunimmt – das ist zum Teil Grund für meine Annahme, dass der kleine Ruck, den wir vorhin empfangen habe, ein wahnsinniger Vorgeschmack auf höher geschaltete Horrorbilder war. Um die Sache schlimmer zu machen, steigt die Intensität stärker und rascher als die unserer Musik. Es ist nur eine Sache der Zeit, bevor die Effekte bis zu einem solchen Grad eskalieren, dass unsere Waffen machtlos sein werden…«

»Du hast gesagt, unsere Magie schützt uns bis zu einem gewissen Grad«, sagte Thunder Rider. »Was bedeutet, dass wir alle verloren sind. Zuerst werden die Children sterben, dann wir.«

Niemand sagte etwas dazu.

Hound Master wand sich unbehaglich auf seinen Sitz, während er zuhörte. Etwas versuchte, ihn zu überkommen, aber er schüttelte es immer wieder ab. Er versuchte, sich aufs Fahren zu konzentrieren – aber das seltsame Gefühl blieb beharrlich. Anfangs war er sich nicht sicher, ob es seine Reaktion auf die entsetzlichen Neuigkeiten war. Aber dann ging ihm auf, dass es etwas mit den Gedanken zu tun hatte, die ihm bereits durch den Kopf gingen. Seitdem sie zu Hawklords geworden waren, war seine Fähigkeit der übernatürlichen Wahrnehmung ständig gewachsen. Voller Unbehagen erlaubte er dem, was immer da auch geschehen wollte, zu geschehen. Aber das Gefühl konnte sich aus irgendeinem Grund nicht ganz ausformen.

Durch eine Panik, entstanden aus verwirrenden Gedanken und Eindrücken, sah er vor sich auf die Straße. Sie waren erst etwa auf halbem Weg zum Hill. Besorgt packte er das Lenkrad. Er versuchte, seinen Kopf unter Kontrolle zu bekommen.

Aber alles zerfiel in Stücke.

Die kalten, sterbenden Winde der Erde

»Wir können die Erde nicht sterben lassen!«, kreischte Hound Master auf einmal.

Die seltsame psychische Attacke hatte ihn jetzt voll im Griff. Sie war nicht völlig unangenehm – unter anderen Umständen hätte sie ekstatisch sein können. Aber sie intensivierte seine Gefühle. Er war außerstande, richtig zu überlegen. Sein Körper fühlte sich flexibel und warm an. Selbst der Wagen und die zerbröckelnden Straßen draußen schienen zu wabern und sich zu biegen. Er kämpfte um die Kontrolle des Lenkrads. Er gestattete sich nicht loszulassen – obwohl er es aus ganzem Herzen wollte.

Dann sah er, wie sich über die fließende, schmelzende Landschaft außerhalb seines Kopfs die geisterhaften Umrisse einer grasigen Ebene legten. Er beobachtete es voller Unglauben. Instinktiv begriff er, dass die Szenerie eine uralte war, eine vor-auto, vor-raketen, vor-umweltverschmutzung.

In der Ferne sah er die Türme einer unbekannten Stadt. Über das gelbliche Gras vor ihm waren menschliche Schädel und Knochen verstreut, dazu frisch gefallene Leichen seltsam gekleideter Krieger. Der Himmel war blutrot, durchstochen von der Sichel eines jüngeren Monds. Voller Angst bemerkte er, dass die bleiche, gebogene Form von großen Raubvögeln umgeben war, die kreischten und über den Toten und Sterbenden mit den Flügeln schlugen.

Verzweifelt kämpfte er darum, die Vision zu verbannen. Aber sie blieb beharrlich. Die Schicksalsebene wurde realer und lebendiger. Der Geruch nach Blut trieb auf einer ansonsten frischen und kühlen Brise zu ihm. Von irgendwoher hinter ihm ertönte das Rascheln von Blättern. Neben ihm wieherte ein Pferd.

Überrascht wandte er sich um. Andere, lebendige Krieger auf Pferden waren dort versammelt. Alles in allem waren es neun Männer, nackt, abgesehen von Lendentüchern und glänzenden Waffengurten, breiten, ebenfalls glänzenden Armreifen und festen Stiefeln, die mit mysteriösen Zeichen bedeckt waren. Auf dem Kopf trugen sie wuchtige Helme, gefertigt aus Geweihen, Adlerfedern und Hörnern. An ihren Seiten hingen schwere juwelenbesetzte Schwerter in der Scheide, jedes schwer genug für drei gewöhnliche Männer, die bis hinab zu den schlanken und glänzenden Rössern reichten, auf denen sie ritten, und sie trugen massive, glänzende Schilde mit dem stolzen und furchterregenden Emblem des Falken darauf.

Voller Ehrfurcht begriff er, dass sie die alten Hawklords sein mussten – ferne Vorfahren, Mittler der Hawk Gods, der Falkengötter, die wie sie selbst verpflichtet waren, den unablässigen Kampf gegen die Kräfte der Dunkelheit und des Chaos zu führen.

Die Leere schwand, und er fand sich auf einem hohen, windigen Bergrücken wieder und überblickte ein üppig bewachsenes Tal. Aus dieser Entfernung sah er, dass die Pflanzen und Bäume unter ihm wie nichts waren, was er je zuvor gesehen hatte. Ihre riesigen Blätter, rot und blau gefleckt, wuchsen dick und nahe am Boden. Viele kleine Lichtungen waren zwischen sie geschlagen worden. Er bemerkte modern aussehende Gebäude mit sauberen, schlichten Linien, und winzige Menschen, die kaum erkennbar waren, bewegten sich dazwischen.

Langsam erfasste er die Szenerie mit dem Blick. Sein Gehirn versuchte, sich an die erschreckende Veränderung zu gewöhnen. Nach und nach machte er die Ausmaße einer massiven, durchsichtigen Blase aus, die über das friedliche Tal ausgebreitet war, fast ununterscheidbar von der Luft.

Ihm wurde schmerzlich die öde, felsige Gebirgskette bewusst, auf der er stand. Während er die Szenerie betrachtete, erschien eine Reihe untertassenförmiger Fahrzeuge am Himmel. Sie warfen tödliche Schatten auf die paradiesische Zivilisation im Tal unten. Aus ihren Leibern fuhren Strahlen hervor, die sich durch die schützende Blase fraßen und die Erde versengten. Binnen Sekunden war aus dem Tal ein ätzender Flecken brennender, rauchender Öde geworden – ein gesamtes Volk, zumindest sah es so aus, war vor seinen Augen ausgelöscht worden. Ein Gefühl der Verzweiflung, der Sinnlosigkeit wallte in ihm auf.

Ihm wurde übel, und er wandte sich ab. Eine große Gestalt in einem Gewand stand neben ihm. Ihre Augen waren brennend rot, wie die Strahlen. Ihre glatte Haut war zinnern gefärbt. Das Wesen schimmerte und flackerte, wie aus einer großen Entfernung über Zeit und Raum projiziert. Während er noch hinschaute, öffnete sie den Mund einen Spaltbreit. Kein Laut drang heraus, obwohl die Worte sich in seinem Kopf formten.

»Hab keine Angst«, sagte die Stimme. »Die Gestalt, die du vor dir siehst, ist eine Manifestation, damit du dich auf sie konzentrieren kannst. Ihr Aussehen wurde auf deinen Geschmack zugeschnitten, aber die Wertschätzung des Schönen ist leider subjektiv – selbst für Götter!« Die Kreatur lachte.

Der Hawklord mühte sich, Worte zu finden, aber ihm war, als ob er bar jeder Energie wäre. Er konnte dem Hawk God nur in befangener Faszination lauschen.

»Das wunderschöne Volk, das du gesehen hast – die Baasark – war nicht so wunderschön, wie du annimmst. Sie haben den Throdmyke Jahrhunderte zuvor die Erde abgenommen, nachdem ihre eigene Heimat in einer fernen Galaxis zerstört wurde. Die Throdmyke – in den Untertassen – haben es den Baasark lediglich heimgezahlt. Die Stadt, die du gesehen hast, stellte nur einen kleinen Bruchteil der Bevölkerung der Baasark dar, und die Throdmyke werden nicht so leicht durch die Verteidigungsanlagen der anderen Städte schlüpfen. Aber sieh hin...«

Hound Master wandte sich dorthin, wohin die Gestalt zeigte. Im Himmel über dem immer noch rauchenden Tal hatten die Throdmyke ihre Fahrzeuge versammelt. Jetzt drang ein anderer Strahl durch ihre offenen Luken. Strahlen eines grellen grünlichen Lichts schlugen zu Boden. Die Strahlen drangen mühelos in die Erde, bohrten einen riesigen, senkrechten Gang heraus, dessen Grund er nicht erkennen konnte. Auf der Unterseite eines der Fahrzeuge erschien ein seltsames dunkles Objekt, das rasch herabfiel. Es näherte sich dem offenen Schacht und beschleunigte. Es schoss ins bodenlose Dunkel. Abrupt hörten die Strahlen auf. Die Wände des Abgrunds schmolzen und rutschten ineinander und versiegelten die seltsame Maschine auf immer im Innern des Planeten.

»Seit dieser Zeit«, fuhr der Hawk God fort, »haben die beiden Völker die Erde als Schlachtfeld benutzt. Aussteiger beider Gesellschaften haben sich, entsetzt vom Ausmaß der Gräueltaten, von ihren Eltern getrennt und leben in Höhlen. Sie waren deine Vorfahren – Menschen.

Leider wurde dein Volk ebenfalls vom Todesgenerator berührt, der, wie du es gerade gesehen hast, von den Throdmyke zurückgelassen wurde.«

Die unheilbringenden Schiffe waren, nachdem sie ihre Aufgabe vollbracht hatten, zum Rand des Horizonts geflohen. Jetzt war das Tal ebenso öde und leer wie der windige Gebirgskamm. Er schauderte. Die Gestalt des Gottes verblasste allmählich, und dann erschien sie wieder, wesentlich deutlicher.

»Die Throdmyke und die Baasark leben nicht mehr, aber ihr Krieg geht nach wie vor in euren Köpfen weiter – es ist der ewige Kampf zwischen Gut (repräsentiert von den Baasark) und Böse (die Throdmyke). Nach Jahrhunderten der Unterdrückung durch die Throdmyke erheben sich Kräfte der Baasark erneut in deiner eigenen Zeit. Ihre Waffe liegt nicht im Zentrum der Erde, sondern in euren Genen.

Vor langer Zeit wurden deine Vorfahren, die Höhlenbewohner, einer beherrschenden Macht ausgesetzt, die euch programmierte, gegen das Böse zu kämpfen, gegen die impulsive Seite des menschlichen Charakters, wann immer diese dominant wurde. Sie verschaffte den Kräften der Baasark die Kontrolle über euer Bewusstsein. Zweimal in der Geschichte des Menschen ist diese Programmierung von Fluktuationen im Todesgenerator ausgelöst worden, und ein magischer Kampf entbrannte zwischen Menschen – von denen einige von der Seite des Bösen beeinflusst worden waren, andere von der Seite des Guten. Die Legenden von Merlin und König Artus und den Hawklords reichen zurück in die erste magische Ära. Jetzt, in deiner Zeit, ist eine neue Ära heraufgezogen – das Erbe der Throdmyke, Hass und Bitternis, regiert vom Todesgenerator, der stetig in euch gewachsen ist und sich selbst als Ausbeutung der Schwachen und der Armen und als selbstsüchtige Vergewaltigung des Planeten um des materiellen Wohlstands Willen manifestierte, was bereits die Nationen der Erde zerstörte. Die anschwellende Flut des Gewissens und der Entrüstung, die von den Baasark euch eingepflanzt wurde, hat sich erneut der Bedrohung entgegengestellt. Eure Erfindung des Delatrons hat diesen Prozess unabsichtlich beschleunigt.

Ihr, die ihr das *Hawkwind*-Raumschiff gewesen seid, wart fünf Menschen, die sich genetisch höher entwickelt haben als der Rest der Menschheit – wenn ihr so wollt, seid ihr die Ecksteine der Strategie der Baasark. Ihr seid jetzt die gefürchteten alten Hawklords geworden, dieselben, die vor Tausenden von Jahren existierten, diejenigen, die ihr auf der Ebene von As gesehen habt, wie sie die legendäre und böse Stadt der Steine eingenommen haben.

Bereitet euch ähnlich auf den Kampf vor – zunächst, um erneut den Erzagenten der Throdmyke zu bekämpfen. Später, um den Todesgenerator selbst zu zerstören.

Aber ich sage jetzt«, befahl die Stimme schwächer und unter großer Anstrengung. Die Gestalt des Hawk God war kaum noch zu sehen. Hound Master hörte genau auf jedes Wort. »...ihr werdet dies nicht tun, um die alte Fehde mit den Baasark zu beenden. Die Zeit ist gekommen, um diesem sinnlosen Kampf ein Ende zu setzen. Die Menschheit muss von der Bürde eines Kriegs befreit werden, den sie ursprünglich nie gewollt hatte.

Ich bestimme jetzt, dass ihr, du und deine Art, das Recht habt, in den üppigen Reichtümern der Erde zu leben. Die Throdmyke und die Baasark sind tot – ihr Krieg spielt keine Rolle mehr. Nachdem ihr den Todesgenerator zerstört habt, wird es eure Aufgabe sein, die Erde in ihrem früheren Glanz wiederherzustellen und die Prophezeiung der Hawklords zu erfüllen, die vor Jahrhunderten begonnen, jedoch nicht erfüllt wurde. Eure Programmierung ist jetzt schwächer, und ihr habt die Chance, eure Ketten zu zerbrechen, die euch so lange Zeit gefesselt hatten. Geh... ich kann mich hier nicht länger halten... vergiss nicht: Die Menschheit muss sich über die Probleme von Gut und Böse erheben... jeder Mensch muss ein Gott nach eigenem Recht und Gesetz werden...«

Die Worte waren zu einem drängenden, hallenden Geflüster geworden, das er fast mit dem Wind verwechselte. Die Scherben vor ihm lösten sich in Nichts auf. Der Wind schwoll zu einem Kreischen und Heulen an, während der uralte Fels rings um ihn her zerbröckelte und er in die graue Leere des Nichts zurückgesaugt wurde.

Linien schwarzer Ausschnitte

Vom Bett aus betrachtete die kränkliche Gestalt des Mannes in Weiß die gelben und goldenen Farben des fröhlichen Posters, dass er gekauft hatte. Es stellte ein Liebespaar aus dem Osten dar, das in Ekstase ineinander verschlungen war. Er hatte es zuvor schon zu unterschiedlichen Gelegenheiten betrachtet und fand es allmählich langweilig. Jetzt, in seinem halb-delirierenden Zustand, drehten und wanden sich dessen Farben und Linien in neuem Leben.

Die hässlichen Träume waren unerträglich geworden. Sie beherrschten nicht bloß die Stunden seines Schlafs, sondern auch seine wachen Stunden mit ihren realistischen Visionen des planetarischen Verhängnisses. Sein Team starb in dem wilden Chaos, dem sein brennendes Bewusstsein ausgesetzt war.

Die Gestalt Odins erschien mehrere Male im Zeitraum weniger Stunden. Sie versuchte anscheinend, ihm etwas Wichtiges zu sagen. Ihre wiederholte Anwesenheit konnte nur bedeuten, dass die schreckliche Katastrophe unmittelbar bevorstand.

Er erhob sich schlaff.

Er schrie, damit ihm geglaubt wurde.

Er trat um sich und drehte und wand sich im Bett, warf seine Bettdecke zu Boden.

Das gesunde, weit entfernte Gesicht von Rodney The Cook, einem der letzten paar getreuen Freunde, schwebte über ihm. »Cap'n, Sir!«, rief er entgeistert. »Keine Sorge –

ich hole noch etwas von diesem Zeug, was der Doktor gebracht hat...«

»NEIN!«, kreischte der Mann in Weiß entsetzt. »Du verstehst nicht! ICH MÖCHTE JETZT NICHT, DASS DIE TRÄUME VERSCHWINDEN!«

Seine Schreie hallten zu ihm zurück wie aus einem tiefen Brunnen.

»ICH MÖCHTE NICHT, DASS SIE VERSCHWINDEN!«

»ICH MÖCHTE NICHT, DASS SIE VERSCHWINDEN!«

»ICH MÖCHTE NICHT, DASS SIE VERSCHWINDEN!«

Die saubere, ordentliche Welt von Haus Asgard verblasste.

Er fiel in die Dunkelheit hinab.

Er war allein.

Er stand an der Mündung eines kalten, dunklen Tunnels. Odin stand am anderen Ende in einem Kreis aus Licht. Der Gott winkte ihn zu sich.

Überrascht ging der Mann in Weiß los.

Bald lachte er wie wahnsinnig.

Er war glücklich.

Er begriff jetzt, dass er endlich weggebracht wurde, um sein Team zu retten.

Sterbende Meere

Es war Nacht, als der Hawklord-Schlagzeuger erwachte. Eine ausgedehnte, psychische Transformation hatte draußen vor seinem Kopf stattgefunden.

Sämtliche Hawklords waren auf der uralten Ebene von As gewesen, waren jedoch sogleich in die Gegenwart zurückgekehrt. Zusätzliche Stärke und Kampfkenntnisse waren ihnen von den geisterhaften Kriegern vermittelt worden. Actonium Doug, der nicht im Phantom-Gasthaus gewesen war, hatte herrschaftliche Kräfte verliehen bekommen. Die Children und die Road-Hawks waren in eine tiefe Trance geschickt worden, wo ihnen Visionen einer zukünftigen Erde gezeigt wurden – ein Utopia aus grünen und fruchtbaren Parks, blauem Himmel und Wasser – das in den *Hawkwind*-Legenden versprochene Paradies.

Er lag auf dem Rücksitz des Wagens, locker zugedeckt mit übelriechendem Sackleinen. Erschöpft schob er es weg und richtete sich auf. Draußen sah er die dunkle Hügelkuppe, durchsetzt mit Lagerfeuern, und den trüben Glanz von der Bühne.

Erinnerungen an die Vision kehrten zurück. Er probierte die Wagentür, fand sie jedoch bereits offen.

Kopfschüttelnd stieg er aus.

Als er sich wieder daran gewöhnt hatte, auf den Füßen zu stehen, und die Effekte der Trance nachließen, verspürte er eine scharfe Kühle in seinem Körper.

»Bäh.« Er zitterte und legte die Arme um sich. »Die Horrorbilder.«

Er stapfte über den rauen Grund zur Bühne hinüber. Die Morgendämmerung brach an. Durch das Halbdunkel waren die Formen mehrerer stehender Fahrzeuge schemenhaft zu erkennen, die auf einem kleinen Gelände abseits der Feuer parkten. Andere kleine Anzeichen für wachsenden Wohlstand sagten ihm, dass die Children, unterstützt von Actonium Doug, während seiner Abwesenheit nicht müßig gewesen waren.

Aber welches Feuer sie auch inspiriert haben mochte, es war jetzt fast erloschen.

Eine düstere, schweigsame Menge war rund um die Bühne versammelt und versuchte, die heilende *Hawkwind*-Musik in ihre zernarbten Gehirne aufzunehmen. Es waren Eskimos, die kürzlich mit dem Flugzeug eingetroffen sein mussten. Sie waren nur spärlich gekleidet und scheuten die Feuer, die sie für ihre an die Kälte gewöhnte Haut zu heiß fanden. Unter der elenden Menge waren Hindus und eine Gruppe von Menschen, die wie Südamerikaner aussahen. Ungeschützte Sterbliche, die alle heftig unter den Horrorbildern litten.

Er fand den Moorlock, der angelehnt an den Stamm eines Baums in der Nähe der Musiker saß. Der Zauberer hatte schließlich sein Zeremoniengewand abgelegt und trug jetzt Jeans, die von verblassten Flicken zusammengehalten wurden. Eine Upman brannte in seiner Hand. Seinen einstmals berühmten Hut mit den Lederflecken hatte er herabgezogen, so dass sein Gesicht nicht zu erkennen war.

Er setzte sich neben ihn und hörte dem halbherzigen Spiel zu.

»Du hast ziemlich modisches Zeug genommen«, brummelte der Moorlock unter seinem Hut. »Du hättest den Wagen fast geschrottet.«

»Ist nicht komisch«, erwiderte Hound Master. Er erzählte ihm von dem Hawk God.

»Er möchte, dass wir den Generator ausschalten?«, fragte der andere und blickte auf. »Das ist eine große Anweisung.«

»Hawklords sollten zu allem imstande sein«, bemerkte Hound Master ätzend. Er schaute sich wieder unter den Children um. »Sie liegen im Sterben...«

Der Moorlock nickte. »Dougy hat eine Ladung Arzneistoffe aus dem Palast geholt. Stacia versucht, den schlimmsten Fällen zu helfen, aber es ist ziemlich hoffnungslos. Die Medikamente können die Symptome bloß übertünchen.«

»Wir müssen etwas unternehmen...«

»Tun wir«, ergriff Light Lord das Wort. Er saß ein Stück weit entfernt von ihnen, angelehnt an einen anderen Baumstumpf. »Es ist eine Frage der Zeit. Hot Plate glaubt, dass die jähe Eskalation der dunklen Macht nicht charakteristisch für die übliche stetige Steigerung des Todesgenerators ist. Er ist los und forscht in irgendeinem Laboratorium, das Higgy in der Nähe der Baker Street gefunden hat... inzwischen sollen wir neue Musiktürme errichten und ein volles Konzert mit sämtlichen Mitgliedern vorbereiten, die spielen, um zu sehen, welchen Effekt das hat. Das einzige Problem ist, dass wir auf Actonium Doug warten, der mit dem Material auftauchen soll...«

Während er noch sprach, platzte Stacia durch die Bäume. Ihr weißes Gesicht sah verzweifelt und bestürzt aus.

»Ich habe alles versucht, wirklich alles!« Sie warf sich verzweifelt hin. »Sie wollen sich anscheinend nicht erholen...«

Hound Master sah sie aufgeschreckt an. »Was meinst du damit? Wer sind *sie*?«

»Die Children in den Schuppen«, rief sie. »Die schlimmsten Fälle. Sie sind bewusstlos. Wir müssen etwas tun, um ihnen zu helfen, bevor es zu spät ist.«

Sie kämpften sich auf die Beine und machten sich auf, um zu sehen, welche Hilfe sie leisten konnten.

Von der Bühne kamen die Klänge von *Kings of Speed* – unter angenehmeren Bedingungen, dachte Hound Master, eine der besten normalen Rock-and-Roll-Nummern, die es gab. Jetzt erschien die rettende Musik fast schrecklich.

Das harte, wässrige Licht des Tages überschwemmte sie kalt. Die Effekte der Todesstrahlen nagten erneut hungrig an ihrem Innern und machten ihr Bewusstsein völlig fertig.

Kind der Nacht

Aus seiner spärlichen Deckung von Ästen heraus, die seinen Schuppen schmückten, beobachtete ein Child namens Cronan die verzweifelte Gruppe.

»Jetzt nur noch eine kurze Weile, und sie sind Euer, Meister!«, flüsterte er leise. Seine Gedanken fuhren über die sterbenden Landschaften der Erde zu Mephis hinüber. »Kaum zu glauben, dass ich einmal zu ihnen gehörte«, fuhr er bitter fort und beäugte verächtlich die Bühne. »Mit ihnen gelacht habe, mit ihnen gegessen habe... Jetzt sind sie zu fast nichts geschrumpft. Sie sind schwach. Wir können unseren Schlag gegen sie führen, wann wir wollen. Diesmal wirst du sie nicht davonkommen lassen, das weiß ich...«

Ein Lächeln flackerte über sein zernarbtes Gesicht.

Angriff und Überfall

Die lautlosen, spöttischen Gedanken des betrügerischen Childs flogen über die kahlen Länder nach Norden.
Mephis empfing sie.
In Erwiderung erweiterte er sein Bewusstsein und sandte Finger mentaler Energie aus. Dann blitzte der kleine Monitor vor ihm auf und übersetzte die geistigen Bilder in Videos.
Er lehnte sich bequem in seinen kastanienbraunen Ledersessel zurück. Sein Plan hatte perfekt funktioniert. Es war ein Aufblitzen eines genialen Einfalls gewesen, den Agenten in Ordnung zu bringen, sagte er sich.
Obwohl es zu schlimm war, dass er außerstande gewesen war, die Hawklords endgültig zu erledigen. Das Timing war gegen ihn gewesen. Die Macht des Todesgenerators erreichte langsam ihren Höhepunkt. Von jetzt an hätten sie kein solches Glück mehr. Er hatte bereits die Waffe, die sie auslöschen konnte.
Stolz erhob er sich von seinem Sessel und schritt über den Teppich zu einer Anordnung von Equipment. Lämpchen blitzten. Ein Summen erfüllte die Luft.
Verzückt fuhr er mit den Fingern über die Kontrollknöpfe des Todeskonzentrierers.
Bald wäre die Erde sein.

Akustischer Überfall

Die warme, sonnige Lichtblase über London brach nach und nach auf. Das lebensspendende Sonnenlicht flackerte. Plötzlich wurde es schwächer, dann wieder heller, während konzentrierte dunkle Strahlen von hoch droben im Norden in ihrer Intensität verstärkt wurden.

Earth City bebte.

Geschädigte Gehirne drehten und wanden sich in Schmerz und Verwirrung.

Tapfer bekämpften die Children das Netz des Bösen, das sie in seinem Griff hatte. Der jahrhundertealte Fluch der Throdmyke erschien unbezwingbar. Er entzog dem Universum mühelos die Energie. Das schwarze, hirnlose, gesichtslose, selbstsüchtige Ding, das vor so langer Zeit seine grauen Wurzeln in die Gehirne der Menschen geschlagen hatte, um ihre Originalität und Individualität zu ersticken und ihnen die Jugend und ihre Stärke auszusaugen, damit es sein gewaltiges, satanisches Reich auf Dauer einrichten konnte, hatte sich erhoben, bereit, seine logische Erfüllung zu finden.

BUCH DREI:
Die Schlacht um die Erde

Akustischer Angriff – Teil II

Treibende, hämmernde Trommelschläge stiegen in die flackernde Luft. Schrille Gitarrenklänge folgten und zuckten über die leeren Ruinen rund um den Hügel. Drängender Saxophonklang jaulte in die sterbende weiße Gehirnmasse, die auf der ausgebleichten, kahlen Kuppe stand und hauchte ihr neues Leben ein. Die vibrierende, maschinengleiche Stimme von Count Motorhead hallte explosiv aus einhundert Lautsprechern rund um den Festivalplatz.

»I got an orgone accumulator,
And it makes me feel greater,
I'll see you sometime later
When I'm through with my accumulator...«
(«Ich habe einen Orgon-Akkumulator,
Und damit fühle ich mich größer,
Ich sehe dich irgendwann später,
wenn ich mit meinem Akkumulator fertig bin...«

Wild kreischte die unwiderstehliche *Hawkwind*-Musik, gespielt von der letzten vollständigen *Hawkwind*-Band, in einem kühnen Versuch hinaus, die anschwellende Macht der Todesstrahlen zu bekämpfen. Die Lautsprechertürme bebten und zitterten unter der Wucht des Klangs. Zusätzliches Equipment war auf der Bühne installiert worden. Die verbliebenen Children standen dicht zusammengedrängt rund um die Spieler und trieben sie mit Pfeifen und Johlen an.

Nach mehreren Stunden heftigen Spielens war die Intensität der Horrorbilder kaum ein klein wenig geringer geworden. Die Barriere aus *Hawkwind*-Klang war außerstande, die dunkle Macht zurückzudrängen. Der Todesstrahl hatte den Gipfel von *Hawkwind*s musikalischer Kraft erreicht und stand kurz davor, darüber hinwegzusteigen.

Fluss des Todes

Über dem angeschlagenen Todesland, wo die uralte Schlacht von vor Jahrtausenden zwischen verfeindeten, kriegführenden Völkern, die schon längst tot waren, erneut geschlagen wurde, tauchte ein heller Stern am sternenlosen Himmel auf.

Er bewegte sich lautlos, mühelos weiter durch das kalte, schwache Licht, und seine luftige Substanz wurde von nichts weiter als Erheiterung vorangetrieben – als ob ein zufälliger Impuls ihn von seinem richtigen Kurs zu einer angenehmen Zerstreuung abgelenkt hätte.

Er schwebte über ein Land, das zerrissen war von einem magischen und psychischen Krieg, und durch die weite, blaue Höhle einer beständigen Nacht. Höllische Feuer brannten in den Ruinen der Städte, die er überquerte. Am Horizont der Finsternis lag eine einzige Kuppel aus natürlichem Licht – jetzt der einzige Außenposten von Leben in einer Welt des Todes und des Verfalls.

Der Wächter an Bord seufzte erleichtert bei dem Anblick. Die Hölle schwächte ihn, wie sie die Körper und Seelen jener schwächte, die er zu beschützen versuchte. Er verlieh seinem Fahrzeug sämtliche Energie, die ihm geblieben war. Unter ihm tauchten die ersten Ruinen der Vororte der Stadt unter der Kuppel auf – die geisterhaften Hüllen dessen, was einstmals Luton und Watford genannt worden war.

Das Luftschiff verlor an Höhe. Die schützende Blase aus Licht hing vor ihm wie eine massive, luftige Mauer aus Gold.

Der Pilot streckte die Hände aus, um sie zu berühren, als sein Fahrzeug hindurchflog ins blendende Sonnenlicht. Die Stadt und ihre kilometerweit reichenden friedlichen Ruinen lagen unter ihm. Ein lauter Ruf der Freude entfloh seinen Lippen.

Er huschte über das immer noch vertraute Transport-Depot in Hendon mit seinen zusammengestürzten Garagen und Werkstätten. Weiter vorn überquerte er die seltsamen, skulpturhaften Überreste des Bent-Cross-Flyover-Komplexes an der North Circular Road.

Aufs Geratewohl weiterfliegend, erreichte er die ausgedörrte Vegetation von Hampstead Heath und Parliament Hill. Die weißen Zelte und Schuppen, die rings um die Bäume verstreut waren, kamen in Sicht.

Besorgt reduzierte er die Höhe und suchte nach Anzeichen für Leben, aber von ein paar Gestalten abgesehen, die um den Rand einer Bühne versammelt waren, wirkte die Kuppe des Hügels unheimlich still.

»Techniker des Raumschiffs Erde...«

Actonium Doug, der sich vom dritten heftigen Anstieg der Todesstrahlen in ebenso vielen Tagen erholte, blickte von seiner Arbeit auf und sah das blendende, silbrige Objekt. Wie gelähmt vor Erstaunen begriff er, dass die Musik, die es spielte, *Shouldn't Do That* war, eine sehr alte *Hawkwind*-Nummer aus ihren frühesten gemeinsamen Tagen. Obwohl sichtlich luftig und leicht, war die Musik in der Tat kraftvoll und gut verstärkt, wie er jetzt hören konnte.

Im Zentrum der glitzernden Aura von Sonnenlicht befand sich ein seltsames, hülsenförmiges Luftschiff, etwa ebenso tief und lang wie ein kleines Auto. Bug und Flanken bestanden zur Gänze aus einem silbrigen Material, das funkelte und blitzte. Am Heck stand eine hoch aufgerichtete Gestalt, die beide Hände vor sich gelegt hatte und die Seiten umklammerte. Sie lenkte die silbrige Maschine anscheinend durch Gedankenkraft zu ihnen.

Langsam kam das Fahrzeug herein. Aus einem Impuls heraus winkte er der Gestalt im Innern zu. Die Gestalt streckte die Arme in einer Willkommensgeste aus und rief:

»Willkommen an Bord der Brüder und Schwestern der galaktischen Patrouille!«

Sogleich erkannte er die schleppende, amüsierte Stimme von Captain Robert Calvert – ihr lange verschollener Freund und ehemaliger geliebter Pilot des *Hawkwind*-Raumschiffs.

Das Fahrzeug landete auf dem ausgebleichten Gras vor ihm. Er und Higgy ließen das Verstärkergehäuse fallen, das sie gerade ersetzt hatten, und rannten ehrfürchtig hin, um ihn zu begrüßen.

»Captain Bob Calvert!«, schrie Higgy und schlug dem drahtigen Piloten auf den Rücken, als er ausstieg. »Wo zum Teufel kommst du denn her? Wir haben die Hoffnung aufgegeben, dich…«

Ungläubige Children kamen herübergerannt. Der Zeitreisende erschien wie ein Geist. Sie konnten seine Anwesenheit nicht verstehen. Ein außergewöhnlicher Dichter und Sänger, hatte er *Hawkwind* vor vielen Jahren verlassen und war zu neuen Gefilden aufgebrochen. Er war mehrmals zurückgekehrt, um das zu tun, was er am liebsten tat, aber am Ende war er verschwunden und hatte eine Legende zurückgelassen. Sie hatten ihn nie mehr zu sehen bekommen. Wie so vieles aus ihrer Vergangenheit war er für tot gehalten worden, umgekommen in dem Inferno, das die Zivilisation ausgelöscht hatte.

Jetzt stand er vor ihnen, sah besser und gesünder aus, als sie ihn je zuvor gesehen hatten. Seine Augen erfüllte eine brennende Strahlkraft. Sein Gesicht hatte eine Wärme an sich, dass sie sich wieder gut und lebendig fühlten. Und er war sehr der alte Pilot, den sie kannten und liebten – derjenige, der verrückte Wortmaschinen erfunden und Stehgreifgedichte in die Menge geworfen hatte, deren spontane, wenn auch irrlichternde Großartigkeit eine Weile lang die Antriebskraft und Inspiration der Gruppe dargestellt hatten.

Seine dünne, fast zerbrechliche Gestalt war in Jeans und eine Jacke gekleidet, die mit wuchernden psychedelischen Mustern bestickt waren. Er trug vielfarbige Stiefel mit Lederflecken, einen schwarzen Hut, ein Halstuch und schmuddelige Wollhandschuhe mit abgeschnittenen Fingern. Etikette, Gedichte und Botschaften entsprangen seiner Kleidung und fesselten ihre Aufmerksamkeit.

»Einfach derselbe alte Captain!«, sagte Actonium Doug staunend. Er grinste voller Zuneigung und schlug ihm auf den Rücken. »Wie hast du das hingekriegt?«

»Das ist eine lange Geschichte«, erwiderte der Captain. Szenen klickten in seinem Kopf. Er hob den Hut und kratzte sich das kurze, silbrige Haar. Dann erzählte er ihnen auf seine beiläufige Art und Weise von den Jahren der Qual und Verzweiflung, die er beim Versuch erlitten hatte, seine Richtung aufzubauen, von dem Vertrauen, das er sich hinsichtlich seiner alten *Hawkwind*-Freunde und der Gruppe bewahrt hatte, und wie er sich nach und nach bewusst geworden war, dass seine Vision Produkt eines Bewusstseins war, das empfindlich gegenüber Präkognition war.

»Der Wind der Zeit durchweht mich«, zitierte er, hob die Arme und löste sie. *»Und alles bewegt sich relativ zu mir, es ist alles eine Erfindung meines Bewusstseins in einer Welt, die ich entworfen habe. Ich bin mit kosmischer Energie geladen. Ist die Welt verrückt geworden, oder bin ich es?«*

Sie klatschten in die Hände und jubelten, und das Spektakel nahm ihnen kurzzeitig die Schmerzen, die sie peinigten.

»Gerannt bin ich, von Buche zu Buche, Trost galt immer meine Suche, die Angst, sie war dort mein Begleiter, und kindisch wurde ich, immer weiter«, improvisierte er.

»Ich durchschaute alles erst, nachdem ich dematerialisiert und hierhergebracht wurde«, fuhr er etwas verständlicher fort, während sie zur Bühne gingen. Die anderen

Hawklords spielten immer noch im verzweifelten Versuch, die dunklen Kräfte abzuwehren. »Ich hatte diese Visionen vom bevorstehenden Verhängnis, dass mit euch allen nicht alles in Ordnung war. Ich wusste nicht, warum oder wie, weil eure Alben sich verkauften und ihr stets in den Nachrichten wart. Aber mir war nach wie vor unbehaglich. Ich bekam dieses schreckliche Gefühl von bevorstehendem Unheil. Ich hatte dieselben Gefühle entwickelt, nur nicht so stark, als wir zusammengespielt hatten. Dann begriff ich, dass die Gefühle ihren Ursprung in der Zukunft hatten. Viele Leute hielten mich für verrückt. Aber ich wusste, dass ihr mich nach wie vor brauchen würdet. Ich wusste nicht, wie. Dann brachte mich Odin, das ist mein Mentor, schließlich durch. Ich ‚erwachte' irgendwo in eurer Zeit. Mit seiner Hilfe bin ich auf die Jagd nach Komponenten gegangen, und mit seiner Anleitung erbaute ich das hier.« Er ließ die Arme dramatisch nach hinten schnellen, zeigte auf das Fahrzeug. »Im vorherbestimmten Augenblick bestieg ich es, flog davon und kam hierher.« Er wedelte theatralisch mit den Armen und lächelte sie an.

»Aufs Stichwort!« Stacia tauchte auf und applaudierte seinem Timing. »Viel später, und der Vorhang wäre über uns gefallen.« Sie legte ihm die Arme um den Hals und gab ihm einen Kuss.

Ein verwirrter Ausdruck furchte die Stirn des Captains.

»Wie viel wisst ihr von dieser Welt? Wenn ich es recht verstehe, befindet ihr euch in einer Art Krieg...«

Sie berichteten ihm von der Reihe katastrophaler Ereignisse, die stattgefunden hatten, seitdem die alte Welt zusammengebrochen war, und die ihren Höhepunkt in Mephis' Angriff und Hot Plates Rettung aus dem vernichteten Turm gefunden hatten.

Sie erreichten die Bühne. Die gefangenen Musiker winkten ihnen grimmig zu, außerstande, mit dem Spiel aufzuhören. Sie wirkten erschöpft und schlugen sich tapfer durch eine Nummer, die vage an *Lord of Light* erinnerte.

»Schrecklicher Lärm!« Actonium Doug wand sich. »Wir haben unser ganzes Repertoire durchgespielt...« Er legte sich die Hand an die Stirn, damit er nicht vor Schwäche umfiel.

Erneut glitt ein Ausdruck der Besorgnis über die Züge des Captains. Die Leute um ihn her wirkten wie betrunken und leer. Weitaus weniger, als er der Anzahl der Schuppen nach erwartet hätte.

»Was ist ihnen zugestoßen?«, fragte er aufgeregt und winkte zu den Schuppen hinüber. Er konnte die Anstrengung der Empfangszeremonie nicht mehr ertragen. Die vorgebliche Fröhlichkeit war nicht überzeugend. Sie verbarg nicht das offensichtliche Leid, das sein Team empfand.

Die zerlumpte Versammlung schwieg, scharrte verlegen mit den Füßen und sah zu Boden. Schließlich sagte Higgy, der denselben drogen-induzierten, orientierungslosen Ausdruck zeigte, mit leiser, trauriger Stimme:

»Wir mussten die Children rausbringen...« Er sah flehend zu ihm auf. »Es war das Netteste, was wir tun konnten. Die Strahlen sind so schlimm geworden.«

Der Captain wirkte aufgeschreckt.

»Sie sind in ihren Schuppen.« Actonium Doug kam dem Schotten zu Hilfe. »Higgy hier und ein paar der anderen gelang es, sich mit Hilfe von Dope wachzuhalten...«

Die dünne Tünche von Fröhlichkeit zerbrach. Sie wurden in die Verzweiflung zurückgeworfen.

Als ob ihre Stimmung ein unsichtbares Signal ausgesendet hätte, flackerte das Sonnenlicht erneut, als würde zu den lebenswichtigen Feuern der Sonne nur unzureichende Energie durchkommen.

Die Luft wurde kühler. Eine Bö eisigen Windes fegte über den Platz. Der Captain schauderte, weil er sie wiedererkannte.

Er war nur Augenblicke zuvor in ihrem eisigen Griff gewesen, bevor er sich über das Land außerhalb der Blase aus Licht geschleudert hatte.

Mit einem wütenden Blick wandte er sich der silbernen Maschine zu, die auf dem Gras lag. Die Vergangenheit, von woher sie ihn hergebracht hatte, zählte jetzt nichts mehr. Er gehörte hierher, in die Zukunft der Erde, wo er gebraucht wurde.

Er wandte sich der erwartungsvollen Menge zu. Er lächelte. Dann betrat er die Bühne.

Lost Johnny

Mechanisch trommelte Astral Al weiter in den zweiten Tag der letzten Rock-Session. Wenn sie nur einmal zu spielen aufhörten, wenn ein wesentlicher Teil ausfiele, wäre das ihr Ende, ihres, der Children und allem, wofür sie standen.

Er spielte hölzern, benommen von der schieren Monotonie, die Bewegungen des Trommelns zu vollführen. Er hörte die Klänge nicht mehr, die von den Enden seiner Trommelstöcke kamen, konnte nicht länger beurteilen, ob er auf den Schlag spielte oder nicht.

Statt zu denken starrte er vor sich hin auf das winzige weiße Gesicht, das seine Aufmerksamkeit erregt hatte. Es schwebte irgendwo in der kleinen Menge unter den Bäumen. Anscheinend hatte er es seit Stunden angesehen – und umgekehrt. Es hatte ihn mit einem seltsam beladenen Blick fixiert. Andererseits erschien es warm und wohlwollend, dennoch ließ allein seine Penetranz es finster erscheinen.

Aber er war darüber hinweg, objektiven Sinn in dem zu erkennen, was vor sich ging.

Wild fiel er erneut über das Schlagzeug her, um bei der Stange zu bleiben. Es erschien nicht fair, dass Mephis imstande sein sollte, sämtliche Energie zu besitzen, die er benötigte, während sie sich in zunehmendem Maß auf ihren Geist verlassen mussten... und das war die zweifelhafte Methode, die aus dem Vorrat der Baasarker stammte, die sie zu bekämpfen hatten. Ihre Kraft sollte aus dem Innern kommen, aus einem Gefühl dessen, was fair und ehrbar war, aus einem Gefühl von Liebe für ihre Mitbrüder und -schwestern, und aus Respekt vor ihrem Raumschiff Erde. »Und die Demütigen sollen die Erde erben«, brummelte er verächtlich in sich hinein.

Das anämische Gesicht hing quälend vor ihm. Seine vage vertrauten Züge nagten an ihm. Er hatte es früher schon gesehen, irgendwann in den letzten paar Tagen, aber ihm wollte nicht einfallen, wo oder in welchem Zusammenhang.

Nervös versuchte er, es zu ignorieren. Aber sein Blick war bereits zu lange hingezogen worden. Jetzt hatte er das Gefühl, von ihm besessen zu sein, kontrolliert zu werden. Eine solide, zermalmende Kraft wirbelte davon weg und betrat sein Gehirn. Sie schnitt seine Gedanken ab. An ihrer Stelle formten sich Bilder der Hölle – ausdruckslose Gesichter der Ghule, zu Tausenden zusammengeballt. Klaffende orangefarbene Eingänge zu Brennöfen, vollgepackt mit Leichen. Konvois quietschender Lastwagen, die sich quälend über flache Landschaften bewegten, die in dem klinisch-blauen Licht gebadet waren...

Gelähmt vor Furcht gab er sich Mühe, den Angriff abzuwehren, jedoch vergebens.

Das Gesicht lächelte ihn triumphierend an. Es war warm und fürsorglich. Es war kalt und hasserfüllt.

»Cronan!«, krächzte er entsetzt. Verwirrt geriet er ins Taumeln. Zu spät hatte er das rote Haar des Childs und die böse aussehende Narbe an der Wange erkannt.

In die Zukunft

Das Sonnenlicht über London flackerte. Die Blase aus Licht, die die City schützte, zerbrach nach und nach, zog sich zusammen. Mit grimmigem Gesicht saßen die Hydra und der Prince auf ihren Sitzen im Jeep, erleichtert darüber, die Bühne zu verlassen, von wo aus sie für ihre Untersuchungen geholt worden waren. Sie sahen, wie die hohlen Schalen von Mauerwerk unheilvoll an ihnen vorüberhuschten. Wo immer die mikrosekundenlangen Feuerstöße der Dunkelheit zuschlugen, drehte und wand sich ihr Gehirn vor jähem Schmerz.

»Kannst du nicht schneller fahren?«, drängte der Prince die Hydra, als sie um eine Ecke bogen und auf die Baker Street rutschten.

»Wir fahren schon so schnell wie möglich«, krächzte der Baron gereizt.

Der Prince biss die Zähne zusammen und schwieg.

Dann endlich kam der Jeep ruckartig zum Stehen und warf sie nach vorn. Sie sprangen hinaus.

Ein großes, solide wirkendes Gebäude stand vor ihnen. Außen stand auf einem verblassten Schild: »NEW Industrieservice – Elektronische Laboratorien«... obwohl das imposante Relikt des Viktorianischen Englands in seinen früheren Tagen offensichtlich als Bank oder Museum gedient hatte. Mephis hatte es als sein eigenes Forschungslabor benutzt. Jetzt, verlassen, aber intakt, war es eine unerwartete, lebensrettende Festung für die Hawklords und alle in Earth City.

Sie rannten die Stufen hinauf und schlossen die Türen auf. Das Gebäude war im Innern dunkel und kühl. Die Korridore waren lang und ihre Wände gesäumt mit Anschlagbrettern. Auf den abgewetzten Fußböden lagen Staubschichten, in denen die Muster ihrer Schuhe vom kürzlichen Besuch zu erkennen waren. Als sie das breite Treppenhaus hinaufsprangen, veränderten sich die Gesichtszüge und die Bewegungen des Gesichts der Hydra. Die finstere Persönlichkeit des Barons schwand. An dessen Stelle erschien ein angenehmerer Ausdruck. Sein Körper tat kleinere, raschere Schritte. Nachdem sie den oberen Treppenabsatz erreicht hatten, hatte sich der Charakter von Hot Plate völlig ausgebildet.

»Die *Hawkwind*-Musik muss mehr Eigenschaften haben, die es nach wie vor zu entdecken gilt«, sagte er, sich dabei besorgt die Hände reibend. »Wahrscheinlich gibt es eine gewisse Art und Weise, wie sie verwendet oder gelenkt werden kann. Es ist an uns, das genau herauszufinden.« Sie trafen an den Laboratorien ein. »Du startest den Generator, Prince, während ich den Detektor neu justiere. Für den Test der Effekte sollten wir nicht lange brauchen.«

Er ging zur Werkbank hinüber, wo eine neue Version des Todesstrahlen-Detektors zusammengebaut worden war. Sie enthielt mehr Verbesserungen als das alte Modell, das unreparierbar im Palast zerschlagen worden war. Es konnte einerseits die Todesstrahlen in seine Komponenten zerlegen und diese analysieren, und es konnte andererseits ihre Intensität messen, und es hatte auch seinen eigenen eingebauten Mini-Todesgenerator. Sie konnten Experimente durchführen, zu denen sie ansonsten außerstande gewesen wären.

Spuckend sprang der Generator im Nachbarraum an, und die Instrumente summten und klickten. Er sah auf die Anzeigen und die wie wahnsinnig hin und her schwingenden Nadeln im Innern.

»Verdammt sollen die Stromschwankungen sein!«, schrie er verärgert, als der Prince hinter ihm eintrat und ihm über die Schulter schaute.

Die Hydra sprintete an der Werkbank entlang und riss ein Kurvenblatt aus dem Drucker am anderen Ende. Sie runzelte die Stirn beim Lesen.

»Genauso schlimm wie eh und je«, sagte sie und zeigte es dem Prince. Der Hawklord starrte die zittrige rote Linie, die die Feder gezogen hatte, verständnislos an, während die bebenden Finger des anderen darauf zeigten. »Dies gibt wieder, was ich die Cyndaim-Wellen-Frequenz nenne – der Hauptbestandteil der Todesstrahlen. Wenn dieser Ausdruck korrekt ist, dann ist der tatsächliche Cyndaim-Level der Strahlen, denen die Emissionen des Delatrons begegnet sind, um das Doppelte angestiegen...« Er sah auf seine Uhr, »...und zwar in nur fünf Stunden! Da die Wellen in einem festen Verhältnis zu den anderen Bestandteilen stehen, bedeutet dies, dass der Todesstrahl selbst jetzt doppelt so stark ist wie heute Morgen! Das bedeutet vermutlich, dass der Anstieg linear erfolgt und die Voraussage, die ich gemacht habe, immer noch zutrifft. Höchstens noch sieben Tage Leben.« Er zerknüllte das Blatt und warf es verzweifelt zu Boden.

»Dann legen wir los«, sagte der Prince, den eine Gänsehaut überlief, als er die unheimlichen Worte vernahm.

Er ging zu der Quadrophonie-Anlage des Moorlocks hinüber, die sie den Werkbänken gegenüber an der Wand aufgebaut hatten. Angeschlossen an ein Delatron hatten sie diese dazu verwendet, die neutralisierenden Effekte verschiedener Typen von *Hawkwind*-Musik auf die Todesstrahlen zu bestimmen. Sie hatten entdeckt, dass schnelle Heavy-Rock-Musik der beste Typ zum Spielen war, aber der Anstieg an Kraft war marginal und nicht sonderlich hilfreich. Während sie jedoch spielte, hatte der Prince versehentlich eine Flasche Reinigungsmittel neben einem der großen Lautsprechergehäuse aus Teakholz umgestoßen. Als er das schwingende Gehäuse weggeräumt und weiter an der Werkbank entlanggetragen hatte, hatte Hot Plate einen leichten, kurzzeitigen Abfall in der Intensität der Todesstrahlen aufgezeichnet, die vom Detektor kamen.

Die Beobachtung, vielleicht ein Zufall, schien nur gering zu sein. Aber sie hatte die leise Hoffnung entfacht, dass ihre Musik irgendwie einen größeren Effekt auf die neue, mächtigere Quelle der Cyndaim-Wellen ausüben könnte, die sie im Norden entdeckt hatten – vorausgesetzt, die Lautsprechergehäuse waren korrekt angeordnet.

Er schaltete den Plattenspieler ein. Die glitzernde Nadel senkte sich mit einem leichten Zischen auf die Scheibe. Dann, nach ein paar Sekunden, drangen die ohrenbetäubenden Eröffnungstakte von *Magnu* aus den beiden Lautsprechern.

Hot Plate studierte die Details, während der Prince, das Bandmaß in der Hand, die donnernden Gehäuse neu aufstellte. Schließlich hatte er sie präzise in der Formation mit dem winzigen Komparator-Todesgenerator angeordnet, die der Wissenschaftler genannt hatte.

Die Hydra erhob sich kopfschüttelnd.

»Nichts! Versuche, den Linken wegzurücken. Behalte dabei genau die Entfernung vom Generator bei.«

Der Prince tat, worum er gebeten wurde.

»Stop!«, rief die Hydra aufgeregt. »Das ist es! Lass ihn da!«

Der Prince rannte an die Seite der Hydra. Die Nadeln schwangen nach wie vor chaotisch in ihren Gehäusen. Sie sahen ebenso verwirrend aus wie zuvor.

Sie sahen einander an, und Überraschung zeigte sich auf ihren gefurchten Gesichtern.

»Das bedeutet, wir haben unsere Macht um dreißig Prozent erhöht. Sieht so aus, als hätten wir recht.« Eilig griff er nach den Schränken unter der Werkbank und öffnete einen von ihnen. Er wühlte herum und holte dann vier zusätzliche Lautsprecher hervor. Die Drähte, die aus ihrer Rückseite heraushingen, schleiften über die Werkbank, als er sie dem Prince reichte. »Hier. Montiere sie auf ein paar Retortenständern und stöpsele sie hinten ins Deck ein. Genau genommen erzeugen sie keinen oktaphonischen Effekt, aber es wird's ebenso gut tun.«

Erneut machte sich der Prince ans Werk. Bald waren die acht Lautsprecher den Anweisungen des Wissenschaftlers nach angeordnet. *Magnu* dröhnte durch die Luft.

Nichts geschah.

Der Prince bewegte nacheinander jeden Lautsprecher, dann in verschiedenen Kombinationen, wobei er jedes Mal die Entfernungen ausmaß. Aber die Ausstrahlungen von dem winzigen, handgefertigten Todesgenerator blieben normal.

•

»Es hat keinen Zweck«, sagte der Prince verzweifelt. »Wir können die ganze Woche mit dem Versuch vergeuden, sie in die richtigen Positionen zu bringen.«

»Wir müssen es weiter probieren«, drängte Hot Plate. »Eine dreißigprozentige Steigerung ist gut, aber sie ist einfach nicht genug. In der Rate, wie sich die nördliche Quelle steigert, werden wir nicht viel Zeit gewinnen. Wir brauchen etwas Entscheidendes...«

Eine laute Explosion schnitt ihm das Wort ab. Geschmolzener Kunststoff spritzte im Laboratorium umher. Schwarzer Rauch wallte von dem Detektor auf der Werkbank auf.

»Du hast's geschafft!« Die Hydra sprang hin. »Du hast den Todesgenerator in die Luft gejagt! Das ist besser, als wir uns das jemals hätten vorstellen können. Behalten wir diese Positionen bei und nehmen wir die Koordinaten...« Er rannte blindlings umher, rauchend, wo die Explosion seine Kleidung erwischt hatte. Der Prince übergoss ihn mit Wasser.

Angekokelt und triefend beendete er schließlich sein Werk und hielt eine Liste von Zahlen hoch.

»Hier! Die Formel für den Sieg!... nur...«, fügte er würdevoll hinzu, »da wir die jetzt haben, haben wir die Arbeit vor uns, acht Lautsprecherbatterien mit genügend Leistung rund um die Quelle zu positionieren, in genau der richtigen Entfernung und mit den richtigen Koordinaten.«

»Da kommt der Captain ins Spiel«, sagte der Prince.

»Hm?«, fragte die Hydra. Ihre Stimme bekam einen tadelnden Tonfall. »Ich habe euch gesagt – wir können Earth City nie mehr verlassen. Unsere Körper würden das nicht aushalten – selbst innerhalb der silbernen Maschine.«

»Wir müssen das Risiko eingehen«, sagte der Prince entschlossen. »Anders bekommen wir es nicht hin. Wir müssen einfach hoffen, dass deine Theorie in diesem Moment sich ein wenig der Praxis beugen muss.« Er grinste den Wissenschaftler an. »Setzen wir Operation Silbermaschine in die Praxis um.«

Gemeinsam suchten sie so viel Equipment und Werkzeuge zusammen, wie sie retten konnten. Dann stolperten sie mit ihrer Fracht die Treppe hinab und stapelten alles im wartenden Jeep. Sie stiegen auf ihre Sitze und machten sich zurück zum Parliament Hill auf.

Über ihnen flackerte die Sonne erneut.

Besorgt rasten sie gegen die Zeit an, um sich selbst und ihren Heimatplaneten davor zu bewahren, in völlige Dunkelheit geworfen zu werden.

Nerven der Nacht

Stacia kauerte unter dem Vordach eines der Schuppen, hielt in ihrer Arbeit inne und bemühte sich, den Worten zu lauschen, die von der Bühne herüberkamen.

Sie pflegte die Kranken und Sterbenden und hatte fast jede Wohnstatt auf dem Platz aufgesucht. Die meisten Patienten waren nach wie vor ohne Bewusstsein, aber einige kamen wieder zu sich. Sie hatte sie vorgefunden, wie sie verzweifelt ihrer Hilfe und ihres Zuspruchs bedurften. Sie benötigten jemanden, mit dem sie reden konnten, jemanden, dem sie sagen konnten, was draußen geschah. Am meisten jedoch schrien sie nach dem rasch schwindenden Vorrat an Beruhigungsmitteln.

Gleich neben ihr war Actonium Doug damit beschäftigt, die Polystyrol-Platten einzupassen, die sie zur Isolation verwenden wollten. Sie stellten einen mageren Schutz gegen die akustische Strahlung und den schneidend kalten Wind dar, der jetzt über die Hügelkuppe fegte, aber jede Verbesserung, wie klein sie auch sein mochte, war die Sache wert, wenn sie den Inhabern beim Überleben half.

Sie runzelte die Stirn über die Worte, die von der Bühne kamen. Sie waren finster. Es waren keine *Hawkwind*-Worte. Aufgeschreckt erhob sie sich steif und blickte hinaus.

Ihr fiel die erregte Gestalt von Astral Al auf, der ins Mikrofon schrie. Seine Stimme war ausdruckslos und ungleichmäßig. Er kreiselte wie besessen. An seiner Seite, ein wenig hinter ihm, stand der Captain, die Handfläche in einer Geste der Hilflosigkeit nach oben gedreht. Auf den Gesichtern der anderen Musiker stand Verwirrung. Sie wirkten angespannt wegen des Vorfalls, aber sie waren außerstande, im Spiel innezuhalten und dazwischenzugehen.

Die bösartigen Worte dröhnten heiser aus den Lautsprechern rund um das Festivalgelände und erfüllten sie mit Entsetzen. Intuitiv begriff sie, dass die dunklen Kräfte einen Weg durch ihre Verteidigung gefunden hatten und versuchten, die kostbare Zeit wegzufressen, die ihnen blieb.

Die Worte kratzten hart in den Ohren der Zuhörer und überredeten sie grob, sich ihrem Willen zu unterwerfen:

»Children of the Light
Don't try to understand...
I'll see you all right
If you'll take my hand...«

»Kinder des Lichts,
Versucht nicht zu verstehen...
Euch wird's gut gehen
Wenn ihr meine Hand nehmt...«

In ihr stieg Ekel auf, während sie zuhörte. Sie wandte sich um und wollte die Aufmerksamkeit von Actonium Doug erregen, aber er stand bereits an ihrer Seite und hörte mit offenem Mund zu.

»Your pale flesh is slain,
It can't survive the Dark.
Come and give me your pain –
In return I'll give you LIFE.

I'll give you NIGHT!
I promise you RELEASE!
Just leave the Light
And get eternal peace...«

»Euer bleiches Fleisch ist erlegt,
Es kann das Dunkel nicht überleben.
Kommt und reicht mir euren Schmerz –
Dafür gebe ich euch LEBEN.

Ich gebe euch NACHT!
Ich verspreche euch ERLEICHTERUNG!
Verlasst nur das Licht
Und erhaltet ewigen Frieden...«

Eine subtile Veränderung fand in der Luft statt, während der Singsang weiterging. Das Gefühl der Anspannung lockerte sich, und der kalte Wind verwandelte sich in eine milde Brise. Wie eine Droge sorgten die Worte dafür, dass ein jeder friedlich gestimmt und schläfrig wurde.

»Lass dich nicht davon packen – versuch mal, ihn aufzuhalten!«, schrie Actonium Doug ihr zu. Er warf sein

Schneidemesser zu Boden und sprintete zur Bühne. Stacia folgte ihm, wobei ihr Körper und ihr Bewusstsein sich nach und nach in der verführerischen Macht trafen und sich in Wärme und Schlaf auflösten.

Sie rannten scheinbar in Zeitlupe, wie in einem Traum. Schließlich erreichten sie die angespannte, Worte spuckende Gestalt des Schlagzeugers.

Aus der Nähe sahen sie, dass nur die äußere Form ihres Freunds verblieben war. Sein Gesicht war verzerrt zu einer grotesken Maske uncharakteristischer Hinterlist. Die Adern auf seiner Haut standen gefährlich hervor, während sein Körper gnadenlos von der dunklen Kraft im Innern manipuliert wurde.

Sie streckten die Hände aus, um die Gestalt herabzuziehen. Dabei hob der Zombie die Arme über den Kopf, um nach ihnen zu schlagen. Actonium Doug machte sich bereit, den Schlag abzuwehren. Aber stattdessen glitt ein intensiver Ausdruck des Schmerzes über die verzerrten Züge des Zombies. Seine Kraft schmolz dahin, und seine Arme erstarrten mitten in der Luft.

Einen flüchtigen Augenblick lang blickte Stacia hinter die gepeinigten Augen, während der Hawklord darin ums Leben kämpfte. Die gequälten Augen starrten sie hilfesuchend an. Sie keuchte, als die extremen Gefühle, die geweckt wurden, sie in einen jähen, blendenden telepathischen Kontakt mit ihm brachten.

Kurzzeitig lag das Bewusstsein des eindringenden Ghuls offen da. Ein entsetzliches Bild von Mephis, dessen Armee von Ghulen und ihres befestigten Rückzugsorts brannte in ihrem Bewusstsein. Sie sah die niedrigen, funktionalen Bauten eines Armeelagers. Soldaten in Uniform mit aufgeplatzter Haut und mächtig geschwollenen Leibern rannten auf einem Exerzierplatz umher und bestiegen wartende Lastwagen. Ein großer, steinerner Turm, völlig unpassend zu seiner Umgebung, erhob sich aus dem Gelände. An der Spitze des Turms, in dem sie jetzt das Hauptquartier erkannte, strahlte ein Ring aus Lichtern aus Fenstern wie Schießscharten. Sogleich erreichte sie ein Bild von Mephis, der darin saß, zusammen mit jedem Detail des Todeskonzentrators.

Sie kreischte. Die kurze mentale Verbindung löste sich. Erneut sah sie nur das Attrappen-Gesicht, das sie wie wahnsinnig anstarrte.

Steif begann die Gestalt zu kippen.

Ein unterdrückter Laut hing an ihren Lippen. Sie fiel schwach nach vorn, in ihre Arme, das Gesicht purpurfarben und fleckig aus Mangel an Luft.

Höhle des Schreckens

Der Kreis aus Gesichtern vor ihm wurde schwarz. Stacias Gekreisch tönte weiter und weiter in ihm. Schwach hörte er nach wie vor die Band spielen.

Als er wieder zu sich kam, lag er in einer Art engem, zeltähnlichem Bau. Dessen Wände waren mit weißen Blasen gesäumt. Von draußen ertönte die Musik von *Hawkwind*.

Er schüttelte sich und wollte aufstehen, aber sein feindseliger Körper war bleischwer und wollte sich nicht rühren. Erinnerungen kehrten zu ihm zurück, und er begriff, wohin er gebracht worden war – in einen der komischen Schuppen.

Eine Welle von Übelkeit überschwemmte ihn. Die Musik kratzte ihm über die Haut. Ihm war danach, laut hinauszuschreien, aber das würde Aufmerksamkeit erregen.

Er ließ zu, dass er erschlaffte, er erinnerte sich, dass er so tun musste, als ob er nach wie vor der Schlagzeuger wäre. Später wurde er imstande sein, aufzustehen.

Sein Bewusstsein erschien gewaltig, wie das Innere einer riesigen Kathedrale. Es war ein Gemenge aus den Gehirnen mehrerer Menschen. Irgendwo hinter ihm lag das Bewusstsein des Hawklords, nach wie vor kaum richtig da, jedoch fehlte ihm die Macht, sich seiner selbst zu vergewissern. Vor ihm spürte er zwei Bereiche, die von einer grauen Anonymität verschleiert waren. Es waren die Zugangspforten zum Bewusstsein von Cronan und Mephis, und er wusste, dass sie sich mit einem Minimum an Anstrengung öffnen ließen.

Mephis hatte ihn nicht fallen lassen. Als er die Aufgabe eines psychischen Spions übernehmen sollte – Major Reginald Wessex Asquith – war er tödlich erschrocken gewesen. »Jetzt, Herr, hast du mich zu einem Riesen gemacht – größer, als ich mir je als junger Mann erträumt hatte«, flüsterte er dankbar und hoffte, dass seine Gefühle empfangen wurden. »Ich verstehe jetzt, dass alles, was ich jemals wollte, diese Art Macht war. Du hast mir den Weg gezeigt, sie zu erlangen. Ohne dich hätte ich mein Leben unerfüllt bis zum Ende gelebt, unbekannt und ohne Dank. Ich bin dein. Ich werde deinen Wunsch auf dieser Mission erfüllen und dir bis zum Tode dienen.« Er salutierte im Geiste auf die angemessene Art und Weise.

Eines der psychischen Portale vor ihm öffnete sich. Die weite interne Gedankenschaft von Mephis verband sich mit der seinen.

»Das hast du gut gemacht«, dröhnte die Stimme in ihm. »Mit dir und Cronan und den anderen, die du besetzen kannst – nach und nach, wie die Hawklords unter der Macht meines Todeskonzentrators schwächer werden, wie es der Narr von Schlagzeuger geworden ist, werden sie sich alle dir ergeben – werden wir imstande sein, diese letzte, Probleme bereitende Nische des Widerstands auszuradieren. Dann wird die Welt unser sein! Wir werden frei sein, die anderen Welten zu erobern, die unsere Vorfahren vor so langer Zeit erobern wollten – das von den Baasark zurückzufordern, was unser ist. Wenn du größere Details der Pläne der Hawklords entdeckst, werde ich dir weitere Anweisungen erteilen. Vergiss nicht, dass die Baasark schlau sind und uns so lange Zeit hereingelegt haben... wir müssen diesmal sicherstellen, dass sie ein für alle Mal getötet werden.«

Die hallende Stimme verblasste, und Mephis' Gedanken verließen ihn.

Der alte Soldat in Astral Als Körper wartete, reich belohnt von dem Lob und der Mission, mit der er betraut worden war.

Mauern der Zonen

Die große Hofnarr-Gestalt von Captain Calvert, geschmückt mit seinem seltsamen Gewand und den Aufklebern, schritt ruhig im zunehmenden Wind in der Nähe des Fahrzeuggeländes dahin. Er ging von einem zum anderen und überwachte den Bau der Silbermaschinen.

Die Versuche, die dunkle Macht allein durch Musikkraft zu überwältigen, waren fallengelassen worden. Mit der vollen Kenntnis über den Todeskonzentrator arbeiteten sie jetzt wie wild an dem neuen Plan.

Die Hydra war ins Laboratorium zurückgekehrt, um die komplizierten gedruckten Schaltungen zu entwerfen, die für die von Gedanken kontrollierten Maschinen nötig waren. Steele Eye und die härtesten der Children arbeiteten an den Grundstrukturen der Plattformen. Der Prince war damit beschäftigt, die musikalische Bewaffnung zusammenzusetzen. Alle Teile mussten genau eingepasst werden, wenn die Maschinen erfolgreich gegen den Todeskonzentrator eingesetzt werden sollten. Es gab keinen Raum für Fehler. Ihre Arbeit musste präzise und gründlich sein.

Als der Captain durch Zeit und Raum transportiert wurde, war seinem Bewusstsein das fortgeschrittene technische Wissen eingeprägt worden, das er benötigen würde. Er hatte sich sogleich ans Werk gemacht, und er war überrascht gewesen herauszufinden, dass die Arbeiten am Fahrzeug so einfach waren. Wenige Teile mussten gesucht werden. Die einzige Schwierigkeit lag in der Schaltung und in der Menge an Zeit, die der eigentliche Zusammenbau beanspruchte. Er war zu einem Punkt mehrere Monate vor der Zeit transportiert worden, die er im Turm erscheinen sollte. Den größten Teil der Zeit hatte er mit der Jagd nach Materialien verbracht.

Für diese Gelegenheit mussten sie vier Silbermaschinen in weniger als einer Woche zusammenbauen.

Während sie am Werk waren, fiel eine ungesunde Dämmerung herab. Am Ende des ersten der sieben Tage Leben, die ihnen noch blieben, hatten sich die Bedingungen drastisch verschlechtert. Das dünne, energiegeladene Plasma aus dem Norden blies jetzt beständig herein, ließ die schwächer werdenden Körper der Children erstarren. Es heulte und kreischte um die Hügelkuppe. Auf der zerstörten Skyline, wo die Kuppel aus Licht rasend schnell unter dem Angriff zusammenschrumpfte, ließen sich die vollen Effekte seiner negativen Energie spüren. Staub und Mauerwerk wurden in den Himmel geschleudert und bildeten einen brodelnden Wolkenring um den Horizont.

Fest entschlossen, die dunklen Kräfte dieses Mal zu schlagen, arbeiteten sie akribisch an ihrer Aufgabe. Sie ignorierten die Kälte. Sie taten die lähmenden Finger der Horrorbilder ab, die unter ihrer Haut krallten. Sie arbeiteten weiter für die Stunde, da die Maschinen vollendet wären, bereit, in den Wind tödlicher Teilchen aufzusteigen und unbezwingbar zum letzten Schlachtfeld zu fahren.

Spiralgalaxie

In dem schwach erleuchteten Laboratorium, wo Hot Plate an der Arbeit war, tickten die Stunden dahin. Abgesehen von dem gedämpften Tuckern des Generators im Flur und dem Ächzen des Winds außerhalb der dicken Mauern des Instituts war es in dem großen Raum still und ruhig. Es lag dasselbe tödliche Schweigen darüber, das sämtliche unversehrten Räume, die überlebt hatten, angenommen hatten.

Zwei der Schaltkreise waren fertig. Der dritte benötigte noch einigen letzten Schliff.

Erschöpft legte er den Lötkolben beiseite und streckte sich. Innerlich war er nervös, und ihm war übel von den Strahlen. Dann nahm er wieder seine Arbeit auf und konzentrierte sich mit aller Macht auf das Wirrwarr aus Drähten und Teilen.

Schließlich war alles fertig. Jetzt müssten sie es testen. Aber dazu müssten sie das Ding in die anderen Maschinenteile am Bauplatz integrieren. Er packte den empfindlichen Schaltkreis in eine Schachtel und betete darum, dass er beim ersten Mal funktionieren würde. Falls nicht, gäbe es keine zweite Chance.

Er machte sich auf den Weg zur Tür, froh darüber, den unheimlichen Arbeitsplatz zu verlassen. Als er die Tür vor sich öffnen wollte, setzte ein Beben im Fußboden ein. Aufgeschreckt hielt er inne. Er hörte nichts über den Lärm des Winds. Aber die Vibrationen unter ihm wurden stärker. Schließlich bebten die Mauern rings um ihn her. Putz aus den Fugen zwischen den Fliesen an der Decke regnete auf ihn herab.

Wie erstarrt stand er da. Die Erinnerung an die Fahrt im Wagen von Control, nachdem er aus dessen Computergedächtnis geholt worden war, blitzten durch seinen Kopf. Er hatte geschlussfolgert, dass das Erdbeben von den Strahlen verursacht worden war. Jetzt, mit diesem Wissen, das er über die Effekte der hochintensiven Todesstrahlen hatte, war er sich gewiss. Dieses frühere Beben war von einem Testlauf des Konzentrators verursacht worden.

Blitzartig vollführte er im Kopf eine Berechnung. Entsetzt vom Ergebnis streckte er erneut die Hand nach der Tür aus. Aber der Körper der Hydra wollte nicht reagieren. Er war vor Panik wie gelähmt.

Irgendwo in ihm krächzte eine Stimme.

»Verschwinde wie der Teufel von hier!« Es war der Baron. Dessen Bewusstsein hatte im Hintergrund gelegen, sich völlig klar darüber, was vorgefallen war, und es gefiel ihm nicht, was er sah. Nach und nach sammelte er seine Persönlichkeit, und der lähmende Effekt der Gedanken des erschrockenen Wissenschaftlers auf ihren Körper lockerte sich allmählich.

Seine Gedanken trieben die Hydra an. Er umklammerte die Schachtel mit dem Schaltkreis, warf die Tür auf und trat hinaus in den pechschwarzen Korridor. Er fummelte in seinen Taschen nach der Taschenlampe und schaltete sie ein. Dann ließ er den Strahl über das staubige Treppenhaus spielen und schritt, so rasch er konnte, die Stufen hinab.

Er rannte aus dem bebenden Gebäude hinaus zum wartenden Jeep. Der Boden unter ihm zitterte bedrohlich, als er das Fahrzeug bestieg.

Über den Lärm des Winds hinweg vernahm er das Geräusch herabstürzenden Mauerwerks, das in der Dunkelheit um ihn her zersprang, bevor er die Scheinwerfer einschaltete und mit röhrendem Motor die Straße hinabfuhr.

Höllenkämpfer

Besessen fuhr der Baron durch die Nacht, die letzte natürliche Nacht auf Erden. Staub von außerhalb der schützenden Kuppel war herübergeweht und bildete dunkle, wilde Wolken, die die Sterne verdeckten. Sein Körper phosphoreszierte, während er unstet von einer Seite zur anderen über die Straße fuhr, um Ziegeln und anderem Schutt auszuweichen, der von den zusammenbrechenden Gebäuden heranrollte. Das Licht seiner Scheinwerfer knallte grell gegen kahle, bebende Mauern. Es erfaßte die buckligen, huschenden Gestalten von mutierten Ratten und Insekten, die vor der Zerstörung flohen.

Das beständige Erdbeben schien viel schlimmer, als es war, weil es ihn am ganzen Körper erschütterte. Alles zitterte ihm vor den Augen, und wegen seiner bereits vorhandenen Übelkeit stand er kurz davor, sich zu übergeben.

Nach etwa zehn Minuten erreichte er Haverstock Hill, wo der größte Teil der Ruinen bereits geschleift war. Die Straßen waren leer.

Er gab mächtig Gas, röhrte den Hügel hinauf und bog oben nach rechts in die Ruinen von Hampstead Village ab. Von dort aus konnte er die Lichter des Festivals auf dem Parliament Hill sehen, und es war eine leichte Fahrt über die Zufahrtsstraße.

Er parkte den Jeep auf dem dunklen Gelände und sprang hinauf. Schnelle, hämmernde *Hawkwind*-Musik dröhnte von der Bühne her. Liquid Lens helles Scheinwerferlicht spielte auf den drei Musikern. Aber dunkle Silhouetten der Children, die er ums Feuer versammelt erwartet hatte, waren nicht dort. Er ging näher an die Szenerie heran, und dann bemerkte er, dass das grobe Gerüst, das der Light Lord errichtet hatte und das sein neues Lichtequipment tragen sollte, unbewacht war, obwohl in Betrieb.

Verwirrt blieb er wie angewurzelt stehen. Er änderte die Richtung und ging zum Bauplatz, wo eine Reihe an Pfosten befestigter elektrischer Lampen schwach leuchtete.

Unter den Lampen standen die Hüllen der teilweise fertiggestellten Silbermaschinen. Sie glänzten schwach und zitterten unter seinem Blick. Aber der Arbeitsplatz war verlassen. Werkzeuge und Drähte waren überall auf dem Erdboden verstreut, als ob sie in großer Eile hingeworfen worden wären.

Ein Stich der Angst und des Erschreckens durchfuhr ihn. Wild sah er sich um und horchte. Über den Klang der Musik hinweg glaubte er, Rufe zu vernehmen. Er beugte sich vor und legte die äußerst wichtige Schachtel mit dem Schaltkreis darin in eine der Silbermaschinen. Dann suchte er sich mit der Taschenlampe seinen Weg durch die glatten, toten Baumstämme und näherte sich den Geräuschen.

Das Geschrei wurde lauter, als er sich dem Rand des bebenden Hügels in der Nähe der Lautsprechertürme näherte. Dort im Dunkeln machte er die springenden, schimmernden Gestalten der Hawklords aus. Sie bewegten sich wie wild umher, mischten sich mit anderen zu kaum voneinander unterscheidbaren Gestalten.

»Nimm deine verdammten Flossen von mir runter!«, rief eine wütende Stimme von irgendwoher mitten aus dem Gerangel. Es war Thunder Rider.

Entgeistert hob der Baron seine Taschenlampe und ließ den Strahl über die sich drehenden und windenden Gestalten spielen. Anfangs konnte er nicht erkennen, gegen wen sie kämpften. Dann erwischte sein Strahl einen Moment lang einen der Angreifer.

Unwillkürlich trat er einen Schritt zurück. Beim Anblick der vage menschlichen Gestalt, die er kurz gesehen hatte, zog er scharf die Luft ein. Ihr blasenbedecktes Gesicht und die bucklige Gestalt erinnerten ihn an seine Albträume.

Ihm sank das Herz in die Hose, als er begriff, dass es sich bei der Kreatur um einen der feindlichen Ghule handeln musste.

Wände aus umhüllendem Schleim

Das Gefühl der Verzweiflung, das den Baron ergriffen hatte, wurde durch Ärger ersetzt. Ihm kam es so vor, als ob sie für jeden Schritt nach vorn, den sie in Richtung Sieg setzten, mehrere Schritte zurückzugehen hätten. Da war immer irgendetwas oder irgendwer bereit, der Arbeit einen Strich durch die Rechnung zu machen.

Ein Gefühl von Wut überwältigte ihn. Fluchend und Obszönitäten knurrend ließ er den Strahl seiner Taschenlampe über den schuttübersäten Boden spielen. Mit wahnsinniger Hawklord-Stärke hob er einen riesigen Ast auf und schwang ihn hoch über dem Kopf. Er stieß einen wilden Kriegsschrei aus und rannte durch die Dunkelheit seinen Freunden zur Hilfe.

Er schob sich wütend in die Schlägerei, ließ den Strahl der Taschenlampe über die ineinander vermischten Leiber blitzen. Hawklords, Ghule und Children griffen blindlings einer nach dem anderen, stolperten über die Leichen ihrer Toten. Während sie kämpften, zerrissen ihre Rufe und Schreie die kalte, windige Luft.

Überraschenderweise waren es nur ein paar wenige Ghule. Sie kämpften heftig mit einer verblüffenden Kraft und Schnelligkeit, die ihre Gegner anscheinend niederrang. Ihre Leiber waren von Messerschnitten und Hieben zerhackt und blutig, dennoch kämpften sie wie Maschinen weiter, als ob sie keinen Schmerz empfinden könnten.

Die Hawklords und die Children kämpften tapfer, um sie daran zu hindern, die Bühne zu erreichen. Der Baron suchte sich denjenigen aus, der die meisten Probleme bereitete, und schob sich zu ihm hin. Mit einem wütenden Knurren hieb er ihm den schweren Ast auf den Kopf. Sein grässliches, weinendes Gesicht drehte sich zu ihm um. Er ignorierte die anderen Angreifer, humpelte auf ihn zu und schwang dabei ein glänzendes, gezacktes Metallstück in der geballten Faust.

Verblüfft über die Zähigkeit des Ghuls hob der Baron erneut seinen Ast und schwang ihn auf das eklige Gesicht. Einen Moment lang kam die Kreatur weiter heran. Aber dann zerbrach etwas in ihrem Kopf. Sie fiel, und ein entsetzlich menschliches Kreischen entfloh ihr über die geschwollenen Lippen. Ihre glasigen Augen leuchteten heller, als das gefangene menschliche Innere kurzzeitig dem Körper zurückgegeben wurde. Dann fiel sie zu Boden und lag still da.

Ungerührt von dem Schauder des heftigen Entsetzens, das ihn durchlief, drehte sich der Baron um und wählte den nächsten Angreifer im Schein seiner Taschenlampe. Er zwang sich seinen Weg zu ihm hin und schwang dabei seinen großen Knüppel.

»Du bist gerade rechtzeitig hergekommen, Baron!«, keuchte eine Stimme neben ihm. »Wir... waren... nicht... sehr... organisiert... als... sie... angriffen...«.

Im Schein der Taschenlampe erkannte der Baron die Gestalt des Light Lords. Er schob die zusammengedrängten Leiber weg, um Platz zum Kampf zu schaffen. In der Hand hielt er einen großen Schraubenschlüssel, mit dem er auf die Ghule einschlug, wann immer sie im schwachen Glanz seines phosphoreszierenden Körpers sichtbar wurden. »Drei unserer besten Kämpfer sind auf der Bühne gefangen – Astral Al ist immer noch verrückt! Wir sind völlig in Unterzahl...«, kreischte er.

»Ihr wart nicht schlecht«, rief der Baron über das Ächzen und Poltern zurück. »Hier ist noch einer, der sich wünschen wird, er wäre in der Hölle geblieben!« Zum dritten Mal kam sein fester Holzknüppel herab. Er landete mit einem scharfen Krach auf dem Hals des Ghuls, den er ausgewählt hatte. Die vierschrötige Gestalt stieß einen markerschütternden Schrei aus und fiel zu Boden, gesellte sich zu seinen grässlichen Gefährten.

Nachdem zwei weitere Ghule erledigt waren, ebbte die Schlacht allmählich ab. Erschöpft stolperten die Children zum Feuer zurück und überließen es den Hawklords, sich um den Rest zu kümmern. Schließlich war der letzte Ghul niedergeknüppelt und hatte seinen rechtzeitigen Tod gefunden.

Völlig erschöpft folgten die Hawklords den Children. Bald lag die kleine Schar Sieger um die öde Kuppe verteilt vor der Bühne und versuchte, so viel Wärme wie möglich aus dem kränklichen Feuer zu ziehen. Actonium Doug legte weiteres Holz nach, aber den Flammen widerstrebte es anscheinend, sich in dem schwachen Wind und den Vibrationen des Bodens daran zu klammern.

»Sie haben wie Roboter gekämpft«, verkündete der Baron. Er glühte. Sein Blut hämmerte ihm immer noch in den Adern und wollte sich nicht beruhigen. Er blickte sich um, als ob er weitere Dinge suchen würde, an denen er sein Mütchen kühlen könnte.

»Zombies aus Fleisch und Blut, ausgesandt von Mephis«, sagte Lord Rudolph zu ihm und zuckte zusammen, während er einen Schnitt unter seinem Auge versorgte.

»Sie waren die wandelnden Leichen, die ich in meiner Vision gesehen habe«, informierte Stacia sie. Sie kümmerte sich mit der einen Hand um einen verletzten Fuß, während sie mit der anderen einen der Children an sich zog und versuchte, etwas von ihrer Wärme zu teilen.

Die Verletzungen der Hawklords waren größtenteils oberflächlich und bereits zum Teil durch ihre magischen Kräfte geheilt. Aber die Children waren wie üblich in weitaus schlimmerem Zustand. Von vornherein sehr geschwächt und aufgepeppt mit Tabletten, fragten sich die Hawklords, ob sie die Woche noch überstehen würden.

»Du sagst mir besser, wie das passieren konnte«, verlangte der Baron wütend. Er warf einen Blick über die Schulter in die Dunkelheit. »Und wie wir so sicher sein können, dass es da draußen nicht noch weitere gibt...«

»Da draußen sind jede Menge mehr«, gab ihm Thunder Rider gereizt zur Antwort. »Ich hab's dir gesagt – Stacia sah sie alle, wie sie auf London losgegangen sind. Aber die Tatsache, dass sie nicht in großer Zahl durchgekommen sind, sagt mir, dass Mephis nicht mehr als etwa ein halbes Dutzend gleichzeitig durch Psi-Hypnose kontrollieren kann... und während unsere Musik spielt, ist das die einzige Art und Weise, wie er sie reinbringen kann. Vielleicht waren die Zombies, gegen die wir gekämpft haben, eine Bande Assassinen oder eine Art Erkundungstrupp, hereingeschickt, um zu sehen, was geschehen würde. Wir müssen einfach hoffen, dass nicht mehr geschickt worden sind.«

»Vielleicht müssen wir auf gar nichts mehr hoffen«, rief der Light Lord düster über den Lärm der Band. Er legte die Hand an den Stamm eines der zitternden Bäume. »Das hat bald nach dem Überfall angefangen, Baron. Anfangs habe ich gedacht, es hätte etwas mit den Ghulen zu tun, aber es geht weiter. Vielleicht wird die ganze Welt früher enden, als wir glauben...«

Der Baron hörte voller Unbehagen zu.

Die Erinnerung an das Laboratorium blitzte durch seine Gedanken. Aber bevor er fortfahren konnte, spürte er, wie das Bewusstsein des Wissenschaftlers gewaltsam an die Oberfläche in ihm drängte. »Ich glaube, ich lasse es besser von Hot Plate erzählen. Das kann er besser als ich«, fügte er hinzu.

Der Ausdruck auf seinem Gesicht veränderte sich, und die Versammlung rund ums Feuer sah verzweifelt zu, wie der Wissenschaftler sich manifestierte.

Planet des Todes

»Es ist hoffnungslos«, verkündete die hohe Stimme Hot Plates traurig aus dem Mund der Hydra. Sie war kaum über der Musik und dem Lärm des Windes hörbar. Die Überlebenden von Earth City mussten näher heranrücken, um ihn zu verstehen. »Ich sehe bloß nicht, wie wir es hinbekommen können, die Silbermaschinen rechtzeitig vom Boden zu bekommen...« Seine Stimme brach vor Gefühl. Er sah den Light Lord an.

»Was du darüber sagst, dass diese Welt zu einem Ende kommt, ist buchstäblich wahr.« Er wandte sich an die anderen. »Ich fürchte, euch sagen zu müssen, dass die Strahlen, die von Mephis' Maschine konzentriert werden, eine derartige Intensität erreicht haben, dass sie das Land zum Vibrieren bringen... und ich meine nicht bloß das Land hier in der Umgebung. Ich meine den Planeten... die ganze Erde bebt! Die Cyndaim-Wellen, die von uns aus dem Raum als akustische Strahlung zurückgeworfen werden, rütteln nach und nach die Erde derart, dass sie in Stück fällt...« Wiederum hielt er inne und schüttelte traurig den Kopf. »So viel habe ich von Anfang an vermutet. Ich habe gewusst, dass dies geschehen könnte, wenn sie sich weiterhin so steigern. Aber die Todesstrahlen allein haben so lange gebraucht, bis sie sich so weit aufgebaut haben, dass ich dachte, uns bliebe jede Menge Zeit, ihnen Einhalt zu gebieten, also habe ich meine Überlegungen für mich behalten. Jetzt jedoch...« Seine Stimme erstarb.

Niemand regte sich oder sprach. Alle sahen sie ihn entsetzt und verständnislos an. Der Wissenschaftler fasste sich wieder.

»Von Rechts wegen sollte ich tot sein. Um mich mache ich mir keine Sorgen. Aber ihr tut mir leid... Ungeschützt von unserer Musik könnte keiner von euch eine Sekunde lang überleben. Ich habe die genaue Größe zuvor nicht gewusst, aber jetzt weiß ich, dass der Planet bei diesem Level anfängt zu beben. Ich kenne die Masse unseres Planeten, und ich kenne seine Zusammensetzung. Ich weiß auch, dass die Kraft, die nötig war, um den hypothetischen Planeten zu zerschmettern, der jetzt als Asteroidengürtel bekannt ist, nahe an der Kraft liegt, die gegenwärtig vom Todeskonzentrator ausgeht. Die alten Astronomen haben vermutet, dass der Planet etwa drei Viertel der Größe der Erde hatte und grob aus demselben Stoff bestand. Was bedeutet, dass die Erde vielleicht eine höhere Kraft tolerieren kann... aber es wird nicht lange dauern, bis ein Level erreicht ist...«

Einer der Children lachte hysterisch, als ihm die unausgesprochene Schlussfolgerung von Hot Plates Bericht aufging. Obwohl die anderen eine seltsame Ruhe befallen hatte. Sie wirkten verändert, als ob die extremen Bedingungen, unter denen sie kämpften, ihnen zusätzliche statt weniger Entschlossenheit verliehen hätten.

Captain Calvert war der erste, der das Wort ergriff.

»Du meinst, die Erde selbst wird sich unter dem Stress auflösen...?«

Die Hydra nickte.

»Wie lange haben wir noch?«, fragte er.

»Ich weiß es nicht... nicht mehr als eine Woche. Vielleicht morgen, vielleicht übermorgen...« Die Hydra schüttelte beim Sprechen langsam den Kopf. »Ich weiß es nicht genau.«

»Dann haben wir vielleicht keine Woche mehr, um die Silbermaschinen in die Luft zu bringen und die Erde zu retten.« Er stand auf und hob seinen Zeigefinger an seine ergrauenden Schläfen. Dann, nachdem er die Informationen, die er erhalten hatte, durchdacht hatte, wedelte er mahnend mit dem Finger vor Hot Plate.

»Aber du weißt, dass dein fehlendes Vertrauen in die Mutter überhaupt nicht helfen wird! Wenn ein Unterschied zwischen der Stärke des Erdkerns und der deines Asteroidenplaneten besteht, warum sind wir dann nicht optimistisch und gehen davon aus, dass wir eine Woche haben?«

Die Hydra schwieg. Hot Plate drehte und wand sich unbehaglich, beschämt von seinem Ausbruch.

»Schon gut«, fuhr der Captain mitfühlend fort. »Unser aller Nerven sind zum Zerreißen gespannt.«

»So oder so«, bemerkte Stacia, »eine Vermutung ist so gut wie die andere, ob wir vielleicht eine Woche haben oder weniger als eine Woche. Dann könnte jemand vielleicht herausfinden, ob Mephis selbst weiß, was seine Strahlen anstellen! Soweit wir wissen, könnte er es nicht wissen, und dann wären wir vielleicht in der Lage, ihn so weit zu bringen, dass er den Todeskonzentrator abschaltet.«

»Unser Ziel ist es, Mephis zu vernichten, nicht, mit ihm zu handeln«, kam die Stimme des Barons krächzend aus der Hydra.

»Stacia hat da irgendwo recht, Baron.« Rudolph the Black ging dazwischen. »Und es wäre nicht kompromittierend. Niemand möchte, dass es den Planeten zerreißt. Die Frage ist, wie kommen wir mit ihm in Kontakt?«

»Einfach«, entgegnete Stacia. »Der Light Lord ist der Beste in psychischen Dingen. Er könnte den Kontakt zu Mephis herstellen.«

Liquid Len sah hastig auf. »Ich nicht. Ich bin nicht gut in Telepathie... Das habe ich entdeckt, als ich einmal versuchte, Psi bei dir zu einzusetzen...«

»Na gut«, beharrte Stacia. »Was ist mit dem Moorlock? Wir haben einen Zauberer gleich vor unserer Türschwelle. Bislang haben wir noch nicht viel Gebrauch von ihm gemacht.« Sie zeigte zur Bühne, wo Lemmy, Hound Master und der Moorlock spielten. Von allen Hawklords war der Acid-Zauberer der Einzige, dem nach wie vor etwas musikalische Seele geblieben war. Ihre düsteren Aussichten schienen einmal wenigstens einen euphorischen Effekt auf ihn auszuüben. Er strich kraftvoll über die Saiten seiner Gitarre, während er komplizierte Akkordwechsel vollführte. Er sang die Deep-Fix-Nummer *Rolling In The Ruins* und legte alles hinein, was er hatte. Seine klangvolle Stimme mit ihrem leicht hysterischen Tonfall ergoss sich lebhaft aus den Lautsprechern rund um den Festivalplatz.

Der Captain nickte Stacia anerkennend zu. »Gute Idee«, sagte er. »Nun, dann schlagen wir es ihm vor. Einer von uns wird den Platz mit ihm tauschen...«

»Ich schätze, ich könnte das für ein paar Runden tun«, bot der Light Lord an. »Natürlich gibt's keine Garantie, dass meine Musik nicht die ganze Blase zum Platzen bringt...«

»Na ja, das Risiko müssen wir eingehen«, bemerkte der Captain trocken.

Ausgebrannte Vision

Jene rund um das Feuer waren immer noch imstande, sich zu erheben. Sie wirkten ausgeruhter und zuversichtlicher als zuvor. Als sie sich an die Arbeit an den immer noch unvollendeten Silbermaschinen machten, blickten sie sich nervös in der unbekannten Dunkelheit um.

Stacia saß hinten bei den Children, um ihnen weiterhin Gesellschaft zu leisten und das Feuer gegen den stetigen Wind zu schüren. Sie zitterte, zum Teil wegen der Kälte und der intensiven Schwärze – aber auch wegen der Horrorbilder.

Nach ihrer qualvollen Tortur im Bewusstsein von Astral Al hatten sich ihr Super-Bewusstsein und ihr Körper beschädigt gefühlt, obwohl sie nichts dergleichen geäußert hatte. Nach außen hatte sie tapfer Normalität gezeigt. Ihr Bewusstsein erschien unerschüttert. Sie hatte Probleme, ihre Aufmerksamkeit auf wichtige Dinge zu richten. Als die Horrorbilder schlimmer geworden waren, nachdem der Konzentrator höher gedreht worden war, hatte sie die Symptome des Entsetzens viele Male heftiger gespürt als die anderen Hawklords, als ob ihr entnervter Körper ein besonders leichtes Opfer der bohrenden Finger der Todesstrahlen geworden wäre.

Mehrmals hatte sie den Drang verspürt, den Kampf auf Grund ihrer inneren Verfassung aufzugeben – zu sterben, die Erlaubnis zu erhalten zu sterben. Aber sie hatte weitergekämpft, wie sie es alle getan hatten.

Nachdem es etwas von seiner Wärme geteilt hatte, war es dem Lagerfeuer gelungen, sich durch das spröde Holz zu fressen, und es musste neues aufgelegt werden. Unter Schmerzen erhob sie sich und holte mehr Holz von dem schrumpfenden Stapel, den Higgy gesammelt hatte. Wenn sie Glück hatte, könnte er sie gerade durch die Nacht bringen.

Sie warf die Stücke hinein. Die Children waren größtenteils still und starrten blicklos ins Feuer oder schliefen. Sie standen immer noch stark unter dem Einfluss der Beruhigungsmittel, aber ihr schwacher Schutz würde nicht mehr lange währen, überlegte sie beim Gedanken an die letzte, halb volle Packung in ihrer Tasche. Sie würden gewiss nicht für alle Children reichen – jene, die in den isolierten Schuppen hausten, müssten ohne klarkommen. Leider könnte sie es sich nur leisten, den gesünderen Mitgliedern Trost zu schenken.

Sie überprüfte die vor ihr liegenden Gestalten, um sich zu vergewissern, dass sie immer noch lebten. Alle lebten, aber die meisten von ihnen würden entsetzlich am Morgen leiden, nachdem sie ihre Verletzungen spüren würden. Ein paar waren wach. Sie setzte sich wieder und sprach mit ihnen. Obwohl sie sich krank fühlte und ihr übel war, war es das erste Mal, dass sie wirklich in der Lage gewesen war, angemessen mit ihnen zu reden. Seitdem das Rockkonzert angefangen hatte, hatte es ihre beständige Aufmerksamkeit gefordert.

Sie tauschten ihre Vorgeschichten aus und hörten traurig den Worten des anderen zu. Sie waren wie geschwächte und verwundete Soldaten, die an der Front kämpften. Obwohl sie zuversichtlich waren, dass ihre Seite gewinnen würde, wussten sie, dass sie am Ende als Individuen vielleicht nicht überleben würden. Einer der Children mit einer schlimmen Beinverletzung war aus Paris gekommen. Er und seine Freundin hatten sich mit ihren Kindern auf dem Weg gemacht, als sie die *Hawkwind*-Musik gespürt hatten. Sie waren die einzigen Überlebenden eines besetzten Hauses auf dem Boulevard St. Michel. In den ersten Tagen der politischen und sozialen Unruhen war fast ganz Paris besetzt gewesen – die Heimat von hungernden und verzweifelten Menschen – und als die Vergeltungsaktionen anfingen, waren reaktionäre Scharen durch die Straßen der City gezogen und hatten sie von den neuen Kindern der Sonne gereinigt. Als schließlich für die meisten Menschen das Ende gekommen war, hatten der Mann und seine Familie geglaubt, die einzigen Überlebenden auf der Welt zu sein.

Ein weiterer Mensch war aus Amsterdam gekommen – einer der wenigen Überlebenden einer aufgeklärteren Stadt. Die Menschen aus Holland hatten, wie einige wenige Ländern in der Welt, in letzter Minute einen konzertierten Versuch unternommen, die Effekte der Umweltvergiftung umzukehren, aber sie waren von dem Wahn des weltweiten Aufruhrs hinweggeschwemmt worden, der gefolgt war.

Sie bewahrten die Gemeinschaft miteinander, bis ein trostloses, armseliges Licht durch die Staubwolken im Osten zu sickern begann. Nach und nach breitete sich das Licht über den Himmel aus, aber der Wind war nach wie vor kalt.

Der Pariser und der Niederländer stöhnten, ebenso wie ein Hindu und ein Mann aus Manchester, die noch wach waren, steif vor Schmerz. Entgegenkommend holte Stacia das letzte Glas aus ihrer Tasche und schüttelte vier äußerst wirksame, winzige blaue Narcolene-Tabletten heraus. Sie reichte jedem eine. Dann stand sie wortlos auf und drehte ihre Runden unter den Schuppen.

Königin der Dunkelheit

Der Wind fuhr müßig um die Hawklady, als sie vor der Veranda zum ersten Schuppen stand. Sie hatte Angst einzutreten. Tief im Innern wusste sie, dass viele der kranken Children die eisige Nacht vielleicht nicht überlebt hatten.

Instinktiv wich sie zurück. Statt zum Schuppen ging sie dorthin, wo sie Astral Al hingelegt hatten. Jetzt versetzte sie sich selbst einen Tritt, weil sie die extreme Kälte nicht vorhergesehen hatten, die durch die fehlende Sonne hervorgerufen worden war. Vorsichtig zog sie den Styroporblock beiseite, der den Hawklord im Innern abschirmte. Sie beugte sich nieder.

Wände und Fußboden des Schuppens waren gesäumt von den weißen Styroporplatten. Sie umhüllten völlig seinen Körper und ließen nur einen kleinen Teil von Kopf und Seite frei, um zu ihm zu gelangen. Die stille, schale Luft im Innern erschien ein wenig warm, und sie stieß einen Seufzer der Erleichterung aus.

»Al?«, rief sie nervös und wartete auf ein Zeichen für eine Bewegung in den Massen von Bart und Haar auf seinem bleichen Gesicht.

Zunächst erfolgte keine Reaktion. Dann öffnete er die Augen, und er hob steif den Kopf. Er lächelte und vollführte eine steife Geste mit dem Arm.

»Hi...«, sagte er ausdruckslos. »Ich habe gerade an dich gedacht...«

Sein Gesicht blieb beim Sprechen völlig ausdruckslos.

Ihr erster Impuls war, Freude darüber zu zeigen, dass er sprach, aber ihre Gefühle wurden durch Unbehagen ersetzt. Sie kannte die Gruppe gut. Sogar sie selbst war ebenso wenig wie die anderen mit einem Lächeln aufgewacht.

Hastig zog sie sich zurück. »I-Ich komme wieder«, stammelte sie. »Du bist in Ordnung. Ich gehe los und sehe nach den anderen.«

»Nein!«, krächzte die Stimme. »Bleib hier!« Sein Tonfall war autoritär, aber es lag auch ein leicht flehender Hauch darin, also beugte sie sich wieder herab.

Sogleich wurde ihr Handgelenk umfasst, und sie wurde halb in den Schuppen hineingezogen. »Loslassen!«, kreischte sie.

Aber der Hawklord lockerte seinen Griff nicht. Er holte ihr Gesicht an das seine heran. Entsetzt erkannte sie, dass sich sein Zustand nicht verändert hatte. Hinter der vertrauten Maske aus Haut war dieselbe kalte Gegenwart, die sie angesehen hatte, als sie und Doug ihn wütend und schäumend von der Bühne geholt hatten – nur dass der Blick jetzt ruhiger und berechnender war.

Ihr erster Gedanken galt den Erbauern der Silbermaschinen draußen, und sie kämpfte darum, zu fliehen und sie vor der Bedrohung zu warnen. Sie zog den Arm des Zombies hoch und knallte ihn dann wieder herab. Gleichzeitig zog sie ihn zu sich, um den Griff zu lösen. Ihr Handgelenk kam frei, und sie kam stolpernd hoch. Hinter ihr spürte sie eine Bewegung. Sie fuhr herum in der Erwartung, einen der Children vom Lagerfeuer zu sehen.

Stattdessen hatte sie Cronan vor sich. Er hatte dieselben toten Augen in seinem Schädel.

Cronan.

In einer blitzartigen Erkenntnis sah sie, wie das ganze verräterische Netz der dunklen Kraft seinen bösen Einfluss in ihrer Mitte ausgebreitet hatte. Die kürzlichen Ereignisse, die Earth City buchstäblich in die Knie gezwungen hatten, waren nicht bloß einfach passiert – sie waren schlau eingefädelt worden. Und sie würden weiter absichtlich geschehen: Außer wenn das Netz auffliegen würde – Mephis würde weiterhin im Voraus seine Informationen über ihre Kriegsvorbereitungen erhalten. Er würde weiterhin ihre schwächsten und stärksten Momente kennen.

Einen erstarrten Augenblick lang starrten sie einander an und rührten sich nicht. Dann warf sie sich auf ihn.

Der besessene Child hob den Arm und richtete eine Musikwaffe auf sie. Er drückte den Abspielknopf. Sogleich dröhnte *It's Amore,* die verkrüppelnde Nummer von Dean Martin, aus den winzigen Lautsprechern.

Ein gezackter weißer Lichtstrahl sprang auf sie zu. Schmerz explodierte in ihrem Kopf. Sie spürte etwas in ihrem Innern zerbrechen. Dann verlor sie das Bewusstsein.

Nach und nach kam sie wieder zu sich. Sie öffnete die Augen und starrte auf das niedrige weiße Dach des Schuppens. Aber es waren nicht ihre eigenen Augen, die sahen. Ihre Augen waren hinter einer unsichtbaren Barriere gefangen, die sie einkerkerte. Ihre Gedanken waren machtlos. Sie hatte keine Kontrolle über ihren Körper. Sie konnte nicht schreien oder sprechen.

An ihrer Stelle war eine neue Macht. Obwohl sie deren fremdartige Gedanken eindeutig verstand, war sie hilflos, gegen sie anzukämpfen.

Es waren gnadenlose Gedanken – das Bewusstsein von Captain Roger Watson, der während seiner Militärkarriere nach der Macht gestrebt hatte, sich jedoch damit hatte zufriedengeben müssen, Captain zu bleiben. Diese Person schien völlige Kontrolle über ihren rechtmäßigen Körper zu haben.

Neben ihr lag der Körper von Astral Al. Obwohl er und sie nicht sprachen, war das kontrollierende Bewusstsein in ihnen zusammengeschlossen.

»...also zerstören wir heute die Maschinen.« Die Gedanken des Captains drangen unmissverständlich zu ihr durch. Es waren keine Worte, sondern Konzepte und Bilder, die sie automatisch in Worte übersetzte.

»Blöder Narr!«, erwiderte der Major, der Astral Als Kopf besetzte, spöttisch. »Natürlich nicht! Wir lassen sie sie vollenden – dann sabotieren wir sie. Du musst an die psychologischen Aspekte denken. Ich muss dir ständig sagen, dass...«

Sie versuchte, gegen die Barriere anzukämpfen, mit aller Gewalt ihre Gegenwart zurück unter ihre Kontrolle zu bekommen, aber vergebens.

Dann betrat ein drittes Bewusstsein ihren Kopf. Es war das mächtigste und wahnsinnigste von allen. Es fuhr durch die anderen Gehirne und übertönte hohl ihre Gedanken.

»Ha! Ha!«, lachte der dunkle Prinz. »Also, meine kleine Hawklady – endlich bist du mein!« Seine Stimme schwoll zu ihrer vertrauten hysterischen Höhe an. »...zusehen, beim Sturz der gefährlichen, irregeleiteten Narren zu helfen, die du deine Freunde nennst. Aber halt – überleg mal, wie glücklich du sein wirst! Wenn ihre Art auf immer verschwunden ist, wirst du überleben. Dann wirst du nicht bedauern, was geschehen ist. Du wirst am Ende sehen, dass ich recht habe.« Die Stimme wurde hypnotisierend und schmeichelnd. »Sieh zu! – Königin der Dunkelheit.«

Die leisen, bösen Klänge versandeten und ließen sie mit einem Gefühl von hilfloser Wut und Qual zurück. Erneut spürte sie, wie ihr Bewusstsein bewegt wurde.

Paranoia

Durch die wirbelnden, amorphen Formen auf dem Bildschirm vor sich war Stacia kaum imstande, die winzigen Gestalten ihrer Freunde zu erkennen. Sie starrte mit Qual in den Augen hin und versuchte zu unterscheiden, wie viele Gestalten es waren und wer sie waren und in welcher Art von Zwangslage sie steckten.

Der dunkle Schatten von Mephis stand gleich neben ihr. Er trug seine Zeremonienuniform, geschmückt mit Orden und Streifen, die er sich im Krieg erworben hatte – aber das Wesen innerhalb der Fassade war jetzt weit entfern von einem Menschen. Er stand da, locker aufrecht, die Hände auf seine Stirn gerichtet, und sein böses Bewusstsein konzentrierte Gedanken in den Bildschirm.

Der Nebel klärte sich. Plötzlich klärte sich auch das Bild, und sie stieß einen besorgten Seufzer aus, als sie den Raum im Turm erkannte. Die satanische Kreatur verschränkte die Hände auf dem Rücken.

»Jetzt sieh hin«, sagte er selbstgefällig zu ihr. »Das sind deine galanten Hawklords. Sieh erneut auf den Schirm. Ich werde dir zeigen, wie fähig diese schwachen Weichlinge sind, wenn sie Menschen retten wollen...«

Er brachte die Fingerspitzen an den Kopf zurück. Abrupt veränderte sich das Bild auf dem Schirm, und eine Reihe Phantom-Reiter kam in Sicht. Sie sah zu, wie die kleinen Gestalten der Hawklords vergebens ihre Waffen abfeuerten. Sie wandte sich ab, außerstande zuzusehen.

»Nein! Ich lasse nicht zu, dass du dir dies entgehen lässt, um der Hölle willen«, zischte Mephis. Sie roch seinen fauligen Atem. Starke, feuchte Hände umfassten ihren Kopf. Sie zwangen sie, sich die Bilder anzusehen.

»Lass los, du Schwein!«, kreischte sie und drehte und wand sich in den stählernen Banden, die sie festhielten. »Das sind meine Freunde. Du wirst dafür zahlen...« Ihr Mund wurde taub. Sie schmeckte Salz, nachdem seine Faust sie ins Gesicht getroffen hatte.

»Jetzt«, sagte er mit verzerrtem Lächeln, »wirst du Zeugin ihres Todes sein. Und nachdem sie verschwunden sind, wirst du Zeugin des Todes deiner kostbaren Stadt werden.«

»Du bist wahnsinnig...«, setzte sie an, einen Ausdruck der Verachtung auf dem Gesicht. Sie kämpfte hart darum, sich zu beruhigen. Die Zeit lief den Kämpfern davon. »Selbst wenn du keinerlei Respekt für unseren Lebensstil hast«, sagte sie rasch, »kannst du nicht erkennen, dass wir nicht bloß Hippies sind, wie immer du uns nennst – wir sind Hawklords! Die Hawklords, die dich bereits zweimal zuvor besiegt haben... diese Macht wirst du nicht besiegen, Mephis! Warum hörst du nicht jetzt mit deinen schrecklichen Taten auf, während du immer noch Gelegenheit dazu hast, und rettest dich...«

»Diesmal werde ich gewinnen...«, unterbrach sie der Herr der Dunkelheit schwer atmend. Sie wandte sich um, überrascht von seinem jähen Stimmungsumschwung.

»Diesmal werde ich gewinnen!« Seine Stimme ging in die Höhe und wurde kräftiger. Seine Augen waren glasig und blutunterlaufen. Er starrte direkt nach vorn, die Arme ausgestreckt, als würde die kleinste Andeutung eines Fehlschlags ausreichen, ihn an den Rand des Wahns zu führen.

Er sprang über den Raum zu den Reihen von Kontrollknöpfen hinüber. Dabei löste sich der Bildschirm vor Stacia erneut zu wabernden Wolken auf. Eine Panik ergriff ihren Magen. Sie streckte die Hand dorthin aus, wo die Hawklords gewesen waren. Der Bildschirm wurde tot.

»Thunder Rider! Lemmy!«, kreischte sie. Verzweifelt schloss sie fest die Augen um die letzten Bilder der Hawklords. Telepathisch strahlte sie so viel Energie ab, wie sie aufbringen konnte, und hoffte, dass ihre Schwingungen durchkämen.

Im Hintergrund hörte sie die Kreatur plappern. Sie kreischte wie wahnsinnig. Sie spürte, wie sie von hinten bewegt wurde. Sie kämpfte heftig in den psychischen Ketten, die sie festhielten. Sie bewegte sich nicht länger. Sie spürte, wie sie erneut ins Gesicht geschlagen wurde.

»Öffne die Augen!«, kreischte Mephis sie voller Wut an.

Sie gehorchte. Aus dem Hintergrund ertönte die Musik, um sie zu peinigen.

Sie sah die Konsole vor sich. Mephis stand daneben, und seine Hände fuhren über die Kontrollknöpfe. Er sprach aufgeregt.

»Diese Maschine ist euer Sturz. Dies ist der Grund, weswegen ihr kein drittes Mal erfolgreich sein werdet. Mit ihrer Hilfe erzeuge ich unbegrenzte Macht. Ich bin in der Lage, die Energie des Todesgenerators zu ummanteln und die langsame, stetige Steigerung der Energie zu beschleunigen, die diese Narren vor so langer Zeit darin eingebaut haben. Sie konzentriert ihre Strahlen dorthin, wo immer ich sie haben will. London... deine Art... wird bald ausgelöscht sein. Ich werde Herr über alles sein. Die Erde wird mir gehören. Nichts, was du tun kannst, wird mich aufhalten.«

Ein Hämmern setzte in ihrem Kopf ein, während sie sich abmühte, sich gleichzeitig auf die Hawklords zu konzentrieren und auf die schrillen Worte. Ihren Körper verlangte es nach Unterwerfung angesichts der hoffnungslosen Chancen, aber ihr Bewusstsein kreischte stur weiter, dass sie sich nicht unterwerfen durfte.

Aus weiter Ferne ertönte grässliches Gelächter. Dann steigerte sich die Lautstärke der verkrüppelnden Musik, und sie wurde schlimmer als ihre Ketten.

Sie spürte, wie ihr Bewusstsein in den Albtraum ihres Körpers verschwand.

Netze der Täuschung

Von seiner Position auf der Bühne aus beobachtete der Moorlock die große, dünne Gestalt des Light Lord, der hüpfend durch das frühmorgendliche Licht auf ihn zukam. Mit dem Willen brachte er die Nummer zu einem Abschluss.

Lemmy und Hound Master spielten weiter, während er die Stormbringer II von den Schultern nahm und sie schweigend hinüberreichte. Die beiden Hawklords sahen einander ernst an. Beide wussten von der Bedeutung der Aufgabe, die dem Zauberer bevorstand. Dann machte der Moorlock wortlos auf dem Absatz kehrt und ging davon.

Das dürftige Morgenlicht sickerte schwach unter den Bäuchen der braunen Wolken hervor. Es war außerstande, Luft oder Land adäquat zu erwärmen. In der frischen Trockenheit vor ihm tanzten Millionen von Stäubchen, verfingen sich in seiner Kehle und den Augen.

Als er die nordöstlichste Seite des Hügels erreicht hatte, ging er über die bebende Erde auf die flache Wüste aus Schutt zu. Er erreichte den Rand der Wüste. Er blieb stehen und blickte darüber hinaus.

Die brodelnde Skyline aus Wolken war beträchtlich weiter vorangekommen, da die Macht des Todeskonzentrators angewachsen war. Das Beben hatte sich verstärkt und brachte die festesten Ruinen zum Einsturz und ebnete die alte Innenstadt ein. Links von ihm erstreckte sich das öde, gewellte Hügelland von Hampstead Heath. Die Strahlen vom Todeskonzentrator kamen nicht genau von Norden – sie kamen von Nordwesten, über die Ruinen hinweg.

Resolut zog er seinen langen Mantel um sich und schritt in den heftigen Gegenwind, der wehte. Er kletterte über die gezackten, vibrierenden Ziegelsteine und herausragenden Holzbretter, umging gelegentlich umgestürzte Bäume, die halb im Schutt vergraben waren. Etwa zwanzig Minuten lang mühte er sich ab. Als er glaubte, weit genug hinausgegangen zu sein, bestieg er den höchsten Punkt über sich und setzte sich nieder.

Von seinem Aussichtspunkt konnte er über Hendon zum Mill Hill sehen, wo die Wand aus Wolken begann.

Sich mit einem Bewusstsein zu verbinden, das nicht wusste, dass es gesucht wurde, war immer problematisch. Er musste weit von der durch Earth City erzeugten Interferenz entfernt sein.

Er starrte in den kalten Strom aus Luft und Staub. Die Landschaft wurde schwarz, als er seine innere Vision ins Unendliche expandieren ließ und nach einem Kontakt mit dem dunklen Lord suchte. Eine lange Weile war da nichts.

»Herr der Dunkelheit, komm heraus zu mir«, beschwor er ihn, um seinem mentalen Leib dabei zu helfen, sich mit genügend Stärke anzukündigen. Er hoffte, dass der dunkle Prinz schließlich begreifen würde, dass er versuchte, den Kontakt herzustellen.

Bald fand in ihm eine subtile Veränderung statt. Wo er sich zuvor isoliert gefühlt hatte, brach sich jetzt allmählich eine widerstreitende Kraft ihren Weg herein. Außerstande, zufrieden zu sein, weil er fürchtete, den Kontakt zu verlieren, verblieb er in eiserner Trance und ließ zu, dass die höllische Verbindung stärker wurde. Er wusste, dass die gegnerische Kraft Mephis war, denn niemand anders konnte ihn erreichen.

Auf einmal waren die beiden Superlords mental gekoppelt, wobei jeder eine respektvolle Distanz zum anderen einhielt. Einen Moment lang kämpften sie um die Vorherrschaft. Schließlich rief der Moorlock:

»Hör auf mit diesem sinnlosen Kampf, Dunkellord! Er wird uns nirgendwohin bringen, und wir werden nur Zeit verlieren.«

»Du hast recht«, rief Mephis höhnisch zurück. »Du wirst bald verschwunden sein. Warum sollte ich mir die Mühe machen, mich in ein kleines Gerangel verwickeln zu lassen?« Er lachte hohl. »Warum hast du mich gerufen, Magier?«

»Um dich zu bitten, den Todeskonzentrator abzuschalten«, rief der Moorlock fest zurück. Wie erwartet wurden seine Worte mit einem Ausbruch geringschätzigen Gelächters begrüßt.

»So? Du bist gekommen, mich um Gnade zu bitten! Du bist gekommen, um mich zu bitten, euer erbärmliches Leben zu verschonen.« Die Stimme des Dunkellords wurde hart. »Als Gegenleistung für was, Magier?« Er spuckte die Worte förmlich aus. Der Moorlock hielt unbeirrt seine Stellung.

»Nein, Mephis. Wir bitten dich nicht um deine Gnade – wir sind Kämpfer, und wir werden bis zum Ende kämpfen. Wir denken nicht an uns selbst, sondern an die Erde... du bist dir sicherlich bewusst, dass die Strahlen vom Todesgenerator, von deiner Maschine gebündelt, bald die Erde selbst in Stücke reißen werden. Unsere Wissenschaftler sagen voraus, dass dieses schreckliche Ereignis, wenn die gegenwärtige Steigerungsrate beibehalten wird, in wenigen Tagen stattfinden wird. Ist es das, was du beabsichtigst?

Bist du so wild auf unsere Vernichtung, dass du alles vernichten willst?«

Es folgte eine kurze Stille. Unerwartet erschien eine vorübergehende Scharte in der mentalen Panzerung des Dunkellords. Der Moorlock war imstande, hineinzuschauen und die Wahrheit zu entdecken. Die Scharte öffnete und schloss sich im Bruchteil einer Sekunde, aber in diesem kurzen Moment sah der Moorlock, dass die Worte, die folgten, hastig zusammengeschustert waren.

Mephis lachte affektiert. »Du bist naiver, als ich von dir gedacht hätte. Natürlich bin ich mir der wahren Macht meiner eigenen Maschine bewusst.« Er zeigte Verachtung. »Meine Wissenschaftler sind keine Dummköpfe. Meinst du, dass wir nur auf Grund des Problems, das du erwähnst, zurückweichen? Was mit dem Planeten nach dem Ende meiner Existenz geschieht, hat für mich keinerlei Konsequenzen... und wie es jeder Kämpfer mit Selbstrespekt täte, werde ich weiterhin kämpfen, bis ich vergehe oder alles vergeht. Nein, Hawklord, es wird keine Schlupflöcher für euch geben, durch die ihr verschwinden könnt.«

»Dann gibt es nichts weiter zu sagen«, erwiderte der Moorlock und ignorierte das Drängen des anderen, sich ziellos zu streiten. »Obwohl du dir sicher sein kannst, dass deine Tage gezählt sind, dass du vergehen wirst. Du bist es, der naiv ist, Dunkellord. Im Verlauf der Jahrhunderte bist du jedes Mal geschlagen worden, wenn die Macht der Throdmyke größer geworden ist. Und jedes Mal hast du deine Lektion nicht gelernt, sondern bist die Marionette dieses hirnlosen Todesgenerators geworden.«

Erneut lachte der Dunkellord. Diesmal lachte er voller Zuversicht, als ob er mit Gewissheit das Ergebnis ihres bitteren Krieges vorhersagen könnte und sich tatsächlich um das Ergebnis, so oder so, nicht kümmerte. »Dann geh deinen Weg, Hawklord – trage diese Ansicht bis zu deinem Tod mit dir.«

Die Gegenwart des Dunkellords zog sich zurück, und die Trance endete abrupt. Voller Unbehagen starrte der Moorlock vor sich auf die Mauer aus wogenden Wolken.

Die Lüge hing ihm immer noch nach. Nicht die Tatsache, dass Mephis gesagt hatte, er habe von der tödlichen Fähigkeit des Konzentrators gewusst, bereitete ihm Sorgen. Es waren die Worte des Dunkellords: »Meine Wissenschaftler sind keine Dummköpfe.« Was implizierte, dass es seine Wissenschaftler waren, die ihn vom vollen Ausmaß der Zerstörungskraft der Strahlen informiert hatten.

In dem Sekundenbruchteil, in dem der mentale Schutz seines Gegners gefallen war, hatte der Moorlock das Gegenteil gesehen. Die Information war von außerhalb des Herrschaftsbereichs Mephis' gekommen. Aber wer genau sie ihm gegeben hatte, war rasch vor ihm verborgen worden.

Der Zauberer brütete über dieser Frage. Es benötigte nicht viel, zwei und zwei zusammenzuzählen und mit einer inspirierten Vermutung herauszukommen.

Nach ein paar Augenblicken Überlegens erhob er sich steif von seinem Sitzplatz auf den harten Ziegeln und stieg zum Inselhügel zurück. Was sonst noch geschehen mochte – seine leidenden Bewohner müssten erfahren, dass es keine Loslösung vom Todeskonzentrator gäbe. Mephis war so wahnsinnig, wie sie gedacht hatten, und er müsste von den vereinten Ressourcen eines jeden Mannes angegriffen werden, den sie finden konnten.

Dunkler Stern

Die vier großen Silbermaschinen auf ihrem irdenen Ankerplatz näherten sich ihrer Vollendung. Ihre silbrigen Flanken bebten unter den Vibrationen des Planeten, als ob ihre mächtigen psychotronischen Maschinen bereits ungeduldig anspringen würden.

Captain Calverts exzentrische Gestalt bewegte sich in einer davon, vollendete den Antrieb und testete die Verkabelung. Eine lange Schleppe von Kabeln folgte ihm. Von allen Teilen hatten sich die Antriebe als die schwierigsten zum Zusammenbau erwiesen, obwohl für sie ein exaktes Muster existierte. Die heikle Lötarbeit, die dazu erforderlich war, war wegen des zunehmenden Bebens nahezu unmöglich worden.

Neben den glitzernden Fahrzeugen standen die Hydra und der Prince, die angespannt auf die letzten Flugtests warteten. Bald würden sie wissen, ob ihre verzweifelten Versuche zur Rettung der Erde funktioniert hatten oder nicht. Die Arme hingen schlaff an ihrer Seite herab. Ihre Werkzeuge hatten sie auf den Boden geworfen. Nichts sonst blieb zu tun.

Hinter ihnen standen die anderen Hawklords, Higgy und ein Dutzend Children, die nach wie vor umherstolperten. Jeder, der konnte, war dort, um die Tests zu beobachten. Mephis' makabre, wahnsinnige Absichten, die Welt zu vernichten, hatten Wut entfacht, und sie alle waren umso mehr entschlossen, dass ihm Gerechtigkeit zuteilwürde.

Der Captain beendete seine Arbeit. Er stand am Heck, drehte sich um und bat die Piloten, an Bord zu gehen.

Thunder Rider, Actonium Doug und der Sonic Prince traten vor und gingen zu ihren jeweiligen Fahrzeugen. Sie bestiegen sie.

Als sie sich in Position stellten, absolvierte der Captain einen Last-Minute-Check seiner Flotte. Dann kehrte er auf seinen Posten zurück und gab das Zeichen zum Abflug.

Die kleine Menge, eingestimmt auf Angst und Erwartung, trat zurück, um ihnen Raum zum Manövrieren zu lassen.

Die Gesichter der Piloten waren angespannt unter der mentalen Anstrengung. Nach und nach setzten sich drei der Maschinen in Bewegung. Farbenfrohe Lichter und Geräusche pulsierten mächtig aus ihrem tödlichen Übertragungs-Equipment, und sie stiegen langsam auf. Aber sie waren außerstande, an Höhe zu gewinnen. Sie schwankten heftig und gerieten außer Kontrolle. Eine Weile lang glitten sie ungleichmäßig in geringer Höhe dahin, wären fast zusammengestoßen, während ihre Piloten verzweifelt versuchten, sie unter Kontrolle zu bringen. Schließlich sanken sie herab und kamen ruckelnd zum Stehen.

Auf dem Boden versuchte der Captain immer noch, sein eigenes Fahrzeug anzuheben. Sein Gesicht war starr vor Konzentration.

Ein qualvolles Stöhnen entfloh den Lippen der Wartenden. Die Piloten stiegen mit bitterem Gesichtsausdruck aus.

»Was ist passiert?«, rief die Stimme Hot Plates besorgt, während er auf sie zulief.

Thunder Rider warf wütend die Hände in die Höhe. »Frag mich doch nicht!«, schrie er. Er stand still da, während seine Gefühle abflauten, obwohl seine Erregung durch die bebende Erde betont wurde.

Ein weißgesichtiger Captain Calvert trat zu ihnen.

»Ich verstehe es nicht. Mein Fahrzeug hat perfekt funktioniert...«

»Wir müssen sie falsch verschaltet haben«, stöhnte Actonium Doug mit einem gequälten und frustrierten Stirnrunzeln. »Ich dachte mir, dass es alles zu gut wäre, um wahr zu sein.«

Hilflos standen sie herum, umhergestoßen vom schneidenden Wind und den Wogen der Übelkeit. Mehrere weitere der Children brachen beim Warten zusammen und wurden hinüber zur Wärme des Feuers getragen.

Fünf Tage waren vergangen, seitdem Hot Plate die Feststellung getroffen hatte, dass dem sterblichen Fleisch noch eine Woche zu leben bliebe. Sie hatten ihren sechsten Tag begonnen.

Die Children drehten nach und nach durch. Viele waren in ihrem durch Drogen hervorgerufenen, reglosen Schlaf auf Grund der Kälte, den Horrorbildern und dem körperlichen Rütteln in ihren Schuppen gestorben. Sie lagen begraben da, ohne dass sich jemand darum gekümmert hätte, weil keine Leute abgeordnet werden konnten, um sie herauszuholen. Die einzig gute Nachricht für Earth City war die gewesen, dass der Planet bisher stabil geblieben war. Er hatte noch nicht angefangen, unter dem Stress seiner härtesten Probe der Geschichte in Stücke zu reißen.

»Wir müssen sie einfach auseinandernehmen und sie noch einmal untersuchen«, sagte der Captain verzweifelt, nachdem sie die Lage akzeptiert hatten.

Grimmig beugte sie sich herab, um ihre Schraubendreher und Avometer aufzuheben. Sie stiegen die Seiten der Silbermaschinen hinauf und bereiteten sich auf eine weitere Prüfung in mentaler Beharrlichkeit vor.

Dann ertönte ein unterdrückter Schrei von Thunder Rider.

Statt sich ihnen anzuschließen, war er losgegangen, um die unbewegliche Maschine des Captains zu untersuchen. Jetzt stand seine hohe, zerlumpte Gestalt dahinter und hielt ein Kabelstück hoch.

»Kein Wunder, dass dein Schiff nicht gefahren ist«, rief er. »Es ist zerstört worden.«

Wie elektrisiert legten sie die Werkzeuge nieder und sprangen von ihren Fahrzeugen herab. Sie rannten zu ihm und scharten sich um das Schiff, während er ihnen das Kabel zeigte. Aus seiner schwarzen Isolierung ragte eine Masse glänzender bloßer Enden hervor.

»Passt auf!« Er reichte es ihnen. »Es ist lebendig. Jemand hat es mit dem Generator verbunden und eine Dosis durch die Maschine gejagt.«

Ungläubig starrten sie ihn an. Sie waren verblüfft und verwirrt. Es schien nicht möglich, dass irgendwer aus ihrer eigenen Gemeinschaft den Schaden hätte anrichten können.

Dann brach Actonium Doug das Schweigen. »Der Schuft!«, rief er in jäher Wut aus. »Wer von euch ist der Schuft?« Er sah allen nacheinander ins Gesicht. Niemand gab Antwort. »Nun ja, wer hier möchte uns tot sehen?«, kreischte er.

Erneut schwiegen sie.

Thunder Rider ergriff das Wort.

»Es hat keinen Zweck, weiter zu fragen, Dougy«, sagte er. »Wer es auch ist, es ist kaum wahrscheinlich, dass er...« Er hielt inne, tief in Gedanken versunken. »Aber es ist keine Zeit für eine Hexenjagd. Wir müsse es vergessen, bis nachher, und uns darauf konzentrieren, den Schaden zu reparieren.«

»Wenn er repariert werden kann«, bemerkte der Prince traurig. »Wenn du so viel Volt durch Halbleiterschaltkreise schickst, sind sie gewöhnlich vollständig hinüber.«

Während er sprach, brachen einige weitere der Children zusammen und wurden zur Wärme des Feuers weggebracht.

Verzweifelt kämpften die Hawklords gegen die Mutlosigkeit an, während die Wolkenwand an der einengenden Skyline sichtlich nach heranwogte.

Horizont der Düsternis

Umhertaumelnd von der jähen Verschlechterung ihres Zustands und den heftigen Schlägen, die die Strahlen austeilten, kämpfte der Prince darum, sein Bewusstsein stabil zu halten. Seine Gedankenprozesse in seinem Kopf nahmen nach und nach eine Geschwindigkeit an, die nicht mehr handzuhaben war, und die dunklen, paranoiden Finger des Chaos schoben von unten nach und überwältigten ihn. Aber er wusste, dass sein Hawklord-Körper mehr aushalten konnte, wenn es ihm nur gelänge, sich an das neue Level von Cyndaim-Strahlung anzupassen.

Langsam gewann er Oberhand. Ihn schmerzte es am ganzen Leib. Sein Bewusstsein sang unter der Anstrengung. Etwas ruhiger setzte er erneut den Schraubendreher auf den Schraubenkopf.

Entschlossen hielt er ihn dort fest und drehte.

Nach und nach löste sich die Schraube. Sorgfältig zog er die Abdeckung von der Metallschachtel, die sie als die Gehäuseeinheit verwendet hatten, so dass sich der heikle Schaltkreis der Maschine des Captains zeigte.

Die winzigen Teile verschwammen ihm fast vor den Augen, aber er machte sich daran, jedes einzelne peinlich genau zu untersuchen. Zuerst überprüfte er die Komponenten, die seines Wissens nach am empfindlichsten auf eine Beschädigung des Hauptnetzes reagieren würden. Nachdem er ein vollständiges Brett getestet hatte, machte er sich an ein weiteres. Dann registrierte die Nadel auf seinem Avometer eine niedrige Impedanz. Triumphierend löste er es von dem Teil, mit dem es verbunden gewesen war, und hielt es hoch.

»Ich habe einen von ihnen gefunden!«, rief er. Die anderen schauten von ihrer Arbeit auf. Sie stiegen von ihren Fahrzeugen herab und gingen vorsichtig über den bebenden Boden zu ihm. »Es ist einer der Operations-Verstärker.«

»Noch kein Glück bei den anderen Maschinen«, berichtete Thunder Rider düster. »Aber du hast zumindest herausgefunden, was mit einer von ihnen nicht stimmte.«

»Ich überprüfe die restlichen Arbeiten«, sagte der Prince. »Dann versuche ich, ein Ersatzteil zu finden.«

Er machte sich wieder ans Werk, während die anderen ihm zuschauten. Dann machten sie sich an ihre eigenen Aufgaben. Schließlich hatte er die Überprüfung beendet. Soweit er bislang sagen konnte, waren die restlichen Komponenten in Ordnung.

Er drückte den kurzgeschlossenen Operations-Verstärker mit der Hand an sich, stieg herab und stolperte über den hüpfenden Grund. Der gesamte Parliament Hill löste sich nach und nach auf. Risse erschienen auf seiner Oberfläche und bildeten ein lockeres Feld aus harten Tonklumpen, auf denen sich fast unmöglich gehen ließ.

Er erreichte die Bühne, wo die hingestreckten Gestalten der Children lagen. Das lebensspendende Lagerfeuer flammte gerade wieder unter einem frischen Gewirr aus Holz auf. Higgy versuchte tapfer, es zu entfachen, er pustete hinein und fächelte Luft mit den Händen, obwohl alle Anzeichen dem Prince sagten, dass er sich hinlegen und ausruhen sollte. Aber der getreue Schotte zwang sich, aufrecht sitzen zu bleiben, entschlossen, seinen Teil bei der

Sorge um das Wohlergehen seiner Schützlinge weiterhin zu spielen.

Während er kämpfte, saßen die beiden schlaffen Gestalten von Astral Al und Stacia unbesorgt da. Ihr Ersatz-Schlagzeuger hatte sich vor einem Tag aus seinem Schuppen gewagt. Zur selben Zeit war Stacia Opfer seiner Krankheit geworden. Anfangs waren die anderen Hawklords erfreut gewesen, Astral nach seinem langen Koma wiederzusehen. Aber das deprimierte Paar war auf dem Platz herumgewandert, hatte beobachtet und Fragen gestellt. Sie hatten anscheinend nicht das geringste Interesse am Kampf.

Der erste Impuls des Prince war, sie erneut zu ermahnen, aber die Zeit war knapp, und er überlegte es sich anders. Er ging an ihnen vorüber zur Bühne, wo der Light Lord nach wie vor spielte, Lemmy und Hound Master an seiner Seite. Das Trio starrte den Prince leer an, als er vorüberging, und er begriff, dass sie ihn wahrscheinlich nicht wahrgenommen hatten. Sie taten ihm leid. Sie mussten fast eine Woche lang nahezu pausenlos spielen, Tag und Nacht, länger als irgendwer vor ihnen. Letztlich wären ihre unbezwingbaren Hawk-Körper imstande, der nicht allzu anstrengenden groben Misshandlung zu widerstehen, aber ihre Gehirne hätten sich durch die Langeweile und die schiere Anforderung, die ihnen auferlegt worden war, in bloße Automaten verwandelt.

Er ging ruckartig zur Hinterbühne, wo ein großer Haufen verbrauchten und ausgeweideten Equipments lag. Der Haufen hatte sich über die Periode der Feindseligkeiten angesammelt und war durch die Jeep-Ladung ergänzt worden, während die Straßen offen gewesen waren. Actonium

Doug war hinausgefahren und hatte alles mitgebracht, was er hatte finden können und was vage elektronisch ausgesehen hatte. Die meisten Teile von irgendwelchem Wert waren jedoch bereits verwendet und die ausgeweideten Hüllen getrennt weggeworfen worden.

Er musterte nacheinander jedes Gerät, suchte nach einem Teil, das demjenigen ähnlich war, was er in der Hand hielt. Er fand mehrere, entdeckte jedoch jedes Mal, dass sie eine andere Typenbezeichnung hatten. Frustriert warf er die letzte Hülle auf den klappernden Haufen.

Er erhob sich. Erneut brach er innerlich zusammen. Verzweifelt überlegte er, was zu tun wäre.

Er starrte hinaus in die öde Wildnis der Ruinen, die rings umher lagen. Eine lange Zeit blickte er auf die brodelnde braune Skyline.

Die Wand schien ihn hypnotisch in ihre wirbelnden, chaotischen Dämpfe zu locken, ihm Erlösung von den Schrecken der Realität zu bieten. Im Vordergrund unmittelbar davor erblickte er die Umrisse der wenigen Supergebäude, die noch standen.

Er starrte sie mit leerem Blick an.

Nach und nach, aus seiner extremen Verzweiflung heraus, wurde eine extreme Idee geboren.

Ihm fiel das riesige, stabile Laboratoriumsgebäude in der Baker Street ein. Wenn es durch irgendein Wunder immer noch stand, könnte es sich als ihre einzige Hoffnung aufs Überleben erweisen.

Der Mahlstrom

Das dünne bläuliche Plasma aus dem Norden fuhr über die bebende Schneise aus Mauerwerk und Trägern, als der Sonic Prince seine überstürzte Fahrt antrat.

Es gab ein paar wenige Stunden der Dämmerung, in denen das Laboratorium zu erreichen war, bevor die Landschaft in eisige Dunkelheit geworfen wurde. Während er dort war, müsste er nach dem Ersatzteil suchen, dann die gefährliche Fahrt zurück antreten und sich anhand der Bühnenbeleuchtung und der Feuer in Sicherheit bringen, die besonders hell auf dem Hügel lodern würden.

Es war eine praktisch unmögliche Mission – aber die Alternative war der sichere Tod für alle. Er klopfte sich auf seine ausladenden Taschen, um zu überprüfen, ob seine Taschenlampe und die Werkzeuge noch darin waren.

Vor ihm lag die Grenze der Wolke, die sich über ihm mit dem braunen Himmel vermengte. Es war nicht mehr möglich, den Horizont zu unterscheiden. Die Energie der Zerstörung draußen hatte sich derart gesteigert, dass die Wolke wütete und kochte wie nie zuvor. Sie drehte und wand sich, raste mit phänomenaler Geschwindigkeit zur Wand und wurde dort von einer gleichartigen Kraft zurückgestoßen.

Unter seinen Füßen rüttelten und schüttelten sich die Ziegel alarmierend, während er darüber hinwegstolperte. Das Rütteln wurde ständig stärker, und mehrmals verlor er das Gleichgewicht und die Perspektive. Er stürzte nach vorn, ohne es zu begreifen, und ertappte sich beim Versuch, die senkrechte, zerklüftete Mauer zu erklimmen, die flüchtig vor ihm hing.

Allmählich gewöhnte er sich daran, sich richtig zu bewegen, und er kam schneller voran.

Je weiter er sich von der Bühne entfernte, desto schwächer wurde die *Hawkwind*-Musik, bis sie schließlich völlig unhörbar war. Bald konnte er bloß noch das Stöhnen des Winds rings um ihn her und von vorn ein unheilvolles Grollen von Mauerwerk vernehmen. Er fand sich abgeschnitten in einem gewaltigen Meer aus zerbrochenen Artefakten und Trümmern wieder.

Das Meer hatte seine eigenen Gesetze, denen er zu gehorchen hatte. Es hatte seine eigenen Tiden, deren Teile sich unentwirrbar vermischten.

In einer brüllenden, rutschenden Bewegung setzte sich die Oberfläche vor ihm in Bewegung. Es fing langsam und geschmeidig an. Er war wie hypnotisiert von der Majestät des Anblicks und der gewaltigen Macht, die im Spiel war. Dann wurde das Poltern lauter und die Oberfläche schneller. Bevor er die Gefahr begriffen hatte, trug sie ihn mit sich.

Er wurde rücklings von den Füßen geschleudert und traf auf ein festes, hartes Objekt. Entsetzt tastete er unter sich umher. Seine Hände umklammerten den rauen Stamm eines Baums, und er packte fest die rissige Borke, während der verräterische Grund sich viele Meter vor ihm öffnete.

Die Tonnen von Geröll rutschten rasend schnell abwärts zum Zentrum der Senke, wo sie sich anscheinend endlos in ein schwarzes, hungriges Maul ergossen. Während der Baum sich auf das Zerstörungswerk zubewegte, wurde die taumelnde Oberfläche zu einem riesigen Strudel.

Seine kreisförmigen Wände hoben sich klaustrophobisch nach oben, schotteten das Licht und den Blick auf das umgebende Land ab.

Fasziniert starrte er auf unheilvollen Strudel vor ihm. Als er schon hineingeworfen werden sollte, hatte der brüllende Strom von Ziegelsteinen vor ihm abrupt das Loch bis zum Rand gefüllt. Die Bewegung hörte auf.

Gelähmt vom Schock legte er sich neben den Baum, geistig erschöpft. Er starrte zu der braunen Wolke auf, die schweigend vorüberstrich. Dann erhob er sich ungläubig und schritt in die Mitte der Senke. Die Steine bebten noch immer, aber sie flossen nicht mehr. Das Loch war voll.

Erschüttert machte er sich an den Aufstieg zum Rand des jetzt erstarrten Teichs aus Ziegelsteinen. In Gedanken verwunderte er sich über den gewaltigen Erdrutsch, und er dachte, welche Werke der Menschheit schließlich tief unter dem Boden nachgegeben hatten.

Er erreichte den Rand des Wirbels und war erneut dem Klang und der Berührung des kratzenden Winds ausgesetzt. Desorientiert benötigte er mehrere Augenblicke, um herauszufinden, wo er war. Der Himmel war dunkler geworden, und der Staub vom Erdrutsch hing nach wie vor in der Luft. Schließlich mache er einen Lichtschimmer am Parliament Hill aus. Er drehte sich um und stellte sich mit dem Rücken dazu hin. Er blickte vor sich und war in der Lage, die schwachen Formen von Gebäuden auszumachen, die fast völlig von der braunen Wolke eingehüllt waren.

Resolut machte er sich auf den Weg dorthin. Er kletterte weiter, traf gelegentlich auf weitere Oberflächenstörungen. Von Zeit zu Zeit schien sich der Schutt um ihn her zu bewegen und zu rutschen, wie Wellen, und begrub seine Stiefel.

Dankbar erreichte er das relativ feste Gebiet von Primrose Hill. Er rannte jetzt, um Zeit wiedergutzumachen. Mit einem Satz sprang der Hawklord über den triefenden schwarzen Schlamm des Grand Union Canal in den Regents Park. Er kam am ausgetrockneten Bootsee und den Ruinen des Mädchencolleges vorüber. Dann schwenkte er nach rechts ab und fand sich bald vor der bebenden Wüste dessen wieder, was einmal die Baker Street gewesen war.

Er spähte eindringlich vor sich in das Dunkel. Er war der Wolke und der Grenze der Macht der *Hawkwind*-Musik sehr nahe. Die lauten, donnernden Explosionen, die stattfanden, wo sich deren Front mit der Front der dunklen Macht traf, riss das Land auf und schleuderte den Schutt und den Staub hoch in den Himmel. Inmitten der wütenden, brodelnden Wolke erhaschte er Blick auf Feuer und riesige silbrige Funken.

Rings um ihn her spürte er überall die Gegenwart der großen, aufrechten Gebäude, die inmitten eines Meers aus Geröll standen. Sie waren kaum in der Dämmerung zu erkennen. Sie zitterten und bebten alarmierend, drohten jeden Augenblick umzukippen.

Nachdenklich blickte er mit zusammengekniffenen Augen direkt in die Wand der Wolke, in die Richtung, in der, wie er wusste, das Industrielabor sein musste. Zuerst konnte er nichts erkennen. Dann, genau an der Kante der schäumenden Masse, fast davon verschluckt, machte er den niedrigen, festen Umriss eines Gebäudes aus.

Unsicher begab er sich erneut auf den Weg über die erregte Oberfläche. Die schützende Front vor ihm wurde stetig zurückgeschoben, und er war sich nicht sicher, wie viel Zeit dem Gebäude, wenn es sich in der Tat als das richtige Gebäude erwies, noch bliebe, bevor es gleichfalls zu Boden krachte.

Er stolperte weiter, fühlte sich klein und mickrig unter dem weiten Vorhang der Reaktion, die vor ihm stattfand, den brodelnden Nebenprodukten, die hoch in die Luft stiegen und sich zur braunen Decke hinüberbogen.

Sein Körper kreischte ihm zu, er solle umkehren, er bekam fast einen Krampfanfall vor Furcht. Aber er zwang sich zum Weitergehen.

Endlich erreichte er die schwarze, bebende Form. Eher mit Schrecken als mit Freude erkannte er, dass es das Laboratorium war. Er verfluchte und pries die viktorianischen Baumeister längst vergangener Zeiten. Sie hatten es für die Ewigkeit gebaut, mit Steinblöcken, die einen Meter dick waren, mit Stählen, die dicker und zäher waren als die meisten ihrer Nachfolger.

Durch die stauberfüllte Luft sah er, dass das Gebäude heftig auf seinen Fundamenten bebte. Große schwarze Finger krochen an seiner Steinfassade empor. Er begriff, dass das Gebäude dabei war, auseinander zu brechen. Wenn die Wand aus Wolken ihn nicht erledigte, dann vielleicht das einstürzende Gebäude.

Unerbittlich ging er weiter die bebenden Stufen hinauf. Inmitten eines Schauers aus herabfallenden Platten und Steinen, die vom Gebäude abbrachen, drückte er sich durch die Tür und in das schwarze Innere.

Dort absorbierte ihn die zuckende Dunkelheit, die dabei war, seine Identität auf ewig zu verschlingen. Verzweifelt kämpfte er mit der Taschenlampe. Augenblicke, bevor sie aufleuchtete, erreichte sein Körper ein neues Verständnis seiner todgeweihten Umgebung. Das Maul des Todes beruhigte ihn. Paradoxerweise entdeckte er, dass er imstande war, klar zu denken. Sein Entsetzen schwand. Da die Extrembedingungen am Parliament Hill ihn gezwungen hatten, rational und kühl zu handeln, merkte er jetzt, dass er zu einem ähnlichen Handeln in der Lage war.

Er schaltete die Taschenlampe an und ließ den Strahl herumwandern. Der Steinfußboden war übersät mit Schutt und Staub, der von der Decke herabgefallen war. Er richtete den Strahl auf das steinerne Treppenhaus. Die Stufen führten hinauf in das Dach aus Dunkelheit. Er schritt darauf zu und machte sich an den Aufstieg. Das Gebäude bebte. Durch seine Mauern hörte er das Tosen des Chaos, das ihn verschlingen wollte.

Er erreichte den Treppenabsatz, schritt über den Gang und wandte sich zum Laboratorium.

Im Innern war alles in Unordnung. Schränke waren von den Wänden herabgefallen. Ihr Inhalt war auf den Boden gekippt worden und mischte sich mit dem Putz und den Lampen von der Decke. Es war eine bebende Masse, ein wildes Durcheinander, und er fragte sich hilflos, wo er mit der Suche anfangen sollte.

Ihm fiel ein, dass Hot Plate einen großen Teil ihres Equipments in den Schränken und Schubladen in den Seiten der Werkbänke verstaut hatte. Er ging dorthin, schob dabei den Schutt mit dem Fuß beiseite, und öffnete eine der Schranktüren.

Der Schrank war leer. Der größte Teil dessen, was darin gewesen war, war bereits herausgeholt worden.

Methodisch durchsuchte er nacheinander jeden Schrank und jede Schublade. Ein paar Schachteln und Pakete waren in einigen zurückgeblieben, aber sie enthielten zumeist wertlose Dinge.

Das Gefühl des Entsetzens kehrte wieder. Er kämpfte es zurück und zog die letzte Schublade heraus. Er schloss die Augen und öffnete sie dann erneut. Im Schein der Taschenlampe sah er, dass die Schublade randvoll mit kleinen weißen Schachteln gefüllt war. Eilig nahm er ein paar davon und sah sich die schwarzen Zahlen auf der Seite an. Es waren irgendwelche integrierte Schaltkreise. Fieberhaft holte er sie einen nach dem anderen heraus und suchte nach den Zahlen und Buchstaben, die er benötigte. Jetzt die letzte Schachtel. Er drehte sie um und las die Identifikationsnummer im Schein der Taschenlampe. Es war ein Typ, der kompatibel mit dem war, den er suchte. Er würde es tun.

Um sich zu vergewissern, öffnete er unbeholfen den Deckel. Die Schachtel war bis zum Rand gefüllt mit den winzigen, metallischen, spinnengleichen Verstärkern. Er sackte erleichtert in sich zusammen, schloss sie wieder und steckte sie sich in die Tasche. Er leerte eine der anderen Schachteln und füllte sie mit einer Mischung der anderen Komponenten.

Ein Schmerz nagte in ihm. Halb im Delirium begriff er, dass es die Horrorbilder waren, die sich in ihm bis zu einem akuten Stadium aufgebaut hatten, weil er der dunklen Front so nahe war.

Mit großer Anstrengung machte er kehrt und stolperte aus dem Raum. Er kämpfte sich den Korridor hinab, schwankte die Treppe hinunter und warf die schweren Türen auf.

Draußen gab es kein Licht.

Die Dunkelheit entfaltete sich faulig aus dem zum Untergang verurteilten Gebäude. Es war bereits Nacht.

Der Lärm des Chaos kreischte in seinem Kopf. Er richtete den Strahl der Taschenlampe nach rechts und suchte sich blindlings einen Weg durch die Dunkelheit, weg von dem Lärm der Wolke. Er ging immer weiter, stolperte über die wild gewordenen Ziegelsteine und durch den betäubend kalten Wind. Er überließ das leere Gebäude seinem Schicksal. Nach und nach kehrte seine Kraft zurück, und er konnte schneller vorankommen. Er stolperte weiter, bis das Brüllen etwas an Lautstärke verlor. Dann blieb er stehen.

Er schaltete die Taschenlampe ab und starrte intensiv vor sich in die Schwärze.

Da war nichts. Er konnte nichts erkennen.

Verzweifelt blickte er sich nach den Lichtern auf dem Parliament Hill um. Aber sie waren entweder zu weit entfernt, um sie zu entdecken, oder so klein, dass sie ununterscheidbar waren.

Irrationale Furcht ergriff ihn erneut. Sie füllte seine Lungen. Gnadenlos versuchte er, die wilden Eindrücke abzuschütteln. Die Lichter sollten so in etwa vor ihm sein. Er versuchte zu kalkulieren. Wenn er in einem Bogen ging, wie es auf einmal plausibel erschien, hätten sich die Lichter nach rechts oder links bewegt.

Er drehte den Kopf, jedoch nicht seinen Körper, denn er hatte Angst, die Orientierung völlig zu verlieren. Er durchsuchte die Schwärze nach einem Anzeichen für die

Lichter. Er verdrehte sich so, dass er rundum sehen konnte, indem er langsam den Kopf drehte. Er sah auf und ab, falls seine Visualisierung des Horizonts falsch war. Dann bemerkte er einen vagen Schimmer.

Eine Täuschung, dachte er. Trotzdem ging er darauf zu. Sie war seine eine, blinde Hoffnung.

Er schaltete seine Taschenlampe ein. Er ging weiter. Nach ein paar Minuten berührten seine Füße festeren, glatteren Grund. Im Schein der Taschenlampe erkannte er an dem ausgedörrten, festgetrampelten Boden, dass er Regents Park erreicht hatte. Überaus freudig erregt bemerkte er, dass die Lichter vor ihm heller geworden waren.

Er richtete die Lampe nach vorn und ging wieder los, diesmal wesentlich zuversichtlicher. Aber jetzt musste er dem großen, wogenden Meer aus Schutt und Abfall gegenübertreten, das zwischen ihm und dem zweifelhaften Rückzugsort des belagerten Hügels lag.

Unendliche Nacht

Das bleiche, verwüstete Gesicht des Child verzog sich vor Schmerz.

Er versuchte, sich aufzurichten. Dann fiel er schwer zurück in Actonium Dougs Schoß.

Die Linien verschwanden, und seine Haut wurde glatt. Ein Lächeln glitt ihm über die Züge. Die Lippen öffneten sich.

Der Hawklord beugte sich näher an den Mund des Mannes.

»Ich habe versucht, so lange durchzuhalten, wie ich konnte...«, flüsterte er mit schwacher Stimme. »...obwohl ich nicht viel von Nutzen war. Ich wollte uns siegen sehen... ich wollte... dabei... helfen... die... neue... Erde... aufzubauen...«

Sein Kopf fiel zur Seite, bevor Actonium Doug eine Antwort geben konnte, und er starb.

Das unablässige Beben rüttelte und schüttelte den leblosen Körper gleichgültig.

Eine lange Weile sah der Hawklord respektvoll auf das hin und her geworfene Gesicht herab. Leben war süß. Trotz der fast unüberwindlichen Schwierigkeiten, die das Leben dieses Mannes getrübt hatten, war er in Frieden gestorben – eine unglaubliche Heldentat.

Bitter erhob er sich und zog den Leichnam hinaus in die Dunkelheit. Er tastete sich zu einem der Schuppen vor und legte den Mann hinein. Dann kehrte er ans Feuer zurück und wartete.

Mehr konnte er nicht tun.

Das Feuer war hoch mit Scheiten geschürt worden, die von den Bäumen abgeschnitten worden waren. Sämtliches verbliebenes Holz war gesammelt worden und lag in einem Haufen daneben. Dahinter, es beschirmend, hatten sie einen Windschutz aus dem Jeep und einem altmodischen, abgenutzte Lastwagen errichtet.

Die Hawklords und ein halbes Dutzend Children saßen rund ums Feuer, zusammen mit kaum mehr als einer Handvoll der Halb-Leichen. In den fehlenden Stunden des Tageslichts hatten sie die Schuppen nach überlebenden Verletzten durchsucht. Nur ein paar wenige hatte man gefunden, und ihre Körper lagen dem Feuer am nächsten und nahmen dessen lebensspendende Wärme auf.

Sie wechselten sich auf der Bühne ab, um die Langeweile des endlosen Spiels zu erleichtern. Lemmy kümmerte sich um ein großes Ölfass, gefüllt mit einer wässrigen Fleischbrühe. Es enthielt die letzten Vorräte an Nahrung und Wasser für die Children und musste unter ständiger Beobachtung stehen, damit es nicht vom Beben in die Flammen gekippt wurde.

Higgy blickte ihn mit einem kindischen Ausdruck der Hilflosigkeit und Furcht auf dem Gesicht an. Er hatte angefangen, die Suppe zu kochen, und war dann zusammengebrochen. Er konnte nicht mehr weiter und sank rasend schnell in die Bewusstlosigkeit.

In den Schatten hinter ihnen standen die schimmernden Hüllen der Silbermaschinen. Sie waren vom Bauplatz herübergezogen worden, so dass alles, was die Überlebenden benötigten, innerhalb des Bühnenbereichs lag. Nachdem der Sonic Prince aufgebrochen war, hatten sie erneut in einem vergeblichen Versuch an den Maschinen gearbeitet, sie flugtauglich zu machen. Aber das Rätsel ihres nicht funktionierenden Antriebs blieb ein völliges. Nach wie vor schien nichts an einer falschen Stelle zu sitzen.

Das Gefühl der Horrorbilder brannte sie innerlich beim Warten aus. Nichts konnte ihre Gedanken von dem Schmerz ablenken. Das Beben wurde immer stärker, und der Wind kreischte lauter und heftiger.

Der größte Teil der Nacht war vorüber, aber der Prince war noch nicht zurückgekehrt.

Die toten Landschaften der Erde

Der Boden sprang hoch und riss auf. Die Wogen der anschwellenden Meere hoben sich, krachten gegen das Land und überfluteten es. Die Berge zerfielen und kippten um. Die Kontinente verschoben sich. Erneut ergoss sich Feuer aus den Spalten, als die Hitze im Herzen des Planeten entfloh. Staub und Rauch erfüllten den satanischen, bläulichen Himmel, fingen die Hitze ein. An einigen Orten verkochten die Wasser zu Dampf, und der Planet kehrte in seinen älteren, urzeitlichen Zustand zurück.

Die Abflüsse des Raums

Mephis lachte. Sein Bewusstsein umspannte die Erdkugel, war Zeuge der Zerstörung. Die Sonne über London stieg ein weiteres Mal auf. Ihre einzelne dünne Lichtsäule traf das einzige Stück Boden, das seine Gedanken nach wie vor nicht zu durchdringen vermochten. Aber diese Säule war geschrumpft. Er hatte beobachtet, wie sie langsam, Tag für Tag, weggefressen wurde. Ihr endgültiger Untergang war eine Planetenrotation entfernt. Dann wären die Hawklords tot. Er wäre imstande, seine Maschine abzuschalten. Er wäre der absolute Herrscher der Erde.

Er richtete seine Gedanken wieder auf die triste Realität des Tower-Kontrollraums. Dessen Mauern und Einrichtung wichen vor ihm weg, und er lachte selbstbewusst.

»Aha! Sogar die Materie des Universums fürchtet und respektiert meine Gegenwart. Bald werdet ihr alle Teil meiner selbst sein. Ich werde euch beugen, damit ihr euch meinem Willen fügt.«

Rasch ging er hinüber zu den zurückscheuenden Konsolen, Schaltern und Anzeigen, mit denen er den Todeskonzentrator bediente. Sie bockten und waberten unter seiner Berührung. Er beobachtete die unwillige Nadel der Hauptanzeige, die sich allmählich ihrem Limit näherte.

»Ha! Du musst dich sogar jetzt in meinem Sinn verhalten.«

Der Turm zitterte. Seine Steine ächzten und rieben sich knirschend und protestierend aneinander.

Der Dunkellord kehrte zurück und ließ sich auf seinem Sessel nieder. Er schloss die Augen und brachte die Fingerspitzen an seinen Kopf.

Die Materie zitterte und löste sich auf. Sein Bewusstsein schwamm darüber, dahinter und hindurch. Es erreichte die psychische Ebene und streckte mentale Fühler aus.

Der Drogentrakt

Die kalten Gedanken suchten nach ihr. Sie griffen über die Barrieren der Zeit nach ihr. Schließlich schlossen sie sich mit dem Bewusstsein zusammen, das ihren Körper besetzt hielt.

»Kommst immer noch nicht raus?«, verspotteten sie die eisigen Tentakel.

»Dann überlege es dir noch einmal mit deinem Königinnenreich! Es wartet auf deine Herrschaft. Es benötigt deinen weiblichen Hauch.«

Ihr Bewusstsein wich von seinem jähen Kontakt zurück in einen engeren Raum.

»Werde ich nicht!«, rief es aus. »Mein Herz ist rein. Ich werde niemals dir gehören. Ich werde dich bis in den Tod bekämpfen.«

»Du und ich, wir sind eins«, beharrte die harsche Stimme. »Das Schicksal hat uns immer aneinandergefesselt, obwohl du es nach wie vor nicht zugeben willst. Tief in dir weiß es dein Herz, und du wirst schließlich darauf hören müssen.«

Es verließ sie abrupt. Sie spürte, wie es mit anderen Parasiten kommunizierte, die sie und Astral Al beherrschten.

»Sie liegen im Sterben, Colonel«, gab das Bewusstsein von Major Reginald Wessex Asquith zu verstehen. »Um 16.00 Uhr hat sich derjenige, der als der Prince bekannt ist, von der Basis aus auf den Weg gemacht und sucht ein Ersatzteil, aber er wird nicht überleben. Jetzt ist es nur noch eine Sache von Stunden, bevor ihre Macht bricht und unsere Mission vollendet ist.«

»Das hast du gut gemacht«, beglückwünschten ihn die Gedanken seines Herrn und Henkers. »Du wirst gut belohnt werden«, logen sie.

Die Gedanken lösten sich. Sie zog sie sich in seinen wartenden Körper zurück.

Der Herr der Dunkelheit holte die Hände von den Schläfen herunter und grinste höhnisch. Er hatte in die Lichtblase hineingeblickt. Seine scharfen Sinne hatten Details des Wissens aus den Gehirnen der meisten der ahnungslosen Hawklords in sich aufgenommen.

Wie der Major berichtet hatte, stand sein Sieg – nicht der ihrer aller, wie der Idiot gemeint hatte – unmittelbar bevor.

Ein Gefühl verzehrenden Vergnügens stieg in ihm auf. Er zögerte und überlegte, ob er sich in seinem Glanz sonnen sollte. So viele Male zuvor war er geschlagen worden.

Zuerst müsste er noch eine letzte Überprüfung vornehmen.

Er legte die Hand auf den Psi-Schirm vor sich und schaltete ihn ein.

Der Bildschirm glühte und pulsierte. Wirbelnde, nebelhafte Muster erschienen darauf. Als er sich konzentrierte, klärten sie sich. Die große Armee von Ghulen, die er losgelassen hatte, um draußen vor der explosiven, feurigen Front der zusammenprallenden Kräfte zu warten, tauchte auf. Sie lagerten auf dem ausgebrannten Land, das die Explosionen hinterlassen hatten, warteten darauf, einzudringen und die Hawklords zu erledigen, sobald ihre Musik zum Ende gebracht worden war.

Der Bildschirm überzeugte ihn. Er war sich des Sieges ziemlich sicher.

Langsam sank er zurück in seinen Sessel. Er ließ zu, dass das Gefühl der Ekstase in ihm aufstieg. Es erfüllte sein Wesen und strahlte überallhin ab. Er lachte.

Er *war* der Herr der Erde! Er war an die Spitze ihrer lächerlichen Bevölkerung gestiegen. Er war unverwundbar. Er war sicher vor ihrem Hass und ihrer Verachtung. Er hatte die sakrosankte Position errungen, nach der er sein ganzes Leben lang gegriffen hatte.

Das Gefühl wurde sogar noch mächtiger. Es explodierte in ihm, und er begriff mit jäher Qual, dass an dem Zustand mehr war, als er geglaubt hatte.

Sein Gelächter wurde zu einem zuckenden Schluchzen.

»Nein! Nein! Nein!«, kreischte er.

Sein Inneres drehte und wand sich und schüttelte sich vor Gefühl. Es war nicht seine Stimme, die dort schrie. Es war die Stimme eines kleinen Kindes, das er einstmals, vor vielen, vielen Jahren, in einem Armeepanzer hatte mitfahren lassen.

Damals hatte er nicht daran gemacht, sein jetziges Selbst zu werden. Der Schwärze zu entfliehen. Die Schwärze zu bekämpfen, in die er nicht hineinsehen konnte.

»Mutter! Oh, Mutter! Mutter! Mutter!«, kreischte er, hämmerte auf den Tisch vor sich ein und zerbrach dessen Glasplatte in tausende von Stücken.

Band der Unterdrückung

Die Schwärze wurde heller, als die Sonne über die dichter werdenden Wolken stieg. Der Rest der kleinen Hügelkuppe wurde schwach für die Hawklords sichtbar, die an ihrem Rand standen und über die geschändete City blickten.

Während der Nacht war der Boden weich und faulig geworden. Er war durchsetzt mit nach und nach breiter werdenden Gräben, als ob die Erde selbst dahinschmolz wie Schnee und ihre Atome ineinander fielen. Ein Brocken des Hügels hatte sich losgerüttelt, und ein nackter Felsrand hatte sich gebildet.

An dessen Kante warteten die Hawklords auf den Prince. Die hypnotisierende Wolkenwand hing vor ihnen, und ihre schäumende, Funken schlagende Masse war keinen halben Kilometer entfernt. Rings umher waren sie von einer schreckenerregenden Kuppel eingeschlossen, die sich jeden Moment enger zusammenzog.

Hawkwind-Musik strömte aus den Lautsprechern und hielt das Vergessen hin. Unter ihrem Schutz hatten sich die wenigen verbliebenen Children in einem todesähnlichen Schlaf zusammengerollt, sich nicht bewusst, dass sie lebten, sich nicht bewusst, dass sie einem fast sicheren Tod entgegensahen.

An der Kante

Irgendwo in dem flackernden, ruckelnden Bild aus grauem Schutt vor den Hawklords bewegte sich ein Schatten genau in ihre Richtung.

Als die armselige Beleuchtung etwas besser wurde, machten sie eine dünne, zerlumpte Gestalt aus, die aus der Dunkelheit herankroch.

»Es ist der Prince!«, ertönte die heisere Stimme des Baron.

Die anderen sagten nichts. Ein Hoffnungsschimmer glitt über ihre grimmigen, starren Züge, während sie über das wüste Land hinaussahen. Die Chancen, dass die Gestalt etwas in dem infernalischen, stürmischen Meer geortet hatte, standen eins zu einer Million. Sie beobachteten sie, bis sie fast die dunkle Tide von Erde erreicht hatte, die vom Hügel wegfiel. Dann schlurften sie geschwächt am Felsrand entlang dorthin, wo wieder der natürliche Abhang des Hügels begann, und stiegen hinunter.

»Bin ich froh, euch zu sehen!«, keuchte der Prince und warf sich zu Boden. »Schätze, ich habe unsere Superkräfte bis ans Limit getestet.« Er lag still da und versuchte, die Gefühle der Horrorbilder unter Kontrolle zu halten, die sein Inneres umklammerten und es verzerrten. Die anderen umstanden ihn und warteten darauf, dass er sich erholte. Sie waren kaum in der Lage, ihre eigenen Gefühle im Zaum zu halten. Der intensive Stress, dem ihre Körper durch die Strahlen ausgesetzt waren, beeinträchtigte ihre Sehfähigkeit. Ihre hervortretenden Augäpfel sahen bloß einen kleinen Bereich vor ihnen, und sogar der wirkte grau und fern, und es blitzte weiß darin.

Ihre Haut hatte einen ungesunden Farbton angenommen, war fleckig geworden, und die Farben glühten und pulsierten in einer wilden Brillanz.

»Hast du die Teile gekriegt?«, fragte ihn Thunder Rider besorgt.

Der Prince nickte. Er zog die Schachteln hervor. Er reichte sie der Hydra, die sie öffnete und untersuchte.

»Das sind die richtigen«, verkündete der Baron. Eine Spur von Begeisterung verursachte Risse in der Anspannung auf ihren Gesichtern.

»Na ja, dann hoffen wir mal«, brummelte Actonium Doug gepresst. Er unterdrückte den Schmerz, der in ihm pochte. Er spähte in die Schachteln. »Für mich sehen sie neu aus. Vielleicht sind genug da drin, um sie bei den anderen Maschinen zu benutzen. Wir könnten sie gegen die alten austauschen...«

»Das habe ich mir gedacht«, sagte der Prince und erhob sich steif. »Diese hier haben einen besseren Frequenzgang als die anderen. Wir könnten ebenso gut die alten ersetzen, wenn wir genug haben.«

»Wir haben nichts zu verlieren«, knurrte Thunder Rider säuerlich. Er wandte sich ab und ging ihnen zum Feuer voraus.

Sie erreichten den relativen Schutz der Bühne und machten sich sogleich ans Werk an den Silbermaschinen.

Sie lösten die alten Verstärker und montierten die neuen ein. Dann nahmen sie erneut ihre Positionen an Bord ein, um sie zu überprüfen.

Sie standen im Heck und brachten ihre schwindenden Kräfte der Konzentration ins Spiel, um den lautlosen, psychotronischen Antrieb in Gang zu setzen, angespannt beobachtet von den anderen Hawklords.

»Gebt ihnen alles, was ihr habt!«, rief Captain Calvert, dessen Gesicht eine Masse schwarzer Linien war, die sich von den krankhaften Farbtönen abhoben.

Die Beleuchtung an den Silbermaschinen sprang an.

Nach und nach stiegen alle vier Fahrzeuge auf, und ihre Flanken blitzten stroboskophaft durch die springende Luft.

Astrale Killer

Das lange, schiffsförmige Fahrzeug mit den Batterien von Lautsprechern und Scheinwerfern, angebracht an gedrungenen Masten, stieg unbeugsam zur niedrigen Wolkendecke empor.

Auf den Gesichtern der meisten Zuschauer unten zeigte sich ein Lächeln der Überraschung und der Erleichterung. Trotz ihres ernsthaft geschwächten Zustands applaudierten sie und jubelten. Von der Bühne kam eine jähe Woge der Musik. Sie war zu banalen, sich wiederholenden Rhythmen und farblosen Klängen degeneriert, die kaum ihrer Schutzfunktion hatten nachkommen können. Jetzt explodierte sie zu neuem und inspiriertem Leben.

Die Silbermaschinen begannen ihren Abstieg, und bald entstieg die Mannschaft unter dem Lob der Bodencrew ihren geparkten Fahrzeugen. Sie umarmten einander und schlugen einander auf den Rücken. Aber die mit dem Glücklichsein verbundene Anstrengung war zu viel.

»Wir müssen uns jetzt beeilen und die Fahrzeuge auf ihre Mission losschicken«, krächzte Captain Calvert. Er atmete schwer. Er stolperte umher, außerstande, auf der zusammenbrechenden, käsigen Erde das Gleichgewicht zu wahren.

Er drehte sich um und kehrte resolut zu seinem Schiff zurück. Dann hielt er inne und starrte ungläubig vor sich. Unter den verschwommenen Formen des Equipments an Bord beugte sich eine Gestalt herab. Sie richtete sich wieder auf und brachte etwas vom Schiff weg.

Die Gestalt sah ihn an. Er machte die leblosen, todlosen Züge von Astral Al aus. Die Augen des Captains flackerten ungläubig umher, glitten prüfend über das andere Fahrzeug. Stacia war bei dem Hawklord. Sie stand neben seinem Fahrzeug, der Bühne gegenüber, und zeigte mit einem langen, flachen Ding in ihrer Richtung.

»Saboteure!«, rief er und rannte los.

Überrascht wandte sich die anderen Hawklords um.

»Stacia!«, keuchte Thunder Rider.

»Oh, nein, das wirst du nicht«, kreischte der Baron. Die große Gestalt der Hydra sprang hin. »Nimm deine verdammten Hände weg«, schrie er.

Ein blendender Lichtblitz explodierte vor ihnen und zwang sie zu einem jähen Halt. Kurzzeitig war ihnen schwarz vor Augen, und sie taumelten zurück. Als sie wieder zu sich kamen, erkannten sie die hageren Gestalten und erschöpften Gesichter von Astral Al und Stacia. Sie standen vor ihnen. Astral Al hatte ein Delatron in der Hand, Stacia nach wie vor das bedrohliche Ding, das sie mit solcher Gewalt an sich genommen hatte. Durch ihr eingeschränktes Sichtfeld erkannten die Hawklords, dass es ein kleiner Kassettenrekorder war, dessen Spulen sich drehten und der kleine Lichtblitze aussandte. Schwach über dem Klang ihrer eigenen Band, die nach wie vor hinter ihnen spielte, vernahmen sie verzerrt Elton Johns *Daniel*.

»Nun ja, ihr verdammten Arschlöcher«, rief der Baron angewidert aus. »Ihr zweimal verfluchten Scheißkerle! Du hattest recht, Doug«, sagte er mit Verachtung in der Stimme zu dem Hawklord neben sich. »Da ist jemand von unserer eigenen Art, der uns umbringen will. Da sind sie.

Ihre wahre Gesinnung zeigt sich, wenn es hart auf hart geht.«

Die beiden ausdruckslosen Gestalten starrten sie wortlos an. Zum Teil Hawklord, zum Teil Teufel, waren sie in der Lage, sowohl den herrschenden negativen wie den positiven Kräften zu widerstehen. Da ihre eigenen dunklen Kräfte an Stärke gewonnen hatten, waren ihre Waffen jetzt mit dem Dreifachen ihrer üblichen Kraft ausgestattet.

Die Gestalt von Astral Al ergriff das Wort. Ihren Tonfall erkannten sie überhaupt nicht wieder. Sein fremdartiger, halb erstickter Klang hatte einen vage militärischen Stil an sich.

»Eure Zeit ist vorüber, Hawklords! Ich bin angewiesen worden, euch bei der erstbesten Gelegenheit zu eliminieren, die sich bietet, und zwar auf jede Art, die mir beliebt. Aber ihr könnt beruhigt sein, denn ich bin ein ehrbarer Mann.« Er kicherte. »Da ich jetzt den Effekt entdeckt habe, den unsere Musik auf euch hat – für alle eine Überraschung, das kann ich euch versichern, so nahe an eurer eigenen Bühne – bereitet euch auf den Tod vor, Hawklords.«

Astral Als Gestalt nahm ihren hölzernen Ausdruck wieder an. Sie erschien einer Puppe noch ähnlicher, wie sie da schwankte und herumwatschelte, um aufrecht stehenzubleiben.

Der gleichermaßen starre Rumpf neben ihm bediente den Kassettenrekorder. Unter Schwierigkeiten drehten seine erstarrten Finger den Lautstärkeregler hoch, und die Intensität der Musik nahm zu und berührte die geistige Kontrolle, welche die Hawklords über sich selbst hatten, und zog die negativen Kräfte zu ihnen hin.

Magnu

Die knisternden Funken sprangen den gefangenen Hawklords entgegen. Ihre Gedanken erstarrten und waren außerstande, ihre Körper zu koordinieren.

»Wir müssen... dagegen... ankämpfen...!«, krächzte Thunder Rider. »Der Todeskonzentrator... wird... jetzt... so stark... dass wir der Gnade eines dummen Songs ausgeliefert... sind... wir können uns nicht... von ihnen... auf unserem eigenen... Territorium schlagen lassen...!«, beendete er und schnappte nach Luft.

Die Band spielte hinter ihnen, da sie noch nicht sehr von dem Kassettenrekorder berührt worden war, der nicht direkt auf sie zeigte. Aber sie waren machtlos, dazwischenzugehen und zu helfen.

»Ihr seid die nächsten, die sterben werden«, verspottete die fremdartige Stimme die Spieler. »In der Zwischenzeit – seht eure Freunde.«

Die beiden Agenten standen in ihren gestohlenen Körpern da, gesichtslos und unbekannt, und beobachteten die Zerstörung, die sie anrichteten.

Die kämpfenden Hawklords verloren langsam das Bewusstsein, während die dunkle Kraft, von der Musik hervorgerufen, immer mächtiger wurde. Dann jedoch erfolgte jäh eine laute Explosion. Sie fand am Rand ihres Bewusstseins statt. Ihr folgten eine zweite und eine laute dritte.

Die verkrüppelnde Kraft, die sie versklavte, verschwand. Ihre geistigen Fähigkeiten kehrten zurück. Die dunkle Musik hatte aufgehört.

Verwirrt sahen sie zu den beiden Agenten auf.

Sie waren immer noch dort, sie zitterten und bebten, aber der Rekorder war aus der Hand der Hawklady verschwunden. Ihre ausdruckslosen Gesichter hatten sie leicht zur Seite gewandt.

Die Hawklords folgten ihrem versteinerten Blick und bemerkten eine große, dunkle Gestalt, die neben einer der Silbermaschinen stand. Sie keuchten überrascht auf. In der allgemeinen Verwirrung hatte niemand bemerkt, dass der Moorlock nicht bei ihnen gewesen war. Jetzt schritt er wackelig aus dem Dämmer zu den beiden Agenten, wobei sein Arm an seiner Seite baumelte. Seine Hand hielt eine Magnum-Pistole umklammert.

Als er näherkam, hob die Gestalt von Astral Al den Arm mit dem Delatron über den Kopf und wollte es zu Boden schleudern. Aber die Hydra, bereits halb auf den Beinen, weil der Baron darauf bestand, brachte sämtliche ihrer verbliebenen Kraft auf und sprang. Sie erwischte den wie in Zeitlupe sich bewegenden Arm mitten in der Wurfbewegung und hielt ihn fest, bis ihm die anderen Hawklords zu Hilfe kamen. Die beiden Zombies leisteten keinen Widerstand, als ihnen das wichtige Teil des Equipments aus dem Griff entwunden wurde. Sie standen zitternd und bebend da, genauso, wie sie es immer getan hatten. Sie starrten leblos vor sich hin. Anscheinend waren ihre satanischen Kontrolleure geflohen.

Der Moorlock ergriff sie, während die anderen sich daran machten, das Delatron wieder in die Silbermaschine zu montieren.

»Halte sie gut unter Bewachung«, warnte Thunder Rider. »Wir möchten bei unserer Rückkehr jemanden hier vorfinden.« Er drehte sich um und lächelte schwach. »Wie hast du die Waffe bedienen können, Moorlock?«

Der Moorlock grinste schmerzerfüllt. »Eine alte Schwäche meinerseits«, schnaufte er. »Ich habe Waffen gesammelt und gelernt, sie zu benutzen.«

Thunder Rider boxte ihn in einer Geste der Zuneigung auf die Brust.

»Bis dann...«

Er kehrte ihnen den Rücken zu und schritt lässig zu seinem Fahrzeug. Sein Körper schien sich in Zeitlupe zu bewegen, als ob seine bebende Gestalt durch Sirup waten würde.

Was den beiden Agenten zugestoßen war, hatte keine Verbesserung in der Intensität der Todesstrahlen zur Folge, die vom Todeskonzentrator kamen. Als die Macht der *Hawkwind* kurz vom Kassettenrekorder aufgehoben worden war, war ihre Macht stärker geworden. Die tödliche Wand der braunen Wolke hing nur ein paar Hundert Meter jenseits des Rands des Hügels. Ihr donnerhaftes Getöse übertönte den Klang ihrer Musik.

Thunder Rider zog sich über den Rand der Silbermaschine und nahm seine Position im Heck ein. Der Sonic Prince und der Baron hatten die Reparatur ihres Antriebs beendet. Dann stieg der Prince ab und ließ den anderen Hawklord aufrechtstehend im Heck zurück.

Actonium Doug und Captain Calvert bestiegen jeweils ihr Fahrzeug.

Der Augenblick war gekommen – der Augenblick, der über Leben und Tod entscheiden würde, für sie, die Children, für die Erde.

Eine zusätzliche Reserve an psychischer Energie kam ungebeten aus ihrem Innern.

Sie konzentrierten ihre Gedanken auf den empfindlichen psychotronischen Antrieb, der in seinem Gehäuse neben ihnen lag.

Langsam gingen die Silbermaschinen in die Höhe.

Der Flug der Silbermaschinen

Ungehindert stiegen die vier Silbermaschinen senkrecht auf, weg von der grauen Hügelkuppe. Das Licht ihrer Scheinwerfer blitzte durch die staubige Luft. Ihre Musiksysteme schalteten sich ein. Sie schweben kurz unterhalb der aufgewühlten Decke, steuerten in die wild wogende Wolkenwand und verschwanden außer Sicht.

Captain Calvert hatte die Seiten seines Fahrzeugs fest gepackt und hielt es mit seinem Willen in Bewegung. Die furchterregende Kraft der aufeinanderprallenden Zonen der Macht war unbekannt. Sie hatten keine Ahnung, ob sie lebend herauskämen oder ob sie imstande wären, im dunklen Territorium zu überleben, sobald sie durchgekommen waren. Er schloss die Augen, als der Aufprall erfolgte.

Das Brüllen ständiger Explosionen tönte in seinen Ohren. Das kleine Fahrzeug bebte. Es sprang aufwärts und wurde dann wieder nach unten gesaugt. Steine und andere Dinge peitschten in dem heulenden Wind hoch, der gegen seine Unterseite krachte.

Ein greller Schmerz brach in seinem Kopf aus.

Seine Haut brannte in der Hitze.

Getragen von einem plötzlichen Windstoß spürte er, wie das Fahrzeug mit schreckenerregender Geschwindigkeit davongetragen wurde.

Es raste weiter, und ihm war übel von der jähen, ungehinderten Beschleunigung. Er wartete auf die ziellosen, abrupten Änderungen der Richtung, die Resultat des Zersplitterns seines Fahrzeugs wären. Aber die Silbermaschine jagte vertrauensvoll auf ihrem vorherbestimmten Weg weiter.

Das Brüllen ließ nach. Eine eisige Stille legte sich um ihn. Durch die geschlossenen Lider spürte er, dass ein strahlendes Licht irgendwo da draußen brannte.

Verwirrt öffnete er die Augen.

Die weite, blaue Höhle der Dunkelwelt begegnete seinem Blick. Sein Schiff war aus dem Mahlstrom geworfen worden, der nach wie vor hinter ihm tobte, hinein in eine fast heitere Landschaft von tödlicher Stille.

Sein Fahrzeug war in große Höhe gestiegen. Weit unter ihm sah er die verbrannte, zernarbte Erde im Kielwasser der kämpfenden Fronten liegen. Die satanische Landschaft vor ihm erstreckte sich so weit, wie das Auge reichte, und ihre bebende Oberfläche von geschleiften Ruinen und verwüsteter Landschaft war klar und in jeder Einzelheit zu erkennen.

Die Luft war völlig still. Es gab keine Spur des Windes vom Todesgenerator. Trotz der gewaltigen Geschwindigkeit der Silbermaschine spürte er keinen Luftwiderstand. Es war, als ob die Moleküle, aus denen sie bestand, irgendwie weiter auseinandergezogen worden wären und den Molekülen der Luft erlaubten, durch ihre siebähnliche Struktur zu schlüpfen.

Immer noch erschrocken über seine Geschwindigkeit warf er einen Blick hinter sich, um zu sehen, ob der Rest seiner kleinen Flotte sicher durchgekommen war.

Die Wand aus schwarzen Wolken hob sich senkrecht zu einer wütenden Säule, die den Strahl von Sonnenlicht völlig überdeckte. An seiner düsteren Flanke gab es kein Anzeichen der anderen.

Angespannt sah er sich in der stillen, kalten Atmosphäre um. Dann entdeckte er hoch über sich die drei großen, silbernen Sterne. Sie wurden immer größer, was darauf hindeutete, dass sie wohl auf ihn zukamen.

Er wartete geduldig. Allmählich wurden die vertrauten Umrisse seiner Flotte sichtbar. Sie schwenkten herein und positionierten sich neben ihm.

»Alle in Ordnung?«, rief der Captain erleichtert hinüber. Seine Stimme klang winzig und fern in der seltsamen Luft.

»Aye, aye, Cap'n«, rief Actonium Doug zurück. »Wenigstens wird alles in Ordnung sein, wenn wir diesen Erz-Ghul in seine Elemente zerlegt haben werden.«

»Also, jeder Mann weiß, was er zu tun hat?«, ermahnte sie der Captain.

»Könnte es kaum vergessen mit einem verdammten Wissenschaftler, der die ganze Zeit über in meinem Hinterkopf plappert«, gab die Stimme des Barons gereizt zurück. »Wenn wir in Sicht des Turms kommen, gehen wir in Formation und halten die Lautsprecher darauf gerichtet, dann variieren wir, immer noch in Formation, unsere Höhe im Verhältnis zum Turm, während wir sehr langsam heranfliegen... natürlich nicht vergessen, unsere Lauscher offenzuhalten für deine Anweisungen über Funk«, beendete er.

»Stimmt genau«, pflichtete der Captain bei. »Dann gibt's keine Ausrede für Fehler. Jetzt testen wir besser den Funk.« Ein Teil seines Bewusstseins konzentrierte sich nach wie vor darauf, sein Fahrzeug in der Luft zu halten, als er über das kleine Deck zur Hauptkonsole ging und nach seinem Ohrhörer und Mikrofon griff. Er schaltete den Miniator-Kurzwellensender und -empfänger ein, der dort eingebaut war. Die anderen taten es ihm nach.

»Rufe alle Mitglieder des *Hawkwind*-Raumschiffs«, begann der Captain. »Kannst du mich hören, Baron? Over.«

»Höre dich. Over«, kam die Antwort.

»Kannst du mich hören, Thunder Rider? Over.«

»Laut und deutlich. Over.«

»Kannst du mich hören, Dougy?«

»Aye, aye, Cap'n.«

»Danke, Mannschaft. Abschalten. Over und out.« Der Captain legte sein Mikrofon hin und wandte sich zu ihnen. »Das ist gut. Jetzt die Range-Einheit.«

Er legte einen Schalter um, der den Laser aktivierte.

»Genau, Thunder Rider. Der Strahl ist jetzt eingeschaltet. Kannst du durch seinen Weg fahren?«

Thunder Rider gehorchte und manövrierte sein Fahrzeug so, dass es den absolut geraden, winzigen Lichtstrahl blockierte, den der Apparat an Bord des Schiffs des Captains erzeugte. Die automatische Laser-Ranging-Unit, wie sie sie nannten, war ein Kind des Gehirns von Hot Plate. Ihre Funktion bestand daran, für eine Methode zu sorgen, dass alle vier Fahrzeuge bei der Annäherung an den Turm genau in Position waren. Wenn sie nur ein wenig abwichen, ließe sich der volle zerstörerische Effekt ihrer oktophonischen Musik auf den Todeskonzentrator nicht erzielen. Der Apparat funktionierte, indem er automatisch die Entfernung vom Hauptschiff zu jedem Fahrzeug in seinem Weg maß. Wenn die korrekte Entfernung erreicht war, leuchtete ein Lämpchen auf der Konsole des Captains auf. Vier Laseranlagen wurden benötigt. Zwei im rechten Winkel auf einem Fahrzeug montierte, und zwei gleich montierte auf einem anderen Fahrzeug. In Verbindung mit dem Kurzwellensender würden diese dem Captain ermöglichen, die Silbermaschinen in korrekte Formation zu bringen – und sie dort zu halten.

Er warf einen Blick auf seine Instrumente hinab. Der erste Laser funktionierte. Das Ranging-Equipment ebenfalls. Systematisch überprüfte er die anderen Laser an Bord seines Fahrzeugs und die beiden an Bord von Thunder Riders installierten.

»Alle funktionieren anscheinend korrekt«, informierte er sie nach einer Weile.

»Dann wollen mir mal herausbekommen, wohin wir jetzt fahren«, schlug Thunder Rider vor. »Wir sind seit etwa einer Viertelstunde mit einer höllischen Geschwindigkeit weitergeschleudert worden, und bislang habe ich kein Anzeichen dafür gesehen, wohin wir gehen. Wenn es unten nicht so flach wäre, würde ich sagen, wir sind fast bei John O'Groats.«

Überrascht von seinen Worten sah der Captain hinab. Eine zerrissene, faltige Landschaft glitt weit unter ihnen dahin. Thunder Rider hatte recht. Es ließ sich nicht sagen, wo sie waren.

»Geschwindigkeit reduzieren und absinken«, befahl er nach einem Moment des Zögerns. »Wir versuchen, Landmarken auszumachen, die wir wiedererkennen.«

Er schaute hinter sich.

Die Wolke war zu einem langen dünnen Stift aus Schwärze geworden, der auf einem Ende stand. An seiner Spitze, hoch oben in der Erdatmosphäre, war der höhere Teil der Säule aus Sonnenlicht zu erkennen, die leuchtete wie ein heller Stern. Sie lag rechts hinter ihnen, wo sie doch hätte links liegen sollen.

»Nach links hinüber«, rief er wieder, während sie allmählich an Höhe verloren. »Wir fliegen nach Nordosten.«

Nach und nach lenkten sie ihre Fahrzeuge weiter nach Westen, und der Stift aus Wolken glitt hinter ihnen an seinen Platz.

Sie waren jetzt nur ein paar Hundert Meter über dem Boden und konnten das wahre Ausmaß des Schadens erkennen, den das Beben angerichtet hatte. Die Spalten in der Erdkruste, die sie von hoch oben gesehen hatten, wirkten jetzt breit und finster. Aus dieser Höhe hörten sie ein beständiges hohes Poltern. Die Wände des Abgrunds bebten heftig, und große Brocken von Erde und Felsen fielen von den Rändern hinab in die Tiefen. Anderswo schien das Land sich in dieselbe käseähnliche Substanz verwandelt zu haben, die sie am Parliament Hill gesehen hatten. In kurzen Abständen strichen kleine Inseln aus Ruinen vorüber, alle reduziert, ähnlich wie ihre Gegenstücke in London, zu sich bewegendem, auf und nieder steigendem Geröll.

Sie jagten wortlos weiter auf der Suche nach vertrauten Zeichen – aber es gab keine. Unter ihren Versuchen, fröhlich zu erscheinen, waren sie jetzt äußerst niedergeschlagen. Die nagende Aussicht, dass sie bereits zu spät waren, um die Erde zu retten, tauchte immer wieder an der Oberfläche ihrer Gedanken auf. Die heftige körperliche und geistige Irritation, welche die Strahlen hervorriefen, war fast unerträglich geworden.

»Wir können uns nicht völlig verirrt haben, wenn wir in die richtige Richtung fliegen«, rief Actonium Doug. »In der

Tat würde ich jede Wette eingehen, dass das da vorn Birmingham ist.«

Die geschleiften Stadtansichten, die unter ihnen dahinhuschten, wurden häufiger. Jetzt verschmolzen sie zu einem weiten Meer aus Ruinen, die das ganze Land vor ihnen vereinnahmten, so weit ihr Blick reichte.

»Ich glaube, du hast fast eindeutig recht, Dougy«, erwiderte der Captain. »Wenn mich mein Gedächtnis nicht trügt, ist die nächste größere Stadt, nach der wir Ausschau halten müssen, nachdem wir hier durch sind, Stoke-on-Trent.«

Die dünne Wolkensäule hinter ihnen war jetzt völlig verschwunden. Aber der Stern des Sonnenlichts war nach wie vor zu erkennen. Sie richteten ihren Kurs danach aus und überquerten die Überreste der großen Midland-Städte. Während sie ungehindert dahinflogen, bemerkte der Baron plötzlich etwas auf dem Boden. Er beugte sich über die Seite seines Fahrzeugs und zeigte nach unten.

»Die M6! Sie ist nach wie vor intakt.«

Sie spähten über Bord.

Unter ihnen lag ein schattiger Zwillingsgürtel. Er erstreckte sich weiter voraus, leicht mäandernd. Gelegentlich verschwand er, unterbrochen von Landverwerfungen. Nur die grobe Form der Autobahn war geblieben, aber mehr brauchten sie nicht.

Die vernichtenden Engel

Die paradoxe Ruhe der dunklen Welt regierte ihre Gedanken, verkrüppelte ihr wahres Selbst ebenso, wie sie in etwas geringerem Ausmaß sämtliche Menschlichkeit zum Verstummen gebracht hatte. Sie hatte die Menschen mit ihrer Macht versklavt und sie mit Furcht und Ignoranz beladen. Sie hatte negative Gefühle verbreitet. Kein Mensch war in der Lage gewesen, rein anhand seiner Instinkte und Beobachtungen zu leben. Früher oder später war er kompromittiert worden, gekauft, geschlagen, institutionalisiert oder ermordet. Als viele mutig versucht hatten, sich zusammenzutun, brach das System zusammen. Die Umwelt wurde vergiftet, alle Menschen, von einer Handvoll abgesehen, mussten sterben.

Jetzt, als Ergebnis dessen, musste die Erde vergehen.

Die Hawklords brachten so viel Geschwindigkeit auf, wie sie konnten, während sie durch die geisterhafte, höhlenartige Sphäre jagten, wobei sie der schwachen Spur der M6 weiter nach Norden folgten. Sie kamen an den Wunden von Stafford, Stoke-on-Trent, vorüber und sahen die riesige Wunde von Manchester weit rechts von ihnen auftauchen. Abrupt kam auf dem zerstörten, eingeebneten Land unter ihnen der einzelne, hässliche, aufragende Turm in Sicht. Er stand nur wegen der bösen Macht, die ihn zusammenhielt.

Sein Anblick war Ursache, dass sie ein Schauer des Entsetzens durchlief. Erinnerungen an Stacias Beschreibung blitzten durch ihre Gedanken.

Innerhalb seiner Steinwände lag eine Kraft, die mächtiger war als die Planeten und die eine schreckliche Rache eines vergessenen Volks an einem anderen ausübte.

Auf ein Signal des Captains hin fielen die Silbermaschinen voneinander weg. Sie nahmen locker ihre Positionen ein, dann etwas enger, während ihre Besatzung den Anweisungen des Captains über ihre Ohrhörer lauschte.

Schließlich hatten sie die präzise Formation eingenommen, die sie benötigten.

Die letzte Silbermaschine glitt Stück um Stück an ihren Platz. Dabei erreichte die *Hawkwind*-Musik ihre höchste Stärke. Sie hämmerte aus allen acht Lautsprechern und erzeugte so einen doppelten Quadrophonie-Effekt. Der intensive Glanz von Weiß, den das musikalische Equipment in die negative Luft abstrahlte, sprang plötzlich in langen, gezackten Linien knisternden Lichts hervor. Die Strahlen vereinigten sich mehrere Hundert Meter vor ihnen zu einer glühend heißen Kugel aus Licht.

Die trapezförmige Formation von Lichtern, die unbeirrt ihre Stellung hielt, näherte sich nach und nach dem Turm, und während sie sich knisternd und spuckend auf die Dämmerung in der langen Nacht vor ihnen zubewegte, bewegte sich ihre tödliche Kugel aus Energie mit ihr.

Die leere Szene

Die zerklüftete, rüttelnde Kraft im Kopf des Dunkellords tauchte wieder auf, legte sich über seinen angenehmen Traum von der Zukunft. Angestachelt zu jäher Wut, zum Teil von der eindringenden Macht und zum Teil vom inzwischen beharrlichen Zweifel am Sieg, erhob er sich von seinem Sessel.

Er sah sich mit funkelndem Blick um und spürte den Hass, der sich von den Wänden ergoss.

Der Psi-Bildschirm war das Schlimmste der Dinge im Raum. Für ihn hatte er immer die größte Verachtung gehabt. Jetzt sprang er aus einem Impuls heraus zu ihm hin. Fröhlich, so wollte es ihm erscheinen, fiel er vom Tisch und zerbrach auf dem Boden.

Nachdem der eine befreit war, wollten sie alle befreit werden.

Das materielle Universum um ihn her verlangte es nach Vernichtung. Er gab ihm, was es wollte. Er hielt inne.

Die Wut loderte in ihm, außerstande, befreit zu werden.

Er spürte die Katastrophe näherkommen. Seine Träume lösten sich auf.

Innerlich tobte der Eindringling und schlug seine Zellen weg. Jetzt wusste er, warum er ihn nicht einlassen wollte. Er war der Teil von ihm, der die Wahrheit sprach. Jetzt schlug er sich seinen Weg herein.

»Colonel!« schrie die Stimme im Innern und erfüllte ihn mit Entsetzen. »Ich habe versagt. Die Silbermaschinen sind unterwegs. Ich habe versucht, dich zu warnen, aber ich konnte dich nicht erreichen...«

Die Gedankenlandschaft blitzte ausgiebig in seinem mächtigen Bewusstsein. Ihre Dringlichkeit schwand. Sie schwand.

Er hatte sie aus seinem Bewusstsein ausgeblendet. Er hatte sie verleugnet. Er hatte sich nicht einmal die Mühe einer Überprüfung gegeben...

Ein Teil von ihm, die Seite, die er gewinnen wollte, war zuversichtlich gewesen.

Geschwächt stolperte er zu dem winzigen Apparat in der Wand neben dem Todeskonzentrator. Er starrte durch die Scheibe.

Die vier Lichtpunkte bewegten sich über den Himmel auf ihn zu.

Sie wurden heller.

Sie verschmolzen und wurden zu einer verwirrenden Kugel, die über ihn herfiel, sein Bewusstsein mit ihrem Strahlen erfüllte.

Die hohle Leere des Entsetzens schwoll an.

Das Universum schrie nach Erlösung.

»Na gut!«, kreischte er. »Na gut! DU KANNST ES HABEN! DU KANNST ALLES HABEN!«

Er rannte zu seinem Kartentisch. Er riss die Schublade auf.

Seine Finger tasteten wild nach der Magnum darin, wobei sie die sorgfältig gestapelten Blätter mit Notizen zu Boden warf.

Dann bekam er die Waffe zu fassen und holte sie aus der Schublade. Er hielt sie sich an den Kopf und betätigte den Abzug.

Der sengende, reinigende Lichtpunkt berührte den Turm.

Eine gewaltige Explosion zerschmetterte den Stein.

Die Explosion wallte nach außen, absorbierte das gesamte uralte Mauerwerk, erlöste es von seiner quälenden Tyrannei...

Dann erstarb die Explosion. Nur die Leere verblieb.

Willkommen in der Zukunft

Die Hawklords ließen die Musik spielen, bis sie sich ziemlich sicher waren, dass der Turm verschwunden war. Dann, nachdem ihr Bewusstsein bis an die Grenze ihrer Fähigkeiten gegangen war, ließen sie schließlich die Formation der Silbermaschinen zusammenbrechen.

Sie flogen nebeneinander zurück. Sie waren bereits imstande, die Belohnungen ihres Sieges zu spüren. Zum ersten Mal fühlten sie, wie die Effekte des Todesgenerators schwanden. Das unerträgliche Level der Macht, auf das die Strahlen gezwungen worden waren zu steigen, fiel auf ihr früheres Level zurück.

Die Hawklords jubelten, als die Last von ihren Gedanken genommen wurde. Erneut waren sie immun gegenüber den Horrorbildern – wie die Hawklords, zu denen sie ursprünglich geformt worden waren.

Sie rasten durch die blaue, stygische Höhle, die nach wie vor um sie herum existierte, zur Earth City zurück. Sie näherten sich der Lichtblase, die wieder ihre Vor-Konzentrator-Größe angenommen hatte. Sie leuchtete vor ihnen wie ein riesiges, intensives Juwel. Während sie verlangend hinsahen, schwoll ihre helle, luftige Substanz an. Die Säule aus Licht, die auf ihrem Dach stand, verbreitete sich.

Das Licht explodierte auf sie zu. Seine verwirrende äußere Oberfläche fuhr an ihnen vorüber und warf dabei ihre Fahrzeuge in leuchtenden Sonnenschein. Klare blaue Seiten erschienen über ihnen.

Erfüllt von Ehrfurcht sahen sie zu, wie die Dunkelwelt sich abschälte, als das natürliche Licht der Erde wiederkehrte. Sie wurde zu einer kleinen schwarzen Säule am Horizont hinter ihnen. Dann verschwand sie völlig aus der Existenz.

»Der Todesgenerator... er schaltet ab...!« Actonium Doug war der Erste, der begriff, was geschah. Ihm fiel die Kinnlade herab.

»Aber das ist unmöglich... wir haben nicht...«, setzte Thunder Rider an. Ein Lächeln reiner Freude erschien auf seinen Lippen.

»Was ihn auch immer zum Abschalten gebracht hat, wir waren es nicht...«, bemerkte der Captain glücklich. »Er muss von selbst aufgehört haben.«

»Das ist verdammt unglaublich...«, brummelte der Baron, während er sich ungläubig umschaute. »Da ist kein Stein auf dem anderen geblieben...«

Die Erde lag völlig flach, still und konturlos in dem starken Licht da. Es gab keinerlei Bauten mehr. Ihre Oberfläche war übersät mit Schutt. Hier und dort erschien der Ausläufer eines großen Risses. Es war unmöglich zu sagen, ob Stadt, Ackerland oder offenes Land einmal unter ihnen gelegen hatte.

»Wir haben erreicht, was wir erreichen sollten«, verkündete der Baron mit Ehrfurcht in der Stimme.

»Hm?« Thunder Rider sah ihn verwirrt an. »Was meinst du damit?«

»Die *Hawkwind*-Legende«, sagte der Baron. »Erinnerst du dich? Sie besagte: ‚Und in der zukünftigen Zeit... bla, bla, bla... werden die Hawklords zurückkehren, um das

Land zu zerschmettern... bla, bla, bla... die Dunkelkräfte werden geplagt und die Städte und Dörfer geschleift...'«

Ein seltsames Gefühl kroch über sie, während sie zuhörten. Es erschütterte ihre Körper. Sie spürten Erfüllung... dennoch fehlte etwas.

»Das stimmt!«, rief Thunder Rider aus. »Und sie fuhr fort zu sagen: ‚Die geschleiften Städte werden zu Parks werden. Frieden soll zu jedem kommen...'!« Er sah sie voller Optimismus an. Inspirierte Träume blitzten in seinen Augen. »Sobald wir zurückkehren...« Er sprang hoch in die Luft. Dann rannte er das Deck seiner Silbermaschine juchzend auf und ab.

Sie jagten zur Inselbasis, die von der zernarbten und durchlöcherten Erde umgeben war. Die Ruinen waren verschwunden. Abgesehen vom Parliament Hill war absolut nichts von der weiten Stadt geblieben, die einmal London gewesen war. Die Menschheit hatte die Chance erhalten, von vorn anzufangen.

Zuerst erschien die Hügelkuppe verlassen. Dann bemerkten sie zwei Gestalten, die inmitten eines Gewirrs aus Drähten und Equipment unmittelbar neben dem grauen Aschekreis standen. Nach und nach, während die Stränge der *Hawkwind*-Musik sie über die stille Luft erreichten, erkannten sie die hingekauerten Gestalten der anderen Hawklords und die Handvoll Children, die auf der windgeschützten Seite der Abschirmung lagen.

Die Flugbesatzung brachte die Silbermaschinen so nah an der Bühne herab wie möglich und stieg aus. Sie rannten hinüber zu Lemmy und zum Light Lord, die spielten.

Die Hydra hob die Stormbringer II auf und stöpselte sie ein. Der Baron schlug ein paar Akkorde an und fiel dann ein.

»Ihr könnt jetzt gehen, wenn ihr wollt«, rief er Lemmy und Rudolph the Black zu. Er warf einen Blick hinab zum Light Lord, der mit dem Schlagzeug kämpfte. »Wenn wir hier durch sind, geben wir dir einen Vertrag, Kumpel.«

Dankbar holte Lemmy die Bassgitarre von den Schultern. »Also habt ihr den Todeskonzentrator abgeschaltet?«

»Ja. Fällt dir etwas auf?«, fragte der Baron.

»Nur eine verdammt großartige Injektion reiner Wonne. Die Wolke ist verschwunden. Der Wind hat aufgehört...«

»Was ist den anderen zugestoßen?«, fragte Thunder Rider aufgeschreckt. Er sah zum Windschutz hinüber.

»Sie sind in Ordnung... mehr oder weniger«, rief der Light Lord. »Wahrscheinlich haben sie eure Ankunft nicht gehört. Die meisten von ihnen schlafen.«

Thunder Rider und Actonium Doug gingen dorthin, wo die Erdbevölkerung lag. Captain Calvert winkte dem Light Lord zu.

»Ich übernehme jetzt«, sagte er. »Ich könnte es vielleicht besser.«

Der Light Lord warf ihm die Trommelschläger hin. »Passt mir gut«, sagte er.

Die Leute versammelten sich um die Bühne. Die meisten waren glücklich und lächelten trotz der Verletzungen, die sie an Geist und Körper erlitten hatten. Aber einige waren still auf schlimme Weise und mussten behandelt werden.

Nur zwölf Children verblieben. Higgy hatte sich erholt und half bereits den weniger glücklichen Mitgliedern. Stacia und Astral Al schienen wieder normal zu sein. Ihre alten, vertrauen Züge waren wiederhergestellt. Der roboterhafte Ausdruck war aus ihren Augen vertrieben worden. Sie waren glücklich, die gelandete Mannschaft in die Arme zu schließen und Erfahrungen auszutauschen.

Inmitten all des Glücks rief der Baron ernst:

»Möchte jemand diese Gitarre nehmen?«, fragte er. »Ich kann sie nicht mehr spielen.«

Erstaunt schwiegen sie. Sie starrten die Gestalt der Hydra an. Sie hatte die Kinnbacken fest zusammengepresst. Ihr Ausdruck war der typische des Barons. Der Moorlock trat hervor und hob die Bassgitarre auf. Er stöpselte sie ein und fing zu spielen an, als der Baron seine Gitarre wegwarf.

Der Hawklord sah erbärmlich aus. »Ich weiß nicht, wie ich das sagen soll«, begann er. »Mir ist nur gerade schlagartig klargeworden, dass Hot Plate... er ist nicht mehr in mir. Er muss gerade... verschwunden sein...« Er breitete die Arme in einer Geste der Verzweiflung weit aus.

Das Schweigen vertiefte sich. »Ich weiß, ich konnte mich nie richtig mit dem Kerl anfreunden«, fuhr der Baron fort. »Aber ich habe mit ihm gelebt... Ich kannte seine innersten Gedanken. Abgesehen davon«, fügte er hinzu, sah auf und schaute sich unter den Gesichtern um, deren Blicke auf ihn geheftet waren, »schulden wir ihm alles. Wenn er nicht gewesen wäre, hätten wir die Silbermaschinen nie vom Boden gebracht. Wir hätten noch nicht einmal die Strahlen verstanden...« Er brach ab, weil ihm die Kehle wie zugeschnürt war.

Traurig standen sie da und lauschten seinen Worten.

»Ich... ich habe nicht gewusst...«, setzte Thunder Rider hilflos an.

Der Prince, der Hot Plate immer am nächsten gestanden hatte, wirkte beschämt.

»Bist du sicher, dass er weg ist?«, fragte er.

»Ich bin mir ziemlich sicher, dass er weg ist...«, entgegnete der Baron. »Ich kann ihn nicht spüren.«

»Er hätte mehr als alle anderen hier sein sollen, um das Ergebnis unseres Kampfs zu sehen«, sagte der Prince weinend. »Viel Glück, Hot Plate... wo auch immer du bist.«

»Aye! Viel Glück«, rief Higgy zum Himmel hinauf.

Sie verfielen in Schweigen, während jeder dem tapferen Wissenschaftler seinen Tribut zollte – einem wahren Hawklord.

ENDE

Abspann

Musik	*Hawkwind* und The Deep Fixq
Texte	Calvert, Moorcock, Brock, Turner
Militärische Beratung	Captain F. Howkins
Kleidung und Elektronik, Beratung	Geoff Cowie
Ethnische Gebräuche und Charakteristika	Altrincham Town Library
Akupunktur-Idee	J. Jeff Jones
Hawkwind-Legende	Bob Calvert, Barnie Bubbles, M. Moorcock
Das Hawkwind-Raumschiff	Friendz, Melody Maker, Press
Veröffentlichungen, Plattenhüllen, Technische Beratung (Musik)	John Celario
Präzise Anordnung der Silbermaschinen	David Britton
Beratung Indien	Linda Pugh
Technische Beratung (wissenschaftlich)	Michael Ginley
Geografische Informationen	Ordnance Survey, Geographia Ltd. The London A-Z
Ständige Unterstützung	Catherine Butterworth, David Jarrett, Alan Johnson, Sherry Gold, Trevor

	Hoyle, Kari Larson, John (der die Alben verliehen hat), Paddy, Steve Greenhalgh.

Besuchen Sie unsere Verlags-Homepage:
www.apex-verlag.de

Printed in Poland
by Amazon Fulfillment
Poland Sp. z o.o., Wrocław